SCIENCE FICTION

Herausgegeben
von Wolfgang Jeschke

Vom **BATTLETECH™-Zyklus** erschienen in der Reihe
SCIENCE FICTION & FANTASY:

Die Gray Death-Trilogie:
William H. Keith jr.: Entscheidung am Thunder Rift · 06/4628
William H. Keith jr.: Der Söldnerstern · 06/4629
William H. Keith jr.: Der Preis des Ruhms · 06/4630

Ardath Mayhar: Das Schwert und der Dolch · 06/4686

Die Warrior-Trilogie:
Michael A. Stackpole: En Garde · 06/4687
Michael A. Stackpole: Riposte · 06/4688
Michael A. Stackpole: Coupé · 06/4689

Robert N. Charrette: Wölfe an der Grenze · 06/4794
Robert N. Charrette: Ein Erbe für den Drachen · 06/4829

Das Blut der Kerensky – Trilogie:
Michael A. Stackpole: Tödliches Erbe · 06/4870
Michael A. Stackpole: Blutiges Vermächtnis · 06/4871
Michael A. Stackpole: Dunkles Schicksal · 06/4872

Die Legende vom Jadephönix – Trilogie:
Robert Thurston: Clankrieger · 06/4931
Robert Thurston: Blutrecht · 06/4932
Robert Thurston: Falkenwacht · 06/4933

Robert N. Charrette: Wolfsrudel · 06/5058
Michael A. Stackpole: Natürliche Auslese · 06/5078
Chris Kubasik: Das Antlitz des Krieges · 06/5097
James D. Long: Stahlgladiatoren · 06/5116
J. Andrew Keith: Die Stunde der Helden · 06/5128
Michael A. Stackpole: Kalkuliertes Risiko · 06/5148
Peter Rice: Fernes Land · 06/5168
Michael A. Stackpole: Die Kriegerkaste · 06/5195
Victor Milan: Auge um Auge · 06/5272
James D. Long: Black Thorn Blues · 06/5290
Robert Thurston: Ich bin Jadefalke · 06/5314
Blaine Pardoe: Highlander Gambit · 06/5335
Donald G. Phillips: Ritter ohne Furcht und Tadel · 06/5358
William H. Keith jr.: Pflichtübung · 06/5374
William H. Keith jr.: Operation Excalibur · 06/5492 (in Vorb.)
Victor Milan: Der schwarze Drache · 06/5493 (in Vorb.)

Donald G. Phillips

Ritter ohne Furcht und Tadel

Achtundzwanzigster Roman
im BATTLETECH™-Zyklus

Deutsche Erstausgabe

WILHELM HEYNE VERLAG
MÜNCHEN

HEYNE SCIENCE FICTION & FANTASY
Band 06/5358

Titel der Originalausgabe
STAR LORD
Übersetzung aus dem Amerikanischen von
REINHOLD H. MAI

Umschlagbild: FASA Corporation
Die Karte auf Seite 5 zeichnete Mirjam Wehner
Die technischen Zeichnungen im Anhang
sind von Duane Loose und dem FASA Art Department

Umwelthinweis:
Dieses Buch wurde auf chlor- und säurefreiem Papier gedruckt.

Redaktion: Ulrich Fröschle

Erstmals erschienen bei ROC, Penguin Group, New York

Printed in Germany 1996
Umschlaggestaltung: Atelier Ingrid Schütz, München
Technische Betreuung: M. Spinola
Satz: Schaber Satz- und Datentechnik, Wels
Druck und Bindung: Elsnerdruck, Berlin

ISBN 3-453-08597-3

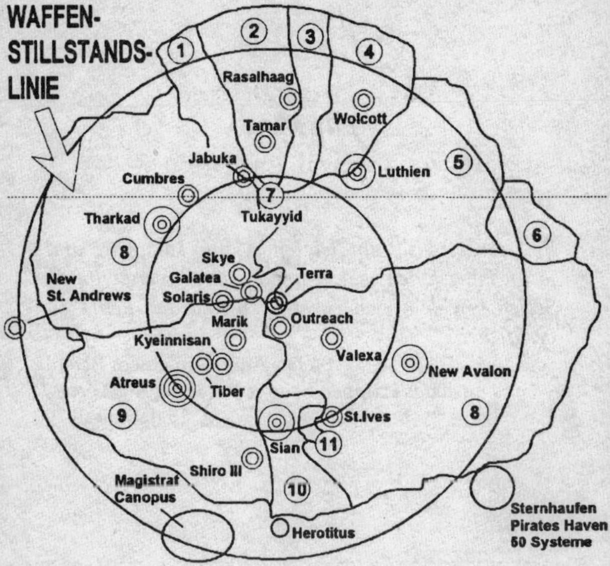

KARTE DER NACHFOLGERSTAATEN

1• Jadefalken/Stahlvipern, 2• Wölfe, 3• Geisterbären,
4• Nebelparder/Novakatzen, 5• Draconis-Kombinat,
6• Außenweltallianz, 7• Freie Republik Rasalhaag,
8• Vereinigtes Commonwealth, 9• Liga freier Welten,
10• Konföderation Capella, 11• St. Ives-Pakt

Karte erstellt durch COMSTAR,
nach Informationen des COMSTAR-EXPLORERDIENSTES
und des STERNENBUNDARCHIVS, Terra

Für Mort

Ihr werdet bis zum letzten Mann kämpfen, und wenn ihr gefallen seid, werde ich euren verdammten Seelen befehlen, sich zu erheben und den Feind zu verfluchen.

– Stefan Amaris in einem Befehl
an seine Truppen bei der Verteidigung Terras,
15. Januar 2779

PROLOG

Regierungspalast des Sternenbunds,
Unity City, Terra
Terranische Hegemonie

22. Februar 2774

Stefan Amaris, Alleinherrscher des Amaris-Imperiums und selbersternannter Erster Lord des Sternenbundes, saß auf dem eigens für ihn geschnitzten Thronsessel. Während er mit der Hand über das glatte, dunkelbraune Holz des hochlehnigen Throns strich, reflektierte er die Unterschiede zwischen diesem seinem Thronsaal und dem der ihm vorangegangenen Ersten Lords des Sternenbunds. Jener andere Saal war nun fast acht Jahre versiegelt, seit dem Tag, an dem er dort den jungen Richard Cameron und alle Angehörigen seiner Blutlinie ermordet hatte. Ihre Leichen befanden sich noch immer dort, um den Thron versammelt, vor dem sie ihr Leben ausgehaucht hatten.

Amaris wußte, eines Tages würde er die Geschichte jenes Tages neu schreiben. Der Rest der Menschheit würde erkennen, was sein Streben nach dem Thron gerechtfertigt hatte. Die Menschen würden verstehen, daß sein Handeln zu ihrem Besten gewesen war. Und sie würden ihn ehren und sein Lob singen, und er würde sich im Ruhme sonnen.

Ja, dieser Raum war einer der wenigen des Palastes ohne Hinweise auf die Camerons oder andere lange verflossene Tage. Amaris lachte bei dem Gedanken und kratzte sich den enormen Bauch. Dabei streifte er das wuchtige Medaillon, das um seinen Hals hing. Die riesige Platinscheibe zeigte in einem bemalten Relief einen tiefblauen Hai in einem Meer aus Rot, das

Emblem der Republik der Randwelten, seines Peripherie-Königreichs und weitab von Terra gelegenen Heimatlands. Der alte achtzackige Cameron-Stern, das Emblem des Sternenbundes, war verschwunden, hatte diesem Wappen weichen müssen. In der anderen Hand hielt Amaris das über die Jahrhunderte von den Camerons gehaltene Szepter des Ersten Lords. Er klammerte seine kurzen, dicken Finger noch fester um den Stab und fühlte wie jedesmal eine Woge der Macht durch seinen Körper branden.

Vor ihm hing eine holographische Karte des ehemaligen Sternenbunds, seines Imperiums. Heute markierte das leuchtende Farbenspiel ein kleineres Gebiet als an jenem kalten Wintermorgen, als er in den Palast gestürmt war, um diesem rückgratlosen Jüngling Richard die Macht zu entreißen. Aber das konnte ihn nicht scheren. Er war der Sternenfürst, der rechtmäßige Herrscher der größten interstellaren Allianz in der Geschichte der Menschheit. Er hatte seinen Aufstieg auf diesen Thron nicht über Jahre hinweg langsam, sorgfältig und mit äußerster Verschlagenheit betrieben, um sich jetzt von ein paar militärischen Rückschlägen einschüchtern zu lassen.

Die Hausfürsten der übrigen Sternenreiche, die im Bund zusammengeschlossen waren, hatten sich geweigert, ihm bei der Abwehr des alten Narren Kerensky zu helfen. Natürlich ging es diesen erbärmlichen Despoten nur um ihr eigenes Wohl, und sie hatten auch dem General jede Hilfe verweigert. Ihre Staaten blieben von Kerenskys langem Marsch unberührt, während Amaris seine Republik der Randwelten für den Augenblick verloren hatte. Auf der Karte glühte sie blutrot – in der Farbe, die er Kerensky und dessen Armee zugeteilt hatte, die ihn langsam einzukesseln versuchte.

Die blutrote Farbe schloß Terra und die umliegenden Welten ein. Terra – der Geburtsort der menschlichen

Rasse und das ewige Herz des Sternenbundes. Aber Amaris war nicht besorgt über den blutroten Kreis, der sich wie eine Schlinge um seine Besitztümer zusammenzog. Schließlich war er Stefan Amaris. Wie viele Jahre hatte er damit zugebracht, seinen Plan, seine Vision umzusetzen? Wie viele Jahre hatte er gewartet, auf Zeit gespielt, sich geschickt das Vertrauen jenes verzogenen Balgs erschlichen, das eines Tages den Thron seines Vaters und den Titel des ersten Lords erben sollte? Und als die Zeit gekommen war, den Jahren des Wartens und Beobachtens, des Intrigierens und Einschmeichelns ein Ende zu setzen, hatte er aus eigener Kraft die größte Machtfülle in der Geschichte der Menschheit in seinen Besitz gebracht.

Während er hier nun auf dem Thron saß und auf die vor ihm in der Luft hängenden Welten starrte, trat ein Mann in der mattolivgrünen Uniform mit rotem Ziergurt seiner Republikanischen Garde ein. Es war General Legos, der Mann, der ihm bei der Planung des Staatsstreiches geholfen hatte und der nun als Kommandeur der Greenhavengestapo fungierte. Amaris wandte sich seinem langjährigen Berater zu und stützte sich dabei mit dem Szepter ab.

»Gute Nachrichten von der Front, will ich hoffen?« eröffnete er das Gespräch, obwohl es eine sehr lange Zeit her war, daß irgendeiner seiner Kommandeure Gelegenheit gehabt hatte, ihm gute Nachrichten zu überbringen. Genaugenommen waren Legos' Vorgänger griesgrämige alte Unheilsboten gewesen, die überall nur Negatives sahen. Aber, wie Amaris sich immer wieder beruhigte, niemand enttäuschte ihn lange. Er hoffte inständig, daß es nicht nötig werden würde, Legos wie die anderen zu Tode zu foltern, aber selbst Legos würde seinem Schicksal nicht entgehen, wenn er im Dienst an der Vision seines Imperators versagte.

»Die Operationen auf Saffel verlaufen gut«, stellte

Legos fest, aber er wirkte verängstigt. Kerenskys Armee zahlte einen hohen Preis für ihren Vormarsch, doch langsam aber sicher zerschliß sie die republikanischen Kräfte.

Amaris sah dem Mann an, daß er noch nicht fertig war. »Aber ...?«

»Millilo ist heute an den Feind gefallen, aber unsere Kräfte haben sich außerhalb der Stadt neu gruppiert, und General Johnston hat mitgeteilt, daß er in einer Woche einen Gegenangriff zur Rückeroberung plant.«

Der Erste Lord seufzte schwer, als er das hörte. »Das ist gar nicht gut«, meinte er, und sein Tonfall versprach unsägliche Strafen.

»Es tut mir leid, mein Lord.« Die Stimme des Generals zitterte leicht, und Amaris genoß die Angst, die in ihr lag.

»Diesmal ist es nicht dein Fehler. Johnston ist es, der versagt hat. Der Verlust Millilos ist unannehmbar. Gib Befehl, General Johnston festzunehmen und zur Aburteilung nach Terra zu bringen. Unsere Luft/Raumjäger sollen die Stadt bombardieren. Wenn ich Millilo nicht haben kann, wird niemand es bekommen.«

»Wie soll die Anklage lauten, mein Lord?«

»Verrat natürlich«, bellte Amaris. »Ich habe Johnston befohlen, die Stadt zu halten, egal, was es kostet. Er hat versagt, und dafür wird er bezahlen.«

»Es wird geschehen, mein Lord«, bestätigte General Legos, dessen Widerstandswillen an diesem Stefan Amaris zerbrochen war, zu dem er sich im Lauf der Zeit verwandelt hatte.

»Und in der Sache meiner widerspenstigen Geliebten?«

Legos versteifte sich, als sein Herr und Meister ihn auf diesen Auftrag ansprach. »Shera Moray ist unterwegs in Richtung der von Kerensky gehaltenen Welten und befindet sich zur Zeit auf Slocum. Der Planet wird von der 159. Royal BattleMech-Division angegriffen.

Den Berichten meines Agenten zufolge wird er sie noch heute abfangen und seine Mission zu Ende bringen können. Mit etwas Glück sind beide Ziele bereits heute abend eliminiert.«

»›Beide‹ Ziele?«

»Ja, mein Lord. Seinen Berichten entnehme ich, daß sie vor vier Wochen auf Altair entbunden hat.«

»Männlich oder weiblich?« fragte Amaris.

»Ein Junge, mein Lord. Sie hat ihm den Namen Andrew gegeben.«

Amaris erhob sich von seinem Thron und stieg die Stufen hinab, bis er dem General von Angesicht zu Angesicht gegenüber stand. »Sie werden dafür sorgen, daß beide vernichtet werden, ganz besonders das Kind«, schrie er. Und nur für den Fall, daß trotz seiner Lautstärke noch irgendein Zweifel bestand, rammte er den Fuß des Szepters auf den Boden des Saals. Der Knall hallte durch das Gewölbe wie Kanonendonner.

»Es wird geschehen, wie Ihr es befehlt, Sire.«

»Das muß es auch. Wenn dieses Kind überlebt, wären der Junge oder seine Nachfahren Anwärter auf meinen Thron. Rivalen meiner rechtmäßigen Erben. Ich will ihren Tod, und wenn dazu eine ganze Division notwendig wäre. Hast du verstanden, Legos? Die Zukunft des Sternenbunds hängt davon ab!«

Rolund City, Slocum
Terranische Hegemonie

Shera Moray blickte hastig nach allen Seiten, um sicherzugehen, daß niemand sie beobachtete, dann drückte sie die Geldscheine in die Hand der anderen Frau.

Die Frau rückte das Baby in ihrer Armbeuge zurecht, während sie das Geldbündel verschwinden ließ. »Das ist eine Menge Geld nur für andere Papiere«, stellte sie fest. Shera mußte Andrew ebenfalls anders halten, so daß die beiden Frauen die kleinen braunen Päckchen mit Reisepapieren tauschen konnten.

»Der Vater des Jungen darf uns nicht finden«, erklärte sie, und versuchte ihre panische Angst zu verbergen. Shera Moray hegte keinen Zweifel daran, was sie und ihren Sohn erwartete, wenn Stefan Amaris sie in seine Gewalt bekam. Auf New Earth war sie seinen Schergen nur knapp entkommen, indem sie eine Passage im Frachtraum eines Transportschiffs gebucht hatte. Welch ein Glücksfall war es gewesen, als sie diese Frau getroffen hatte, die ebenfalls mit einem Kind in Andrews Alter auf Reisen war, eine Frau, die Shera ähnlich genug sah, um ihr etwas Zeit zu erkaufen, selbst wenn es nur Stunden oder gar Minuten waren. Momentan herrschte eine solche Konfusion angesichts des immer enger werdenden Kessels von Kerenskys Truppen, der immer neuen Gesetzen und Vorschriften, immer neuen Vorrangtransporten mit Truppen an die Front und zurück, daß sich kaum jemand um eine schäbig gekleidete Bäuerin und ihr Baby kümmern würde. Zumindest setzte Shera darauf ihre Hoffnung.

Die Frau lachte unverschämt. »Ein Säufer, was? Oder vielleicht ein Schläger? Egal, mich kümmert's nicht, wovor du wegläufst. Alles ist besser als zu verhungern.« Dann stopfte sie sich das Geld und die Papiere in den Ausschnitt ihres schmutzigen Kleids, drehte sich um und wanderte davon. Auch Shera drehte sich um und überquerte die Straße in die andere Richtung. Andrew bewegte sich in den Decken, zappelte etwas in den Armen seiner Mutter. Überall waren Soldaten. Sie wußte, daß sie äußerst vorsichtig sein mußte.

Sie hatte Stefan Amaris gehaßt, war nur unter Zwang seine Geliebte geworden. Er war vielleicht ein Imperator, aber gleichzeitig war er auch ein Wahnsinniger, der durch den Palast wanderte und mit der Laserpistole auf die Gemälde und Standbilder der Camerons und anderen hochgestellten Persönlichkeiten feuerte, die das Gebäude schmückten. Er hatte ihr befohlen, Vorkehrungen zu treffen, hatte sie gewarnt, er werde es nicht zulassen, daß sie ihm einen Bastard gebäre. Aber sie hatte ihm nicht gehorcht, und als sie erfuhr, daß sie schwanger war, die Flucht ergriffen. Shera hatte die Schrecken gesehen, die in Unity City, der einstigen Perle des Sternenbunds, alltäglich geworden waren. Sie hatte den wahren Amaris gesehen, seinen Wahnsinn erfahren. Er würde vor nichts zurückschrecken, um die Geburt eines möglichen Anwärters auf sein Erbe zu verhindern.

Sie sah über die Schulter. Ein Trupp Soldaten hatte die Frau angehalten, mit der sie eben erst die Papiere getauscht hatte. Ihr Puls raste. Immer mehr Truppen tauchten in ihrer Nähe auf. Es war offensichtlich, daß sie auf der Suche nach ihr gewesen waren und sie jetzt nicht wieder entkommen lassen würden. Die Frau rief etwas, aber Shera konnte es durch den Straßenlärm nicht verstehen. Niemand blieb auch nur stehen. Alle wußten, Widerstand gegen Amaris-Truppen brachte den Tod oder einen Aufenthalt in einem der »Umerziehungslager«. Sie wollte fliehen, aber etwas in ihr wollte sehen, was als nächstes geschah. Sie blieb einen Augenblick stehen, scheinbar, um das Obst an einem Verkaufsstand zu mustern, aber aus dem Augenwinkel beobachtete sie das Geschehen auf der Straße.

Einer der Soldaten hatte die Papiere der Frau in der Hand, ein anderer griff nach dem Kind. Sie kreischte und preßte das Baby an sich, das jetzt ebenfalls vor Angst weinte. Der Kreis der Soldaten wurde immer enger. Plötzlich riß sich die Frau los, brach durch die Reihe und lief davon. Zwei der Infanteristen hoben ihre Lasergewehre und eröffneten ohne Rücksicht auf die übrigen Passanten das Feuer.

Die Schüsse durchbohrten Frau und Kind, rissen sie im Laufen mitsamt dem Baby zu Boden. Sie drehte sich im Fallen und brach zusammen. Das Kind lag noch immer in ihren Armen, während sich um ihren Kopf eine Blutlache ausbreitete. Es blutete ebenfalls, und wie seine Mutter würde es nie mehr weinen oder sich bewegen. Zwei Passanten brachen ebenfalls zusammen, ganz in der Nähe von Shera. Die übrigen Leute auf der Straße sahen, was geschah, stockten kurz, und setzten ihren Weg dann umso hastiger fort. Sie alle hatten schon Folterung und Tod von mehr als genug Freunden und Angehörigen mitansehen müssen. Sie wußten, Widerstand gegen die Besatzer war zwecklos. Sie ließen die Fremde und ihr Baby in ihrem Blut auf der Straße liegen.

Shera Moray atmete tief durch. Es war ihr eigener Tod gewesen, den sie beobachtet hatte, denn diese Schüsse hatten ihr und ihrem Sohn gegolten. Aber sie war noch einmal davongekommen, ob aus purem Glück oder durch eine Fügung des Schicksals, konnte sie nicht sagen. Es kam nur darauf an, daß sie noch lebte und ihr Sohn sicher in ihrem Arm lag. Und in diesem Augenblick schwor sie, daß ihr Kind oder seine Nachfahren eines Tages die Verbrechen seines Vaters vergelten würde.

1

Shimgata Mesa, Shiro III
Herzogtum Andurien, Liga Freier Welten

1. April 3057

Lieutenant Hermann Bovos sah auf den Ortungsschirm seines Mechs und erkannte die schwache Signatur eines Landungsschiffes fast zwölf Kilometer voraus. *Verdammt!* dachte er. *Was ist los mit diesem Planeten? Fliegen den denn nur Skipper mit dem Orientierungsvermögen eines Eimers Waschbenzin an?* Dies war keineswegs das erste Mal, daß er und seine Lanze losgeschickt worden waren, um die Besatzung eines havarierten Schiffs zu bergen.

Aber so war das Leben beim Militär. Vor zwei Jahren hatte seine Einheit Jagd auf Banditen gemacht und anschließend in der großen Lotterie des Militärlebens die Niete gezogen, vor der sich jeder Krieger fürchtete – Garnisonsdienst. Während er den Steuerknüppel nach rechts bewegte, um ein paar Felsen im Weg seines *Hermes II* zu umgehen, sagte er sich, daß er nicht zu den 2. Oriente-Husaren gegangen war, um Ödwelten wie Shiro III zu beschützen. Wieder fluchte er leise. Er war mit Erzählungen über die wagemutigen Unternehmungen der Einheit und der taktischen Brillanz ihrer Kommandeure aufgewachsen. Wie stolz er gewesen war, in die berühmte Einheit aufgenommen worden zu sein, in der auch schon sein Vater gedient hatte.

Auf der Karte im Sekundärmonitor sah Bovos, daß er sich, zu beiden Seiten flankiert von den drei übrigen Mitgliedern seiner Lanze, dem Zielpunkt näherte. Ohne die Ortungsanzeige hätte er davon nichts gemerkt. Auf diesem Stück Ödland namens Shimgata Mesa sah eine zerklüftete Felsformation aus wie die andere, ein verkrüppelter Baum wie der nächste.

»Da wären wir«, stellte er über das Mikrophon des Neurohelms fest. Aber in Gedanken war er bei den acht Generationen von Männern und Frauen der Familie Bovos, die im Militär der Liga Freier Welten gedient und gekämpft hatten. Gelegentlich waren ihre Einheiten auf der falschen Seite eines Bürgerkriegs gestanden, wie damals, als die Husaren Duncan Marik bei dem Versuch unterstützt hatten, den Thron seines Vetters Thomas zu erobern. Aber das blieb Vergangenheit; heute war nur wichtig, wem ihre aktuelle Loyalität galt. Und Bovos ebenso wie seine Schwester, Infanteristin bei den 1. Oriente-Husaren, waren dem Generalhauptmann fanatisch ergeben.

Bovos und seine Lanze waren auf Manöver gewesen, als sie vom Absturz eines kommerziellen Landungsschiffs auf der anderen Seite der Hochebene hörten. Als nächste erreichbare Einheit hatte die Lanze den Auftrag erhalten, die Absturzstelle zu untersuchen und wenn möglich Überlebende zu bergen. Bovos hatte versucht, seinen Vorgesetzten mit dem Hinweis umzustimmen, daß sie für medizinische Notfälle nicht ausgerüstet waren, aber es hatte nichts genützt.

»Opa, hier ist Stier«, rief er Sergeant-Master Leo Striber.

»Ich höre«, antwortete Striber. Der Sergeant-Master war viel älter als seine Mit-Husaren. Er hatte 3037 bei der Sezession auf der Seite Anduriens gekämpft und war auf Xanthe III bei dem unglückseligen Sturmangriff dabeigewesen, der Duncan Marik das Leben kostete. Aber wie so viele, die in jenen Krieg gezogen waren, weigerte Striber sich, darüber zu reden. Es war ein Bruderkrieg gewesen, eine Tragödie für die Liga. Selbst Bovos' Vater schwieg sich über jene Zeit aus.

»Unser Ziel liegt knapp voraus. Empfängst du irgendwelche Signale?«

»Keinen Piepser«, stellte Opa fest. »Entweder gibt es

keine Überlebenden, oder sie haben kein funktionierendes Funkgerät.«

Bovos bremste den Mech etwas und suchte das Gelände ab. Der Boden vor ihnen war noch schwieriger und zerklüfteter als der, den sie gerade überquert hatten, aber es gab keinen anderen Weg zur Unglücksstelle. Ihnen blieb keine Wahl, als den Befehl zu befolgen und weiterzumarschieren.

»Stier an Lanze. Langsam und vorsichtig jetzt. Zwischen uns und dem Landungsschiff liegen noch eine Menge schwierige Stellen, also behaltet die Ortung im Auge.«

»Ist klar, Stier.« Das war Simon Dozer in seiner *Wespe* an der rechten Flanke. »Was für ein Tag für einen Landausflug, was, Lieutenant?«

»Ruhe im Glied«, gab Bovos zurück.

»He, das wird ein Spaziergang, Boß. Wir machen einen auf Kavallerie, retten die gestrandeten Siedler und reiten in den Sonnenuntergang.«

Bovos schüttete den Kopf und mußte grinsen. Dozer hatte immer einen Witz auf Lager. Irgendwie schien er nichts ernst nehmen zu können. Er war schon aus drei anderen Einheiten versetzt worden, bevor er schließlich bei Bovos landete, der anscheinend als einziger die nötige Geduld für ihn aufbrachte. »Der Befehl gilt, Dozer. Klappe.«

»Verstanden, Stier, Sir.« Bestätigte Dozer zackig und wie immer entschlossen, das letzte Wort zu haben.

»Lieutenant Bovos.« Die akzentschwere Stimme gehörte Corporal Gustav Hoffman in seinem *Greifen.* »Erbitte Erlaubnis, das Feuer auf Dozer eröffnen zu dürfen, wenn er die Klappe nicht hält.«

»Abgelehnt… vorerst.« Bovos sah auf die Uhr. Es wurde Zeit, Kontakt zum HQ in Timothy, der nächstgelegenen Stadt, aufzunehmen. Er schaltete auf den Regimentskanal und gab die Position der Lanze durch, wie es vorschriftsgemäß einmal in der Stunde zu tun war. Die Taktikanzeige bestätigte den Abgang der Koordinaten, aber es traf keine automatische Empfangsbestätigung vom Husaren-HQ ein.

Entweder die Funkanlage des Hauptquartiers war ausgefallen, oder die Felsformationen der Umgebung störten den Empfang. Bovos versuchte es noch einmal, mit ebensowenig Erfolg wie zuvor. *Wenn wir im Krieg wären, würde ich mir jetzt Sorgen machen.* Irgend jemand auf der Basis war an seinem Posten eingeschlafen. Er brachte den *Hermes II* auf den Scheitel eines Felsens und machte sich an den Aufbau einer Direktverbindung. Er würde sich persönlich mit der Basis in Verbindung setzen müssen, auch wenn das dem Komm-Tech einen Verweis einbrachte.

Ein Anruf von Striber unterbrach ihn. »Stier hier Opa. Hast du auf der Nahortung gerade auch Signaturen gehabt?«

Bovos überprüfte die Sensoren und ihre Einstellung. Er sah nichts, bremste aber leicht ab, um sich besser durch die Felsen bewegen zu können, die wie ein Hindernisparcours ringsum aufragten. »Negativ, Opa. Du etwa?«

Es gab eine Pause. »Ich dachte, ich hätte Reaktorimpulse geortet – Mechs. Nur für einen Moment, dann waren sie wieder verschwunden.«

»Richtung?«

»Voraus und seitlich.« In Stribers Stimme lag etwas, das Bovos dort noch nie gehört hatte – es klang nach einer Vorahnung, möglicherweise sogar nach Furcht.

»Stier an Lanze, alles stop. Nahortung. Empfängt irgendwer ungewöhnliche Signale?« Bovos sah noch einmal auf den Schirm, aber außer den Lichtpunkten seiner Lanze war nichts zu erkennen. Sie waren über das Gelände verteilt und durch ein Labyrinth von Felsen und kläglichen Grüppchen verkrüppelter Bäume voneinander getrennt.

»He, Lieutenant, das hier iss'n Ausflug – erinnerst

du dich? Opa hat wahrscheinlich zehn Jahre zuviel im Cockpit gesessen. Ich kann nichts … Moment mal … was, bei der Heiligen …«

Dozers Stimme wurde von einer Explosion und einem Einbruch von Statik abgeschnitten, dann war die Leitung tot.

»Dozer, melde dich!« Bovos sah zwei rote Fusionsreaktorsignaturen unmittelbar neben Dozers *Wespe* auf dem Ortungsschirm auftauchen. Sein Computer suchte die Datenbänke ab und ersetzte die Lichtpunkte durch Mech-Icons. Ein mittelschwerer *Centurion* und einer der schwerstbewaffneten und gefürchtetsten überschweren BattleMechs – ein 80 Tonnen schwerer *Todesbote*. Dozers gerade mal 20 Tonnen schwere *Wespe* war nicht einmal einem dieser Gegner gewachsen, erst recht nicht unter diesen beengten Umständen. *Entweder sie hatten die Reaktoren runtergefahren, oder sie haben unsere Ortung gestört, um zu verhindern, daß wir sie bemerken. Dieser ganze Landungsschiffsabsturz war nur eine Falle, um uns anzulocken.*

»Das ist eine verf … te Falle!« brüllte er ins Mikro. »Dozer, mach, daß du da wegkommst! Spring, verdammt! Hoffman, gib ihm Deckung! Opa, zu mir!« Plötzlich zischten zwei Kurzstreckenraketen aus einem Krüppelkieferhain ganz in der Nähe hervor und schlugen in den Rumpf des *Hermes II* ein. Der Mech wurde von dem Aufprall zurückgeworfen, und die Panzerung regnete in Bruchstücken auf den Felsboden. *Infanterie mit KSR-Werfern! Soviel zu der simplen Bergungsaktion.*

Bovos richtete den Flammer auf die Baumgruppe und gab einen züngelnden Feuerstoß ab. Die vertrockneten Bäume loderten ebenso hell auf wie das Unterholz zwischen ihnen, als die Flammen sich eine Bahn durch den Hain brannten, und außer verkohltem Grund und schwarzem Qualm ließen sie nichts zurück. Er hatte die Angreifer wohl kaum getroffen, aber im Moment reichte es Bovos völlig, sie in Bewegung zu halten, so daß sie keine Zeit fanden, noch einmal auf ihn zu feuern.

Einen kurzen Augenblick war Dozers panische Stimme wieder zu hören. »Sie haben mich in der Zange, Lieutenant. Es sind die Rit…« Eine erneute Explosion klang in der Ferne auf und ließ den Boden erzittern. Plötzlich sah Bovos die Silhouette eines Mechs in der Luft, Dozers *Wespe* im Sprung. Dann stürzte sie abrupt zu Boden, eingehüllt in ein Inferno aus Flammen und Explosionen, und verschwand hinter den Felsen. Die nächste Detonation kam unmittelbar darauf. Der Todesschrei des jungen MechKriegers. Bovos' Sensoren verzeichneten Dozers Mech nicht mehr. Zwanzig Tonnen hochentwickelter Technologie, in einem Augenzwinkern vernichtet. Dozer hatte in seiner leichten Maschine von Anfang an nicht die Spur einer Chance gegen diese Hundesöhne gehabt.

Aber Hermann Bovos blieb keine Zeit, sich über das Schicksal Gedanken zu machen, nicht über das eigene, nicht über das eines anderen. »Alles zurückfallen auf meine Position. Nehmt euch vor feindlicher Infanterie in Acht!« Er hatte die Worte kaum ausgesprochen, als der *Hermes II* unter dem Einschlag einer aus versteckter Stellung abgefeuerten Raketensalve erbebte. Mehrere Geschosse schlugen in den rechten Arm und den Rumpf ein. Drei andere gingen vorbei, trafen jedoch die Felsen hinter ihm und überschütteten die schwächere Rückenpanzerung mit einem Schrapnellhagel. Der Mech geriet ins Wanken, und ohne die Hilfe der Kreiselstabilisatoren und einiger geschickter Ausgleichsmanöver seines Piloten wäre er gestürzt. *Das ist ein klassischer Hinterhalt, und uns einzugraben wäre der schlimmste Fehler, den wir begehen können. Wir müssen ausbrechen – und das sofort.*

Stribers Stimme über Funk bot wenig Trost. »Ich werde von einem *Whitworth* aufs Korn genommen, und der verdammte *Todesbote* marschiert geradewegs in Ihre Richtung, Lieutenant.«

»Wir müssen hier raus, Opa«, meinte Bovos, dessen Ortung Stribers Mitteilung bestätigte. »Hoffman und du, ihr fallt zurück, versucht, zurück in die Stadt zu kommen.«

Hoffmans *Greif* kam gleichzeitig mit dem *Centurion* in Sicht. Bovos machte die Imperator Autokanone/5-Ultra scharf und zog das Fadenkreuz auf das Ziel. Der immer näher kommende *Centurion* nahm ihn nicht wahr. Der Pilot war zu sehr damit beschäftigt, dem Beschuß des *Greif*en auszuweichen. Die Zielerfassung des *Hermes II* sprach an, und der Lanzenführer preßte den Auslöser. Die rotsilberne Bemalung des Feindmechs verschwamm vor seinen Augen.

Dann geschah alles mit rasender Geschwindigkeit. Ein Strom von AK-Granaten donnerte in die rechte Seite des *Centurion,* riß tiefe Krater in die Panzerung und schleuderte einen Hagel von Stahl über Felsen und Bäume. Auch Hoffman feuerte immer noch und löste eine PPK-Salve auf den Mech aus. Die blauen Blitzschläge verfehlten ihr Ziel um nicht einmal einen Meter. Mit einem gewaltigen Krachen zerschmetterten sie einen nahen Felsen.

Der *Centurion* wehrte sich mit mittelschweren Lasern und Autokanone. Das Feuer kam über Hoffmans Maschine wie eine unaufhaltsame Sturmflut von Tod und Vernichtung. Einige der Granaten hämmerten auf die Pilotenkanzel des *Greif* ein, schmetterten Panzerung und Abschirmung davon. Der Rest bohrte sich in den Rumpf des Mechs und seine obere Brustpartie. Bovos ignorierte die zunehmende Hitze im Cockpit und versuchte angestrengt, den *Centurion* durch den Qualm auszumachen. *Nach dem Bombardement muß Hoffman in ernsten Schwierigkeiten stecken. Wenn er jetzt nicht macht, daß er wegkommt, ist er erledigt.*

Aber der *Centurion* stürmte geradewegs auf Hoffman zu. Er holte mit dem riesenhaften linken Arm aus. Der Pilot schlug zu und versenkte die gepanzerte Mechfaust mit der Gewalt einer Dampframme im Zentrum des *Greifen*-Rumpfes. Bovos hörte Hoffmans Schrei über die Kommverbindung, während er um das Gleichgewicht seines eigenen Mechs rang, aber der Schrei brach schnell ab. Der *Greif* kippte nach hinten. Ein Großteil seiner Internen Struktur und Myomerbündel blieben an der zerbeulten und mit Kühlflüssigkeit verschmierten Faust des *Centurion* zurück.

Starr vor Schreck sah der Oriente-Husar den Fusionsreaktor des *Greifen* in einem Feuerball explodieren. Hoffmans Schreie hallten in seinen Ohren. Sein Kamerad war tot, aber jetzt hatte er keine Zeit, um ihn zu trauern. Gepackt von eiskaltem Zorn löste er eine neue Autokanonensalve gegen den Angreifer aus. Die meisten Geschosse gingen vorbei, aber was er an Treffern erzielte, schlug in die Beine des *Centurion* ein. Der Mech drehte sich zu Bovos um, gerade als der rotsilberne *Todesbote* die Gefechtszone erreichte.

Dem Lieutenant war klar, daß er bei einem direkten Angriff dieses Mammutmechs verloren war. Der *Todesbote* war schwer bewaffnet, aber träge. Seine einzige Chance bestand darin, ihn auszumanövrieren, also entschied er sich, seinen eigenen Befehl zu befolgen, und warf den *Hermes II* in einen verzweifelten Sprint. Obwohl er Haken schlug, erwischte ihn der *Todesbote* zweimal beinahe mit den Extremreichweiten-PPKs. Auf der Ortung bemerkte er Stribers *Feuerfalken* und einen weiteren Feindmech voraus. »Opa, ich komme auf dich zu. Brauchst du Hilfe?«

»Verschwinde von hier«, schrie Striber als Antwort über den Funk. »Kümmer dich nicht um mich!« Das Donnern und Krachen im Hintergrund ließ keinen Zweifel, daß der Sergeant-Master unter schwerem Beschuß lag. Der Pulsschlag dröhnte noch lauter in seinen Ohren vor Wut bei dem Gedanken, daß er auch das letzte Mitglied seiner Lanze verlieren sollte. Dann identifizierte der Bordcomputer Stribers Gegner – ein *Kampftitan*, ein noch gefährlicherer BattleMech als der *Todesbote*. Auf diese massiv gepanzerte Kampfmaschine zu feuern, war beinahe aussichtslos angesichts des ungeheuren Schadens, den sie wegstecken konnte. Aber was blieb ihm sonst übrig? Bovos löste die Laser aus und feuerte eine Salve lodernder Energieimpulse auf den jetzt in Sicht- und Reichweite aufragenden Koloß. Am Qualm und Trümmerregen war zu erkennen, daß auch Striber nicht aufgab, sondern sich einen Weg freizuschießen versuchte. Wilde Laserlichtimpulse ließen die Rauchschwaden aufleuchten und gaben Bovos eine Vorstellung von der Position seines Lanzenkameraden.

»Fall zurück, Opa. Die Kavallerie ist da.«

»Ich weiß es zu schätzen, Stier.« Striber klang wild entschlossen. »Es ist ein älteres Modell, aber trotzdem ein Killer.«

Mit einem Flammenstoß aus den Sprungdüsen des *Feuerfalken* stieg Striber in die Lüfte. Aber der rotsilberne *Kampftitan* reagierte mit einer KSR-Salve aus dem Rumpf und PPK-Feuer aus dem rechten Arm. Der Strom hochenergetischer Ionenbolzen schlug ins rechte Bein von Stribers Mech ein, wo er den größten Teil der Panzerung absprengte und einige dicke Myomermuskelbündel durchtrennte. Striber erwiderte das Feuer nicht. Wahrscheinlich war es ihm wichtiger, soviel Distanz wie möglich zwischen die Überreste seines *Feuerfalken* und den Angreifer zu legen.

Bovos selbst war alles andere als erpicht darauf, zu nahe an das Metallmonster heranzugehen. Er wollte gerade dicht genug aufrücken, um das Feuer von Striber abzulenken. Als der *Feuerfalke* etwa 200 Meter von dem *Kampftitanen* aufsetzte, feuerte Bovos eine weitere Granatensalve aus der Autokanone seines *Hermes II* ab. Er legte es nicht wirklich darauf an, den schwereren

Mech zu treffen. Die Granaten sollten nur nahe genug bei ihm einschlagen, um Schaden zu erzielen und die Aufmerksamkeit des Piloten zu ziehen.

Es funktionierte nicht.

Der *Kampftitan* hob den rechten Arm und feuerte wieder auf Striber. Die künstlichen Blitzschläge der PPK schlugen seitlich in das Cockpit des *Feuerfalken,* sprengten die Panzerung beiseite und ließen enorme Überladungsblitze über den gesamten Rumpf des BattleMechs tanzen. Dem PPK-Angriff folgten Sekunden später mehrere mittelschwere Lasertreffer. Einer von ihnen schnitt wie ein Skalpell durch den Rumpf des *Feuerfalken,* hoch, höher, immer weiter, bis er die Vorderseite der Pilotenkanzel zerteilte.

Sie waren alle tot, aber Bovos mußte zurück zum Bataillonshauptquartier gelangen und den Rest der Husaren warnen – falls es noch einen Rest der Husaren zu warnen gab. Als er weiterrannte, stellte er fest, daß er Gesellschaft bekommen hatte. Zwischen ihm und dem Rückweg nach Timothy stand ein *Whitworth,* und an seiner rechten Flanke rückte langsam der *Todesbote* näher. Während Bovos sich auf den *Kampftitanen* konzentriert hatte, war es den beiden anderen Piloten gelungen, ihn einzukesseln. *Und außerdem ist der* Centurion *auch noch irgendwo da draußen.* Diese Mechpiloten waren wild und barbarisch, und sie hatten einen perfekten Hinterhalt inszeniert. *Wer, zum Teufel, sind sie?*

Der *Whitworth* war ohne Zweifel der schwächste seiner Gegner. Bovos richtete den *Hermes II* auf ihn aus und beschleunigte voll. Als die Zielerfassung ansprach, legte er alle Waffensysteme auf den Hauptfeuerknopf. Er konnte sich keinen längeren Schußwechsel leisten. Er mußte es mit einer Breitseite versuchen, sobald er auf optimale Entfernung heran war. Wenn er Glück hatte, konnte das ausreichen, ihm den Durchbruch zurück zur Stadt zu ermöglichen.

Der Pilot des gegnerischen *Whitworth* wartete nicht,

bis Bovos nähergekommen war, sondern schleuderte ihm eine regelrechte Wand aus Langstreckenraketen entgegen. Der Oriente-Husar versuchte nicht einmal auszuweichen, sondern steuerte den *Hermes II* geradewegs hindurch. Die Sprengköpfe der Raketen detonierten überall auf der Frontpartie der Kampfmaschine und schüttelten sie durch. Die taktische Schadensanzeige leuchtete in einem alarmierenden Rot. Es gab kaum noch einen Fleck an seinem Kampfkoloß mit intakter Panzerung. Die obere Rumpfpartie war besonders schwer beschädigt.

Vor ihm ragte der *Whitworth* auf. Seine rotsilberne Bemalung glänzte im Licht der Sonne. Bovos hatte diese Bemalung schon einige Male gesehen, hauptsächlich in Holoberichten. Das war das Farbschema der Ritter der Inneren Sphäre! *Wieso, in Kerenskys Namen, greifen sie uns an? Wir stehen auf derselben Seite!*

Der *Whitworth* lud eine neue LSR-Breitseite nach, als Bovos mit Autokanone, Laser und Flammer gleichzeitig das Feuer eröffnete. Sein Impulslaser durchlöcherte die Panzerplatten auf dem rechten Arm des feindlichen Mechs, während ihn die AK-Granaten am Schulteraktivator vom Rumpf abtrennten. Der Flammer hüllte den Rumpf in einen Feuerball, in dem das Schildsymbol der Ritter Blasen warf und verkochte. Auch Bovos wurde es heiß. Die Innentemperatur des Cockpits stieg enorm an, und im Innern seines Neurohelms schnappte er nach Luft. Die Kühlweste allein verhinderte noch, daß er bei lebendigem Leib gesotten wurde, aber wie lange würde sie gegen diese Hitze bestehen können?

Was dann geschah, kam völlig überraschend. Der *Hermes II* wurde brutal durchgeschüttelt, als ein PPK-Treffer wie eine Dampframme sein linkes Bein traf. Der Treffer zerschmetterte das Kniegelenk. Bovos versuchte verzweifelt, den Mech aufrecht zu halten, aber das Gyroskop spielte nicht mit. Der Kampfkoloß stürzte nach vorne. Bovos wurde in die Haltegurte geschleudert, die sich tief in seinen Körper gruben. Sein Kopf schlug gegen die Kommkontrollen. Als der Gefechtscomputer und die Monitore ausfielen, schmeckte er Galle. *Das war's. Ich bin tot. Ich habe nicht einen einzigen von ihnen erwischt, und jetzt bin ich dran.* Der metallische Geschmack von Ozon lag in der Luft, und er konnte brennendes Myomer und Kühlflüssigkeit riechen. Er wollte den Kopf heben, um etwas sehen zu können, aber die Kanzel war finster. Durch das Kanzeldach waren nur schemenhaft die Felsen und der Staub der Shimgata Mesa zu erkennen.

Bovos wartete. Es schien eine Ewigkeit. Er wartete auf den Fangschuß, der seinem Leben ein Ende machte. Aber der kam nicht. Benommen den Kopf schüttelnd, schlug er auf die Gurtkupplung und fiel gegen die Kanzelwand.

Wir sind von Thomas Mariks Rittern der Inneren Sphäre in einen Hinterhalt gelockt und überfallen worden, überlegte er. *Aber eigentlich soll das ein ehrenwerter Orden sein, die Besten der Besten und all dieser Müll.* Während Bovos und seine Lanze abgeschlachtet wurden, mußten die Ritter auch gegen den Rest des Bataillons losgeschlagen haben, was erklärte, warum es ihm nicht gelungen war, Kontakt aufzunehmen. *Warum sollte Generalhauptmann Marik den Rittern befehlen, seine eigenen Truppen anzugreifen? Greift er das Herzogtum offen an? Warum gerade jetzt?* Bovos hatte nicht einmal den Hauch einer Antwort, aber sie würde wohl ebenso rätselhaft ausfallen wie die Antwort darauf, warum man ihn allein am Leben gelassen hatte.

2

Aux-Huards-Ebene, Valexa
Mark Capella, Vereinigtes Commonwealth

3. *April 3057*

Hauptmann Garth Hawkes lehnte sich faul zurück, neigte sein Glas und beobachtete den Schaum auf dem dunklen Bier. Die Taverne, in der er sich einen Platz in der Nähe der Theke gesucht hatte, befand sich in den Überresten des Dörfchens Lucille, wenige Kilometer von der Basis seiner Einheit. Die arg gebeutelte Ortschaft, ein kaum beachteter Fleck auf der Landkarte, war eine jener vielen Siedlungen, die es nur mit Mühe und Not geschafft hatten, die drei Jahrhunderte des Krieges seit dem Zusammenbruch des Sternenbunds zu überstehen.

Hawkes sah sich unter den wenigen Gästen der Kneipe um und dachte über die Stationierung seiner Einheit auf Valexa nach, einer recht nahe an der in letzter Zeit erheblich unruhigen Mark Sarna gelegenen Welt. Es war ein offenes Geheimnis, daß Sun-Tzu Liao seit zwei Jahren auf vielen der Sarna-Welten Unruhestifter beschäftigte. Und deren Erfolg kam auch nicht überraschend, denn viele der dortigen Einwohner betrachteten sich heute noch als Capellaner. Seine Einheit, die 6. Crucis-Lancers, war im Zuge einer größeren Truppenverschiebung in dieses Gebiet hierher gekommen, aber außer endlosen Patrouillen in all die Flecken und Dörfer gab es nichts zu tun. Es war die Art Auftrag, wie sie Hauptmann Garth Hawkes haßte – pure Beschäftigungstherapie. Aber Befehl war Befehl, und er hatte die Pflicht, seine Befehle auszuführen, gleichgültig, was er von ihnen hielt.

Jetzt zog es ihn wieder fort. Diesmal nicht aus militärischen, sondern aus familiären Gründen. Der

Mann, mit dem er sich hier verabredet hatte, war ein enger Freund seines Vaters, des »Generals«, wie ihn selbst seine Kinder liebevoll titulierten. Hawkes war die Nachricht als Aussicht willkommen gewesen, seine ständigen Streifzüge durch die Landschaft Valexas unterbrechen zu können. Für einen ehrgeizigen jungen Offizier, der versuchte, Eindruck auf seine Vorgesetzten zu machen und eine Beförderung anvisierte, gab es kaum Gelegenheiten auszuspannen.

Das Geräusch eines über den Boden schleifenden Stuhls riß ihn aus seinen Träumen. Ihm gegenüber nahm Lieutenant General Mel Aleixandre Platz, ein Mann von beeindruckender Statur.

»Immer noch den Pferdeschwanz, was, Garth?« eröffnete Aleixandre das Gespräch, während er dem Bartender bedeutete, ihm ebenfalls ein Glas Dunkel zu bringen.

»Er entspricht den Vorschriften, Sir.«

Aleixandre lachte und gab Hawkes einen Schlag auf die Schulter. »Ich weiß. Wie geht's denn so, Garth? Es ist eine Weile her, daß wir Gelegenheit zu einem Gespräch hatten. Viel zu lange her für den Sohn eines meiner besten Freunde. Und wie geht es dem General? Hast du noch mal mit ihm gesprochen?«

»Seit gut zwei Monaten nicht. Die Feldpost hinkt schwer hinterher.«

»Ich muß zugeben, daß das teilweise meine Schuld ist, denn ich habe die 6. Crucis-Lancers hierher versetzt.« Aleixandre nahm einen tiefen Schluck und grinste.

»Erinnere mich daran, dir irgendwann zu danken«, erwiderte Hawkes und leerte sein Glas. Der Bartender brachte Nachschub, noch bevor er abgesetzt hatte.

»Garth, möglicherweise solltest du mir wirklich dankbar sein. Hier auf Valexa ist es ziemlich ruhig, aber nebenan in der Mark Sarna haben Sun-Tzus Guerilleros einige Welten in den offenen Aufruhr getrieben, von den einheimischen Widerstandsgruppen ganz zu schweigen. Sei froh, daß du hier bist. Valexa ist kein Kriegsschauplatz – jedenfalls noch nicht.«

»Politik«, knurrte Hawkes, als hinterlasse das Wort einen üblen Geschmack in seinem Mund. »Ich bin MechKrieger. Wovon du da redest, ist Politik. Gib mir einen Gegner und einen guten Kampf, einen Kampf, in dem ich für die gute Sache streiten kann.«

Aleixandre gluckste. »Dein Vater hat schon immer gesagt, du seist ein Idealist. Ein Träumer. Wahrscheinlich kann ich froh sein, daß du bei den VCS geblieben bist, statt abzuhauen, um dich Thomas Mariks Rittern der Inneren Sphäre anzuschließen.«

Natürlich hatte Hawkes von den Rittern gehört. Das hatte wohl jeder. Thomas Marik hatte sie erst kürzlich als eine Art Privatarmee gegründet, mit dem ausdrücklichen Ziel, hehre moralische Werte im Kriegerstand zu fördern. Sie sollten die Besten der Besten sein, und Marik hatte sie aus dem gesamten erforschten Weltraum rekrutiert. Auf seine Einladung hin waren über einhundertfünfzig MechKrieger zur Zentralwelt der Liga Freier Welten gezogen und hatten Thomas Marik als ihrem Lehnsherren den Treueschwur geleistet.

»Ich weiß das Kompliment zu schätzen, Lieutenant General, ebenso wie die Einladung zu diesem Gespräch. Es kommt nicht oft vor, daß ein Mitglied des Kommandostabs sich mit einem niederen Offizier wie mir abgibt.« Hawkes hatte beinahe ein schlechtes Gewissen für seine Bemerkung, aber er nahm sie nicht zurück. Er kannte Lieutenant General Mel Aleixandre schon sein ganzes Leben, und es konnte dem alten Freund seiner Familie nicht schaden, wenn er auch einmal mitbekam, wie die Entscheidungen von oben auf die Truppen wirkten.

Aleixandre schüttelte den Kopf. »Nichts zu danken. Es hat mich nur einen Anruf bei deinem Kommandeur gekostet, dir den freien Tag zu verschaffen.«

»Na, wie gesagt, ich weiß es zu schätzen, Sir. Ich hatte einen Monat keinen Ausgang mehr, so wie die Lancers rumgescheucht worden sind.« Garth Hawkes machte es sich nicht leicht. Er war noch jung, aber er war besessen von harter Arbeit und Leistung. Ein freier Tag war ein Luxus, der vielen in seiner Kompanie abging.

Aber mehr als diese wenigen Minuten sollte auch er nicht bekommen, denn im nächsten Moment hörte Hawkes ein ominöses Krachen in der Ferne, ein Geräusch, das die meisten Zivilisten als Donner über den Bergen nördlich der Stadt ausgelegt hätten. Aber für jemanden, der das Kriegshandwerk gewählt hatte, war das kein natürliches Donnern. Vielmehr war es das unverwechselbare Geräusch der Vernichtung. Hawkes und Aleixandre sahen einander an, dann blickten sie zur Tür. Der Armbandcomp des Lieutenant Generals zirpte. Hawkes lief ein kalter Schauder den Rücken hinab. *Das war eine Explosion. Vielleicht ein Unfall ...*

Der Kommunikator zirpte wieder, beinahe wie ein Echo von Hawkes' Gedanken. Aleixandre gab seine Kennung ein, dann sprach er in das Gerät. »Eiserne Jungfrau hier. Statusbericht.« Seine Stimme war hart geworden, der Plauderton ihres Geplänkels nur Sekunden zuvor war vergessen. Das war Befehlston, sicher und selbstbewußt. Er erinnerte Hawkes an seinen Vater.

Eine blecherne Stimme antwortete aus dem Lautsprecher des Armbandcomps. »Lancer-HQ unter Beschuß. Angreifer in Kompaniestärke. Kompanie Bravo wurde in Bewegung gesetzt, um sie abzufangen.«

Hawkes warf den Stuhl um, als er aufsprang, und nur das Verlangen, den Rest des Berichts zu hören, hielt ihn davon ab, in wildem Galopp aus der Tür zu stürmen. Das war seine Kompanie, seine Einheit. Er saß hier in einer Kneipe herum, während seine Leute da draußen unter Feindbeschuß lagen. Tod und Teufel!

Aleixandres Stimme war angespannt. »Identifikation der Angreifer?«

»Noch unbestätigt, Eiserne Jungfrau. Visueller Kontakt deutet auf Liga Freier Welten hin – Ritter der Inneren Sphäre.« In der Ferne krachte eine zweite Explosion. Der Bartender war an die Tür getreten und hatte sie geöffnet, um hinauszusehen. Durch die Öffnung sah Hawkes Leute auf der Straße stehenbleiben und in die Ferne blicken. Auch ihnen wurde allmählich klar, was er bereits wußte, daß dort kein Gewitter über Valexa aufzog, sondern der Krieg.

»General ... meine Einheit ... ich muß zu ihr«, meinte Hawkes. Sein Herz hämmerte. Sein Schweber wartete draußen, aber sein Mech war fünf Kilometer weit weg. Auch Aleixandre war jetzt aufgestanden.

»Paß auf dich auf«, rief er Hawkes nach, der schon auf der Straße war. »Bravo ist die einzige Kompanie in dieser Gegend. Ich habe zwei andere in der Nähe, aber die sind frühestens in dreißig Minuten hier.«

»Bis dahin ist es zu spät«, rief Hawkes über die Schulter zurück. »In dreißig Minuten ist das hier vorbei.« *So oder so ...*

Hawkes' *Caesar* schien vor Leben und Energie zu pulsieren, als der Mech über den harten Boden der Aux-Huards-Ebene sprintete und eingehüllt in eine Staubwolke den Weg hinabhetzte, den der Rest von Kompanie Bravo erst fünfzehn Minuten zuvor genommen hatte. Der *Caesar* war ein ziemlich schwerer BattleMech, aber er bewegte sich wie eine erheblich leichtere Konstruktion. Die siebzig Tonnen Myomer und Stahl galoppierten mit Höchstgeschwindigkeit in den Kampf, aber der Pilot im Innern des Cockpits war praktisch blind. Wer auch immer Bravo angegriffen hatte, er benutzte Störsender, die Kommunikatorverbindungen und Langstreckenortung weitgehend unmöglich machten.

Seine Sensoren lieferten kaum brauchbare Daten, aber der hinter einem Hügel ein Stück voraus aufsteigende Qualm markierte den Kampfschauplatz deutlich genug. Die Nahortung zeigte eine Reihe von Objekten an, ein Teil aktive, bewegte Mechs, andere heiß vom Kampf, aber stillgelegt. *Abschüsse.* Der Bordcomputer des *Caesar* analysierte die Sensordaten und korrelierte sie mit den Telemetriedaten des Schlachtfelds, aber Hawkes wartete nicht auf das Ergebnis. Statt dessen schaltete er auf den Primären Feuerleitschaltkreis und startete den Aufladeprozeß des Poland-Gaussgeschützes.

Der Bildschirm schaltete innerhalb eines Sekundenbruchteils um, und er sah, was los war. Auf dem Feld standen sieben einsatzbereite Mechs, und nur zwei davon gehörten zu Kompanie Bravo. Das Adrenalin pulsierte in seinen Adern. Er schaltete die Sichtprojektion auf Zielerfassung und suchte das nächstgelegene Ziel, eine *Banshee*. Die *Banshee* war ein gigantischer überschwerer Mech mit dem Doppelten an Feuerkraft, das der *Caesar* aufbieten konnte, aber noch besaß Hawkes den Vorteil der Überraschung. Er schob sich bis auf Trefferreichweite heran, sah die Zielbestätigung aufblinken und feuerte.

Das Gaussgeschütz benutzte eine Serie von Elektromagneten, um eine zehn Zentimeter durchmessende Nickeleisenkugel zu beschleunigen. Der Mech ruckte spürbar, als die silbrige Kugel den Lauf verließ. Das mit Überschallgeschwindigkeit abgefeuerte Geschoß schien eine silberne Lichtspur geradewegs ins rechte Bein der *Banshee* zu ziehen. Selbst aus dieser Entfernung konnte Hawkes die Staubwolke sehen, als die Trümmer der Kniescheibe des feindlichen Mechs zu Boden prasselten.

Das statische Rauschen in den Kommunikatorkanälen machte abrupt dem Stimmengewirr der Kampfzone Platz. Hawkes hörte Lynn Martinon, in offensichtlicher Panik. »Wo, bei Gaffas Geist, kam der Schuß her?« keuchte sie.

»Kann mich nicht scheren, solange unsere ungebeten Besucher als Zielscheibe dienen und nicht wir«, erwiderte John Volks. »Gib mir Deckung, Bravo Sechs. Wenn ich nicht zurückfalle, schießen die mir den Blecharsch weg.«

Hawkes öffnete den Kanal. »Hier Bravo Eins«, meldete er sich, während die Automatik das Gaussgeschütz nachlud. Noch einmal feuerte er auf die *Banshee*, und riß eine Bresche quer über Rumpf und Arm. Der Treffer kostete den überschweren Kampfkoloß einiges an Panzerung, aber ihm blieb noch immer reichlich Schutz. »Statusbericht.«

»Sie haben uns schwer zugesetzt«, meldete Volks, während die Impulslaser seines *Tomahawk* der *Banshee* und dem *Grashüpfer*, die gegen ihn vorrückten, einen Feuersturm entgegenwarfen. Ein Teil der Schüsse ging vorbei, aber selbst die Treffer schafften es nicht, den Angriff zu bremsen. »Zug Eins und zwei haben einen erledigt, bevor sie sich zurückziehen mußten. Wir haben drei Mechs und zwei Panzer verloren. Lieutenant Marrow ist tot, Sir.«

First Lieutenant Hanna Marrow war Hawkes' Stellvertreterin gewesen, die Offizierin, die seine Kompanie in den Kampf geführte hatte. Ihr Tod lastete schwer auf ihm. »Auf meine Position zurückfallen. Wir sind ihnen unterlegen. Verstärkung ist unterwegs, aber wir müssen Zeit schinden.«

»Leichter gesagt als...« Martinsons Worte wurden vom Geschützfeuer zweier feindlicher Mechs abgeschnitten, eines *Derwisch* und eines *Clint*. Die PPK des *Clint* schnitt in das rechte Bein von Martinsons *Kampfhund*.

Hawkes war jetzt nah genug heran, um seine anderen Waffensysteme einzusetzen. Er schaltete auf die mittelschweren Impulslaser um und schoß erneut auf die *Banshee.* Die Hitze im Innern der Pilotenkanzel stieg immer weiter an, als das Stakkato der gebündelten Lichtimpulse auf den rotsilbernen BattleMech einhämmerte. Funken flogen und zeigten einen Treffer an der internen Struktur, was Hawkes etwas Mut machte.

Martinsons *Kampfhund* drehte ab, aber es war zu spät. Vier Blitz-KSR des *Derwisch* schlugen in den Metallriesen ein. Drei zertrümmerten den Arm des *Kampfhundes,* zerfetzten die Myomerbündel und ließen Schmiermittel wie grünes Blut an seiner Flanke herabrinnen. Die letzte Rakete trennte das bereits angeschlagene rechte Bein ganz vom Rumpf ab, und der Mech brach zu einem Haufen verdrehter Trümmer zusammen.

Die *Banshee* brach die Verfolgung von Volks *Tomahawk* ab und drehte sich zu Hawkes in seinem *Caesar* um. Dessen Bordcomputer meldete mit einem durchdringenden Heulton eine feindliche Zielerfassung, und im selben Augenblick feuerte die *Banshee* ihr eigenes Gaussgeschütz ab. Er versuchte sich für den Aufprall zu stählen, aber da rammte das silberne Geschoß bereits mit solcher Gewalt in den Mech, daß Hawkes hart in die Sicherheitsgurte der Pilotenliege geschleudert wurde. Als er wieder hochkam, dröhnte ihm der Kopf vom Feedback des Neurohelms, aber er hatte noch immer die Kontrolle über seinen Mech.

Und dann war plötzlich alles vorbei.

Die rotsilbernen Mechs drehten wie auf ein unhörbares Signal ab und zogen sich zurück. Sie hätten nachsetzen und Hawkes mitsamt seinen verbliebenen Leuten ohne weiteres erledigen können, aber sie taten es nicht. Vielleicht hatten sie näherkommende Verstärkungen geortet, vielleicht hatten sie auch ganz andere Beweggründe.

Hawkes hastete zu Martinsons *Kampfhund.* »Volks, gib mir Deckung. Ich muß sie da rausholen.« Er hielt den *Caesar* neben dem gestürzten Mech an und vergewisserte sich noch einmal auf dem Ortungsschirm, daß die Angreifer tatsächlich abzogen.

Dann öffnete er die Cockpitluke und kletterte mit einer solchen Hast die Leiter am Rumpf hinab, daß es mehr einem gesteuerten Fall glich. Die Kühlweste blieb an einem Vorsprung hängen, der Medpack bohrte sich schmerzhaft in seinen Oberschenkel. Als er die Stelle passierte, an der die Gausskugel eingeschlagen war, sah er weg. Auf dem Boden angekommen, sprang er über ein niedriges Gebüsch und erreichte die Trümmer des *Kampfhunds.* Außer dem gelegentlichen Krachen und Zischen eines Kurzschlusses regte sich nichts.

Martinsons Mech war auf eine Ansammlung spitzer Felsen gestürzt, die sich geradewegs durch die Kanzel gebohrt hatten. Hawkes konnte nichts mehr für sie tun. Er konnte nur zusehen, wie ihr Blut aus den Trümmern auf den ausgetrockneten Boden der Hochebene strömte, wo es augenblicklich versickerte. Im Innern des Cockpits lag Hammond Martinson. Einer der Felsen hatte sie durchbohrt. Es war ein Schicksalsschlag. Ein Meter weiter links oder rechts, und sie hätte den Sturz praktisch unverletzt überlebt. Aber es hatte nicht sein sollen. Hawkes fühlte Wut und Schuld in sich aufwallen wie ein Gewittersturm.

Er hätte hier sein müssen, bei ihnen, bei ihr. Sie hatten ihm vertraut. Er war ihr Kommandeur, aber er hatte in der Kneipe gesessen, statt hier zu sein, wo sie ihn brauchten. Was hier geschehen war, war seine Schuld. Er sah zu einer der gestürzten Feindmaschinen in der Nähe und ging hinüber, sich seiner Handlungen und Absichten kaum bewußt. Seine Gedanken wurden überflutet von Schrecken und Schuld. Er konnte das Bild Martinsons in ihrem *Kampfhund* nicht abschütteln.

Er trat hinüber zu dem anderen Mech, dessen rotsilberne Bemalung von den Treffern seiner Kompanie kaum noch auszumachen war. Es war eine *Hornisse,* ein älteres Modell, das nicht mit verbesserten Waffen oder Panzerung aufgerüstet worden war. Er betrachtete den Schaden und kämpfte gegen den Drang an, sich zu übergeben, hoffte, plötzlich aufzuwachen und zu erkennen, daß dies alles nur ein furchtbarer Alptraum gewesen war. Aber der Gestank verbrannter Isolierung und Kühlmittel bestätigte ihm, daß dies kein Traum war – der Alptraum war Wirklichkeit.

Was, zur Hölle, geht hier vor? Thomas Marik hat keinen Grund, das Vereinigte Commonwealth anzugreifen! Schon gar nicht, solange sein Sohn Joshua sich in den Händen der Ärzte des NAIW auf New Avalon befand. Das Ganze ergab keinen Sinn. Das Cockpit der *Hornisse* war ebenso verwüstet wie der Rest der Maschine, aber die Risse in der Panzerung hier stammten von keinem Angriff von außen, sondern von einer Explosion im Inneren der Kanzel. Das polarisierte Panzerglas des Kuppeldachs war nach außen gebeult, ebenso wie die seitliche Luke.

Von innen gesprengt. Die Ritter der Inneren Sphäre waren eine Elite, keine Barbaren. Dieser MechKrieger hatte sich selbst in die Luft gejagt, um nicht in Gefangenschaft zu geraten. Nicht einmal Clanner gingen so weit. *Gegen wen kämpfen wir hier? Das können keine Ritter gewesen sein. Aber wenn sie es nicht waren, wer dann?*

Hawkes sah sich zu Martinsons verwüstetem *Kampfhund* um und biß sich auf die Unterlippe, als das Bild ihres zerfetzten Leichnams vor seine Augen trat. Er zitterte, zitterte vor Wut. Wut über diejenigen, die das getan hatten, und Wut über sich selbst. Wenn er hier gewesen wäre, hätte er das möglicherweise verhindern können, wären sie möglicherweise noch am Leben. *Das war meine Einheit, und ich habe sie im Stich gelassen. Ihr Blut klebt an meinen Händen. Aber ich werde sie rächen. Dabei zumindest,* das schwor sich Garth Hawkes, *werde ich nicht versagen.*

Kalmahof, Marik
Marik-Commonwealth, Liga Freier Welten

General a. D. Harrison Kalma stand an der Tür seines Arbeitszimmers und wartete. Er atmete tief durch und versprach sich, diesmal nicht die Beherrschung zu verlieren. Wenn es um Duncan ging, war das schon immer sein Problem gewesen. Zumindest das halbe Problem. Die andere Hälfte bestand darin, daß sein Sohn genau zu wissen schien, wie er seinen Vater zur Weißglut treiben konnte. Diesmal aber würde er seine Würde wahren, würde er die Kontrolle nicht verlieren.

Es klopfte, und er öffnete langsam die Tür. Vor ihm stand ein junger Mann Anfang dreißig, die Haare so blond wie Kalmas auch einmal gewesen waren. Das Gesicht ähnelte jedoch nicht dem seinen, vielmehr schien es fast ein Holo seiner geliebten Cynthia. Wie sie es gehaßt hatte, die beiden streiten zu sehen, und Duncans ungeheure Ähnlichkeit mit ihr hatte plötzlich eine beruhigende Wirkung auf den alten Mann. Die Erinnerung an seine Frau würde ihm die Kraft geben, die er für die unvermeidliche Konfrontation brauchte.

»Willkommen daheim, Duncan.« Harrison Kalma streckte die Hand aus.

»Der verlorene Sohn kehrt zurück«, kommentierte Duncan Kalma trocken und trat ein. Kalma versuchte den peinlichen Moment zu überspielen, indem er den Umhang seines Sohnes nahm und auf einen silberbeschlagenen Bügel in einer Garderobennische hängte.

Duncan stand in der Mitte des Zimmers, die Arme im Rücken verschränkt, die Beine kampfbereit gespreizt. »Soweit ich es verstehe warst du derjenige, der sich entschieden hat mich zu ›retten‹, Vater.«

»Wenn du damit auf die Tatsache anspielst, daß du Bankrott gemacht hast und kurz davor standest, in einen Schuldturm gesperrt zu werden, dann ja, dann habe ich dich gerettet.«

Unbeeindruckt stierte Duncan seinen Vater an. »Und jetzt erwartest du wohl, daß ich mich bei dir bedanke?«

Den Ton kannte Kalma nur allzugut. Ihre zahlreichen Auseinandersetzungen in der Vergangenheit hallten durch seine Gedanken wie der Schlag einer fernen Glocke. Wieder riß er sich zusammen, entschlossen, nicht die Beherrschung zu verlieren. »Ein Dankeschön entspräche den Geboten der Höflichkeit.«

»Vater, ich weiß die Geste zu schätzen, aber sie war unnötig. Ich habe die Schulden allein gemacht. Und ich schäme mich nicht zu sagen, daß ich das Geld verspielt habe. Aber selbst wenn du nichts auf mein Konto überwiesen gehabt hättest, hatte ich einen Plan.« Was Duncan ärgerte, war offensichtlich nicht die Tatsache, daß sein Vater ihm aus dem Schlamassel geholfen hatte, sondern die Art, wie er es getan hatte, ohne Duncan auch nur zu fragen, ob er Hilfe brauchte.

Harrison Kalma gab ihm nicht sofort Antwort, sondern deutete zunächst nur weiter in den Raum. »Um irgendwelche Mißverständnisse auszuschließen, Duncan, laß mich feststellen, daß ich es für mich selbst getan habe, nicht für dich. Es gab eine Zeit, da hätte ich keinen Finger gerührt.«

Duncan schien überrascht. »Ich verstehe nicht.«

Kalma setzte sich in einen bequemen alten Sessel, der sich wie eine warme Decke um seinen Körper zu schmiegen schien. Sein Sohn nahm ihm gegenüber Platz, und einen Augenblick lenkte das lebhafte Flackern des Kaminfeuers ihn ab. Kalma lächelte, erfreut darüber, seinen Sohn konsterniert zu haben. »Wie du weißt, habe ich jahrelang stolz in den Diensten der Liga Freier Welten gestanden. Ich genieße bis heute das Vertrauen des Generalhauptmanns, und er konsultiert mich häufig im Hinblick auf die verschiedensten Fragen. Aber Politik bleibt Politik, und jeder Mächtige hat seine Feinde. Nicht nur Leute, denen ich in der Vergangenheit Probleme bereitet habe, auch solche, die neidisch auf das Vertrauen sind, das Thomas Marik in mich setzt. Vielleicht, weil sie in meine Fußstapfen treten und sein Ohr gewinnen wollen. Meinen Ruf zu ruinieren, würde nur allzugut in ihre Pläne passen.«

Duncan setzte ein dünnes Lächeln auf. »Ich nehme an, du sprichst von General Milik?«

Harrison Kalma nickte, beeindruckt, daß sein Sohn über die politischen Machtkämpfe auf der anderen Seite der Inneren Sphäre informiert war, obwohl er jahrelang als Spieler oder Söldner – oder wie auch immer er seinen Lebensunterhalt finanziert hatte – durch die ferne Peripherie gestreunt war. »Von wem sonst? Der alte Ziegenbock hat von deinen Schwierigkeiten erfahren und hätte sich ein Fest daraus gemacht, mich damit bei Hofe anzuschwärzen. Bevor du dich also darüber ereiferst, daß ich dich gerettet habe wie ein ehrbarer Vater seinen liebenden Sohn, sage ich dir gleich, daß ich damit nur meine eigene Haut gerettet habe.«

Duncan brach in ehrliches, schallendes Gelächter aus. »So ehrlich warst du mir gegenüber seit Jahren nicht.«

Die Miene des Generals war im flackernden Feuerschein schwer zu deuten. »Dieses Gespräch ist unser erster Kontakt in zwei Jahren.«

Duncans Grinsen erstarb, und er nickte, bestätigte ihre Entfremdung. »Touché.«

»Nein, Duncan. Das ist kein simples Wortgefecht. Die Dinge ändern sich, hier in der Liga Freier Welten wie im Rest der Inneren Sphäre. Die Liga ist stärker als je zuvor, und das wird uns Feinde einbringen. Wir brauchen gute MechKrieger wie dich, Sohn. Du hast am Allison als Klassenbester abgeschnitten. Und ich kann mir vorstellen, daß du bei deiner Stromerei durch die Peripherie einiges gelernt hast, was an keiner Schule unterrichtet wird.«

»Glücksspiel …?«

Jetzt war es am älteren Kalma, den Kopf in den Nacken zu werfen und laut aufzulachen. »Ich habe deinen Weg sorgfältig verfolgt, Sohn – ein Vorteil enger Kontakte zur Geheimdienstebene, könnte man sagen.«

Duncan Kalma wußte, daß die beiläufige Bemerkung seines Vaters über die ›Geheimdienstebene‹ eine enorme Untertreibung war. Vor seiner erst kürzlich erfolgten Pensionierung war der General Direktor des Militärischen Informationsdienstes der LZKK gewesen, der Ligazentrale für Kommando und Koordination. Der noch über dem staatlichen Geheimdienst SEKURA rangierende MID hatte enorme Macht und Einfluß in militärischen Kreisen. Die Andeutung seines Vaters ließ Duncan vermuten, daß er sich nicht wirklich zur Ruhe gesetzt hatte, sondern auch jetzt noch tief in MID-Operationen verwickelt war. »Warum kann Thomas Marik nicht seine Ritter der Inneren Sphäre einsetzen, um irgendein Zeichen zu setzen, welches auch immer er für nötig hält? Die Leute bewundern sie, sehen zu ihnen auf. Warum sollte irgendwer die Hilfe eines Renegaten wie mir wollen?«

Der grauhaarige General beugte sich vor, und im gelben Schein des Feuers nahm sein Gesicht einen beinahe steinernen Ausdruck an. »Wir brauchen *gerade* jemanden wie dich, mein Sohn. Vor ein paar Tagen hat jemand Shiro III überfallen, und wer immer es war, die Täter haben sich als Ritter der Inneren Sphäre getarnt. Wenige Stunden vor deiner Ankunft hat die LZKK eine Prioritätsbotschaft der Klasse A erhalten, derzufolge ebensolche Doppelgänger an einem Hinterhalt gegen einen kommerziellen Transport in der Konföderation Capella beteiligt waren. Das Allerletzte, was die Liga Freier Welten im Moment brauchen kann, ist ein Militär, das glaubt, von Thomas Marik und seinen Rittern angegriffen zu werden, oder ein Sun-Tzu Liao, der seine Schiffe von den Rittern bedroht glaubt. Offensichtlich hat da irgend jemand Flausen im Kopf und versucht, Thomas Marik Schwierigkeiten zu machen, indem er die Ritter als Verbrecher hinstellt.«

Duncan beugte sich ebenfalls vor und sah seinem Vater in die Augen. »Das meinst du ernst, nicht wahr?«

»Todernst, Duncan.«

»Irgendeine Idee, wer dahinterstecken könnte?«

Harrison Kalma schüttelte den Kopf. »Noch nicht. Aber ich habe eine andere Idee, mein Sohn. Und dazu benötige ich die Hilfe eines MechKrieger-Renegaten.«

3

Kolmartiefebene, Cumbres
Mark Donegal, Vereinigtes Commonwealth

5. April 3057

Die Kriegerin aktivierte ein Breitbandkommunikatorsystem mit Anbindung an das davonfliegende Landungsschiff. »Hört und erzittert vor meinem Batchall, denn ihr steht der 4. Viperngarde gegenüber, und mit ihr eurem Schicksal. 24. Lyranische Garde, hier spricht Sterncaptain Dawn von den Stahlvipern, den Hütern des wahren Erbes des mächtigen Kerensky, Hüter der Clanehre. Mit welchen Kräften werdet ihr verteidigen?« Sterncaptain Dawn erwartete nicht ernsthaft eine Antwort von den Barbaren der Inneren Sphäre, aber das Batchall, die formelle Herausforderung, war eine altehrwürdige Tradition der Clans.

Selbst die Landung war in klassischer Stahlviper-Präzision erfolgt. Es war ein Standard-Saatabwurf gewesen. Das Landungsschiff der *Breitschwert*-Klasse hatte die Stahlvipern-Einheit im Passierflug über der Ebene eng gruppiert abgeworfen und sich dann zu einem vorher festgelegten Rendezvouspunkt zurückgezogen.

Sterncaptain Dawn war nicht nur die Kommandeurin der gesamten Operation, sie befehligte auch eine eigene Boa, im Stahlvipern-Sprachgebrauch ein Stern aus mittelschweren bis schweren Mechs. Ihre Boa war ein Teil vom Trinärstern Beta der 4. Viperngarde, einer Eliteeinheit, die innerhalb ihres Clans den Beinamen Tödliches Gift trug. Die beiden anderen Einheiten des Trinärsterns, eine weitere Boa und eine aus leichten bis mittelschweren Mechs zusammengesetzte Mamba, waren in Keilformation aufgestellt. Dawn überprüfte die Formation ihrer Krieger auf dem taktischen Schirm und stellte zufrieden fest, daß sie exakt so standen wie bei ihren drei Manöverübungen auf Jabuka.

Ihre Mission war simpel. Sterncolonel Brett Andrews hatte auf Weisung von Khan Perigard Zalman einen Überfall auf Cumbres befohlen, eine Welt auf halbem Weg zwischen der Stahlvipern-Besatzungszone und der lyranischen Zentralwelt Tharkad. Der Befehl: Die drei Sterne unter Dawns Kommando sollten die vier Kilometer zum Garnisonsstützpunkt der Garde zurücklegen, die dortigen Verteidiger vernichten und deren Hauptquartier zerstören. Anschließend würde der Trinärstern zum Landungsschiff zurückkehren und den Planet verlassen.

Für Dawn war das Ganze ein manövermäßiger Einsatz. Überraschender Angriff, Überrumpeln des Gegners, siegreicher Abflug. So war es die Art der Stahlvipern. Sie schlugen schnell und gnadenlos zu, brachten ihre Opfer mit dem ersten, tödlichen Biß zur Strecke.

Als sie ihre *Armbrust* in Bewegung setzte, erinnerte sich Dawn an ihr letztes Gefecht gegen die Freigeborenen der Inneren Sphäre. *Tukayyid.* Die größte Schlacht in der Geschichte der Menschheit, die Macht der Clans im direkten Zweikampf mit ComStars ComGuards um den Ausgang der Clan-Invasion. Ihre Erinnerung an die wüsten Gefechte auf jener Welt waren so klar, als wäre gerade erst ein Tag seither vergangen und keine sechs Jahre. *Diesmal wird es anders,* sagte sie sich. *Heute werde ich meine Ehre wiederherstellen.*

Alle Clans hatten auf Tukayyid Erniedrigung und Niederlagen erlebt, aber wohl kein Clan war davon so tief getroffen worden wie die Stahlvipern. Nach den Kämpfen hatte Khanin Natalie Breen beschämt ihr Amt niedergelegt, und Perigard Zalman war an ihren Platz getreten. Das Schlimmste war das Teufelsbad gewesen, eine lebende Hölle aus kochendem Schlamm, dampfenden Erdlöchern und brühend heißen Geysiren zwischen hochaufragenden Granitsäulen. Selbst die alles andere als lebensfreundlichen Heimatwelten der Clans hatten sie auf eine solche Hölle nicht vorbereiten können.

Aber das hatte die Herausforderung nur erhöht, und wofür sonst lebte ein Krieger? Als ihre Feinde damals abdrehten und ins Teufelsbad flohen, hatten Dawn und der Rest der Gamma-Galaxis sie verfolgt, ohne Furcht, ohne zu zögern. Sie hatten bei Sonnenaufgang zugeschlagen, und innerhalb weniger Minuten war eines der blutigsten Gefechte der gesamten, einundzwanzig Tage dauernden Schlacht um jenen Planeten voll im Gange gewesen. Zum größten Teil hatten die Schußwechsel aus nächster Nähe stattgefunden, und ganze Sterne waren in plötzlich anbrechenden Geysirfelden untergegangen oder in bodenlosen Löchern mit kochendem Schlamm verschwunden. Und noch während sie in den sicheren Tod versanken, hatten die Krieger auf den Feind gefeuert, hatten gefochten bis zum Ende.

Die Stahlvipern mußten auf Tukayyid Verluste von beinahe fünfundzwanzig Prozent erleiden, aber für Dawn war die Niederlage doppelt beschämend gewesen. Sie hatte als einziges Mitglied ihres Trinärsterns den gnadenlosen Kampf zwischen den dampfenden Abgründen, zischenden Geysiren und brennenden Schlammlöchern überlebt. Zwei Monate auf der Krankenstation konnten ihre körperlichen Verletzungen heilen, aber in ihrem Innern waren tiefere, geheime Wunden zurückgeblieben, die bis heute schwärten. Dawn fühlte eine tiefe Schande, überlebt zu haben, wo all ihre Kameraden ruhmreich für den Clan gefallen waren. Hatte sie zu wenig Mut besessen? Hatte sie zu wenig Kampfgeist gezeigt? Wie konnte es sein, daß nur sie allein nicht bis zum Tode gekämpft hatte?

Die einzige Möglichkeit, diese Fragen je zu beantworten oder die Schande von Tukayyid zu überwinden, bestand darin, ihren Wert auf einem anderen

Schlachtfeld zu beweisen. Und Cumbres war ihre Chance. Die 24. Lyranische Garde verteidigte ihr Regimentshauptquartier mit einer erheblich verstärkten gemischten Kompanie. Beim Bieten um das Recht um den Befehl bei der Überfallaktion hatte Dawn weder zu wagemutig noch zu vorsichtig geboten. Trotz Tukayyid war sie sich ihres Könnens sicher, war sie überzeugt davon, sich als Kriegerin beweisen zu können. Sie hatte die Schande von Tukayyid ertragen, die Verachtung, die ihr die Kameraden entgegengebracht hatten. Kein bloßes Gefecht konnte schlimmer sein als das. Auch Sterncolonel Brett Andrews machte keinen Hehl aus seiner Verachtung, behandelte Dawn wie eine Aussätzige, weigerte sich, ihr irgendeine verantwortliche Aufgabe zuzugestehen. Aber schließlich hatte auch er sie nicht ewig zurückhalten können. Sie hatte das Bieten um den Überfall auf Cumbres gewonnen. Ein Sieg hier würde ihre Ehre wiederherstellen und ihr den rechtmäßigen Platz unter den Vipern zurückgeben.

»Boa Zwo, Mamba, die Flanken überwachen«, befahl Dawn knapp, während sie die Sensordaten überprüfte. Der Trinärstern näherte sich zügig dem Ziel, und der Feindkontakt konnte nicht mehr lange auf sich warten lassen.

Sie sah den ersten Mech der 24. Garde gleichzeitig mit Boa 2 auf dem Sekundärschirm auftauchen. »Feindliche BattleMechs an der äußeren Markierung, Sterncaptain«, ertönte die Stimme Sterncaptain Bidgoods. »Nähern sich schnell auf der linken Flanke. Erbitte Erlaubnis zum Angriff.«

»Pos, Zwo. Angreifen. Primärer Gefechtsplan.« Den Plan hatte sie vor drei Wochen sorgfältigst ausgearbeitet. Der Stern, der als erster Feindberührung hatte, sollte sich aus der Formation lösen und den Gegner weglocken.

Aus den winzigen Lautsprechern des *Armbrust*-Cockpits drangen die Angriffsgeräusche von Boa 2. Einer nach dem anderen forderten die Stahlvipern-Krieger ihre Gegner zum Duell heraus. An der Bewegung der Icons auf dem Bildschirm und den Feuermustern erkannte Dawn, daß die wertlosen Freigeburten aus der Inneren Sphäre die Herausforderungen ignorierten. Aber das war ohne Bedeutung. Es lag im Wesen der Clans, dem Gegner einen ehrenhaften Kampf anzubieten. Und sie waren nicht Teil irgendeines Clans. Sie waren die Stahlvipern. Sie allein warteten kampfbereit zusammengerollt auf die Gelegenheit, Nicholas Kerenskys wahre Intentionen zu verwirklichen. Während die übrigen Clans im Streben nach Macht oder in Träumen vom Ruhm den rechten Weg aus den Augen verloren hatten, blieben die Stahlvipern dem Ideal treu.

Dawn war beinahe auf Sichtweite an das Hauptquartier heran, als Sterncaptain Bidgood sie anrief. »Bericht, Sterncaptain.«

»Ich höre.«

»Hier sind mindestens zwei Kompanien BattleMechs, plus Infanterie und Panzertruppen. Aber das ist noch nicht alles. Es scheint, daß die Garde sich bereits im Kampf mit einer anderen Angreifereinheit befindet. Ich bin nicht in der Lage …«

Eine Sekunde wurde seine Stimme von Rauschen unterbrochen. *Wahrscheinlich ein PPK-Treffer oder ein Beinahetreffer*, dachte Dawn, aber sie hatte ohnehin genug gehört. Es war Zeit, den Plan abzuändern. »Boa Eins und Mamba, Marsch auf Primärziele abbrechen, Flankenbewegung zur Verstärkung von Boa Zwo.« Noch während sie den Befehl gab, drehte Dawn ihre *Armbrust* weg vom Garde-HQ. Es lag beinahe in Geschützreichweite. Sie hätte es mit einer Salve vernichten können. Sie erinnerte sich, daß Mamba einen *Eismarder* besaß, einen der schnellsten OmniMechs seiner Klasse, und sie spielte mit dem Gedanken, ihn allein loszuschicken, um die Anlage zu vernichten, aber dann entschied sie sich dagegen.

Sie wollte einen Sieg, aber einen ohne Schönheitsfehler. Eine echte Kriegerin, eine Stahlvipern-Kriegerin, erfüllte ihre Mission. Vernichtung der verteidigenden Truppen und danach Zerstörung des HQs. So lautete ihr Befehl. Eine andere Vorgehensweise wäre ihrer Ehre als Stahlviper unwürdig gewesen.

Allerdings war in ihrem Einsatzbefehl nicht vorgesehen, daß sie plötzlich durch das Auftauchen einer unbekannten dritten Einheit in die Unterzahl gebracht wurden. Wer konnte das sein? Truppen eines anderen Clans? Vielleicht eine gerade neu stationierte Einheit?

Sterncaptain Bidgoods Stimme kam wieder durch, als sie sich mit dem Rest des Trinärsterns der Gefechtszone näherte. »... abgeschnitten. Hörst du mich? Unbekannte Einheit rückt hinter unserem Rücken vor.«

Eine Explosion erschütterte den Boden unter ihrer *Armbrust*. Dawn schaltete auf die Fernortung um und fühlte einen kalten Schauder ihr Genick hinablaufen. Eine volle Kompanie BattleMechs kam an der linken Flanke ihres Trinärsterns schnell näher. Vor ihnen befanden sich die Überreste von zwei Kompanien der 24. Garde. Boa 2 hatte nur noch drei Mechs und kämpfte sich den Weg zurück zum Rest der Einheit frei. *Wir müssen es mit einer massiven Übermacht zu tun haben, wenn wir so schnell zwei Maschinen verloren haben,* dachte Dawn. Es waren leichte Mechs gewesen, aber das machte den Verlust um nichts weniger ominös.

»Wir sind gleich da, Boa Zwo«, sagte sie, erreichte die Kuppe eines Hügels und befand sich plötzlich auf dem Schlachtfeld. Vom Stern Boa 2 waren nur noch eine *Sturmkrähe,* ein *Waldwolf* und ein *Henker* übrig, drei OmniMechs in geordnetem Rückzug, während sie das Feuer auf ihre in der Ferne sichtbaren Ziele aufrechterhielten. Von den glühenden Überresten der beiden abgeschossenen Stahlvipern-Mechs stiegen dichte schwarze Qualmsäulen gen Himmel. Eines der Wracks schien mit einem *Kampffalken* der Lyranischen Garde zu einem zerschmolzenen Schlackehaufen verwachsen – in einer Art gegenseitiger Todesumklammerung. Dawn hatte den Kampf nicht mitbekommen, der das Leben der beiden Krieger gefordert hatte, aber sie konnte sehen, daß er verbissen gewesen sein mußte. Die Viper-Kriegerin war ehrenhaft in den Tod gegangen.

Jetzt stürmten die Überlebenden der feindlichen Garde vor und schleuderten dem zerschossenen Rest von Boa 2 eine regelrechte Feuerwalze entgegen. Laserstrahlen zerschnitten die rauchgeschwängerte Luft. Manche trafen ihr Ziel, aber die meisten zuckten weit daneben. Raketensalven prasselten auf Bidgoods *Henker* hinab, zerrissen und zerfetzten dessen malträtierte Panzerung. Jenseits dieses Chaos sah sie Stern Mamba Aufstellung nehmen und die nicht identifizierte Einheit stellen. Die geheimnisvollen Mechs funkelten in der Sonne, rot und silbern vor dem tiefen Grün der Grasdecke.

Der Boa-2-*Waldwolf* stoppte die Flankenbewegung und feuerte eine Breitseite aus seinen leistungsstarken Laserkanonen und LSR-Lafetten auf einen lyranischen *Skarabäus* ab. Dawn erkannte den Mech. Er gehörte Vasha, dem einzigen anderen Mitglied ihrer Geschko, das es bis zum Kriegerstatus gebracht hatte. Vasha ging in Stellung, um ihren Stern zu beschützen, auch wenn das ihr Leben kostete. Die Raketen schossen aus den Lafetten auf den Mechschultern und trafen den *Skarabäus* an den Beinen und am unteren Rumpfteil. Der Schaden bremste den Mech lange genug, um Vasha Gelegenheit zum Abfeuern der schweren Laser in den Armen des *Waldwolfs* zu geben. Einer der Schüsse ging fast zehn Meter vorbei, aber der andere Strahl bohrte sich geradewegs in die Rumpfmitte des leichten *Skarabäus*. Er stieß ins Herz der gegnerischen Maschine, wo er den Fusionsreaktor und das Gyroskop zerfetzte. Als der *Skarabäus* zu Boden ging, erglühte in seinem Innern eine Sonne. Die Panzerung wurde von innen weggeschmolzen, als der Mech explodierte.

Dawn suchte das Gebiet ab, um festzustellen, welche Stahlvipern welchen Gegner gestellt hatten, als ein feindlicher *Großtitan* Vashas *Waldwolf* aufs Korn und mit Langstreckenraketen und einem tödlichen Paar schwerer Impulslaser unter Beschuß nahm. Die Laser schlugen zuerst ein und stießen in die linke Seite des *Waldwolfs.* Eine Strahlbahn bohrte sich ins Ellbogengelenk, das in einem Funkenregen auseinanderflog und die Armlaser leblos herabfallen ließ. Auch die LSR trafen ihr Ziel und hämmerten auf die angeschlagene linke Seite des OmniMechs ein. Vasha versuchte verzweifelt, die Kontrolle über ihren beschädigten Mech zu behalten, aber es war vergeblich.

Die riesige Kampfmaschine wurde nach rechts gewirbelt und kippte ins weiche Gras, zu Boden geworfen, aber noch nicht aus dem Gefecht. Vasha versuchte sie wieder aufzurichten, doch keinen Herzschlag später stieß eine zweite LSR-Salve in ihre offene linke Flanke. Feuer loderte im Innern des Mechs auf, gefolgt von einer gewaltigen Explosion, als die verbliebenen Laser und die Raketenmunition detonierten. Die CASE-Luken des *Waldwolfs* waren durch die verdrehte, liegende Position des schweren OmniMechs blockiert und konnten die Gewalt der Explosionen nicht ableiten wie vorgesehen. Statt dessen schlug die gesamte Gewalt der Raketensprengköpfe ins Innere des Mechs durch und verwüstete ihn von innen heraus. Vasha hatte keine Chance mehr, auszusteigen. Als Dawn das mitansehen mußte, stieg eiskalte Wut in ihr auf. Vasha war ihre letzte Koschwester gewesen, aber sie sollte nicht ungerächt sterben.

Die Distanz zwischen den beiden Seiten verschwand, als sich Boa 1, Dawns Stern, furchtlos ins Getümmel stürzte und neben Bidgood und dessen einzigen noch überlebenden Sternkameraden stellte. Kondensstreifen abgefeuerter Raketen, das Donnern bellender Autokanonen und die Blitzschläge des PPK-Feuers erfüllten das Schlachtfeld. Laserstrahlen, teils anhaltend, teils als Stakkato einzelner Impulse, zerschnitten die Luft wie glühende Messer. Es war ein Orkan aus Tod und Vernichtung, aber Dawns Truppen hielten die Stellung – noch.

Durch den dichten Rauch machte Dawn den *Großtitanen* aus, der Vasha und deren *Waldwolf* auf dem Gewissen hatte. Sie erfaßte die Maschine mit dem Infrarotstrahl des Artemis-IV-Feuerleitsystems und bereitete das Abfeuern der LSR vor. *Für Vasha!* Nachdem der *Großtitan* auf Bidgood gefeuert und ihn verfehlt hatte, betrachtete Dawn den Mech als ehrenhaftes Ziel für ihre Vergeltung. Sie überlagerte den Kommkanal der Garde, so daß der Pilot ihre Herausforderung nicht überhören konnte. »Ich bin Sterncaptain Dawn von den Stahlvipern. Stelle dich wie ein wahrer Krieger und bereite dich auf dein Schicksal vor.« Ohne auf eine Antwort zu warten, löste sie eine Salve Langstreckenraketen aus den Lafetten beider Mecharme aus.

Der *Großtitan* stockte, schien sich nach dem Herausforderer umzusehen. In diesem Augenblick schlugen die Raketen ein. Der 100-t-Mech war die schwerste der lyranischen Maschinen, aber selbst er geriet ins Wanken. Sein rechter Arm bekam am meisten ab, und die Panzerung fiel wie vertrocknete Hautfetzen zu Boden, als der Mech sich drehte, um das Feuer zu erwidern. Einige Raketen trafen den rechten Rumpfteil und sprengten auch dort Panzerplatten ab.

Dawn sah den gegnerischen Mech nicht feuern, aber die Erschütterung des Einschlags machte ihr schnell klar, daß der schwere Impulslaser des Lyraners in der vorstehenden Rumpfmitte ihres Mechs sein Ziel gefunden hatte. Signallämpchen tauchten das Halbdunkel des Cockpits in rotes Licht, und die *Armbrust* taumelte nach hinten, als die Lichtbolzen sich durch ihre Panzerung fraßen. Dawn kämpfte unter dem schrillen Aufheulen des Kreiselstabilisators mit den Kontrollen, und irgendwie gelang es ihr, den Mech aufrecht zu halten und eine weitere Raketensalve vorzubereiten. Das Artemis-IV-FLS bestätigte mit einem lauten Pfeifton die Zielerfassung, und Dawn drückte den Auslöser durch.

Der Pilot des *Großtitanen* antwortete mit einem neuen Impulslaserschlag. Dawn stählte sich für den Aufprall. Das Laserfeuer bohrte sich in den walzenförmigen Arm des Clan-Mechs und riß den Stahlrumpf so hart herum, daß die obere Hälfte des Kampfkolosses halb nach rechts verdreht stecken blieb. Wieder mußte sie mit den Kontrollen kämpfen, aber sie hielt den Mech auch diesmal auf den Beinen. Durch den Treffer war allerdings das Artemis IV ausgefallen. Aber noch konnte sie die Armlafetten manuell ausrichten. Natürlich nicht annähernd so zielgenau wie mit Hilfe des Feuerleitsystems.

Mit grimmiger Entschlossenheit bewegte sie die Lafetten und versuchte zu zielen, während sie die *Armbrust* am Fuß der Kammlinie entlangbewegte und etwas nach links drehte, um die Blockade des Rumpfgelenks auszugleichen. Sie nahm den *Großtitanen* sorgfältig ins Visier, während dessen Pilot sie mit seinen LSR bombardierte und das rechte Bein ihres Mechs mit tiefen Löchern verzierte, aus denen leuchtendgrüne Kühlflüssigkeit und der Rauch verschmorter Bauteile drang. Dawn löste die Raketen aus. Sie hatte auf den schwergepanzerten Rumpf des *Großtitan*en gezielt, aber es gelang ihr nur, die Bemalung des riesigen Kampfkolosses zu verwüsten. Sie korrigierte die Ausrichtung der Mecharme und war sich sicher, so präzise wie möglich gezielt zu haben. Dann bremste sie, und feuerte.

Sie hatte die Waffen auf den riesigen Kopf des *Großtitanen* gerichtet, und die meisten Raketen schlugen auch dort ein. Der Rest explodierte auf der oberen Rumpfpartie und verwüsteten deren Panzerung. Eine Rauchwolke blockierte kurz den Blick auf das feindliche Cockpit, aber sie sah es wieder, als der lyranische Mech zur Seite kippte. Das Kanzeldach wies mehrere Breschen auf, und im Innern waren Flammen zu sehen. Der Pilot löste den Schleudersitz aus und flog durch das Inferno des Schußwechsels davon, als seine gewaltige Mordmaschine besiegt zu Boden stürzte. Es war ein Glückstreffer gewesen, das wußte Dawn. Aber das machte den Sieg nicht weniger befriedigend.

Als sie die Situation betrachtete, erfaßte sie erneut kalte Wut. Welche Chance hatte ihre Einheit jetzt noch. Der Angriff auf die Lyranische Garde war eine akzeptable Herausforderung gewesen, aber durch die Anwesenheit der anderen Überfalleinheit war die Situation hoffnungslos geworden. Sie sah, wie Mamba auf einem flachen Hügel Aufstellung nahm und den unerwarteten Gegner im Einzelkampf stellte. Ihre neuen Gegner reagierten auf typische Freigeburtsweise, indem sie ihr Feuer jeweils auf einen Clanner konzentrierten. Ihre Feigheit löste einen wütenden Aufschrei aus ihrer Kehle, als sie den Hang hinaufstürmte, um sich in Position für den Einsatz ihrer schwindenden Raketenreserven zu bringen.

Dieser Feind bringt keine Ehre. Es ist wie auf Tukayyid, nur Tod und Verluste. Wir können hier bleiben und sterben, ohne einen Sieg zu erringen. Aber es wird ein ruhmloser Tod sein, ein Tod mit dem Gestank des Versagens. Wie auf Tukayyid.

Dann antwortete ihr eine andere Stimme in ihrem Innern. *Nein! Nicht diesmal.*

Auf der Taktikanzeige sah Dawn, daß die Ankunft ihres Sterns den Vormarsch der Garde gebremst hatte. Jetzt entwickelte sich daraus eine Feldschlacht. Die unbekannte Einheit rückte gegen Mamba vor, verlor dabei aber ebenfalls an Schwung. Außerdem schienen die nicht identifizierten Angreifer auch mit der Flanke der 24. Lyranischen Garde im Feuerwechsel zu stehen. Trotzdem, ihr Trinärstern hatte keine Chance. Wer diese unbekannten Angreifer auch waren, Verbündete waren sie nicht.

Sie blickte hinaus auf die Wälder und Hügel und markierte im Geiste einen Weg für ihre Leute. Wenn sie durch die Reihen der Unbekannten stoßen konnten, war für die Überlebenden der Weg zu den Landungsschiffen frei.

»Sterncaptain Dawn an Trinärstern Beta. Alle Einheiten formieren sich um meine Position. Sternweiser Rückzug zu den Landungsschiffen.« Ihre Worte wurden beinahe vom Donnergrollen der Explosion verschluckt, mit der die *Sturmkrähe* neben Bidgoods *Henker* plötzlich in einem vernichtenden Feuerball auseinanderflog und den Boden erbeben ließ, als ihre Überreste auf Dawn und die übrigen verbliebenen Stahlvipern herabregneten.

Dawn kümmerte es wenig, ob sie es lebend zurück schaffte. Nach ihrem Versagen auf Tukayyid bedeutete ein zweiter Fehlschlag auf Cumbres das Ende ihrer Karriere bei den Clans. Sie war gerade dabei, ihre verdrehte *Armbrust* zu wenden, als Raketentreffer eines *Schleichers* die obere Rumpfpartie und den linken Oberschenkel des OmniMechs zusätzlich beschädigten. Sie reagierte mit einem Sturmangriff entlang des Hügelkamms und Breitseiten aus ihren LSR-Lafetten. Die meisten Raketen gingen vorbei, aber die Treffer lieferten ein spektakuläres Schauspiel, zerrissen die Panzerung des Gegners und übersäten den Berghang mit Mechbruchstücken.

Der um die Hälfte der Mechs reduzierte Überrest ihrer Einheit formierte sich hinter ihr zu einem schmalen Keil, während die Lyranische Garde umdrehte, um die Clan-Angreifer zu verfolgen und die unbekannten Truppen zu stellen. Dawn hatte darauf gezählt, daß die

Lyraner sich aufteilen und ihren Leuten dadurch unbeabsichtigt das Deckungsfeuer liefern würden, das sie benötigten, um die Kampfreihen der Unbekannten zu durchbrechen. Sie rannte geradewegs auf zwei der rotsilbernen Angreifer zu und feuerte mit den LSR auf einen *Dunkelfalken,* der versucht hatte, in ihre Flanke zu gelangen.

Der Pilot des *Dunkelfalken* eröffnete das Feuer auf Dawn, als die *Armbrust* seine Position passierte, und der zweite Mech, ein *Vulkan,* tat es ihm gleich. Die Schüsse des *Vulkan* gingen knapp vorbei, aber die Autokanone des *Dunkelfalken* schoß sich auf die rechte Seite des Clan-Mechs ein. Unter dem Bombardement der detonierenden Granaten flog die bereits angeschlagene Lafettenkupplung endgültig auseinander. Schwindelgefühl erfaßte Dawn, als ihr Hirn und ihr Magen unter dem Feedback des Neurohelms versuchten, in verschiedene Richtungen zu beschleunigen. Die Schadensanzeige verschwamm vor ihren tränenden Augen, aber soweit sie es erkennen konnte, war die Schlacht für sie so gut wie gelaufen. Das rechte Bein ihres Mechs hatte einige Laser- und Granatentreffer einstecken müssen und seine kostbaren Wärmetauscher verloren. Die Brustpartie ihrer *Armbrust* bestand mehr aus klaffenden Breschen denn aus Panzerung, und mit dem Verlust des rechten Waffenmoduls war ihre Offensivkapazität halbiert. Aber Dawn stürmte weiter, und ihre Truppen folgten ihr durch das Loch, das sie aufgestoßen hatte. Voraus warteten die Landungsschiffe und eine Chance zu Überleben.

Aber nicht für sie.

Während der Rest des Trinärsterns vorbeidonnerte, vollführte Dawn eine Kehre und stellte sich dem *Dunkelfalken,* der sie unter Beschuß genommen hatte. »Rückzug zu den Landungsschiffen«, befahl sie. »Ich gebe euch Deckung.« Einer der Krieger, Handly, brachte seine *Kampfkobra* neben ihre *Armbrust.* Ohne ein Wort eröffnete er das Feuer auf den *Vulkan*, der umgedreht hatte, um die Stahlvipern zu verfolgen. Seine sechs Impulslaser spielten über den gesamten Rumpf des rotsilbernen Mechs und ließen Panzerplatten und zertrennte Myomerbündel wild flattern. Dawn wollte Handly gerade befehlen, den Rückzug anzutreten, als zwei grellblaue Blitzschläge seinen Mech erfaßten. PPK-Feuer, wahrscheinlich von einem nahen *Marodeur*. Handlys OmniMech stürzte vor ihr zu Boden und rollte ein Stück davon. Er war nur noch eine leere Hülle, war von den Partikelstrahlen regelrecht ausgeweidet worden. Handly hatte nicht den Hauch einer Chance gehabt.

Dawn feuerte ihre letzte Raketensalve auf den anrückenden *Dunkelfalken* ab. Sie wußte, der *Marodeur* hatte sie wahrscheinlich bereits im Visier. Aber ihre Clan-Ehre gestattete ihr nicht, ihn zu attackieren, bevor er das Feuer auf sie eröffnet hatte – selbst dann nicht, wenn sein erster Angriff schon ihr Todesstoß werden würde. Einige andere Clans hatten die Regeln des Ehrencodex gelockert, aber nicht die Stahlvipern. Sie blieben sich treu. Das war die Essenz ihres Clans und eine Verpflichtung, die Dawn niemals verraten hätte, egal, wie hoch das Risiko war.

Dawns Raketen trafen ihr Ziel. Der todbringende rechte Arm des *Dunkelfalken* blieb verwüstet und qualmend zurück, aber er erwiderte das Feuer aus der auf der Schulter montierten Autokanone. Die meisten Granaten gingen nur Meter vorbei, aber ein Teil traf den linken Fuß ihres Mechs und zertrümmerte den Knöchelaktivator. Dawn blieb in Position. *Die Überlebenden müssen den Abzug schaffen.* Wieder fühlte sie die Wut in sich aufsteigen. *Hier sterbe ich.* Auch wenn der Überfall gescheitert war, konnte sie vielleicht noch Ehre erlangen, indem sie ihr Leben opferte. Vielleicht genug, um dafür zu sorgen, daß ihre Asche in die Nährlösung gemischt wurde, die in den Genlabors des

Clans bei der Aufzucht einer neuen Kriegergeneration verwendet wurde.

Aber das Schicksal wollte es anders. Unerklärlicherweise drehten die Angreifer von den abmarschierenden Stahlvipern weg und zogen ab, bewegten sich zur abgelegenen Flanke der anrückenden Lyranischen Garde. Als sie ihre Gegner davonmarschieren sah, machte Dawns Wut abrupt einem beinahe unerträglichen Entsetzen Platz. Sie hatte versagt. Über die Hälfte ihres Trinärsterns war gefallen. Es schien beinahe, daß der Geist von Tukayyid sich aus dem Grab erhoben und im drückend heißen Cockpit der *Armbrust* seine eisigen Arme um sie geschlungen hatte.

Zurück auf Jabuka würde Sterncolonel Brett Andrews weder nach einer Erklärung fragen noch eine akzeptieren. Erklärungen waren nur Worte. Worte konnten die Krieger nicht zurückbringen, die unter ihrem Befehl gestorben waren. Worte konnten diese Schande nicht wegwaschen.

Dawn hatte ihre Befehle erhalten, und sie hatte versagt. Nun blieb ihr nichts, als zu ihrem Kommandeur zurückzukehren, zu ihren Kameraden, zu ihrer erneuten Schande.

4

Schädelhöhle, New St. Andrews
Peripherie, randwärts der Circinusföderation

13. April 3057

Als Captain Kemper Varas die kleine Nische betrat, blickte der kahl werdende Mann abrupt von seinem Schreibtisch auf. Varas behielt ihn genau im Auge. Er wußte, sein Gegenüber neigte zu Wutanfällen, wenn er sich provoziert fühlte – ob eine tatsächliche Provokation vorlag oder nicht. Die Ironie der Situation, gerade ihn hier in einer vor Jahrhunderten angelegten Sternenbund-Basis an einem Schreibtisch sitzen zu sehen, entging dem Captain keineswegs.

»Ich grüße Euch, mein Lord«, begann Varas und verneigte sich leicht. Der Mann nickte und deutete auf den Stuhl vor seinem Schreibtisch. Varas nahm Platz, ohne ihn aus den Augen zu lassen. Sein Gegenüber trug wie immer eine Rüstung. Varas wartete, bis er angesprochen wurde, weniger aus Vorsicht als aus Verschlagenheit. Er wußte, wenn er nur Geduld bewahrte und auf den richtigen Zeitpunkt wartete, konnte all dies eines Tages ihm gehören.

»Wie ist der Zustand unserer Einheiten?« fragte der Mann, lehnte sich zurück und legte die Fingerspitzen aufeinander.

»Die Truppen, die Shiro III angegriffen haben, sind an den vorbestimmten Koordinaten eingetroffen und melden guten Zustand bei minimalen Verlusten. Die geschätzte Reparaturzeit beträgt eine Woche. Unser Überfall auf Valexa hat die 6. Crucis-Lancers völlig überraschend und unvorbereitet getroffen. Die Lancers sind angeschlagen, und die Nachricht von der Beteiligung der Ritter der Inneren Sphäre beginnt sich auszubreiten. Wir haben drei Mechs und MechKrieger verloren, aber es wurden keine geborgen oder gefangengenommen.«

Sein rundgesichtiges Gegenüber zeigte kaum eine Reaktion auf die Nachricht der Todesfälle. Wenn überhaupt, so wirkte er zufrieden. »Sie sind für eine gute Sache gestorben«, meinte er. »Eine Sache von so gewaltiger Größe, daß ihr Tod sie im neuen Reich, das ich errichten werde, unsterblich machen wird. Aber was ist mit Cumbres, Captain? Hat die 24. Lyranische Garde meinen Zorn zu spüren bekommen?« Seine Stimme war von Erregung gezeichnet, als ginge es für ihn nur um ein Spiel, und nicht um Menschenleben.

Varas senkte den Blick und legte bewußt eine Pause ein, um seine Antwort zu unterstreichen. »Die Verluste der Cumbres-Operation belaufen sich auf eine komplette Lanze und Schäden bei beiden anderen Lanzen. Anscheinend tauchte gerade, als unsere Leute aus dem Hinterhalt zuschlagen wollten, eine Kompanie der Stahlvipern auf, die ebenfalls einen Überfall auf die 24. Lyranische Garde plante. Unsere Truppen hielten sich zurück und schlugen erst zu, nachdem die beiden anderen Seiten den Kampf aufgenommen hatten.«

»Dann haben wir die Clans angegriffen?«

»Ja, mein Lord.«

»Früher als ich geplant hatte, aber um so besser. Und hatten wir Erfolg?«

»Den hatten wir.« Varas wußte, daß bei einer Operation dieser Art Erfolg schwer zu definieren war. Hier handelte es sich nicht um Missionen, wie er sie schon früher so oft geplant und durchgeführt hatte. Diesmal sollten die Truppen keine militärische Eroberung erzielen, sondern politische Aktionen provozieren.

»Ausgezeichnet«, lächelte der Mann. »Und nun haben auch die Stahlvipern meinen Biß gespürt.« Er lachte kurz über seinen eigenen Witz. »Und die während der Operation abgeschossenen Mechpiloten?«

Captain Kemper Varas sog den Atem ein. »Wie Ihr befohlen habt, Sire, wurden sie zerstört. Alle Mechs waren mit den versteckten Sprengladungen ausgerüstet, die unsere Landungsschiffskommandeure zündeten, sobald die Maschinen kampfunfähig waren. Keiner ist in die Hände der Garde gefallen.«

»Ausgezeichnet.« Der Mann erhob sich von seinem Stuhl und tigerte auf und ab, die Hände hinter dem Rücken verschränkt. »Glücklicherweise haben wir Ersatz für die Verluste.«

Kemper Varas nickte. »In Grenzen, mein Lord. Unsere Überfälle auf die capellanischen Transporte haben uns bei der Modernisierung vieler der von unseren neuen Rekruten mitgebrachten Mechs geholfen. Aber um ehrlich zu sein, Sire: Die Mechs sind den besten Maschinen der Inneren Sphäre oder der Clans nicht gewachsen, auch wenn unsere besonderen Varianten für ein paar böse Überraschungen sorgen dürften. Trotzdem, in einer offenen Feldschlacht Mech gegen Mech hätten wir es schwer.«

»Wie kannst du so etwas sagen, Varas? Wir haben drei Siege errungen – vier, wenn du die Stahlvipern mitzählst. Und der Rest der Inneren Sphäre wird Thomas Marik und seine Ritter für meine Taten verantwortlich machen.«

Varas fühlte sich verpflichtet, die Wahrheit zu sagen. »Wir haben nicht durch Können oder Technologie gewonnen, Sire, sondern nur, weil die Überfälle sorgfältig geplante Hinterhalte waren.«

Der Mann schüttelte den Kopf und wischte die Einwände des Captains beiseite. »Uninteressant. Es waren Siege. Es hat begonnen.«

»Es wird nicht lange dauern, bis man erkennt, daß es nicht wirklich die Ritter der Inneren Sphäre waren, die diese Überfälle durchgeführt haben. Und dann werden die Fürsten der Inneren Sphäre ihre Suchhunde auf uns ansetzen.« Varas wußte, wenn dieser Tag kam, bestand die Gefahr, daß sie alle den Tod finden würden, aber der Name seines Gegenüber würde den Mann zum Hauptziel der Vergeltung machen. Und das würde Varas die Zeit verschaffen, die er brauchte.

»Verlorene Liebesmüh. Unsere Agenten werden falsche Indizien plazieren, die andere Hausfürsten belasten. Haben unsere Teams auf New Avalon, Luthien, Atreus und Sian nicht bereits ihre Einsatzbereitschaft signalisiert? Sie warten nur auf ein Signal.«

Varas kannte den Plan nur zu genau, schließlich war er selbst einer der Hauptarchitekten der Operation. Als sein zur Kahlköpfigkeit neigender Gebieter ihn rekrutiert hatte, hätte er sich nicht träumen lassen, wie weit die Intrigen reichen würden. Das hatte sich geändert. Zuerst hatten sie ihn hierher nach New St. Andrews gebracht, auf diese vergessene Peripheriewelt jenseits der Liga Freier Welten. In der nächsten Stufe würde der Plan sie auf die Zentralwelten der Großen Häuser der Inneren Sphäre bringen, in die Paläste der Herrscher über die Sternenreiche, die einstmals in der großen Allianz des Sternenbundes zusammengeschlossen gewesen waren. Und ihre Attentäter standen bereit wie sorgfältig plazierte Sprengladungen. Im Chaos, das auf den Zusammenbruch der politischen Führung in der gesamten Inneren Sphäre folgen würde, plante sein Lord in Erscheinung zu treten und die Herrschaft zu übernehmen.

Varas wußte, daß dieser Mann verschlagen war. Bei jeder Einheit, die sie hierher brachten, prägte er sich als erstes das Profil sowohl der Einheit als auch das des Kommandeurs ein. Varas diente ihm, weil es in seine eigenen Pläne paßte. Irgendwann würde das nicht mehr der Fall sein. Er mußte für jenen Tag in der unbestimmten Zukunft planen, an dem er den Mann ausschalten würde, der sich jetzt noch vor ihm aufspielte. Eines Tages würde Varas an Stelle dieses von Thronfolge schwätzenden Wahnsinnigen herrschen.

Aber auch Varas war nicht immun gegen die Ausstrahlung dieses Mannes. Seine Stimme hatte etwas Fesselndes, und er sprach mit einer wilden Überzeugung, die den Captain gelegentlich tief in seinem Innern packte. Dieses Charisma war es, das auch andere für ihre Sache gewonnen hatte. »Die Hausfürsten sind untereinander heute noch ebenso von Angst und Mißtrauen gezeichnet wie vor dreihundert Jahren, als ihre Streitsucht den Sternenbund zerschlagen hat. Aber diesmal werden wir das Mißtrauen und die Angst benutzen, um sie gegeneinander auszuspielen. Während sie Ränke schmieden und am Untergang ihrer Rivalen arbeiten, werden wir uns hier in der Peripherie vorbereiten. Hier hat alles vor so langer Zeit begonnen, und hier wird es seinen Höhepunkt finden. Denk daran, Varas, die Geschichte wiederholt sich.« Der Mann trat an seinem Captain vorbei zur Tür. »Jetzt komm, wir wollen meine neuesten Gefolgsleute begrüßen.«

Die Schädelhöhle war nicht auf natürliche Weise entstanden, sondern von den Ingenieuren der Sternenbund-Verteidigungsstreitkräfte als Mechbasis angelegt worden. Während des zwanzig Jahre dauernden Vereinigungskrieges hatte sie fast ein Regiment Mechs plus Hilfspersonal beherbergt. Zusätzlich waren in ihre Wände Quartiere und andere Räume gegraben worden. Aber über drei Jahrhunderte hatten ihren Tribut gekostet. Die Versammlung würde auf dem großen Freiraum im Zentrum der Höhle stattfinden.

Auf dem gesamten Areal waren bunt zusammengewürfelte Stühle aufgestellt, und zwei weitere standen auf der Bühne für Varas und seinen Gebieter bereit. Dutzende MechKrieger, Infanteristen, Panzerfahrer und Techs liefen zwischen den Stühlen herum. Am Eingang und entlang der Wände der Höhle standen uniformierte Posten mit roten Baretten und Ziergurten Wache. Jeder der Posten trug ein Gewehr.

Der Mann betrat den Saal und schritt majestätisch durch die Menge zur Bühne. Sein Erscheinen hatte murmelndes Interesse zur Folge, das sich allmählich in erwartungsvolles Schweigen verwandelte, als die Versammelten ihre Blicke auf ihn richteten. Der Mann stützte beide Hände auf das Rednerpult und betrachtete die Versammlung. Ganz hinten standen die Schluchtfürsten, die Anführer der Gebirgsbauern, die in den einsamen Hochgebirgen von St. Andrews ein kümmerliches Dasein fristeten. Varas hatte sie im Kampf besiegt, als er mit seinem Herrscher hier eingetroffen war, und anschließend hatte dieser sie mit dem Angebot auf seine Seite gezogen, ihnen Schutz und dringend benötigte Nahrung und Vorräte zukommen zu lassen. Jetzt waren viele der Schluchten zu ihm übergelaufen. Schließlich lächelte der Mann, wenn auch nur für einen Augenblick. Es war ein grausames Lächeln, ein Lächeln, das Varas kannte und fürchtete.

»Ich heiße euch in eurer neuen Heimat willkommen«, sagte er, und breitete die Arme aus. »Ich versichere euch, sie wird es nicht lange sein, aber eure Mechs und Ausrüstungen sind hier sicher. In den kommenden Wochen werdet ihr alle Uniformen erhalten.«

»Meine Männer woll'n keine Uniformen«, ertönte eine streitsüchtige Stimme aus der Menge. Varas erkannte den Sprecher augenblicklich als Kapitän Parker Don Hua. Er und seine Einheit, die Rote Hölle, gehörten zu den Schlimmsten der neuen Rekruten. Die Söldnerkommission hatte sie wegen Greueltaten während eines Überfalls auf eine Blakes-Wort-Anlage für alle Verträge mit Häusern der Inneren Sphäre gesperrt, und die unglückselige Wahl ihres Zieles bei jenem Angriff hatte ihre Schwierigkeiten noch vergrößert. Sie waren auf der Suche nach Auftraggebern in die Peripherie ausgewichen, aber inzwischen hatten sie sich eine Ausschreitung zuviel geleistet, um sich selbst dort noch irgendeine Hoffnung auf größere Angebote oder eine halbwegs anständige Bezahlung machen zu können. Varas und sein Gebieter waren Huas letzte Hoffnung, und ähnliches galt für die meisten Söldner im Saal.

»Kapitän Hua, richtig?« fragte der Herrscher kühl.

»Verdammt richtig!«

»Nun, mein lieber Captain, ich muß dir leider mitteilen daß ich nicht die Absicht habe, das große Werk, zu dessen Verwirklichung ich euch hier zusammengebracht habe, scheitern zu sehen. Ihr werdet die Bedingungen des Vertrages einhalten. *Alle* Bedingungen. Keine davon ist unbedeutend. Ich gestatte euch nicht den Luxus, zu entscheiden, welche ihr einhalten und welche ihr ignorieren wollt. Keine Bedingung ist unwichtig, weil dieser Vertrag der erste Schritt dabei ist, uns in unserem Willen zum Erfolg zu einen und zu stärken. Ich gehe in diesem Punkt keine Kompromisse ein.« Er hatte eine tiefe Stimme, deren Wirkung durch das Echo von Wänden und Decke der gewaltigen Höhle noch verstärkt wurde.

»Vertrag oder nicht, wir tragen keine Uniformen. Wenn dir das nicht paßt, beschwer dich doch bei der Kommission«, gab Hua zurück. Einige seiner Kameraden lachten auf. Sie wußten, daß dieser Vertrag nicht bindend war, daß sie, soweit es die Söldnerkommission betraf, jenseits des Gesetzes standen.

Der Mann auf der Bühne zuckte die Achseln. »Nun gut. Du bist weit gereist, um unter meinen loyalen Gefolgsleuten Zwietracht zu säen. Es gibt viele Dinge, die ich nicht dulde, aber Aufsässigkeit ist der erste Punkt auf der Liste.« Er zog eine kleine Laserpistole aus seiner Rüstung und erschoß Hua. Der Laserstrahl traf den Söldner genau zwischen die Augen, und er brach zusammen wie ein Sack Mehl.

Einige der Roten Teufel zogen ihre Waffen, aber die Posten an den Wänden hatten die Gewehre bereits im Anschlag und waren bereit, jeden Aufrührer niederzumähen, wenn sie den Befehl dazu erhielten. Einer nach dem anderen steckten die Söldner ihre Pistolen wieder ein. Andere Mitglieder der Roten Hölle beugten sich unsicher über die Leiche ihres Kommandeurs.

»Er war schwach. Schwächlinge sind entbehrlich. Ihr alle seid feine Krieger, aber die Fürsten der Inneren Sphäre haben euch verstoßen, aus welchem Grund auch immer. Die meisten von euch, wie die Schwarzen Krieger dort« – er deutete auf eine kleine Gruppe in einer Ecke des Saales – »werden Verbrechen beschuldigt, die sie nicht begangen haben. Anderen, möglicherweise auch der Roten Hölle, fehlen einfach wahre Führer, Führer mit einer Vision. Ich habe eine solche Vision. Eine Vision der Zukunft.«

Als sein Gebieter eine Pause machte, um seine Worte wirken zu lassen, bemerkte Varas, daß die Zuhörer wie hypnotisiert waren. *Er erzählt ihnen, was sie hören wollen, und sie schlucken es wie Verhungernde eine heiße Mahlzeit.*

»Wie viele von euch sind es müde, als Kanonenfutter für die Hausfürsten zu dienen? Wie viele von euch sind es müde, in sinnlosen Kriegen für kleinliche Politiker blutige Schlachten zu schlagen? Seid ihr betroffen vom Verlust eurer Kameraden, die von kleinen Potentaten in ihren Elfenbeinschlössern in den Tod geschickt wurden?«

Ein Chor der Zustimmung erhob sich vom Boden der Schädelhöhle und hallte von den alten Felswänden wider.

»Ihr braucht einen Führer, der euch nicht nur einen Soldscheck, sondern eine Zukunft verspricht. Ich bin dieser Führer.« Er nahm einen Stock, der hinter dem Podest stand, und hielt ihn hoch empor. Dann schlug er ihn hart nach unten, als wolle er damit die Winde der Geschichte zerschneiden. Die Höhle war mucksmäuschenstill, und der Schlag hallte durch den Raum.

»Ich bin Stefan Amaris der Siebte, Sternenfürst der

Amaris-Republik, Herrscher der Republik der Randwelten und rechtmäßiger Thronerbe des Ersten Lords des Sternenbundes!« Wieder schlug er den schweren Stock auf den kalten Felsboden.

Einen Moment herrschte Schweigen, als die versammelten Männer und Frauen diese schockierende Mitteilung verarbeiteten. Waren sie Augenblicke zuvor fast hypnotisiert gewesen, verzeichneten ihre Mienen jetzt nichts als Erschrecken und Abscheu. *Amaris*, das war ein verfluchter Name. Der Name des Usurpators, des Plünderers, des Totengräbers des Sternenbunds. Wäre Stefan Amaris nicht gewesen, hätte das Goldene Zeitalter der Menschheit weiterbestehen können, möglicherweise bis in die jetzige Zeit. Keine Clans, keine Jahrhunderte der Nachfolgekriege. Der Name Amaris bezeichnete das personifizierte Böse, selbst noch nach Jahrhunderten.

Varas erinnerte sich an seine anfängliche Reaktion des Abscheus, als der Mann ihm den unwiderlegbaren genetischen Beweis vorgelegt hatte. Es war purer Zufall gewesen, der das Dokument beim Schisma des ComStar-Ordens, aus dem Blakes Wort hervorgegangen war, in die Hände dieses Mannes hatte fallen lassen. Er war damals ein ComStar-Adept gewesen, der die ausgedehnten Archive der Organisation benutzt hatte, um festzustellen, warum seine Familie ihren Stammbaum nur bis zum Zerfall des Sternenbundes zurückverfolgen konnte.

Amaris hob beide Arme und wehrte alle Proteste ab, noch bevor sie ausgesprochen wurden. Er hatte ihre Reaktion erwartet. »Ja, ich weiß, was ihr jetzt denkt. Ich weiß, daß Stefan Amaris in allen Geschichtsbüchern als böse und machthungrig beschrieben wird – als eine Art Teufel. Aber ich frage euch, wer hat diese Geschichtsbücher geschrieben? Lakaien derselben Hausfürsten, deren Streitereien und Machtkämpfe den Sternenbund zerrissen haben, die größte Katastrophe in der Geschichte der Menschheit verursacht haben. Und ich habe euch heute hier zusammengerufen, um euch zu sagen, daß diese Geschichtsbücher lügen! Als der große General Kerensky meinen Vorfahren, den wahren Ersten Lord, gefangennahm und zusammen mit seiner gesamten Familie ermordete, verschleierte dieser sogenannte große Mann sein Verbrechen, indem er dafür sorgte, daß der Name Amaris in der ganzen Inneren Sphäre verflucht wurde. Hört meine Worte: Ich bin ein direkter Nachfahre der Amaris-Linie, und meine genetische Abkunft ist bestätigt. Aber selbst ich ahnte bis vor kurzem nichts davon. Wie ihr hatte ich die Legenden gelernt, die Lügen. Ohne meine eigenen Geschichtsforschungen hätte ich keinerlei Hinweis auf meine wahre Herkunft gefunden.« Er hielt ein Stück Papier in die Höhe. Varas wußte, was es zeigte – das Amaris-Siegel.

»Auf der Suche nach der Geschichte meiner Vorfahren habe ich den Beweis für mein großes Erbe entdeckt. Wenn Stefan Amaris der Erste einen Fehler begangen hat, dann den, daß er das wahre Ausmaß des Verrats der Hausfürsten nicht erkannt hat. Sein Traum war es, den Glanz des Sternenbundes in Einheit zu erhalten. Das war das Motiv für alles, was er tat. Es gab nichts – *nichts!* –, was er dafür nicht zu tun bereit gewesen wäre. Er sah die kleinliche Habgier und Schwäche der Lordräte. Er sah General Kerenskys Verrat. Hätte der General sich Stefan Amaris angeschlossen, statt ihn zu verraten, wäre das Amaris-Imperium das Kronjuwel in der Geschichte der Menschheit geworden. Statt dessen vernichteten Kerensky und die Kleingeister der Hausreiche die beste und einzige Hoffnung der Menschheit.« Er machte eine Pause.

»Bis heute.« Der Effekt auf seine Zuhörer war elektrisierend. Ein Hurra entstieg ihren Kehlen. »Ich habe die Republikanische Garde neugegründet, und sie hat bereits mehrere Welten der Inneren Sphäre angegriffen und einige der besten Hauseinheiten geschlagen. Zudem besitzen wir hier die Möglichkeiten, eure BattleMechs in einen Topzustand zu versetzen. Ihr und eure Familien werdet all das genießen können, was euch die Hausfürsten vorenthalten haben, indem sie euch und euren Kameraden den Rücken kehrten.«

Einer der Männer rief: »Was müssen wir dafür tun?«

Amaris hob die Arme, als wolle er ganz und gar unnötigerweise für Ruhe sorgen. »Meine Vision ist gewaltig. Wir werden bald wieder zuschlagen, die Peripherie angreifen, und ihre Bevölkerung gegen unsere Gegner in der Inneren Sphäre kehren. Die verschiedenen Hausregierungen verdächtigen sich gegenseitig, die Überfälle organisiert zu haben, und das kommt meinen Zwecken sehr entgegen. In der Zwischenzeit könnt ihr beruhigt sein, daß ich einen Plan, die Mittel und den Willen habe, meinen Kampf zu euren Feinden zu tragen. Eines Tages werden wir ihnen ins Gesicht lachen, wenn wir kommen und die Macht ergreifen. Ich plane, die Regierungen aller fünf Großen Häuser der Inneren Sphäre so vollständig zu zerschlagen, daß die Menschen sich mit Freuden uns und unserer mutigen Vision der Zukunft zuwenden werden. Und wir werden auf dieser Woge der Revolution geradewegs zur Wiege der Menschheit reiten, nach Terra, wo wir die Tore eintreten und das Banner des Sternenbundes ein weiteres Mal hoch auf den Zinnen flattern lassen! Folgt mir und werdet meine Generäle, meine Kommandeure, meine Vorbilder für ein großartiges neues Reich. Wie kein anderer in dieser Zeit besitze ich allein das wahre Erbe. Ich allein bin der rechtmäßige Erbe des Sternenbundes. Ich bin der Sternenfürst. Steht zu mir als die neue Republikanische Garde. Schließt euch mir an, und wir werden eine großartige neue Zukunft schmieden, als die Führer eines neuen Imperiums!«

Eine Kakophonie des Jubels stieg zur Höhlendecke

empor, als viele der Zuhörer in einer Geste, die ebenso Herausforderung wie Salut war, die Faust hoben. Stefan Amaris nickte einem seiner Männer zu, der an einem von der Wand hängenden Seil zog. Ein riesiges Banner rollte herab, ein blauer Hai vor einem Meer von Rot. Es war ein seit Jahrhunderten verbotenes Symbol, verboten ebensosehr aus Furcht wie aus Haß. Das Symbol des Hauses Amaris und des Amaris-Imperiums. Wie mit einer Stimme begannen die Männer und Frauen, selbst die Roten Teufel, die noch immer um den Leichnam ihres Kommandeurs standen, immer wieder Amaris' Titel zu brüllen.

»Ster-nen-fürst, Ster-nen-fürst, Ster-nen-fürst ...« Selbst die Schluchtfürsten, die normalerweise besonders mißtrauisch und zurückhaltend waren, schienen von diesem Fieber angesteckt. Auch Varas hätte beinahe mit eingestimmt, hätte nicht ein Teil von ihm nur zu gut verstanden, wie durchgeplant und orchestriert diese ganze Veranstaltung war.

Stefan Amaris lächelte dünn und sonnte sich in seinem Sieg. Als Varas ihn beobachtete verstand er, daß dieser Mann auf der dünnen Linie zwischen Genie und Wahnsinn spazierte. Er würde entweder ein Imperium aufbauen oder alles und jeden in seinem Weg vernichten.

Kalmahof, Marik
Marik-Commonwealth, Liga Freier Welten

»Sieh dir das an, Duncan«, meinte der ältere Kalma und deutete auf den Bericht, den er auf dem Tisch ausgebreitet hatte.

Duncan trat an den massiven Eichentisch und blätterte durch den Ausdruck. Während er den Text überflog, nippte er an seinem Drink. »Daß du mir das hier zeigst, könnte dir einige Schwierigkeiten einbringen,

Vater. Das ist alles streng geheim, und ich bin nicht einmal Mitglied der Streitkräfte.«

Zum erstenmal seit Stunden lächelte Harrison Kalma, wenn auch nur kurz. »Was sollen sie machen? Mich feuern? Ich bin schon im Ruhestand. Außerdem weiß niemand, daß ich diese Berichte habe. Ich habe sie aus meinen eigenen Quellen.«

Duncan las weiter. »So, die Ritter der Inneren Sphäre haben wieder zugeschlagen.«

»Es sind nicht die Ritter«, stellte sein Vater nüchtern fest.

Duncan stellte das Glas ab und warf in gespielter Verzweiflung die Arme hoch. »Das ist genau der Punkt, Vater. Das kannst du nicht mit Bestimmtheit wissen.«

»Ich habe Zugang zu Stationierungsberichten, denen zufolge die Ritter sich momentan auf Epsilon, Rochelle und Nestor aufhalten. Sie waren es nicht.«

Duncan schüttelte den Kopf. »Die Berichte könnten gefälscht sein, um ihre Überfälle zu decken.«

Harrison Kalma seufzte schwer, als er die Diskussion des vorherigen Abends wieder aufnahm. »Also gut, Duncan, nehmen wir an, die Ritter sind für diese Überfälle nicht verantwortlich.«

»Stellt sich die Frage, wer es dann ist.«

»Dazu mußt du fragen, wer dabei das meiste zu gewinnen hat.«

Über diese Frage brauchte Duncan nicht lange nachzudenken. »So ziemlich alle Mächtigen der Inneren Sphäre. Die Liga Freier Welten ist nicht durch die Clan-Invasion angeschlagen wie das VerCom und die Draconier. Im Gegenteil, die Kriegsanstrengungen haben die Wirtschaft gestärkt, und zugleich das Ansehen und die Macht Thomas Mariks. Es gibt eine Menge Leute, die ihn gerne diskreditieren und ein paar Sprossen die Leiter nach unten stoßen würden, damit er nicht aufmüpfig wird. Und was wäre dazu besser geeignet, als sein Lieblingsprojekt zu zerstören, die Ritter der Inneren Sphäre?«

»Stimmt, mein Junge. Seit diese Überfälle begonnen haben, müssen sämtliche Hausfürsten den Eindruck haben, die Liga Freier Welten sei eine Bedrohung für den ohnehin kärglichen Frieden der letzten Jahre. Es könnte der Beginn eines neuen großen Krieges werden. Aber wer würde davon profitieren? Nicht Sun-Tzu Liao. Er hat das Heiratsversprechen Isis Mariks und steht parat, die Macht der Liga im Schlafzimmer zu erringen, nicht auf dem Schlachtfeld. Nicht Victor Steiner-Davion. Er hat Probleme genug damit, sein eigenes Reich zusammenzuhalten, auch ohne Versuche, einen völlig neuen Krieg anzufachen. Bleiben Theodore Kurita und das Kombinat. Die Draconier haben nicht einmal eine gemeinsame Grenze mit der Liga Freier Welten. Außerdem ist Kurita derzeit mit ganz anderen Sorgen beschäftigt – zum Beispiel der enormen Bedrohung durch die Clans.«

Duncan sah seinen Vater einen Moment an. »Eines muß ich dir zugestehen, deine Argumente machen Sinn. Vielleicht ist es dann einer der Clans … oder eine der Peripherie-Regierungen …«

Kalma schüttelte den Kopf. »Unsere Erkenntnisse über das Geschehen innerhalb der Clan-Besatzungszone sind recht spärlich, aber soweit sich irgend etwas dazu sagen läßt, scheinen die Clans momentan zu sehr in interne Zwistigkeiten verwickelt, um eine Anstrengung dieser Art zu unternehmen.«

»Bleibt die Peripherie, aber ich kann mir kaum vorstellen, daß irgendwer in dem anarchischen Chaos fähig wäre, eine derart hinterhältige Kampagne zu organisieren.«

»Keine Peripherie-Regierung wäre so kopflos, einen Krieg in der Inneren Sphäre anzuzetteln, nicht angesichts der drohenden Vergeltung, sollte ihre Rolle darin ans Licht kommen. Und außerdem besitzt kein Peripheriestaat ein Motiv für diese Art Stunt, erst recht nicht, wenn man bedenkt, wieviel eine solche Operation an Planung und Ressourcen verschlingen würde.«

»Nun, Vater, ich würde sagen, damit hast du jeden bekannten Verdächtigen aus dem Rennen geworfen.«

Der General zog die Brauen hoch. »Woraus folgt?«

»Woraus folgt, daß wir es hier mit einer neuartigen Bedrohung zu tun haben.« Erst, als er die Worte schon ausgesprochen hatte, erkannte Duncan ihre Implikationen. Die letzte große Bedrohung, mit der sich die Innere Sphäre konfrontiert gesehen hatte, war die Clan-Invasion gewesen. Nun bestand plötzlich die Möglichkeit, daß hier eine weitere Gefahr aus dem Dunkel trat. Die Clan-Invasion war eine blutrünstige Angelegenheit gewesen, mit Millionen von Toten und nachhaltigen Auswirkungen auf riesige Bereiche des erforschten Weltraums. Bisher war die Liga Freier Welten davongekommen, weil die Invasion zum Stehen gekommen war, bevor sie den Marik-Raum erreicht hatte. Waren sie nur verschont geblieben, weil das Schicksal noch etwas weit Schlimmeres für sie geplant hatte?

Duncans Überlegungen wurden von einem Dienstboten unterbrochen, der die Eichentür des Arbeitszimmers einen Spalt weit öffnete, um einen unerwarteten Besucher anzukündigen. Der General hatte gerade genug Zeit, den Bericht einzusammeln und in einen Aktenkoffer zu stopfen. »Wir lassen bitten«, meinte er dann gelassen.

Der Diener öffnete die Tür ganz und machte dem Besucher den Weg frei. Der Mann war offensichtlich ein MechKrieger, wenn er auch für diesen Beruf ungewöhnlich groß war. Seine Augen waren von einem beunruhigenden Grau, und das schwarze Haar war mit reichlich Pomade nach hinten gekämmt. Er trug eine rote Ausgehuniform mit auf der Brust gekreuzten silbernen Ziergurten, die in der Mitte der Brust von einer silbernen Schnalle in Form eines vielstrahligen Sterns gehalten wurden. Seine hohen schwarzen Stiefel glänzten im Licht, und er schlug zackig die Hacken zusammen, als er vor dem General Haltung annahm. Der Mann war nicht nur ein MechKrieger, er war mehr. Er war ein Ritter der Inneren Sphäre.

Duncan starrte den Ritter in seiner prächtigen Uniform an und fühlte einen leichten Stich. *Das hätte ich sein können.* Er war ein verdammt guter MechKrieger, mehr als gut genug für die Ritter. Aber Duncan wußte auch, daß er für dieses Leben nicht geschaffen war. Er hatte schon immer den Drang zum Abenteuer verspürt, zu Erlebnissen der Sorte, wie sie auf den ungezügelten, häufig gesetzlosen Welten der Peripherie zu finden waren. Er hätte das Leben eines Ritters, das ihm steif und ehrgebunden erschien, wahrscheinlich keinen Tag überlebt. *Soll er die Uniform ruhig tragen. Sie paßt zu ihm.*

»General, ich bin Kapitan Rod Trane, Ritter der Inneren Sphäre und loyaler Gefolgsmann Generalhauptmann Thomas Mariks.«

»Willkommen in meinem Heim«, erwiderte der General und deutete auf einen Sessel. »Was verschafft uns die Ehre, Kapitan?«

Trane warf Duncan einen schnellen Blick zu, dann wandte er sich wieder an Harrison Kalma, als sei es unter seiner Würde, die Anwesenheit von dessen Sohn weiter zur Kenntnis zu nehmen. »Der Generalhauptmann ist gestern abend auf dieser Welt eingetroffen. Er bittet Sie, ihn in drei Tagen am Abend aufzusuchen.«

»Ich habe nichts von der Ankunft des Generalhauptmanns gehört.«

Kapitan Trane nickte. »Es ist ein inoffizieller Besuch. Darf ich ihm mitteilen, daß Sie seinem Wunsch nachkommen werden?«

»Das versteht sich«, antwortete der General im besten Höflingston. »Bitte teilen Sie dem Generalhauptmann mit, daß es mir eine besondere Ehre sein wird.«

Wieder salutierte Trane hackenknallend, dann wandte er sich zum Gehen.

»Ach, Kapitan«, rief der General ihm hinterher.

Trane drehte sich um. »Sir?«

»Bitte informieren Sie Thomas, daß mein Sohn mich begleiten wird.«

Feldhauptquartier der 2. Oriente-Husaren,
Shimgataebene
Shiro III, Herzogtum Andurien, Liga Freier Welten

»Bovos, sind Sie sich auch wirklich sicher, daß es das ist, was Sie wollen?« fragte sein Vorgesetzter und blickte auf die Formulare vor sich.

»Ja, Sir.« In den Wochen seit dem Überfall, der seiner Lanze das Ende bereitet hatte, hatte sich Hermann Bovos verändert. Sein Gesicht war verhärmt, seine Augen lagen tief in den Höhlen. Ganz offensichtlich schlief er kaum noch, und das hatte Spuren hinterlassen.

»Ich werde Ihre Entlassung genehmigen, aber ich halte es für einen Fehler. Niemand hatte Schuld daran, daß die Mitglieder Ihrer Lanze nicht überlebt haben. Es war ein Überfall. Dadurch, daß Sie Ihre Position bei den Husaren aufgeben, ändert sich nichts. Damit bringen Sie keinen von ihnen zurück.«

»Ich bin anderer Meinung, Sir«, meinte Bovos, ohne seine Hab-Acht-Stellung aufzugeben. Seine Augen blickten starr geradeaus, nicht ins Gesicht seines Kommandeurs.

»Sie sind tot, Hermann. Diese verdammten Ritter haben sie umgebracht. Es ist vorbei. So etwas kommt vor, selbst in Friedenszeiten. Den wahren Krieger erkennt man an seiner Fähigkeit, die Scherben einzusammeln und weiterzumachen. Was du vorhast, ist falsch. Auf eigene Faust loszuschlagen, blindlings auf einen

Rachefeldzug zu gehen, ohne Ziel oder Unterstützung, ist Wahnsinn.«

Bovos schwankte etwas. »Erlaubnis, frei zu sprechen, Sir.«

»Erteilt.«

»Es waren nicht die Ritter, die das getan haben. Ich glaube, es war jemand anderes, und genau dasselbe denken Sie auch, egal, was die Regierung Orientes sagt. Nein, ich war nicht verantwortlich für den Tod meiner Leute – so ein Grünschnabel bin ich nicht, daß ich das nicht erkennen könnte. Ich habe schon vorher Kameraden fallen sehen. Und ich weiß, ich kann sie nicht wieder zum Leben erwecken. Aber wenn es eine Antwort gibt, dann nicht hier, sondern irgendwo da draußen.« Bovos deutete zum Fenster, in den Himmel, in den grenzenlosen Weltraum jenseits der Atmosphäre. »Und ich weiß auch, daß die Politiker die Verantwortlichen nicht zur Rechenschaft ziehen werden.« *Im Gegensatz zu mir*, fügte er in Gedanken hinzu.

Die einzige Antwort war der Knall des Thermostempels auf dem Papier.

Hermann Bovos senkte den Blick und sah den roten Schriftzug ›GENEHMIGT‹ auf dem Deckblatt des Formulars. Von diesem Tage an war er kein Oriente-Husar mehr. All das war Vergangenheit, vorbei, zu Ende. Er hatte die Fußstapfen seines berühmten Vaters verlassen. Und er war nicht länger nur ein loyaler Sohn der Liga Freier Welten, geschworen, sie zu beschützen und zu verteidigen. Nein, diese Zeiten waren vorbei. Aber seine eigene Mission, seine persönliche Aufgabe, hatte gerade erst begonnen.

5

Konklavehalle der Stahlvipern-Garnison, Jabuka
Stahlvipern-Besatzungszone

15. April 3057

Sterncolonel Brett Andrews lächelte stolz, als er das glitzernde Schlangenhautcape über den Schultern drapierte. Immer, wenn er es anlegte, fühlte er etwas von der Macht der großen Vipern von Arcadia. Diese wahrhaft furchterregenden Raubtiere besaßen eine Stärke und Hartnäckigkeit wie kein anderer Jäger des Planeten. Heute würde er das Cape und den Rest der rituellen Robe als Mitglied des Konklave tragen, das über Sterncaptain Dawn zu Gericht saß. Wie die Viper würde es sich um sein Opfer schlingen, um es anschließend mit tödlicher Präzision zur Strecke zu bringen. Als nächstes legte er den dicken Rollkragen an, der die enorme Größe und unverwechselbare Zeichnung des ehrfurchtgebietenden Totems der Stahlvipern darstellte. Als Anführer des Hauses Andrews war er, im Gegensatz zu anderen, berechtigt, die vollen Vipern-Regalia zu tragen. Dem Stahlviperclan war die Tradition heilig.

Brett Andrews konnte sich nicht erinnern, wann zum letzten Mal ein Urteil, eine formelle Ausgrenzung, einberufen worden war. Er fragte sich, ob es irgendein lebendes Mitglied der Stahlvipern gab, das dazu in der Lage war. Hunderte Blutnamensträger waren von nah und fern aus der Besatzungszone zusammengekommen, um die Beweisführung zu hören, denn sie verstanden, was wirklich auf dem Spiel stand. Die Anklage der Inkompetenz und des einer Kriegerin unwürdigen Betragens würde Erfolg haben, dessen war er sich sicher. Schließlich hatte er sich bereits privat mit verschiedenen Konklavemitgliedern getroffen, deren

Entscheidung unsicher gewesen war, und sie überredet, sich auf seine Seite zu schlagen. Kein Zweifel, Sterncaptain Dawn würde schuldig befunden und öffentlich erniedrigt werden, so, wie sie es verdient hatte.

Die Stahlvipern mußten ihre Reihen säubern, sich erneuern, die alte Haut abstreifen. Seit der Schande und Verluste auf Tukayyid war allen klar, wie dringend es nötig war, die Kraft des Clans wiederaufzubauen. Die Umklammerung der Stahlviper war unnachgiebig wie ein Schraubstock, ihr tödlicher Biß kannte keine Gnade. Der Clan durfte diesem Vorbild nicht nachstehen. Es war dieser stahlharte Wille, der Khan Perigard Zalman hatte auf Besitztests für nahegelegene Jadefalken-Welten verzichten lassen. Die Stahlvipern konnten sich Truppenverluste ebensowenig leisten wie drittklassige Krieger oder verweichlichte Bewahrer in ihren Reihen.

Und das betrachtete Brett Andrews als Sterncaptain Dawns schlimmstes Versagen – sie war eine Bewahrerin in einem Clan, der mehr denn je zuvor der Philosophie der Kreuzritter folgte.

Zuerst hatte sie auf Tukayyid versagt, wo sie alle Mitglieder ihres Binärsterns verloren hatte. Dann hatte sie um das Recht geboten, den Überfall auf Cumbres zu befehligen, und wieder versagt. Statt die Stellung zu halten wie eine wahre Kriegerin, hatte sie einen Rückzug befohlen. Und trotzdem waren fast alle Mitglieder ihrer Einheit gefallen. Wieder waren andere Krieger gefallen, während Sterncaptain Dawn überlebt hatte. *Als Kommandeurin des Überfalls hätte sie ihr Leben geben müssen, um die anderen zu retten, frapos?*

Dawn starrte geradeaus. Ihre Blicke bohrten sich förmlich in die weiße Wand des Warteraums. So tief und fest war ihre Konzentration, daß die Wand und ihr Geist zu verschmelzen schienen. Leer, ruhig, rein. Es verbannte die Verwirrung und öffnete ihren Geist.

Auch für Dinge, an die sie es vorgezogen hätte, nicht zu denken.

Es überraschte sie nicht, daß der Clan sie für ihr Versagen zur Verantwortung zog. Aber die Schwere und Förmlichkeit des Verfahrens war ein Schock. Nicht nur ihr Kommandeur sollte über die Anklage der Unfähigkeit entscheiden, sondern alle Blutnamensträger des Clans Stahlviper. Seit Tagen trafen sie auf Jabuka ein, Hunderte, von nah und fern.

In ruhiger, klarer Sicht der Dinge hatte Dawn keinen Zweifel daran, daß sie verurteilt werden würde. Die Stahlvipern planten, ein Exempel an ihr zu statuieren. Egal. Sie würde erhobenen Hauptes jedes Urteil akzeptieren. Sie war eine stolze Clansfrau, ein Produkt des Zuchtprogramms zur Erschaffung einer Rasse überlegener Krieger. Und vor allem war sie eine Kriegerin der Stahlvipern, denen es vor allen anderen Clans bestimmt war, die Vision Nicholas Kerenskys zu erfüllen.

Dawn verstand sehr wohl, daß sie nicht für den Überfall auf Cumbres öffentlich gedemütigt werden sollte, sondern für ihre Bewahrer-Ansichten in einem Kreuzritter-Clan. Sterncolonel Brett Andrews insbesonders war einer der eifrigsten Kreuzritter und hatte gejubelt, als die Stahlvipern das Recht zur Teilnahme an der langerwarteten Invasion der Inneren Sphäre gewonnen hatten. In den stillen Wassern ihres Geistes erinnerte sich Dawn, wie sich ihre Überzeugung von der vorherrschenden Meinung ihres Clans fortentwickelt hatte.

Wie alle Stahlvipernkrieger hatte auch Dawn eine Kadettenausbildung absolviert, die geistig ebenso hart gewesen war wie körperlich. Während die Kampfmeister ihre physischen Fähigkeiten gestählt hatten, hatten die Lehrenmeister ihren Kriegergeist mit den visionaren Worten der großen Kerensky gestärkt. Aleksandr Kerensky, der General, der ihre Vorfahren aus der Inneren Sphäre in eine neue Heimat unter den

Sternen geführt hatte. Und sein Sohn Nicholas Kerensky, der Gründer des Eugenikprogramms zur Züchtung einer Kriegerrasse, die eines Tages den Sternenbund neu erstehen lassen sollte.

Einer diese Lehrenmeister war in seiner Interpretation der Bestimmung des Clans besonders strikt gewesen. Er hatte den Kadetten beigebracht, die *Erinnerung* als Richtschnur für ihr ganzes Leben auswendig zu lernen, und hatte häufig eine ihrer berühmtesten Passagen zitiert:

> *Ohne eine reine Seele können wir nie erleuchten*
> *blinde Augen, können nur blenden uns selbst.*

Sie war Teil einer Strophe, die zu einem Kreuzzug aufrief, um die Innere Sphäre ans Licht zu führen, ja, Teil der Strophe, der die Kreuzritterbewegung ihren Namen entlehnt hatte. Aber dieser Lehrenmeister hatte Dawns blinde Augen erleuchtet, indem er die Kadetten daran erinnert hatte, daß Aleksandr Kerensky die Aufgabe seiner Leute als den *Schutz* der Inneren Sphäre definiert hatte, nicht als ihre Eroberung. Ja, Kerensky hatte vorhergesagt, daß die Exilanten eines Tages zurückkehren würden, aber wenn dieser Tag kam, mußten sie sehenden Auges und reinen Herzens sein. Und so war aus Dawn eine Bewahrerin geworden.

Das hatte nichts daran geändert, daß sie eine Kriegerin war. Wie jedes Mitglied ihrer Kaste war sie für den Krieg gezüchtet. Wenn sie kämpfte, kannte sie weder Furcht noch den Gedanken an irgend etwas anderes als einen ehrenvollen Sieg. So war es das Wesen der Clans. Aber als sie mit ihrer zerschlagenen Einheit von Cumbres abgehoben hatte, waren ihre Truppen auf sie selbst und drei weitere Überlebende zusammengeschrumpft gewesen. Einer befand sich jetzt noch im Hospital. Die schlimmste Erniedrigung dabei war jedoch der Verlust ihres Mechs. Die *Armbrust* war kaum mehr als eine leere Hülle, und man würde sie für Ersatzteile ausschlachten, statt sie zu reparieren.

Es stimmte, Dawn hatte ihre Mission nicht ausführen können, aber sie hatte nur die 24. Lyranische Garde erwartet, nicht die Garde *plus* eine weitere Kompanie unbekannter Angreifer. Ihr Trinärstern hatte sich einer Übermacht gegenübergesehen. Nur ein Wunder hätte sie retten können, und Clankrieger glaubten nicht an Wunder. Und Clan-Konklaven akzeptierten keine Entschuldigungen.

Als ihr Verteidiger sollte Sterncolonel Ivan Sinclair fungieren, der Kommandeur des 94. Schlachtsternhaufens. Trotz Ivan Sinclairs Kreuzrittergrundsätzen war Dawn froh darüber, ihn auf ihrer Seite zu wissen. Der Mann war stur und kompromißlos, wie es sich für einen Krieger gehörte, aber dabei auch ehrlich und gerecht. Seine Einschätzung ihrer Chancen war typisch direkt gewesen.

Er hatte ihr erklärt, daß die Einberufung eines Urteils, die Clan-Entsprechung eines Kriegsgerichts, so selten war, daß sie kaum jemals stattfand. Und es hatte sie nicht überrascht zu hören, daß man noch keinen einzigen Krieger, dessentwegen ein Urteil einberufen worden war, jemals von der vorgebrachten Anklage freigesprochen hatte. Die meisten waren als Dezgra ausgestoßen, andere verbannt, eine Handvoll hingerichtet worden. Dawn war sich über ihr Schicksal also im klaren.

Das Geräusch der aufgleitenden Tür unterbrach die stille Ruhe ihrer Gedanken. Es war Sterncolonel Ivan Sinclair. »Das Konklave ist versammelt. Es ist Zeit.«

Jetzt war Dawn doch wieder besorgt. Sie machte sich auf, um sich ihren Anklägern zu stellen.

Die Türen der Konklavekammer schwangen vor ihr auf, und Dawn sah Khan Perigard Zalman reglos und stolz auf dem Podium vor dem Großen Konklave des

Clans der Stahlvipern stehen. Der Raum war nur schwach erleuchtet, aber das leise Rascheln zeigte, daß Hunderte von Blutnamensträgern auf den kreisförmig aufsteigenden Rängen Platz genommen hatten. Im Dämmerschein der kleinen Computerbildschirme an ihren Plätzen konnte Dawn ihre Silhouetten in Masken, Umhängen und rituellen Roben so eben ausmachen.

Der Khan stand im Zentrum eines Scheinwerferkegels. Er trug eine Robe und einen Umhang von silbergrauer Farbe, genäht aus den glänzenden Häuten des Namenstiers ihres Clans. Beide Kleidungsstücke waren ehrwürdigen Alters, ebenso wie seine Maske, die alle Khans der Stahlvipern seit Gründung des Clans bereits getragen hatten. Sie besaß die Form eines enormen Vipernkopfes, zwischen deren wie zum Biß aufgerissenen Kiefern das Gesicht des Khans hervorragte. Seine Stirn war umrahmt von den beiden dolchartigen Giftzähnen.

Der Khan hob die Arme, die Handflächen zusammengelegt, und brachte sie in einer scharfen Bewegung gerade nach vorn gestreckt nach unten. Bis auf das unheilvolle und machtvolle Zischen des Clans, der das Konklave damit zur Ordnung rief, erstarb jedes Geräusch in der Kammer.

Dann sprach er, ohne die Arme zu senken. »Ich verkünde allen hier Versammelten, daß die wahren Gefolgsleute des großen Nicholas Kerensky, der Stahlviperncclan, hier in der Tradition unserer Vorväter und unseres Volkes zusammengekommen sind. Als Khan der Stahlvipern berufe ich heute, im siebten Jahr des Waffenstillstands von Tukayyid, im 257. Jahr der Clans, dieses Urteil ein. Mögen alle, die das Wort ergreifen, nichts als die Wahrheit sprechen. Das Recht vor allem soll siegen.«

»Seyla!« antwortete der Chor der versammelten Blutnamensträger aus der Beinahedunkelheit. Das

Wort war so alt wie die Clans, und niemand wußte, was es bedeutete, nur, daß es Willenseinigkeit symbolisierte. Es wurde nur in den formellsten Zeremonien und Riten verwendet und immer mit Ehrfurcht geäußert. Auch Dawn erhob die Stimme zur Zustimmung, in dem Bewußtsein, daß sie möglicherweise zum letzten Mal die Möglichkeit dazu hatte. Ein eiserner Ring schien sich um ihre Brust zu legen, als das Verfahren begann.

Aus der Dunkelheit ergriff der Lehrmeister das Wort. »Wir, die Blutnamensträger des Clans Stahlviper, sind versammelt im Urteil über Sterncaptain Dawn. Die Anklage lautet auf bei einer Kriegerin unseres Clans unzumutbare Inkompetenz. Sie hat bei einem von ihr gegen eine Garnison der Lyranischen Garde auf Cumbres geplanten und ausgeführten Überfalls die praktisch vollständige Vernichtung ihrer Einheit durch den Feind zugelassen, was zwölf Krieger das Leben kostete. Zudem hat sie den Rückzug angetreten, ohne ihr Primärziel auch nur angegriffen zu haben. Diese Anklagen sind vorgetragen. Sterncaptain Dawn, wie lautet deine Antwort darauf, hier, vor den Blutnamensträgern der Stahlvipern und auf deine Ehre als Kriegerin?«

Dawn erhob die Stimme. Sie war laut und deutlich. »Lehrmeister und Mitglieder des Konklave, ich erkläre mich im Sinne dieser Anklagen für nicht schuldig.« Wenn sie gedacht hatten, sie einschüchtern zu können, waren sie im Irrtum.

Lehrmeister Arthur Stoklas winkte mit der Hand, und ein Mann in einem gestärkten weißen Laborkittel trat vor. Der Mantel war mit Abzeichen und Insignien versehen, die ihn als Mitglied der Wissenschaftlerkaste auswiesen. »Händige deinen Kodax aus, so daß die Anwesenden ihn lesen und betrachten können, Viperkriegerin.«

Dawn zog den Armreif vom Handgelenk und händigte ihn dem Wissenschaftler aus. Schon dieser Akt verhieß nichts Gutes. Sie nahm ihren Kodax eigentlich nie ab, er war beinahe Teil ihres Körpers. Die Clans legten keinen Wert auf Individualität, aber jeder Krieger hatte sein Identifikationsarmband. Es enthielt die Namen der Blutnamensträger, von denen sie abstammte, ihre Generationsnummer, ihr Bluthaus und einen alphanumerischen Code, der die spezifischen Daten ihrer DNS verzeichnete. Hinzu kam eine auf EPROMs gespeicherte und nach jedem Einsatz durch Daten aus Gefechtsfeld-ROMs und -berichten ergänzte Aufstellung ihrer Kriegerlaufbahn. Die Aktualisierung der Kodaxe war die Aufgabe der Wissenschaftlerkaste und gehörte zu den wenigen Gelegenheiten ihres Kontakts mit der Kriegerkaste. Aber ein Kodax war mehr als nur eine Aufstellung von Schlachten und Siegen, er war der Genausweis des Kriegers, der ihn trug.

Der Wissenschaftler legte den Kodax in ein kleines Gerät an der Wand der Kammer und aktivierte den Mechanismus, der die Daten auf die Sichtgeräte aller Konklavemitglieder überspielte. Anschließend projizierte das Gerät eine schnelle Abfolge holographischer Bilder und Berichte vor die versammelten Stahlvipern. Gleichzeitig erschienen dieselben Bilder in zweidimensionaler Form auf den einzelnen Monitoren. Es handelte sich um eine Blitzmontage von Dawns Karriere. In den sechzig Sekunden der Vorstellung sah sie Szenen von Mechs, Berichte, Schadensstatistiken, Laser, Raketen, Taktikanzeigen und mehr. Dawn erkannte Bilder der Schlacht um Tukayyid, und wie immer brachten sie auch diesmal schmerzhafte Erinnerungen zurück. Währenddessen sortierten die einzelnen Konklavemitglieder die Bilder und konzentrierten sich auf die Aspekte ihres Lebens, die ihnen persönlich im Hinblick auf dieses Verfahren relevant erschienen. Der fast kahlköpfige Wissenschaftler verneigte sich tief vor dem Lehrmeister und verschwand wieder in der Dunkelheit.

»Der Kodax der angeklagten Kriegerin wurde verlesen. Das Urteil möge beginnen«, verkündete Lehrmeister Arthur Stoklas mit rituell tiefer Stimme.

Der Dawn anklagende Inquisitor war Sterncolonel James Andrews von der Todesstoß-Galaxis, ein extremer Kreuzritter und Mitglied derselben Blutlinie wie ihr Kommandeur, Brett Andrews. Er trat ins Zentrum der Kammer, wo ein zweiter Scheinwerfer nur wenige Meter von Dawn entfernt ein langsam kreisendes Podium anstrahlte, das ihn für alle versammelten Krieger sichtbar machte.

»Eidbrüder und -schwestern, vor euch steht eine Kriegerin, deren Existenz den Clan der Stahlvipern mit Schande befleckt. Nachdem sie das Bieten um einen Überfall auf Cumbres gewonnen hatte, erhielt sie den Befehl über einen Trinärstern. Ihr Primärauftrag war die Vernichtung des Hauptquartiers der 24. Lyranischen Garde. Ihr Gebot war kriminell niedrig, und sie schickte ihre Leute rücksichtslos gegen einen überlegenen Feind, den zu überwinden sie keinerlei Hoffnung hatten.«

»Einspruch«, unterbrach Sterncolonel Ivan Sinclair. »Dies ist eine Verhandlung über Tatsachen, nicht über die Vermutungen des Inquisitors bezüglich der Hoffnungen oder Ängste Sterncaptain Dawns. Diese Spekulationen haben keinerlei Bedeutung für dieses Verfahren.«

»Dies ist ein Urteil«, spie Sterncolonel James Andrews ihm als Antwort entgegen. »Ihre Angst war ihre Motivation und gehört festgehalten.«

Dawn wußte, daß sie nicht sprechen durfte, aber der wütende Zwischenruf ließ sich nicht rechtzeitig aufhalten. »Ich kenne keine Angst. Ich bin eine Stahlviper.«

Der Lehrmeister drehte sich um und starrte sie kalt an. »Verteidiger, weise den Sterncaptain darauf hin, daß sie vor dem Clankonklave zu schweigen hat. Mit ungebetenen Zwischenrufen und der Mißachtung unserer Gesetze und Traditionen hilft sie ihrer Sache in keiner Weise.«

Der Inquisitor gestattete sich ein dünnes Lächeln. »Von Angst überwältigt geriet sie in Panik und zog sich von Cumbres zurück. Aber erst, als ihre Kräfte bereits nahezu völlig vernichtet waren. Ihr Gefechtsbericht liegt vor, und ihr alle hattet Gelegenheit, ihn zu lesen. Um ihre Unfähigkeit zu verschleiern, hat sie die Existenz einer zweiten Angreifereinheit erfunden, einer Truppe, die in Wahrheit nur aus weiteren Mitgliedern der 24. Lyranischen Garde bestand. Ihr alle habt ihren Gefechtsbericht gelesen, habt die offensichtlichen Lügen gesehen, die sie aufzutischen wagt. Sie hat diese zweite Gruppe von BattleMechs erfunden, um ihre Feigheit zu decken. Lügen, einer wahren Kriegerin unwürdig, sind alles, was sie schamlos zu ihrer Verteidigung anbietet.« Ein Rumoren ging durch den Saal, als die Blutnamensträger untereinander tuschelten. Es war ein unheilverkündendes Geräusch.

Der Lehrmeister ergriff wieder das Wort. »Sterncaptain Dawn und Verteidiger Sterncolonel Ivan Sinclair. Dieses ehrwürdige Konklave hat Beweismaterial zur Untermauerung der Anklage des Inquisitors erhalten. Wie lautet eure Antwort auf diese Anschuldigungen?«

Dawn und Ivan Sinclair traten beide vor zu dem Inquisitor auf das rotierende Podest. Alle drei drehten sich langsam vor den Augen der ehrbarsten Krieger der Stahlvipern.

»Wir erklären diesem ehrenwerten Konklave, daß die Anschuldigungen in Wesen und Absicht falsch sind«, begann Sterncolonel Sinclair. Nach den wütenden Reaktionen von den Rängen zu urteilen waren viele der Blutnamensträger anderer Ansicht. »Die Gefechts-ROMs der OmniMechs, die den Überfall auf Cumbres überstanden haben, bestätigen, daß eine weitere Kompanie BattleMechs auf dem Schlachtfeld anwesend war. Und ihr alle habt sie in den Berichtsdaten gesehen. Diese Aufzeichnungen bestätigen die Korrektheit des von Sterncaptain Dawn abgelieferten Gefechtsberichts. Diese unvorhergesehenen gegnerischen Kräfte änderten das Kräfteverhältnis der Auseinandersetzung derart, daß Sterncaptain Dawn gezwungen war, den Rückzug anzutreten, um wenigstens einen Teil ihrer Kräfte zu retten. Es war keine Angst, die ihren Rückzug motivierte. Clankrieger haben sich auch schon früher aus einem Gefecht zurückgezogen, um zu einem späteren Zeitpunkt erneut zuschlagen zu können. Diese Beweise sind unbestreitbar.«

»Die sogenannten Beweise aus den Gefechts-ROM-Aufzeichnungen sind bestenfalls zweifelhaft«, widersprach der Inquisitor sofort. »Alle drei geborgenen Chips waren beschädigt, und die wenigstens noch teilweise lesbaren Daten zeigen nur, daß es zu einem Gefecht mit gegnerischen Mechs kam. Es waren keinerlei Herkunfts- oder auch nur Konfigurationsdaten lesbar. Es sind keine Telemetrie- oder Bilddaten verfügbar, die eine Widerlegung der Anklage ermöglichen würden. Ich erkläre noch einmal, daß es sich hier um eine verzweifelte Lüge handelt, eine feige Ausflucht, um Sterncaptain Dawns Versagen als Kriegerin zu verschleiern. Für eine Kriegerin kann es keine Ausflüchte geben.«

Genauso hatte Dawn es sich vorgestellt, und sie wußte, daß James Andrews recht hatte. Ihre Befehle hatten gelautet, den Gegner zu zermalmen und anschließend das Garde-Hauptquartier zu vernichten. Es spielte keine Rolle, daß ihr Trinärstern auf eine stärkere Gegenmacht als erwartet getroffen war. Der Krieg war kein Spiel. Dawn wußte das. Er war ein Wettstreit, aus dem der bessere Krieger als Sieger hervorging.

Ivan Sinclair gab nicht auf. »Wir haben die Aussagen der Krieger zu Protokoll gegeben, die den Überfall auf Cumbres überlebt haben. Sie bestätigen, daß die zusätzliche Mechkompanie, die an der Südflanke der Gefechtszone angriff, in einem anderen Farbschema bemalt war und auch auf die Lyranische Garde feuerte. Das beweist, daß es sich um eine Überfalleinheit handelte und nicht um Einheiten, die in Verbindung mit der Gardegarnison auf Cumbres standen. Was noch wichtiger ist, es bestätigt Sterncaptain Dawns Version der Ereignisse.« Zum erstenmal hörte Dawn ein Murmeln, das möglicherweise eine Zustimmung für ihre Position ausdrückte. Ihre Stimmung hob sich.

»Ihr alle habt diese beeideten Aussagen tapferer Krieger gelesen«, reagierte Inquisitor James Andrews. »Sterncolonel Ivan Sinclair und Sterncaptain Dawn möchten euch glauben machen, daß diese Überlebenden die Lüge einer zweiten Überfalleinheit bestätigen. Aber wir wissen, daß alle Einheiten der Inneren Sphäre, auch die 24. Lyranische Garde, individuelle Bemalungen kennen. Bei diesen BattleMechs handelte es sich einfach nur um eine andere Gardekompanie, die zur Verstärkung der Verteidigung herbeigerufen worden war. Und was die Behauptung angeht, daß einige der feindlichen Mechs aufeinander geschossen haben, lenke ich eure Aufmerksamkeit auf die Tatsache, daß die beeideten Aussagen unserer Krieger keinerlei Abschüsse vermerken, nur Feuer. Ich behaupte, es handelte sich dabei nur um eigentlich für unsere Stahlvipern gedachte Schüsse, die ihr Ziel verfehlten und unbeabsichtigterweise eigene Truppen trafen. Wir wissen alle, daß die Krieger der Inneren Sphäre den unseren an Treffsicherheit und Fähigkeiten unterlegen sind. In der Hitze des Gefechts haben sie versehentlich auf die eigenen Kameraden geschossen. Nichts davon unterstützt Sterncaptain Dawns Geschichte in irgendeiner Weise.«

Sterncolonel Ivan Sinclair machte einen Schritt auf den Inquisitor zu. »Sterncaptain Dawn hat eine ehrbare Laufbahn als Kriegerin dieses Clans. Das zumindest bestätigt ihr Kodax. In ihrer Vergangenheit gibt es keinerlei Hinweis auf die angebliche Feigheit oder Unfähigkeit, die ihr hier vorgeworfen wird.«

James Andrews wirbelte zum Advokaten herum, kniff die Augen zusammen und wippte leicht auf den Absätzen seiner Stiefel. »Ja, wir alle haben ihren Kodax gesehen. Und wir haben gesehen, daß sie auf Tukayyid ebenso feige und unfähig war. Dort konnte sie nicht einmal drei andere lebend zurückbringen. Nein, auf Tukayyid war Dawn die einzige, die überlebte, um ihre Geschichte zu erzählen, denn alle anderen starben, frapos?«

Die Stimme Ivan Sinclairs war kühl und gelassen. »Sterncaptain Dawn steht nicht hier, um sich für irgendwelche Ereignisse auf Tukayyid zu verantworten. Was dort geschah, hat keinerlei Relevanz für die Ereignisse auf Cumbres.«

»Neg. Ich behaupte, daß ihr Versagen dort ihr Versagen auf Cumbres zur Folge hatte.«

»Inquisitor«, griff der Lehrmeister endlich ein. »Du wirst Tukayyid nicht mehr erwähnen.« Aber es war zu spät. Der Name Tukayyid hatte die Vipern getroffen, hatte ihre gemeinsame Schande geweckt. Es war die Erniedrigung der dortigen Niederlage, die sie jetzt so unerbittlich zum Wiederaufbau trieb. Die Darstellung Dawns als einer Versagerin, die sich durch die Ränge hochgearbeitet hatte und jetzt endlich ausgesiebt werden konnte, gefiel vielen der Blutnamensträger. Durch ihre Eliminierung konnten sie ihr eigenes Gefühl der Scham und Schuld auslöschen. Und mit ihrer Entfernung konnten sie auch den wenigen anderen Bewahrern des Clans ein lautes und deutliches Signal senden – ihre Tage waren gezählt. Rings um Dawn erklang wütendes Gemurmel. Die Erwähnung Tukayyids hatte in den Stahlvipern eine große Resonanz erzeugt.

Als sie Sinclair zu einem neuen verbalen Angriff ansetzen sah, legte sie ihm die Hand auf die Schulter. Die Berührung der zeremoniellen Robe aus der Haut arcadischer Vipern gab ihr neuen Mut, trotz des überwältigenden Gefühls drohenden Unheils. »Danke, Verteidiger. Ich befreie dich von deiner Verpflichtung.« Ihre Stimme war ruhig, und in der ganzen Kammer deutlich zu verstehen. Ivan Sinclair konnte nichts mehr tun. Sie konnte dem Konklave nur noch Entschuldigungen anbieten, und Dawn wußte, daß sie selbst jeden Krieger verachtet hätte, der sich hinter einer so kleinlichen und ehrlosen Verteidigung versteckte.

»Sterncaptain ...«, setzte Ivan Sinclair an, aber Dawn schüttelte den Kopf und zwang sich zu einem kläglichen Lächeln. Er nickte und trat zurück. Vielleicht verstand er sie.

Sie sah Inquisitor James Andrews an, dann sah sie sich zu den in der Dunkelheit kaum erkennbaren Gesichtern um. »Lehrmeister, ich werde für mich selbst sprechen. Es sind keine Beweise mehr vorzulegen. Ich stehe zur Aburteilung bereit, und verzichte auf das Recht, zu meiner Verteidigung zu sprechen, wenn der Inquisitor seinerseits auf das Recht zu einer abschließenden Bemerkung verzichtet. Ich bin eine Stahlvipernkriegerin, und ich ehre die Methoden der Kerenskys, die uns so weit gebracht haben. Wie ihr alle, wurde ich für den Krieg gezüchtet und geboren, ich kenne nichts anderes. Ich bin eine wahrgeborene Kriegerin, meine Taten sprechen für sich selbst. Wie ihr diese Taten auslegt, kann ich nicht bestimmen. Aber ich entschuldige mich nicht für sie.« Ihre mutigen Worte ließen manche auf den Rängen aufspringen, bereit, gegen sie zu kämpfen. Sie wußte, daß sie verloren hatte. Es wurde Zeit, ein Ende zu machen.

Der Inquisitor grinste breit und nickte. »Ich verzichte auf abschließende Bemerkungen, die Beweise sprechen für sich. Laßt uns abstimmen.«

Die Stimme des Lehrmeisters war getragen und überzeugt. »Die Beweisführung in dieser Angelegenheit ist in Übereinstimmung mit unseren Traditionen abgeschlossen und beendet. Ich fordere die hier versammelten und zugeschalteten Konklavemitglieder auf, nun ihre Stimmen abzugeben. Möge das Recht sich durchsetzen.«

Die Abstimmung und deren Auswertung dauerten nur knapp dreißig Sekunden. Die hallende Stimme des Lehrmeisters ließ Dawn das Blut in den Adern gefrieren. »Sterncaptain Dawn, du wirst mit einem Stimmenverhältnis von neun zu eins schuldig befunden.«

Das Urteil überraschte sie nicht. »Ich verlange einen Widerspruchstest«, erklärte sie laut und deutlich. »Hier und jetzt!«

Sie hatte das Recht auf einen Kampf, um das Urteil umzustoßen, aber die Gegenseite konnte entsprechend des Stimmenverhältnisses bieten. Das Gemurmel von den Rängen bestätigte, daß viele der Krieger bereits damit begonnen hatten. Khan Perigard Zalman überwachte das Bieten auf seinem Monitor. Dawn stand auf dem rotierenden Podium und starrte in die Dunkelheit.

Nach einigen Minuten hektischer Aktivität ringsum ergriff er das Wort. »Du wirst einen Test im Kräfteverhältnis drei zu eins ablegen. In der Tradition unseres Volkes wählt der Inquisitor die Verteidiger des Urteils. Er hat Sterncaptain Stern Chapman und Sterncaptain Mitch Thibaudeau als Vertreter des Konklaves bestimmt. Wir akzeptieren deine Wahl von Ort und Zeit. Bist du bereit, Kriegerin Dawn?«

Sie bemerkte, daß der Khan ihren Rang bereits nicht mehr benutzte. Und sie kannte beide genannten Krieger sehr genau. *Ein Elementar und ein MechKrieger.* Sie erwartete nicht, den Test zu gewinnen, aber sie würde es auf jeden Fall versuchen. Sie sah zum Khan hoch und nickte mit der ganzen Ruhe und Selbstsicherheit, die sie aufzubringen in der Lage war. *Sie werden keine Anzeichen von Furcht bei mir entdecken, denn ich habe keine, trotz dieses Urteils.*

Als Dawn vom Podium trat, um sich Stern Chapman zu stellen, wurde es etwas heller. Chapman war unzweifelhaft der beste Elementar der Stahlvipern. Sein Generbe und Kodax waren mit zahllosen Siegen geschmückt. Selbst im Teufelsbad hatte er drei ComStar-BattleMechs ausgeschaltet, bevor er das Bewußtsein verloren hatte. Er ließ seine zeremonielle Robe zu Boden gleiten und stand in der Unterwäsche vor ihr, die seine enorme Größe und Muskulatur noch unterstrich. Bei seiner Größe und seinem Gewicht entsprach dieser Elementar zwei Kriegern. Hinter ihm stand, beinahe ein Zwerg, MechKrieger Mitch Thibaudeau. Falls Dawn den Kampf gegen Chapman überlebte, würde er vortreten, um sie zu bezwingen.

Der Elementar, verglichen mit Dawn ein wahrer Muskelberg, verlor keine Zeit. Mit einer für einen Mann seiner Größe beinahe unglaublichen Geschwindigkeit brach er seitlich aus und zwang Dawn, sich nach rechts zu drehen, um seinem Angriff zu begegnen. Aber sie war schnell genug, und ihr Handkantenschlag traf seine rechte Schulter mit einem lauten Krachen. Der Hieb hätte einen normalen Krieger zu Boden gestreckt, aber gegen Chapman erzeugte er mehr Geräusch als Schaden. Der Elementar, wie sie selbst ein Produkt genetischer Manipulation, ragte hoch über sie auf. Und mit seiner doppelt so großen Masse und Kraft steckte er den Hieb einfach weg. Von ihrem Schlag zur Seite geworfen, stieß er mit dem Ellbogen nach hinten. Die Schmerzen durch den Treffer waren schlimm genug, aber vor allem beeinträchtigte er ihre Balance.

Sie sah sein linkes Bein kommen, konnte aber nicht schnell genug ausweichen. Der Tritt traf ihr rechtes Schienbein und schleuderte sie nach hinten weg. Reflexartig rollte sie zur Seite und entkam um Haaresbreite einem Hammerschlag seiner beiden Fäuste. Der Hieb schlug wie eine Dampframme neben ihr in den Boden, und Chapman verzerrte vor Schmerz das Gesicht, ließ aber nicht locker. Dawn riß den Arm zu einem zweiten Handkantenschlag herum, der ihm für einen Augenblick die Sicht im rechten Auge nahm. Aus einer Platzwunde am Auge blutend, hob er die verschränkten Fäuste und warf sich auf sie, das gesamte gewaltige Körpergewicht in den Angriff legend.

Dawn trat hart mit beiden Beinen aus, traf ihn an der Brust und lenkte den Angriff ab, aber gleichzeitig rollte sie zur Seite und sah nicht, wo er aufkam. Als sie sich dorthin umdrehte, wo sie ihn vermutete, war er nicht zu sehen. Im selben Augenblick traf sie sein Tritt am Hinterkopf.

Der Hieb hob sie von den Füßen und schleuderte sie nach vorne. Sie hatte das Gefühl, in einen langen, dunklen Tunnel zu blicken, und in ihren Ohren war ein lautes, bösartiges Summen. Sie fühlte den harten Aufprall ihres Gesichts auf dem Boden, aber ihre Gliedmaßen weigerten sich, den Sturz zu bremsen. Sie hatte einen salzigen Geschmack im Mund, als sie ihre letzte Kraftreserve dazu benutzte, sich herumzuwälzen und zu den Scheinwerfern hochzustarren. Schwindelgefühl und Schmerz tobten in ihrem Kopf, als sie schwankend auf die Füße kam.

Stern Chapman drehte sich um und versetzte ihr den Gnadenstoß. Sie sah den Schlag kommen. Ihre einzige Reaktion bestand darin, sich der lebenden Mauer von Haut und Muskelgewebe entgegenzuschleudern. Sie stürzte halb, halb schlug sie aus, als Chapmans wütender Hieb ihren rechten Wangenknochen traf. Ihr Schlag hatte keinerlei Wirkung. Der seine riß ihr Gesicht auf, und sie hörte etwas krachen. Unter der Gewalt des Hiebes war ein Zahn abgebrochen. Sie fiel wie eine Stoffpuppe zu Boden, bei Bewußtsein, aber nicht länger in der Lage zu kämpfen.

Das Brummen in ihren Ohren schien mit jedem schmerzhaften Atemzug ein wenig nachzulassen. Ihr Mund tat weh, und die kalte Luft auf dem freiliegenden Nerv des abgebrochenen Zahns bohrte sich wie ein glühendes Messer in ihr Gehirn. Sie wurde hochgezogen, in eine halb-stehende Position. Warmes Blut rann ihr Gesicht herab, und ihr wurde klar, daß es vorbei war. Sie atmete tief ein, schmeckte ihr Blut und roch den in der Luft hängenden Schweißgeruch. Sie stand vor Khan Perigard Zalman, geschlagen und verloren, aber ungebrochen. *Ich bin unschuldig. Das hier ändert daran nichts.*

»Dieser Widerspruchstest ist beendet«, stellte der Khan in seiner Stahlvipernmaske fest. In Dawns benebeltem Zustand schien er, mehr Geistererscheinung denn Mensch, vor ihr aufzuragen. »Du bist in den Augen dieses Konklave schuldig gesprochen, Dawn. Ich verkünde nun für aller Ohren das Urteil. Du wirst von diesem Tage an deines Ranges und deiner Kaste entkleidet und verbannt aus den Reihen des Clans Stahlviper. Deine Name wird nicht mehr erwähnt und dein Genmaterial aus dem Genfundus entfernt werden. Ich könnte dir den Tod anbieten, aber das wäre ein zu schnelles Ende. Diese Verbannung wird dich für immer an die Krieger erinnern, die durch deine Hand gestorben sind. Eines unser Händlerschiffe wird dich zum nächstgelegenen System außerhalb unserer Territorien schaffen, und kein Mitglied dieses Clans wird deinen Namen jemals wieder in den Mund nehmen. Von heute an existierst du in unseren Gedanken und unserer Erinnerung nicht mehr.«

Die Blutnamensträger der Stahlvipern erhoben sich von ihren Plätzen und sprachen mit einer Stimme, während Dawn die Düsternis absuchte. »Seyla!« sprachen sie und wandten sich körperlich von ihr ab. Das Zeichen der Verbannung. Die Blutnamensträger weigerten sich, sie wahrzunehmen. Nur Sterncolonel Ivan Sinclair wandte den Blick nicht augenblicklich ab. Dann drehte auch er sich langsam um und konnte sie nicht mehr sehen.

Lehrmeister Arthur Stoklas trat an das Kodax-Lesegerät und hob den Armreif heraus, der Dawns Leben als Stahlvipernkriegerin symbolisierte. Er ließ ihn zu Boden fallen, zog die Laserpistole und zerschmolz den Kodax in einem blutroten Strahl gebündelter Lichtenergie. Dawn starrte vor sich hin, zu geschockt und geschwächt, um zu reagieren. Ihr Leben als Stahlviper war vorbei. Man hatte sie ausgelöscht, als hätte sie nie existiert.

Sie kämpfte um ihr Gleichgewicht, aber das Schwindelgefühl übermannte sie. Dawn brach unter Schmerzen zusammen.

Hauptquartier der 6. Crucis-Lancers RKG, Aux-Huards-Ebene, Valexa Mark Capella, Vereinigtes Commonwealth

»Das ist etwas, das wir selbst erledigen müssen, Garth«, meinte Lieutenant General Mel Aleixandre. »Du hast die Geheimdienstberichte gesehen. Das MGUO will die Sache den Rittern der Inneren Sphäre anhängen, einfach, weil die Angreifer deren Farbschema trugen, aber in Wirklichkeit will man die Sache nur schnell vom Tisch haben. Irgend jemand will die Sache ablegen können, sich nicht mehr drum kümmern müssen, weil unsere Geheimdienstler im Moment kaum den Kopf über Wasser halten können. Sie haben absolut keinen Bedarf an einer weiteren Spur, der sie hinterherhetzen müssen.« Der Lieutenant General schüttelte traurig den Kopf. »Dieselben Berichte stellen auch fest, daß die Mechs nur mit einer fünfundzwanzigprozentigen Chance tatsächlich den Rittern der Inneren Sphäre gehört haben.«

Garth Hawkes konnte sich nur mit Mühe beherrschen. »Wollen sie denn überhaupt nichts tun? Sollen die Verantwortlichen einfach davonkommen, statt dafür zu bezahlen, daß sie unsere Leute umgebracht haben?«

»Die Geheimdienstler haben alle Hände voll zu tun, Garth. Sie kommen kaum hinterher, wenn es um die Schwierigkeiten geht, die uns Sun-Tzu mit seiner Maskirovka und den Todeskommandos in der Mark Sarna und insbesondere der Region um Tikonov macht. Und sie versuchen, die Mark Skye im Auge zu behalten, falls da noch irgendwer auf Ideen kommt. Ganz zu schweigen von ...«

»Du willst sagen, irgendwelche Angreifer können seelenruhig auf eine Davion-Welt kommen, eine Davion-Einheit angreifen, und wir unternehmen absolut nichts dagegen?« Hawkes konnte nicht fassen, was er da hörte.

»Wir reden hier über Politik, Garth. Die Dinge sind nicht so einfach. Überleg einmal: Joshua Marik wird auf New Avalon von Victor Davions besten Ärzten behandelt. Ich weiß nicht, wie das MGUO oder irgendwer sonst ernsthaft glauben könnte, daß Thomas Marik das VerCom angreifen würde, solange das Leben seines Erben in unseren Händen liegt. Vielleicht hat es deshalb keine Forderungen nach Entschädigungen oder einer Entschuldigung von der Liga Freier Welten gegeben. Die Medien und die Politiker nennen es einen Marik-Angriff, aber Prinz Victor bleibt ruhig und staatsmännisch. Die Dinge sind nicht immer so, wie sie scheinen, Garth. Vor allem nicht so eindeutig.« Der Lieutenant General zerknüllte das Blatt Papier, das er in der Hand hielt. »Nein, Garth. Wenn wir Gerechtigkeit wollen, müssen wir sie uns diesmal selbst holen.«

»Wie meinst du das?«

»Die offiziellen Berichte lasten die Sache den Rittern an, aber keiner von uns beiden glaubt daran, daß sie irgendwas damit zu tun hatten. Das ist einfach nicht Thomas Mariks Stil. Er hat es nicht mit derartig schwachsinnigen Stunts soweit gebracht. Na schön, das MGUO hat derzeit keine Leute verfügbar, um der

Sache nachzugehen. Es ist zu beschäftigt. Oder vielleicht nimmt es die Angelegenheit auch nicht ernst genug. Aber was hindert uns daran, einen unserer eigenen Leute loszuschicken, damit er sich umsieht? Und wenn dieser Jemand etwas finden sollte, könnten wir die Sache wiederaufnehmen und dafür sorgen, daß offiziell etwas unternommen wird.« Aleixandre sah einen Moment zu Hawkes hoch, bevor er weitersprach. »Ich habe lange über diese Angelegenheit nachgedacht, Garth. Keiner der Hausfürsten hat irgend etwas dabei zu gewinnen, daß er die Ritter der Inneren Sphäre diskreditiert. Früher hätte ich vielleicht ComStar verdächtigt, aber Focht und die Prima sind voll und ganz auf die Clan-Bedrohung fixiert. Nein, ich denke, das war jemand außerhalb des Zirkels der Machthaber, vielleicht jemand, der so wild darauf ist, hineinzukommen, daß er oder sie zu jedem Risiko bereit ist. Ich schlage vor, wir schicken jemanden in geheimer Mission nach Galatea, Outreach, Solaris VII – an irgendeinen Ort, an dem Söldner vermittelt werden. Ich möchte wetten, wer immer hinter diesem Angriff steckt, hat seine Truppen von dort. Unser Mann wird hinfliegen, nach Arbeit suchen, Augen und Ohren offenhalten und versuchen, brauchbare Spuren aufzutreiben.«

Hawkes stützte beide Hände auf den Schreibtisch und beugte sich vor. »Ich bin der einzige Kandidat für diese Mission, General. Die Toten waren meine Leute. Ich bin der einzige, von dem du erwarten kannst, daß er bis zum Schluß durchhält, der einzige, dem das Risiko egal ist. Meine Kameraden sind tot, aber ich will sie wenigstens gerächt sehen. Vielleicht kann das wiedergutmachen, daß ich nicht bei ihnen war, als es darauf ankam.«

»Du wirst ganz auf dich selbst gestellt sein, Garth«, warnte ihn der Lieutenant General. »Ich kann dir keine Unterstützung geben, solange du keine brauchbaren, eindeutigen Beweise lieferst. Und selbst dann brauche ich die Genehmigung des Feldmarschalls für einen Überfall. Wir können dich unehrenhaft entlassen, weil du nicht bei deiner Einheit warst, als sie angegriffen wurde. Danach bist du effektiv allein. Deine Position in der Einheit kann ich nur auf dem Papier offenhalten – wenigstens für eine Weile.«

Hawkes nickte. »Ich verstehe.«

»Gut. Du fliegst morgen früh ab.« Aleixandre verabschiedete Hawkes mit einem festen Händedruck. »Viel Glück, mein Junge. Dein Vater wäre stolz auf dich.«

Hawkes nickte, aber er konnte das Gefühl nicht loswerden, daß er Lieutenant General Mel Aleixandre nie wiedersehen würde.

6

Winterpalais, Dormuth, Marik
Marik-Commonwealth, Liga Freier Welten

16. April 3057

Im eleganten Salon des weitläufigen Winterpalais im Herzen Dormuths wurde Duncan Kalma plötzlich die ganze Bedeutung dieser Begegnung klar. Er würde Generalhauptmann Thomas Marik treffen. Den Mann, der geschafft hatte, was vor ihm noch niemandem gelungen war – die Liga Freier Welten zumindest ansatzweise zu einen. Damit hatte er sich den Respekt seines Volkes verdient, auch den von Männern wie Duncan, der seine Heimat verlassen hatte, um niemandem Gehorsam schulden zu müssen.

Duncan sah sich mit echter Neugier in dem reich ausstaffierten Raum mit der glänzenden dunklen Walnußtäfelung an den Wänden und den Regalen voller Bücher um. Der Saal wurde von einem Kronleuchter mit einigen Dutzend Kerzen und flackernden Fackeln in reichverzierten Wandhalterungen erhellt. Am hinteren Ende steuerte ein hell loderndes Feuer seinen warmen Schein bei. Überall standen Antiquitäten – terranische Tische und Stühle, alte Karten, echte Ölgemälde, farbenprächtige andurianische Teppiche und leuchtende Shastagobelins, Porzellanfiguren von Tieren, die auf keiner von Menschen besiedelten Welt noch existierten und dergleichen mehr. Die Faszination und Bewunderung, die Thomas der Vergangenheit entgegenbrachte, waren berühmt.

Eine Ironie, daß dieser Mann solche Höhen erklommen hat, nicht nur in der Liga Freier Welten, sondern sogar darüber hinaus, eine Macht und ein Prestige erreicht hat, die in der gesamten Inneren Sphäre Anerkennung finden. Das war nicht immer so gewesen. Als ComStar-Präzentor,

Mitglied des quasireligiösen Ordens, der lange Jahrhunderte alle interstellaren Kommunikationswege kontrolliert hatte, mußte er ein recht zurückgezogenes Leben geführt haben. Dann war das Bombenattentat gekommen, das seinen Vater, Janos Marik, das Leben gekostet hatte. Auch Thomas galt damals zunächst als tot, als man seinen Körper nach der Explosion nicht hatte bergen können.

Achtzehn Monate später hatte er das Parlament mit seinem Erscheinen geschockt, geheilt und bei vollen Kräften, und seinen Anspruch auf den Thron erhoben. Er hatte bei der Explosion schwere Verbrennungen erlitten, aber die Flammen, die sein Gesicht verwüsteten, schienen seiner Seele ungeahnte Kraft eingeflößt zu haben. Obwohl er in Krieg wie Politik unerfahren war, hatte Thomas Marik das Amt des Generalhauptmanns übernommen, selbst in den besten Tagen eine äußerst knifflige Aufgabe. Und er hatte es nicht nur geschafft, sein oftmals chaotisches Reich zusammenzuhalten, unter seiner Herrschaft blühte und gedieh die Liga Freier Welten, während der Rest der Inneren Sphäre es kaum schaffte, die Clan-Invasion zu überstehen.

Ohne Zweifel würde man Thomas als einen der großen Mariks in Erinnerung behalten. Er war bei der Bevölkerung noch beliebter als es selbst der alte Janos auf dem Höhepunkt seiner Karriere gewesen war.

Als er Schritte hörte, drehte Duncan sich um, und sah die schlaksige Gestalt des Generalhauptmannes Thomas Marik in den Raum treten. Er wurde auf der einen Seite von einem ebenso großen Mann mit langem, fließendem weißen Haar begleitet und auf der anderen von dem Ritter, der drei Tage zuvor den Hof aufgesucht hatte. Harrison Kalma verneigte sich. Duncan tat es ihm hastig gleich und versuchte sich an die wenigen Fetzen des höfischen Protokolls zu erinnern, die er als Kind gelernt hatte. Er hatte für dergleichen nie viel übrig gehabt, war auch nie sonderlich gut darin gewesen, und jetzt fühlte er sich steif und ungelenk.

»Bei einem alten Freund ist solche Förmlichkeit nicht vonnöten«, meinte Marik, legte die Hand auf Harrison Kalmas Schulter und bedeutete ihm, sich aufzurichten.

»Schön, dich wiederzusehen, Thomas«, sagte sein Vater. »Ich muß zugeben, es hat mich überrascht, als ich gehört habe, daß du auf Marik bist.«

Thomas lächelte, aber er wirkte müde. »Eine Angelegenheit großer Tragweite hat sich ergeben, und ich wollte mich ihr ungestört von den Amtsgeschäften auf Atreus widmen können.« Er wandte sich Duncan zu, der sich hastig wieder verneigte. »Und du mußt Duncan sein. Ich habe von General Milik viel über dich gehört. Du siehst gar nicht wie der Raufbold aus, den er mir beschrieben hat.«

Duncan lächelte verlegen. Er wußte nicht so recht, wie er sich verhalten sollte. »Es ist eine Ehre, Euch kennenzulernen, Sire«, erwiderte er mit fester Stimme.

»Es freut mich, daß du mitgekommen bist. Deine besonderen Kenntnisse der Peripherie könnten sich heute abend noch als hilfreich erweisen.« Marik drehte sich zu dem weißhaarigen Mann um. »Direktor Tscherenkoff, außer General Kalms Sohn dürften Sie alle Anwesenden kennen.«

Duncan trat hastig vor und streckte die Hand aus, und der Generalhauptmann stellte ihn Wilson Tscherenkoff, dem Direktor der SEKURA, vor. Auch Rod Trane nickte Duncan zu.

»Ich danke Ihnen natürlich allen, daß Sie gekommen sind«, meinte der Marik. »Aber ich muß Sie auch warnen – diese Begegnung hat nie stattgefunden.«

Alle nickten verstehend, aber Duncan bemerkte, daß sein Vater und Tscherenkoff einander mit einem Blick betrachteten, der aus jahrzehntelanger Rivalität geboren war. Als Oberhaupt der SEKURA war Tscherenkoff Harrison Kalmas Einfluß als Direktor des Militärischen Informationsdienstes stets ein Dorn im Auge gewesen.

»Setzen wir uns«, erklärte der Generalhauptmann und deutete auf einen langen Tisch mit hochlehnigen Stühlen in der Nähe des Kamins. Er setzte sich an den Kopf der Tafel, den Rücken zum Feuer. Rod Trane und Duncan setzten sich auf eine Seite, General Kalma und Tscherenkoff auf die andere. Das Flackern der Kerzen warf ein ungewohntes Licht auf Mariks Gesicht, aber es milderte auch seine narbigen Zerstörungen.

Niemand sprach, als Direktor Tscherenkoff ein kleines, rundes Gerät aus der Tasche zog, über den Tisch hielt und mit einem Daumendruck aktivierte. Ein grünes Lämpchen flackerte mehrmals auf, dann steckte er das Gerät wieder ein. »Der Raum ist sauber, Sire.«

»Ausgezeichnet.« Thomas legte die Hände flach auf die Tischplatte und beugte sich vor. Sein Blick wanderte über die Gruppe. »Meine Herren, ich habe Sie heute hier zusammengerufen, um ein Problem zu erörtern, um das ich mich persönlich kümmern will, statt es meinen Beratern oder dem Militär zu übergeben. Wie sie inzwischen alle wissen, haben mysteriöse Angreifer mindestens drei Überfallaktionen auf andere Häuser der Inneren Sphäre durchgeführt und sich dabei als meine Ritter ausgegeben. Das kann nicht so weitergehen, sonst wird mir persönlich und der Liga Freier Welten politisch erheblicher Schaden zugefügt, und deshalb will ich herausfinden, wer dahinter steckt, und ihn stoppen, bevor er noch mehr Schaden anrichten kann.«

Duncan rutschte unsicher auf seinem Stuhl hin und her. Dies war offenkundig eine Strategiesitzung auf höchster Ebene, und er fühlte sich absolut fehl am Platze.

Harrison Kalma ergriff als erster das Wort. »Ich stimme dir zu, was den Ernst der Lage betrifft, Thomas. Wesen und Zeitpunkt der Überfälle beweist, daß es die Ritter nicht gewesen sein können. Aber andere werden das nicht so schnell erkennen. Welche Reaktionen kamen von außerhalb des Marik-Raums?«

»Alle anderen Hausfürsten haben formellen Protest eingelegt und die üblichen politischen Gesten absolviert. Sie verhalten sich exakt so, wie ich es an ihrer Stelle auch tun würde: Sie deuten anklagend mit dem Finger und machen verhüllte Drohungen, während ihre Geheimdienste herauszufinden versuchen, ob meine Ritter tatsächlich etwas mit den Zwischenfällen zu tun hatten oder nicht.«

»Was hat die SEKURA herausgefunden, Direktor Tscherenkoff?« fragte Rod Trane, und Duncan stellte fest, daß seine Aussprache knapper und deutlicher geworden war, als besäße er eine besondere Stimme für den Gebrauch in Anwesenheit seines Lehnsherren. »Haben Sie irgendwelche Erkenntnisse über die Identität dieser mysteriösen Angreifer?«

Der Mann neben Kalma beugte sich zur Seite und zog mehrere dicke Papierbündel aus seinem neben dem Stuhl abgestellten Aktenkoffer. Als er ihm dabei zusah, rief sich Duncan ins Gedächtnis, was er über Wilson Tscherenkoff wußte. Er und Thomas waren seit Jahren befreundet, eine Beziehung, die noch in die Zeit zurückging, als beide junge ComStar-Akoluthen gewesen waren. Der Mann war für seine Verschlagenheit und seine absolute Loyalität dem Generalhauptmann gegenüber bekannt.

Tscherenkoff zog eine Lesebrille aus der Jacke und setzte sie auf. »Der Angriff auf Shiro III hat bis auf einen der erheblich beschädigten BattleMechs, die nach dem Angriff auf das Husarenhauptquartier zurückgelassen wurden, keine echten Spuren erbracht. Meine Männer haben den Mech auseinandergenommen und konnten einige der Ersatzteile zu einer Ladung anscheinend von Piraten vor Monaten im Liao-Raum gestohlenen Sendung Nachrüstsätze zurückverfolgen.«

Zum erstenmal meldete auch Duncan sich zu Wort.

»Was ist mit der Reaktorkernmarke? Damit sollten Sie feststellen können, wem der Mech gehört hat.« Die Marke war eine speziell kodierte Lasergravur in der inneren Hülle eines Fusionsreaktors. Im Grunde handelte es sich um die Seriennummer des Reaktors, und man konnte davon ausgehen, daß sie in einer ganzen Reihe von Datenbanken, teils militärischer, teils ziviler Natur, verzeichnet war. Tscherenkoff warf Duncan einen kurzen Blick zu, dann zog er ein Blatt aus dem Stapel hervor.

»Ja, der Gedanke ist uns auch gekommen.« Er legte das Blatt vor Trane und Duncan hin. »Aber die Marke sagt uns nur, daß der Mech ursprünglich Teil der Vereinigten Commonwealth-Streitkräfte war, die ihn außer Dienst gestellt und an eine Söldnereinheit namens Lennox's Longriders verkauft haben. Die Longriders haben ihr Glück, nachdem sie vor etwa fünf Jahren in Zahlungsschwierigkeiten kamen, bei den Mechspielen auf Solaris VII versucht, allerdings ohne Erfolg. Danach ist der Mech auf Galatea wieder aufgetaucht, und vor einem Jahr wurde er zum Ausschlachten verkauft. Seitdem wurde er nicht wieder gemeldet.«

»Also Söldner«, meinte Trane mit vor Verachtung triefender Stimme. Duncan hatte diesen Tonfall in seinen Tagen als Söldner so oft hören müssen, daß er ihm selbst jetzt noch aufstieß. Offensichtlich betrachtete Rod Trane Söldner als minderwertig und keiner Beachtung würdig.

Tscherenkoff schüttelte den Kopf. »Nicht notwendigerweise, Kapitan. Wer auch immer diese Überfälle organisiert hat, war nur einfach schlau genug, einen solchen Mech zu verwenden, statt einen leichter zurückzuverfolgenden.«

»Die anderen Häuser der Inneren Sphäre dürften wir ausschließen können, Generalhauptmann«, meldete sich der ältere Kalma.

Tscherenkoff lehnte sich zurück und nahm die Brille

ab. »Haben Sie irgendwelche speziellen Informationen, General? Eine besondere Quelle, von der ich nichts weiß?«

»Nein, Direktor Tscherenkoff. Ich habe die Situation nur logisch analysiert. Victor Davion hat das beste Motiv, uns anzugreifen und zu diskreditieren, aber er hat zu Hause alle Hände voll zu tun, auch ohne daß er versucht, einen Krieg auszulösen, den zu gewinnen er keinerlei Chance hat.«

»Vielleicht wollte er keinen Krieg auslösen, sondern nur die Ritter diskreditieren«, warf Trane ein.

»Was sollte ihm das nutzen?« Duncan konnte sich die Frage nicht verkneifen. »Und wenn er die Ritter diskreditiert. Das hätte keine Auswirkungen auf die Liga, nur auf die Ritter als Einheit.«

»Falsch«, stellte Thomas Marik fest. »Wenn der Ruf der Ritter ruiniert wird, schadet das ihnen, der Liga und dem Rest der Inneren Sphäre mehr, als du dir vorstellen kannst, mein Junge. Aber vielleicht schätze ich ja falsch ein, wie der einfache Bürger meine Ritter sieht. Was würdest du sagen, Duncan?«

Duncan tat es leid, daß er den Mund aufgemacht hatte, und er sah zu seinem Vater hinüber, der ihm ermutigend zunickte. *Na schön, ich eigne mich ebenso gut zur Stimme des einfachen Mannes wie jeder andere.* »Ich würde sagen, eine Menge Leute sehen sie als Euer privates Hobby, Sire. Sicher, die Ritter sind gute Mech-Krieger, aber sie bekommen auch die beste Ausrüstung und Ausbildung. Ich schätze, daß sich manche auch fragen, ob sie als Grundstock einer Privatarmee gedacht sind, aber ich persönlich bin immer davon ausgegangen, daß Ihr sie wahrscheinlich in eine Eliteeinheit wie die Todeskommandos oder die DEST des Kombinats umwandeln wollt.«

Der Marik schüttelte den Kopf. »In Wirklichkeit haben die Ritter der Inneren Sphäre mit dem Militär per se wenig gemein.«

»Das verstehe ich jetzt nicht, Sire.«

»Du hast doch Geschichte studiert, Duncan. Ohne Zweifel hast du auch über den Sternenbund und seine Entstehung gelesen. Das war damals keine absolut friedfertige Zeit, und manche Probleme ließen sich nur militärisch lösen. Aber was den Sternenbund wirklich zusammengehalten hat, war nicht Waffengewalt, sondern ein Ideal. Es waren gemeinsame moralische Werte aller Menschen in der Inneren Sphäre. Die Leute erkannten den Wert der Ehre und des Gemeinwohls vor purer Macht und nationalem Eigeninteresse. Das ist es, was ich mit der Gründung der Ritter der Inneren Sphäre zu tun hoffe, den Samen für den Aufbau eines neuen Sternenbundes pflanzen.«

Duncan blinzelte. Er hatte nichts davon verstanden.

»Ich habe mir in den Rittern kein Schwert geschmiedet«, fuhr der Generalhauptmann fort. »Nein, ich sehe sie als Modell für die Menschheit, um die richtige Beziehung zur Technologie zu finden. In der Vergangenheit bestand die größte Herausforderung der Menschheit darin, unsere Beziehung zur Natur richtig zu definieren. In unseren Tagen ist die Herausforderung, eine neue Beziehung von Mensch und Technologie zu schaffen. Technologie hat keine Seele. Waffen – die Technologie des Krieges – existieren nur als Mittel zur Zerstörung. Und hier kommen die Ritter ins Spiel. Die Ritter der Inneren Sphäre sind ein Mittel, um Ethik und Moral Einfluß auf den Krieg und seine Technologie zu verschaffen. Statt die Technologie als Instrument gedankenloser Vernichtung zu sehen, wird sie zum Beschützer der Menschheit. Die moralischen Werte, die ich meinem Volk durch die Ritter vermitteln will, können den Grundstein für den Wiederaufbau eines neuen Sternenbundes legen. Vielleicht nicht zu meinen Lebzeiten, aber eines zukünftigen Tages. Eines neuen, großartigen Goldenen Zeitalters.« Dabei schien der Blick Mariks weit über die Grenzen dieses Raumes hinauszureichen, als könnte er den großen Tag sehen, von dem er sprach.

Es war Harrison Kalma, der das lange Schweigen brach, das folgte. »Wenn ich dich richtig verstehe, Thomas, willst du andeuten, daß Victor Davion die Ritter wegen ihres Potentials zu vernichten versuchen könnte, eine soziale Umwälzung in Gang zu setzen, und nicht, um einen Krieg vom Zaum zu brechen.« Marik nickte, offensichtlich erfreut darüber, daß der General ihn verstanden hatte.

»Das wäre eine Möglichkeit, Sire«, gab Tscherenkoff zu, »aber ich habe keinerlei Hinweise darauf gefunden. Davion hätte nicht zugelassen, daß eine seiner eigenen Elitetruppen wie die 6. Crucis-Lancers RKG so schwer angeschlagen wird. Sie hat bei dem Angriff erhebliche Verluste erlitten, wichtige Offiziere und Truppen.«

»Bleiben Theodore Kurita and Katrina Steiner«, meinte Harrison Kalma. »Aber Kurita ist zu sehr mit der Clan-Bedrohung beschäftigt, und Katrina Steiner würde niemals ihre 24. Lyranische Garde opfern. Das verkürzt die Liste erheblich und läßt nur die Konföderation Capella übrig. Die Capellaner sind die einzigen, die nicht so offen attackiert worden sind.« Der General pausierte, offenkundig, um seine nächsten Worte mit Bedacht zu wählen. »Die Frage fällt mir nicht leicht, Thomas, aber könnte es sein, daß dein zukünftiger Schwiegersohn hinter diesen Überfällen steckt?«

Thomas schüttelte den Kopf. »Ich hätte Sun-Tzu vielleicht verdächtigt, gäbe es da nicht ein Hindernis: Er hat absolut nichts zu gewinnen. Er wird in Kürze meine Tochter heiraten, warum sollte er jetzt anfangen, sich bei mir unbeliebt zu machen?«

Rod Tranes Einwand war so leise, daß er beinahe geflüstert war. »Er ist ein Liao, Sire.«

»Ja, das ist er. Aber ein Liao, wie ihn die Innere Sphäre schon lange nicht mehr gesehen hat. Er hat mir sein persönliches Ehrenwort gegeben, daß er nicht in diese Sache verwickelt ist. Er hat der SEKURA sogar Geheimdienstberichte zukommen lassen, die seine eigenen Leute nach den Überfällen auf ihre Nachrüstsatztransporte erstellt haben. Nein, Sun-Tzu Liao steckt nicht hinter diesen Angriffen.«

»Ich denke nicht, daß wir es mit irgendeiner uns bekannten Regierung zu tun haben, auch nicht aus der Peripherie«, meinte Harrison Kalma.

Tscherenkoff nickte. »Ich kann dem nur zustimmen, Sire. Wir konnten keinerlei Verbindung zu irgendeinem der Peripheriestaaten entdecken, und auch die für die Angriffe notwendige Logistik spricht dagegen. Angesichts der Zeitpunkte der Angriffe müssen wir es mit einem Gegner zu tun haben, der minimal über drei Mechkompanien verfügt. Diese Truppen in die Innere Sphäre und durch den Hoheitsraum der Nachfolgerstaaten zu bugsieren ist keine leichte Aufgabe.«

»Was ist mit den Clans?« fragte Trane. »Vielleicht versucht einer von ihnen, mit diesen Angriffen die anderen Häuser gegen uns zu kehren, damit wir eine leichtere Beute werden.«

»Denken Sie an Cumbres«, wandte Thomas ein. »Diese Angreifer haben auch eine Stahlviperneinheit zerschlagen.«

»Vielleicht ist es der Clan, den sie auszulöschen versucht haben, die Vielfraße«, meinte Tscherenkoff. »Wir wissen, daß sie schon einmal als der Minnesota-Stamm in der Inneren Sphäre aufgetaucht sind. Vielleicht ist noch ein Teil von Kerenskys Erbe aufgetaucht, um uns Schwierigkeiten zu machen.«

»Kaum anzunehmen, daß sie dann auf Galatea gekaufte und umgerüstete Mechs benutzen würden«, widersprach Duncan. »Und kein Vielfraß würde sich so nahe an die Clans heranwagen.«

Lange Zeit wurde es still im Raum, bis wieder Harrison Kalma das Schweigen brach. »Wir gehen ganz falsch an die Sache heran.«

»Wie meinen Sie das?« fragte Tscherenkoff.

»Wir versuchen so verzweifelt herauszubekommen, wer hinter diesen Überfällen steckt, daß wir völlig übersehen, wie unwichtig das ist. In Wirklichkeit kommt es doch nur auf eines an: Wie stoppen wir die Überfälle? Wie decken wir die wahre Herkunft der Angreifer auf? Hier zu sitzen und Ratespiele darüber abzuhalten, wer hinter den Überfällen stecken könnte, ist etwa so effektiv, wie ziellos in eine Menge zu schießen, in der Hoffnung, daß der Schuß zufällig den Schuldigen trifft.«

»Denken Sie, das hätten wir nicht versucht, Harrison?« antwortete Wilson Tscherenkoff. »Ich habe diese Sache zur Alpha-Priorität für alle SEKURA-Agenten im Feld gemacht. Wir haben ein paar Hinweise bekommen, aber nichts Greifbares. Nicht einmal unsere Agenten auf Outreach und Solaris haben irgend etwas Greifbares herausgefunden. In der Hauptsache Gerüchte, und nichts, das auch nur entfernt einen Schluß darauf zuläßt, wer hinter diesen Angriffen steckt.«

»Und was für Gerüchte genau?« fragte Harrison Kalma. Der General wußte, daß Tscherenkoff nur höchst ungern Informationen preisgeben würde, die sein Rivale nicht in der Lage gewesen war, zu beschaffen, aber es war zu spät. Der SEKURA-Mann hatte vor dem Generalhauptmann eine Karte aufgedeckt. Jetzt mußte er auch den Rest der Hand auf den Tisch legen.

»Einer unserer Agenten auf Outreach hat Gerüchte über größere Rekrutierungsmaßnahmen auf Galatea gemeldet, weitab von den Vermittlungsgebäuden der Dragoner. Wir haben keine näheren Einzelheiten, nur daß es um einen Überfall auf eine Peripheriewelt namens Herotitus gegangen sein soll.«

Duncan kannte sowohl Galatea als auch Herotitus. Herotitus war ein Planet, dessen Bevölkerung sich voll und ganz dem Streben nach sinnlichen Genüssen verschrieben hatte, und von den Verwüstungen der Zeit und den Jahrhunderten des Krieges, die den übrigen von Menschen besiedelten Raum gegeißelt hatten, relativ unberührt geblieben war. Ein alter Spruch lautete: »Auf Herotitus ist alles machbar, und in der Regel wird es auch gemacht.« Er sah sich unter seinen Tischgenossen um und fragte sich, wie sie sich wohl in den Straßen und Gassen einer solchen Welt machen würden.

Entsprechendes galt für Galatea. Einstmals der Dreh- und Angelpunkt des Söldnergewerbes in der Inneren Sphäre, hatte sich das Schicksal dieser Welt drastisch gewandelt, seit die Söldnerkommission auf Outreach ihre Arbeit aufgenommen hatte. Heute fand nahezu die gesamte legale Söldnerwerbung auf Outreach statt, unter den wachsamen Augen der berühmten Söldner von Wolfs Dragonern. Galateas Wirtschaft war praktisch zusammengebrochen, und was noch an Recht und Ordnung existierte, war ein auf der Macht von Messern und Pistolen beruhendes Recht des Stärkeren. Die einzigen Söldner, die noch auf Galatea anzutreffen waren, waren verzweifelte Raufbolde, denen sich ein seriöser Auftraggeber nicht einmal auf Sichtweite nähern würde. Duncan war selbst ein-, zweimal dort gewesen, um Arbeit zu suchen.

»Haben Sie Agenten auf diese Welten geschickt?« fragte Thomas.

»Ich habe mehrere auf Herotitus stationiert, um festzustellen, ob es tatsächlich zu einem Überfall kommt, aber bisher ist alles ruhig. Wenn der Angriff kommt, werden wir ein Team nach Galatea schicken, um den Auftraggeber aufzuspüren. Aber das ist nur eine von Hunderten von Spuren, Sire.«

»Vielleicht könnten wir die Ritter entlang der Sprungrouten postieren, die eine Angreifereinheit nehmen könnte«, schlug Trane vor. »Inspektionen in unserer Raumregion könnten sie aufspüren, auch wenn wir sie so wahrscheinlich nur durch puren Zufall entdecken könnten.«

Duncan konnte sich nicht mehr zurückhalten. »Bei allem Respekt, meine Herren, ich glaube kaum, daß Sie beide oder auch der ganze Rest der Streitkräfte der Freien Welten entdecken werden, wer hinter diesen Angriffen steckt.«

Tscherenkoff schüttelte verärgert den Kopf. »Ich weiß nicht, was dein Vater dir erzählt hat, Sohn, aber ich würde sagen, diese Situation ist etwas jenseits deiner Expertise. Das ist eine Angelegenheit für Geheimdienst- und Militärexperten.«

»Genau deshalb werden Sie versagen.«

Auf dem Gesicht des Generalhauptmanns spiegelte sich eine Mischung aus Verärgerung und Neugierde. »Wenn Sie etwas beizutragen haben, Duncan, dann schlage ich vor, Sie tun es jetzt.«

»Sie betrachten diese ganze Sache von hier, von dieser Ebene.« Duncan hielt die Hand in Augenhöhe vor sein Gesicht. »Das Problem dabei ist: Die Leute, mit denen wir es zu tun haben, arbeiten hier.« Er wedelte etwas unterhalb der Tischplatte mit der Hand. »Die riechen Sie zehn Meilen gegen den Wind. Sie sehen Sie kommen, können sich ausrechnen, wie Sie reagieren, und haben eine Antwort parat, noch bevor Sie die Aktion gestartet haben. Aber Sie sind von deren Situation zu weit entfernt, um den Spieß umzudrehen. Diese Angreifer sind verzweifelte Gestalten, keine ehrbaren Krieger wie die Ritter der Inneren Sphäre. Sie sind wahrscheinlich geschickt genug – he, immerhin haben sie ein paar wirklich heiße Einheiten attackiert und ihnen ernsten Schaden zugefügt. Aber sie würden von keiner bekannten Agentur oder Regierung beschäftigt werden. Sie operieren weit draußen, wahrscheinlich in der Peripherie, mehr wie Piraten als Krieger. Viele von ihnen haben wahrscheinlich in unseren Militärapparaten gedient und kennen die Verfahren genau, mit denen wir nach ihnen suchen werden. Dadurch wissen sie von vorneherein, wie sie uns ausweichen können. Auf Solaris oder Outreach nach ihnen zu suchen, ist reine Zeitverschwendung. Niemand, der bei Überfällen wie diesen beteiligt war, verbringt seine Zeit auf so zivilisierten Welten.«

»Hört sich nach dem Abschaum der Galaxis an«, meinte Trane.

»Kein Abschaum. Wir reden hier von Berufssoldaten, die aus welchem Grund auch immer vogelfrei oder verzweifelt sind, vielleicht beides. Abschaum hätte es nie geschafft, sich als Ritter auszugeben. Abschaum hätte keine drei Elite-Regimenter und einen Trinärstern Clan-Krieger überfallen und mit dem Leben davonkommen können, ohne auch nur eine Spur seiner wahren Herkunft zurückzulassen.«

Tscherenkoff hatte nachdenklich zugehört. »Interessant«, gab er zu. »Aber das sind auch nur Vermutungen, und sie bringen uns dem Ziel, diese Überfälle zu beenden, nicht näher.«

»Falsch«, sagte Harrison Kalma. »Es gibt Methoden, mit Elementen dieser Art umzuspringen.« Er sah zu Thomas, der ihn mit einem Nicken ermutigte, weiterzureden. »Sie alle kennen die Redewendung, um einen Dieb zu fangen, muß man lernen, wie einer zu denken. Wenn Duncan recht hat, haben wir es hier mit Renegaten zu tun, die sich nur mit ihresgleichen zusammentun. Wenn wir sie fangen wollen, müssen wir unser eigenes Team Söldnerrenegaten aufbauen und ihre Reihen damit unterwandern. Nur so, aus dem Lager des Feindes heraus, können wir einen Weg finden, diesem gefährlichen Spiel ein Ende zu machen.«

»Ich biete die Ritter meiner Kompanie für die Aufgabe an, als diese Einheit aufzutreten«, stieß Trane eifrig aus.

Tscherenkoff lachte. »Mein lieber Kapitan, Sie und Ihre Ritter würden nie und nimmer als rauhbeinige

Söldner auf der falschen Seite des Gesetzes durchgehen. Man würde Sie auf Lichtjahre Distanz erkennen.«

»Ich kann Ihnen versichern, daß meine Leute für Missionen jeder Art qualifiziert sind, insbesondere solche von dieser Bedeutung. Hier steht nicht nur die Ehre des Generalhauptmanns auf dem Spiel.«

Harrison Kalma hob beruhigend die Arme. »Direktor Tscherenkoff und ich sind selten einer Meinung, Kapitan Trane, aber in diesem Fall muß ich mich ihm anschließen. Allein wären die Ritter der Inneren Sphäre nicht in der Lage, als vogelfreie Söldner durchzugehen. Aber was, wenn der Anführer einer solchen Einheit jemand wäre, der bereits als Söldner in der Peripherie gelebt hat, und sich dort auskennt? Jemand, der selbst eine Hochglanztruppe wie die Ritter nehmen und sie zu einem Team formen könnte, das die Urheber dieser Überfälle infiltrieren könnte?« Dabei ruhten die Blicke des älteren Kalma auf seinem Sohn.

Duncan setzte zum Protest an, aber Tscherenkoff kam ihm zuvor.

»Das kann nicht Ihr Ernst sein, Harrison. Eine Mission dieser Art erfordert einen SEKURA-Agenten, jemanden mit einer Geheimdienst- und Spionageausbildung. Wenn Sie ernsthaft an Ihren Sohn denken: das Einzige, was der bis heute getan hat, war, in der Peripherie herumzuwandern und in Schwierigkeiten zu kommen.«

Thomas Marik grinste. »Genaugenommen, Wilson, hast du gerade ein hervorragendes Plädoyer für Duncan Kalma gehalten. Seine Erfahrungen und Kenntnisse, was die Peripherie angeht, dürften es ihm leicht machen, sich unter die Elemente zu mischen, nach denen wir suchen.«

»Sire ...« Wieder wurde Duncan unterbrochen, diesmal von Trane.

»Generalhauptmann, Sie wären bereit, meine Ritter

unter den Befehl dieses Menschen zu stellen?« Er deutete mit dem Finger auf Duncan.

»Nein, jedenfalls noch nicht. Wir wissen nicht, ob unsere Informationen über einen Überfall auf Herotitus korrekt sind. Aber was wäre, wenn ich Sie und Duncan dorthin schicke, um Nachforschungen anzustellen, damit sie zur Stelle sind, sollte ein Angriff stattfinden? In der Zwischenzeit wird der Rest Ihrer Kompanie hier warten. Falls es einen Angriff in der Peripherie gibt, werden wir ein verdecktes Team nach Galatea schicken, um herauszufinden, wer dort Söldner anheuert, und zu versuchen, diese Leute zu unterwandern.« Der Marik studierte einen Augenblick Duncans Gesicht. »Ich würde Sie dazu nicht zwingen.«

Es war nicht der Gedanke, in die Peripherie entsandt zu werden, der Duncan Probleme bereitete. Was ihn störte, war die Tatsache, daß er diesmal nicht auf eigene Rechnung arbeiten sollte. Er war immer sein eigener Herr gewesen. Jetzt sollte er für König und Vaterland antreten.

Er starrte die anderen an, die ihn nicht aus den Augen ließen. Marik und sein Vater blickten erwartungsvoll, Wilson Tscherenkoff skeptisch, und Trane unmißverständlich ablehnend. Wenn es etwas gab, was Duncan schließlich überzeugte, dann war es dieser Blick.

»Ich werde tun, was Ihr verlangt, Generalhauptmann, aber nur unter der Bedingung, daß ich die Befehle erteile. Basta. Wir fliegen nach Herotitus, sehen, ob sich etwas entwickelt, und erteilen von dort aus Bericht. In der Zwischenzeit versammeln sich die Ritter hier auf Marik, für den Fall, daß wir auf Galatea weitere Spuren verfolgen müssen.«

Trane schien vor Wut und Frust platzen zu wollen, aber er schaffte es trotzdem, seine vornehme Ruhe zu bewahren. »Mein Lehnsherr, ich bitte Euch, diese Entscheidung zu überdenken. Duncan Kalma ist nicht der rechte Mann für diese Mission. Er hatte bereits einmal eine Chance, euch zu dienen, aber er hat die Liga Freier Welten verlassen und sein Glück in der Peripherie gesucht. Nun wollt Ihr die Zukunft der Ritter in seine Hände legen? Sicher gibt es andere, die für diese Aufgabe besser geeignet sind!?«

Thomas Marik schien ungerührt. »Meine Herren, mir ist klar, daß es ein Glücksspiel ist, aber im Augenblick ist es unsere beste Chance. Es mag wohl sein, daß es für diese Art Mission besser geeignete Männer gibt als Duncan Kalma. Aber von denen ist hier und heute keiner greifbar. Außerdem muß diese Mission geheim bleiben. Ich will nicht die Gefahr eingehen, unseren Plan noch weiteren Personen offenzulegen. Zudem würde es Wochen des Suchens und Reisens kosten, jemand anderen zu finden, Wochen, die uns nicht zur Verfügung stehen. Sie und alle übrigen Ritter haben einen hohen Eid auf mich geleistet, Kapitan Trane. Ich verlange nichts anderes von Ihnen, als bei jedem anderen Dienst, den Sie in meinem Namen geleistet haben.«

»Natürlich, mein Lehnsherr.« Trane beugte den Kopf.

»Ausgezeichnet.« Thomas Marik stand auf, um anzuzeigen, daß die Diskussion beendet war. »Sie werden so schnell wie möglich nach Herotitus aufbrechen. Ich kann Ihnen die Handelsschiffe meiner Familie zur Verfügung stellen und einen Code, der die Kapitäne dieser Schiffe anweisen wird, mit Ihnen in jeder Hinsicht zu kooperieren. Dadurch werden auch meine Gegner im Parlament keine Möglichkeit erhalten, sich einzumischen. In der Zwischenzeit wird ein Kontingent von Rittern hierher kommen, um für den Fall bereitzustehen, daß Sie dort etwas in Erfahrung bringen.«

Duncan wußte nicht so recht, ob er über diese Entwicklung froh oder bestürzt sein sollte. Plötzlich steckte er bis zum Hals in einer weit über seine bisherigen Erfahrungen hinausgehenden Angelegenheit, und er war auch noch ungestüm genug gewesen, die Führungsrolle bei dieser Operation zu verlangen. Aber zumindest würde ihn die Mission zurück in die Peripherie bringen, und ohne Zweifel versprach sie ein, zwei neue Abenteuer.

»Duncan«, sagte Thomas Marik, und riß den jungen Mann abrupt aus dessen Gedanken. »Ihr Vater und ich sind alte Freunde. Ich vertraue Ihnen so wie ich ihm vertraue. Ich bin sicher, Sie werden dieses Vertrauen nicht enttäuschen.«

Duncan sprang auf und verneigte sich. »Ihr könnt auf mich zählen, Sire!« *Was, in Gaffas Namen, hab ich mir jetzt wieder eingebrockt?*

7

Schädelhöhle, New St. Andrews
Peripherie, randwärts der Circinusföderation

18. April 3057

Bis auf Stefan Amaris und Varas war das Büro tief im Innern der Schädelhöhle leer. Sie saßen um den Schreibtisch, an dem sie schon so viele Pläne entworfen hatten. Vor ihnen war eine grellbunte Karte der Inneren Sphäre ausgebreitet, auf der die Staaten und Territorien zu sehen waren, die einstmals unter dem Banner des Sternenbundes vereint gewesen waren. Der Raum war nur schwach beleuchtet, und es war schwierig, die Karte zu lesen. Aber das störte Varas nicht. Sie hatten das alles schon Dutzende Male durchgekaut. Nichts hatte sich verändert – jedenfalls, soweit es ihn betraf.

»Die 1. Kompanie der Republikanischen Garde befindet sich einen Sprung von Herotitus entfernt, mein Lord. Sie können innerhalb von zwei Wochen ins System springen, den Überfall ausführen und das Schiff wiederaufladen.«

Der selbsternannte Sternenfürst studierte die Karte, als sähe er etwas, das für andere Augen unsichtbar war. Er starrte auf die Sterne in der Umgebung von Herotitus, und seine Finger trommelten auf die Schreibtischplatte. Amaris hob langsam den Kopf und sah Varas an. »Ich bin besorgt.«

Varas fühlte die Wut in sich aufsteigen, aber er gab ihr nicht nach. *Er ist kein Militär, und trotzdem stellt er konstant meine Befehle in Frage. Er ist ein Gelehrter, ein Träumer. Militäroperationen sind* mein *Fachgebiet. Eines Tages werde ich meinen Zorn nicht länger schlucken müssen. Eines Tages werde ich die Befehle geben.* »Worüber, Sternenfürst?« fragte er mit sanfter Stimme.

Stefan Amaris deutete auf Herotitus. »Über die Geheimhaltung. Wir haben diesen Überfall so lange geplant, wie können wir noch sicher sein, daß der Plan nicht irgendwie durchgesickert ist? Vielleicht wäre es besser, den Angriff zu verschieben oder ein anderes Ziel zu wählen.«

»Eure Besorgnis ist verständlich, mein Lord«, erwiderte Varas vorsichtig. »Aber ich kann Euch versichern, daß die Identität unseres Zieles nur wenigen ausgewählten Mitgliedern des Stabes bekannt ist. Unser Rekrutierungsoffizier auf Galatea mußte sie natürlich erfahren, da es seine Aufgabe war, Truppen mit der benötigten Transportkapazität zu finden. Aber ich kenne ihn und habe vollstes Vertrauen in seine Diskretion. Zudem haben wir keine größeren Truppenbewegungen von Seiten irgendeiner der Hausregierungen gesehen. Würde man etwas von unserer Aktion ahnen, wäre schon mindestens ein Regiment Frontklassetruppen in Richtung Herotitus in Marsch gesetzt worden. Unser Agent auf dem Planeten hat bisher keine Ankunft von Truppen avisiert. Zumindest bisher können wir beruhigt davon ausgehen, daß niemand von unseren Absichten erfahren hat.« Varas verzichtete darauf, zu sagen, was er schon so oft erfolglos vorgebracht hatte. Früher oder später würden die Fürsten der Großen Häuser sich auf die Suche nach ihnen machen. Glücklicherweise hatte er für diesen Tag eine Reihe von Möglichkeiten vorbereitet. Der Schlüssel bei allem war, daß ihre Truppen organisiert und ausgebildet sein mußten, wenn die Jäger auftauchten.

»Ich habe also dein Wort. Dieser Angriff wird ablaufen wie die vorherigen?«

»Selbstverständlich, mein Lehnsherr.«

»Das Wort eines Mannes ist sein Geschick, was, Varas? Enttäusche mich nicht.«

»Ich werde Euch nicht enttäuschen, mein Lord. Herotitus ist nur leicht verteidigt. Der Überfall wird ein berauschender Erfolg werden. Ein weiteres Mal wird der Rest des bekannten Weltraums die Ritter der Inneren Sphäre als die Schuldigen sehen.«

»Gut.« Amaris studierte wieder die Karte. »Haben wir noch etwas von unseren Agenten gehört?«

»Wir haben seit einigen Wochen keinen Kontakt mehr zu unserem Team auf Luthien. Sie haben keine der codierten Nachrichten bestätigt.«

»Meinst du, sie wurden entdeckt?«

»Es ist denkbar. Die ISA ist überall. Entweder das, oder sie stehen unter so scharfer Überwachung, daß sie keine Kontaktaufnahme wagen. Auf jeden Fall müssen wir davon ausgehen, daß sie auf absehbare Zeit nicht zur Verfügung stehen.«

Amaris runzelte die Stirn. »Das sieht schlecht aus.«

»So ist es. Glücklicherweise weiß dieses Team nichts über unsere Operationsbasis oder Eure Identität. Selbst unter der Folter können die Agenten wenig preisgeben. Aber es stört unsere Zeitplanung. Wir werden einige Zeit benötigen, ein neues Team zu rekrutieren und auszubilden. Andererseits kommen von Sian sehr gute Nachrichten. Unser Team hat in einer codierten Mitteilung berichtet, daß es in einer kleinen Wohnung ganz in der Nähe des Himmlischen Palastes die Arbeit aufgenommen hat. Und auf New Avalon haben unsere Agenten eine Arbeit gefunden und sich unter die Einheimischen gemischt.«

»Und das Team auf Atreus?«

»Seltsamerweise melden sie, daß Thomas Marik seit etwa zehn Tagen nicht mehr in der Öffentlichkeit gesehen wurde. Offizielle Berichte erklären, er befände sich noch auf dem Planeten, aber wahrscheinlich ist er entweder auf Reisen oder krank.«

Amaris lachte. »Er versteckt sich. Er weiß, daß seine kostbaren Ritter in Gefahr sind. Der Druck nimmt zu. Bald wird er gezwungen sein, seinen geliebten Orden öffentlich zu verteidigen. Und schließlich wird er sie auf dem Altar opfern müssen, den ich errichtet habe.«

»Sternenfürst, gestattet Ihr mir eine Frage?«

Amaris neigte den Kopf, und die kahle Kopfhaut spiegelte das trübe gelbliche Licht des Raumes. »Bitte.«

Varas wählte seine Wort mit Bedacht. »Wir hätten gegen jede der Regierungen der Inneren Sphäre losschlagen können. Wir hätten jede der Elite-Einheiten irgendeines Hauses diskreditieren können. Ihr habt euch für die Ritter der Inneren Sphäre entschieden. Darf ich fragen, was Ihr speziell gegen Haus Marik und die Liga Freier Welten habt?«

Amaris starrte ihn lange an. Varas hörte sein Herz schlagen und fragte sich, ob er zu weit gegangen war. Langsam lehnte sich Stefan Amaris zurück und lächelte seinen Offizier an. »Ah, ja, die Ritter«, meinte er, und sein Lächeln wurde noch breiter. »Thomas Mariks gewagtes Experiment. Die meisten Leute sehen sie als Elitemilitäreinheit. Ist es bei dir nicht ebenso?«

Varas nickte. Allerdings, sie waren einfach nur eine weitere Elitehauseinheit.

»Nun, sie sind mehr als nur ein Regiment MechKrieger. Die Ritter stellen die größte Bedrohung für meine Vision eines neuen Sternenbunds dar. Von allen BattleMechregimentern in der Inneren Sphäre stehen sie allein mir im Weg. Deshalb müssen sie zerschlagen und entehrt werden, ganz und gar vernichtet.«

»Wie ...«

»Ich weiß, was du denkst, Varas. Wie könnten sie eine Bedrohung für eine Bewegung wie die meine sein? Aber vergiß nicht, daß ich Historiker bin. Thomas Marik hat diese sogenannten Ritter weniger als Militäreinheit gegründet. Vielmehr sieht er sie als eine Kraft für die Veränderung. Wie ich hat er erkannt, daß Imperien auf eine von zwei Arten geschmiedet werden, und wir haben entgegengesetzte Wege gewählt. Seine Methode ist das Wachstum von unten. Er hofft, mit den Rittern eine neue Sozialordnung zu stiften. Ich dagegen stütze meine Pläne auf Führung. Es sind Führer, die Imperien erschaffen, die Volksbewegungen inspirieren. Es ist der Führer, der mit seiner Macht das Vertrauen des Volkes erzeugt, es um sich und um die gemeinsame Sache eint, und es ihm so ermöglicht, sich zu Großtaten zu erheben. Ich werde die Innere Sphäre von ihren ausgelaugten alten Herrschern befreien. Dann werde ich in einem Handstreich ein Imperium erschaffen, das selbst der Macht der Clans standhalten und sie zermalmen kann. Die Menschen werden mir zuströmen, weil ich ihnen eine Zukunft anbiete, eine Vision, einen Traum. Erzähl ihnen, was sie hören wollen, und sie werden dir folgen.« Seine Stimme verklang auf eine Weise, die Varas frösteln ließ.

»Wir müssen den Ruf der Ritter also zerstören, damit die Bewegung, für die sie stehen, stirbt, und sich Euch nicht widersetzen kann?«

Amaris nickte. »Dank meines Verständnisses für die Kräfte der Geschichte und deiner militärischen Leistungen stehen wir vor der Befreiung der Menschheit von der Tyrannei der Hausfürsten und dem Elend von Jahrhunderten. Endlich kann die Menschheit sich auf eine freie Zukunft freuen.«

Galaport, Galatea
Mark Skye, Vereinigtes Commonwealth

Hermann Bovos trat von der Transportrampe des Landungsschiffes auf den Asphalt des galateischen Hauptraumhafens und atmete tief durch. Die Atmosphäre des Planeten war schwerer als die aufbereitete Luft, die er an Bord geatmet hatte, feuchter auch und belebender. Außerdem war es heiß unter der grellweißen Sonne Galateas. Der Gestank verrottenden Abfalls drang in seine Nase, und seine Augen tränten leicht, als er sich umsah.

Zu seiner Glanzzeit fast fünfzig Jahre früher war Galaport Drehscheibe der Aktivität des vielbesuchten Söldnerplaneten Galatea gewesen. Jetzt grüßten Bovos vor dem violetten Abendhimmel verlassene, zerfallene Gebäude und aus dem Stadtinnern aufsteigende Rauchsäulen. Auf dem Raumhafen, an dem früher täglich Dutzende Söldnereinheiten zu neuen Aufträgen abgeflogen und angekommen waren, um neue Verträge auszuhandeln, wuchs heute das Unkraut durch Risse im Asphalt.

Als Wolfs Dragoner den Planeten Outreach übernommen und die Regierungen der Inneren Sphäre ihre Söldnerrekrutierung dorthin verlagert hatten, war die Wirtschaft Galateas zusammengebrochen. Sie hatte sich nahezu vollständig auf das Söldnergeschäft gestützt, aber die einzigen Einheiten, die jetzt noch hierher kamen, waren entweder zu schlecht, um auf Outreach eine Chance zu haben, oder aus irgendeinem Grund nicht bereit oder nicht in der Lage, auf legalem Weg einen Auftraggeber zu finden. Früher einmal war Galatea der Söldnerstern gewesen. Heute war es eine Brutstätte verzweifelter Männer und Frauen, denen die Gesetze gleichgültig waren.

Als er den beiden anderen Passagieren über den Platz folgte, fragte Bovos sich, wie es auf diesem verfallenen Raumhafen wohl mit den Sicherheitsbestimmungen aussah. Seine einzigen Waffen waren ein Messer und die Laserpistole seines Vaters, und er hatte kein Verlangen, auch nur eine davon abzugeben. Auf dem Weg ins Freie kam er an einer Kabine vorbei, die wohl einmal ein Wachtpunkt gewesen sein mochte, aber sie war nicht besetzt und schien es auch schon seit Jahren nicht mehr gewesen zu sein. Hermann Bovos hätte ebensogut eine Rakfaust in die Stadt tragen können. Und das hieß, daß die Leute dort draußen mit so ziemlich allem bewaffnet sein konnten.

Die Straße vor dem Raumhafen war nicht besser als der Landeplatz. Viele Häuser waren verlassen oder vernagelt. Was noch bewohnt war, fungierte vorzugsweise als Kneipe, Pfandleihe, Bordell oder Schlimmeres.

Die wenigen Einheimischen, die Bovos sah, waren an ihrem sauberen, gepflegten Äußeren zu erkennen. Hauptsächlich sah er allerdings Söldner jedweder Art, von der gefährlichen bis zur verwahrlosten. Mache lehnten an den Fassaden der zahlreichen Kneipen. Ihre Uniformen waren häufig zerlumpt und verdreckt, und offensichtlich seit Wochen, wenn nicht Monaten, nicht mehr gewaschen worden. Manche trugen Einheits- und Rangabzeichen, aber Bovos hatte ernste Zweifel, daß auch nur einer von ihnen während seiner richtigen Militärlaufbahn jemals Offizier gewesen war. Die Aufnäher waren in der Regel Insignien längst vergessener und aufgelöster Söldnereinheiten. Die meisten hatten nicht einmal das, nur dunklere Flecken, wo einmal Abzeichen gesessen hatten, bevor sie abgerissen und weggeworfen worden waren.

Als Bovos an einer dieser Gruppen vorbeikam, trat einer der Männer direkt vor ihm auf die Straße. Er sah aus, als hätte er sich seit mindestens einer Woche nicht rasiert, und stank nach Bier und Schweiß. Bovos blieb stehen und spannte die Muskeln an. »Kann ich dir helfen, Fremder?« fragte er, und erwartete halb, daß sein Gegenüber grundlos eine Schlägerei anfing.

»Neu hier?«

»Ja, mein Freund. Gibt es ein Problem?«

»Ich bin der Mann, den du suchst. Black Jack Barton. Der beste Mechjockey auf hundert Lichtjahre.« Black Jack Barton streckte die Hand aus. Bovos schüttelte sie, ohne zu verstehen, was los war.

»Ich habe nicht erwartet, hier irgend jemand zu treffen.«

»Aber sicher doch«, meinte Barton. »Du willst doch jemand anheuern, ni'wahr?«

Bovos ließ schnell den Blick über die im Vergleich zu seinem sauberen, frischgebügelten grünen Gefechtsanzug der 2. Oriente-Husaren zerknitterte und schmutzige Uniform des Mannes wandern. »Du irrst dich, Freund. Ich bin nicht hier, um jemand anzuheuern, ich suche selbst nach Arbeit.«

Bartons Gesichtsausdruck wechselte von Hoffnung zu Verärgerung. Er schätzte Bovos von Kopf bis Fuß ab. »Viel Glück«, meinte er, als er sich umdrehte. »Du wirst's brauchen.«

Bovos sah ihm nach, als er davonwanderte, und fühlte einen kalten Windzug über sein Gesicht streifen, als sich ein Gewitter über der düsteren, zerfallenen Stadt zusammenzog. Er rückte den Seesack zurecht und trat auf die Straße, in der Hoffnung, im Hotel auf der gegenüberliegenden Seite ein sauberes, aber billiges Quartier zu finden. Zum erstenmal seit Jahren fühlte sich Hermann Bovos ganz und gar allein.

8

Galaport, Galatea
Mark Skye, Vereinigtes Commonwealth

30. April 3057

Hermann Bovos setzte sich in eine Nische und sah sich im Lokal um. Die Gäste des Faulen Grenadiers wirkten alles andere als vertrauenerweckend, aber sie schienen keinerlei wie auch immer geartetes Interesse an ihm zu haben. Die Frau, mit der er verabredet war, hatte auf einem Treffpunkt bestanden, wo sie nicht erkannt wurde. Bovos fand den Grenadier dafür gut geeignet, da er hauptsächlich von Techs frequentiert wurde.

Die Bedienung kam an seinen Tisch. Ihre Kiefer waren in ständiger Bewegung. Sie kaute langsam ein Kaugummi, ohne dabei den Mund zu schließen. Ihre Arme waren nackt, und mit Namen tätowiert, die wohl früheren Liebhabern gehörten – wahrscheinlich längst tot oder vergessen, während sie hier in dieser heruntergekommen Bar am sprichwörtlichen Arsch der Inneren Sphäre ihre Tage fristete.

»Was soll's 'n sein, Großer?« fragte sie, und ließ durch den langen Schlitz ihres zerschlissenen Rocks ein Stück Bein sehen.

»Northwind Red.«

»Großverdiener«, bemerkte sie, als sie keine Minute später mit dem vollem Bierkrug zurückkehrte.

»Mach mir 'nen Deckel«, sagte er, als sie die Rechnung auf den Tisch legte.

»Hier gib's keine Deckel, Süßer. Wir haben schon genug Probleme mit Leuten, die für einen Drink nicht bezahlen wollen, geschweige denn für das, was sie an 'nem ganzen Abend zusammengebechert ham. Bares auf den Lauf.« Bovos nickte und schnippte ihr eine Münze zu.

Es hatte ihn eine volle Woche gekostet, ein Treffen mit einem der etwa zwölf Rekrutierungsagenten zu arrangieren, die auf Galatea arbeiteten. Im Gegensatz zur Situation auf Outreach hatte niemand, der hierher kam, um Leute anzuwerben, ein Interesse daran, seine Anwesenheit publik zu machen. Und in der Regel aus gutem Grund. Die meisten Angebote waren für Missionen weit außerhalb der Gesetze irgendeiner Regierung der Inneren Sphäre. Piraterie, Attentate, Subversion, Kidnapping – in den Bars und Straßen von Galaport wurden alle düsteren Verirrungen der menschlichen Seele ge- und verkauft. Sein Kontakt heute nacht, Clare Lieb, war Teil dieser Szene.

Bovos wußte, wie klein die Chance war, daß sie ihn zu den Leuten führen konnte, die Shiro III angegriffen hatten. Aber er war ein Neuling in der Welt der vogelfreien Söldner. Er mußte irgendwo lernen, wie es lief, wenn er überleben und herausfinden wollte, wonach er suchte.

Die Frau, die in die Bar trat, trug einen langen Kapuzenumhang zum Schutz vor dem nächtlichen Regen, der zu dieser Jahreszeit in Galaport die Regel war. Als sie die Kapuze nach hinten klappte, sah Bovos, daß sie Anfang fünfzig war, mit faltigen Zügen und einer tiefen Bräune vom heißen Klima des Planeten. Ihr kurzes Haar war schlohweiß. Sie trug eine dicke Brille, und ihr Gesichtsausdruck machte den Gästen an der Theke des Grenadiers überdeutlich, daß mit ihr nicht zu spaßen war. Sollte es bei irgendwem doch noch Zweifel daran gegeben haben, verflüchtigten diese sich beim Anblick des Schulterholsters, als sie den Mantel weiter aufknöpfte.

Lieb kam herüber in die dunkle Ecke, in der Bovos Platz genommen hatte. Sie starrte ihn einen Augenblick an, bevor sie knapp fragte: »Bovos?«

»Lieutenant Hermann Bovos«, antwortete er und streckte die Hand aus. Sie betrachtete die Hand, ignorierte die Geste und ließ sich in den Stuhl auf der gegenüberliegenden Seite des Tisches fallen. Bovos zog den Arm langsam zurück. »Sie müssen …«

»Ja, bin ich. Erwähnen Sie meinen Namen nicht. Ich habe kein Interesse daran, daß ihn hier jemand mitbekommt. Ich würde keinem der Versager in diesem Loch eine Arbeit anbieten, aber wenn sie wüßten, daß ich es könnte, würde ich sie nicht los bekommen. Ich bin ziemlich wählerisch, was die Leute angeht, die ich anheuere.«

»Habe ich gehört.« Den Gerüchten zufolge, die den Weg durch die Kneipen und Straßen Galaports machten, war Clare Lieb auf der Suche nach ein paar Söldnern für eine Mission im Draconis-Kombinat. Das war alles, was er wußte, aber es machte ihm Hoffnung. Vielleicht, nur vielleicht, war dies dieselbe Gruppe, die auf Shiro III zugeschlagen hatte. Wenn nicht, dann wußte sie vielleicht, wer Leute dafür angeheuert hatte.

»Ihr Hintergrund gehört zu den wenigen hier in der Gegend, der einer Überprüfung standhält«, erklärte sie und stieß seine Datendiskette über die zerkratzte Tischplatte. »Ich habe Freunde, die ihrerseits Freunde haben, und die haben bestätigt, daß Sie tatsächlich Lieutenant der 2. Oriente-Husaren waren. Nicht schlecht. Reden wir nicht lange herum, was machen Sie hier?«

Bovos kniff die Augen zusammen. »Ich habe meine Gründe.«

»Da müssen Sie schon mit was Besserem rüberkommen, Bovos.«

»Ich suche Arbeit. Ich will einen Job, der mich herausfordert. Was es auf Outreach gibt, ist zu leicht. Ich suche etwas Handfestes.« Er nahm einen tiefen Zug Northwind Red und leckte sich den Schaum von den Lippen.

Lieb lehnte sich zurück und verschränkte langsam die Arme. Dann kicherte sie, was so ziemlich die letzte

Reaktion war, die er erwartet hatte. »Wie ich es mir gedacht habe, ein Buddler.« Sie schob den Stuhl zurück und stand auf, offensichtlich in der Absicht, zu gehen.

»Was, zum Teufel, ist ein ›Buddler‹?« herrschte Bovos sie an.

»Meine Güte, Sie sind wirklich ein Grünschnabel. Ein Buddler, ein Maulwurf, ein Verdeckter. Spion. Wir haben jede Menge hier auf Galatea. Ermittler von sämtlichen Geheimdiensten der Inneren Sphäre. Aber ich muß zugeben, ich habe noch nie einen aus der Liga Freier Welten getroffen, der so offensichtlich einer war. Sie sollten ihrem Boss sagen, daß seine Ausbilder dringend Nachhilfe benötigen.«

Hermann stand auf. »Sie halten mich für einen Spion?« Er war geschockt.

»Und ob. Aber für einen ziemlich beschissenen. Ein Typ wie Sie wird sich hier nicht lange halten können. Wenn ich Sie wäre, würde ich zusehen, daß ich meinen Arsch von diesem Brocken wegkriege, bevor irgendwer auf die Idee kommt, sich an ihrem jungen Gesicht für irgendein altes Unrecht zu rächen.«

Bovos packte ihren Arm, um sie am Gehen zu hindern. »Sie irren sich. Ich bin kein Spion. Ich suche nur Arbeit.«

Lieb sah betont auf seine Hand an ihrem Arm und öffnete ihren Mantel weiter, um ihm freie Sicht auf die Impulslaserpistole an ihrer Schulter zu bieten. »Hören Sie, Bovos, oder wie immer Sie wirklich heißen, Ihre Geschichte zieht bei mir nicht.« Einige der anderen Gäste sahen auf, bemerkten die Pistole und wandten sich hastig wieder ihren Drinks zu. »Ich habe ernsthafte Geschäfte mit Söldnern zu machen, die ihre Zeit nicht damit verplempern, sich bei einer Spionageagentur auszuweinen.«

»Ich bin – kein – Spion«, knirschte er durch zusammengebissene Zähne und ließ ihren Arm trotz der Sunbeam-Pistole nicht los.

»Beweisen Sie's«, antwortete sie.

Das traf ihn noch unvorbereiteter als es die Anschuldigung getan hatte. Es war das Allerletzte, was er erwartet hatte, daß man ihn für einen SEKURA-Agenten hielt. Wie, beim Geiste Gaffas, widerlegte man so etwas? Er starrte sie an und fühlte die Hitze von Frust und Zorn in sein Gesicht steigen. »Das … das kann ich nicht. Ganz egal, was ich sage oder tue, Sie würden es nicht glauben, oder etwa doch?«

»Nein.«

Er schluckte seinen Ärger hinunter und glaubte zu fühlen, wie er sich einen Weg durch seinen Brustkorb in den Magen brannte. »Na schön. Gehen Sie – verschwinden Sie. Aber vorher möchte ich Ihnen eine Frage stellen. Diese Stadt quillt über von Mechpiloten, die nicht halb soviel erreicht haben wie ich. Sie haben mich überprüft. Sie wissen, daß ich in dieser Hinsicht nicht lüge. Können Sie sich das wirklich leisten?«

Clare Lieb hörte zu. Dann blickte sie wieder auf ihren Arm. Hermann lies los, und sie setzte sich wieder hin. Er war nicht sicher, wodurch genau er sie umgestimmt hatte, aber zumindest war sie noch da.

Lieb stützte die Ellbogen auf den Tisch und legte das Kinn in die Hände. »Warum fangen Sie nicht damit an, warum Sie wirklich hier sind, Bovos? Versuchen sie's diesmal mit der Wahrheit. Ich bin eine gute Zuhörerin, wenn die Story es lohnt.«

»Na schön, ich habe gelogen«, gab er vorsichtig zu. »Ich suche nach einem ganz bestimmten Rekrutierungsagenten, jemand, der eine Mission gegen meine alte Einheit organisiert hat, bevor ich ausgemustert habe.«

»Reden Sie weiter.«

»Ich habe sie kämpfen gesehen, und ich will bei ihnen einsteigen.« Daran, wie Lieb das Gesicht verzog, erkannte Bovos, daß sie ihm nicht glaubte. Aber zumindest stand sie nicht wieder auf. Statt dessen schien sie darauf zu warten, daß er weitersprach.

»Ich habe niemanden für einen Angriff auf Shiro III angeheuert«, erklärte sie. »Hier auf Galatea gibt es nicht mehr allzuviele von uns im Rekrutierungsgeschäft. Der Job, für den ich Leute gesucht habe, war eine kleine Peripherie-Operation. Und die Geschichte von wegen, Sie wollten bei diesen Banditen anheuern, weil die Sie beeindruckt haben, können Sie vergessen, Bovos. In Ihrem Gesicht steht ganz was anderes.«

Bovos schüttelte den Kopf. Er erkannte, daß er um nichts näher an die Angreifer herangekommen war, die seine Lanzenkameraden aus dem Hinterhalt überfallen und umgebracht hatten. »Stimmt«, meinte er schließlich, als er eingesehen hatte, daß er um die Wahrheit nicht herumkam. »Ich will nicht mit ihnen zusammenarbeiten, ich will Rache. Sie haben uns in eine Falle gelockt und meine Lanze ausgelöscht, einen nach dem anderen. Mich hätte es beinahe auch erwischt, aber ich war der einzige meiner Einheit, der überlebt hat.« In seiner Stimme lag Verbitterung, eine Wut, die er nicht unterdrücken konnte.

»Ich habe von dem Überfall gehört. Zum Teufel, jeder hat davon gehört. Den Berichten zufolge waren es die Ritter des alten Marik.«

Bovos schüttelte den Kopf. »Sie waren entsprechend lackiert, aber ich glaube nicht daran. Die Ritter bekommen nagelneue Topmaschinen, und diese Typen hatten allesamt umgerüstetes Altmaterial. Außerdem kann mir niemand erzählen, der Generalhauptmann würde die Ritter gegen seine eigenen Landsleute einsetzen.«

»Die Presse sieht das anders.«

»Zur Hölle und wieder zurück mit der Presse. Ich war da. Ich habe sie gesehen.«

Lieb schenkte ihm ein bleistiftdünnes Lächeln, wahrscheinlich das Nächste an einem Grinsen, das sie in ihrem Repertoire hatte. »Hören Sie mir zu, Bovos. Sein

Leben der Rache zu verschreiben ist ein ziemlich einsames Schicksal. Die meisten Leute, die so etwas tun, scheinen zu vertrocknen und bösartig zu werden, und dann werden sie alt und nachlässig, und irgendwann wandern sie in die Nacht und sterben. Ich brauche Mechjockeys, und ich finde, sie sind einer, der zur falschen Zeit am falschen Ort war. Heuern Sie bei mir an. In sechs Monaten haben Sie diese ganze Rache-Angelegenheit vergessen.«

Bovos hörte ihr angestrengt zu. *Vielleicht hat sie recht. Bin ich auf dem Weg, ein verbitterter alter Mann zu werden, der nur dafür lebt, ein Unrecht zu vergelten, das er niemals rächen kann oder wird?* Nein. Das hier war nicht einfach eine Frage simpler Rache. Die Männer unter seinem Befehl waren ermordet worden, hatten von vorneherein keine Chance gehabt. Er nahm noch einen Schluck Northwind Red. Dann starrte er eine Weile in seinen Krug, bevor er Clare Lieb Antwort gab. »Ich wünschte, ich könnte annehmen, aber ich muß das hier einfach tun.«

Sie nickte leicht. »Und nun?«

»Ich weiß nicht. Aber ich bin sicher, wer immer meine Einheit angegriffen hat, wurde hier rekrutiert. Keine legitimen Söldner würden eine solche Mission annehmen, unter dem Deckmantel einer Einheit der gleichen Seite und so weiter.«

Liebs Miene spannte sich, als sie sich nachdenklich das Kinn rieb. »Wenn Sie's hier zu was bringen wollen, gibt es ein paar Dinge, die Sie tun können, um denjenigen, der für diese Sorte Überfälle Leute anheuert, vorzulocken. Galatea hat eine Reihe von Spielen, Turnieren.«

»Ja, ich habe ein Poster für eines gesehen. Sieht nach der Art Mechduelle aus, die sie auf Solaris haben.«

Lieb kicherte. »Sohnemann, was wir hier auf Galatea haben, hat aber auch gar nichts mit dem zu tun, was Sie auf den Holovids von Solaris zu sehen bekommen.

Das sind formalisierte Duelle in speziellen Arenen. Das hier ist die Regionalliga. Diese Jungs meinen's ernst. Hier geht's knallhart zur Sache. Eine Menge MechKrieger verlassen die Arena nicht mehr. Und diejenigen, die lebend rauskommen, tun es mit zerschossenen Mechs und kaum Mitteln oder Ersatzteilen, um sie zu reparieren. Aber wenn man gut kämpft und Eindruck macht, findet sich jemand, der einen anheuern will. Steig in eine der Söldnertruppen ein, die sich hier formieren, und irgendwann könntest du die Leute finden, die deine Einheit abserviert haben.«

»Hört sich gut an«, meinte Bovos, und seine Stimmung besserte sich. »Wie kommt man an einen Platz bei diesen Spielen.«

Lieb ließ ihren Blick durch die Kneipe schweifen, um sicherzugehen, daß sie niemand belauschte. »So etwas mache ich nicht für jeden, aber ich kenne da ein paar Leute, die Ihnen helfen könnten, einen Anfang zu machen ... wenn ich ein Wort für Sie einlege.«

Hermann Bovos lehnte sich vor und lauschte ihren Worten.

Kommerzielles Landungsschiff *Levine's Star*, im Landeanflug
Herotitus, Peripherie

Duncan näherte sich der Kabine und klopfte an die Tür. Die Reise nach Herotitus hatte etwas über zwei Wochen gedauert, was teilweise einer Kommandostrecke aus Sprungschiffen zu verdanken war, die der Generalhauptmann ihnen zur Verfügung gestellt hatte. Die Strecke würde auch bei ihrer Rückkehr zur Verfügung stehen. Normalerweise hätte die Reise erheblich länger in Anspruch genommen, da Sprungschiffe an jedem Halt zumindest eine Woche benötigten, um ihre Solarbatterien aufzuladen.

Jetzt, wo sie nur noch wenige Stunden von Herotitus entfernt waren, fühlte Duncan eine Notwendigkeit, noch einmal ein Gespräch mit Rod Trane zu versuchen. Es mußte ein Gespräch sein, und nicht nur leeres Geplapper.

Die beiden hatten vom ersten Augenblick an, in dem sie einander begegnet waren, eine herzliche Abneigung geteilt. Ein Teil Duncans wollte diesen Zustand beenden, selbst wenn er den hochherrschaftlichen Herrn Ritter der Inneren Sphäre dafür zu Klump prügeln mußte. Ein anderer Teil von ihm genoß die Spannung beinahe. Nicht, daß es schwer gewesen wäre, den Grund für Rod Tranes Abneigung zu erkennen. Trane war zutiefst stolz auf seine Position als Ritter. Jemandem wie ihm mußte Duncan als der pure Söldnerabschaum erscheinen, und ohne Zweifel hegte er einen tiefen Widerwillen dagegen, unter ihm dienen zu müssen. *Aber wir operieren hier in meinem Revier, in der Peripherie. Ich habe keine Lust, wegen dem weißen Ritter und seinem empfindlichen Ego ins Gras zu beißen.*

Auf sein Klopfen öffnete sich Tranes Kabinentür einen Spalt, und Duncan konnte hineinsehen. Er war beeindruckt, wie keimfrei sauber und ordentlich die winzige Kabine war. Selbst die beiden Bücher auf der schmalen, herabgeklappten Koje schienen mit dem Lineal ausgerichtet. Duncan mußte lachen, als er an den Unterschied zu seiner Kabine dachte.

»Ja?« meinte Trane, ohne die Tür ganz zu öffnen.

Duncan drückte leicht gegen die Türkante. »Wir müssen miteinander reden. Wir stehen nur noch ein paar Stunden vor der Landung, und ich dachte mir, ich erzähle Ihnen, was ich über Herotitus weiß.«

»Ich habe die uns von der SEKURA über Herotitus zur Verfügung gestellten Unterlagen gründlich studiert. Ich bezweifle, daß Sie darüber hinaus etwas beitragen könnten.«

Duncan grinste und schob sich in unter Tranes als

Sperre gedachten Arm in die Kabine des Ritters. »Ach, meinen Sie?« Er ging zu dem lächerlich ordentlichen Bett und ließ sich darauffallen. »Haben diese SEKURA-Berichte erwähnt, wie die Casinos betrügen? Haben Sie erwähnt, daß der Polizeichef von New Hedon sich von drei verschiedenen Gangsterbanden bezahlen läßt und die Gewohnheit hat, Fremde wie uns für imaginäre Vergehen einzubuchten, um von ihren Familien Geld zu erpressen? Haben die SEKURA-Berichte den illegalen Sklavenmarkt erwähnt?«

Trane schloß die Tür, verschränkte die Arme und lehnte sich an. »Nein, haben sie nicht.«

Duncan lachte. »Und das ist erst der Anfang.«

»Warum steht davon nichts in den Berichten?«

Duncan zuckte die Schultern und sah sich die beiden Bücher an. Eines stammte von jemand namens Patton, das andere von einem chinesischen Autor, dessen Name ihm unbekannt war. »Die SEKURA weiß auch nicht alles.«

Trane verzog das Gesicht. »Nun, was Sie soeben beschrieben haben, ist barbarisch. Offenbar entspricht alles, was man über die Peripherie erzählt, der Wahrheit.«

»Was wäre?«

»Es ist ein Ort jenseits der Zivilisation. Gesetzlos. Die Menschen sind Barbaren und ihre Lebensumstände dementsprechend. Die Technologie ist Jahre hinter der in der Liga Freier Welten zurück. Und die Bewohner sind häufig Flüchtlinge vor dem Gesetz ohne jede Bindung an Moral und Anstand.«

Duncan fühlte einen Stich des Bedauerns für Trane. »Sie sind ein seltsamer Mensch, Trane. Ich habe Thomas Marik seine Vision beschreiben hören, eine Vision, die Sie teilen, von den Rittern als einer sozialen Kraft statt einer militärischen, Und jetzt sehe ich vor mir jemand, dem der Glaube an die Vision fehlt, der er angeblich sein Leben gewidmet hat.«

»Dem der Glaube fehlt? So etwas brauche ich mir nicht bieten zu lassen, Kalma, schon gar nicht von jemandem, der nur Dank der Position seines Vaters hier ist. Fehlender Glaube, ha!«

»Ich möchte das nur einmal sagen müssen«, erwiderte Duncan, der Mühe hatte den Drang zu unterdrücken, Trane den Mund mit seiner Faust zu stopfen. »Ich bin Dank meiner selbst hier, nicht wegen der Position meines Vaters. Der Generalhauptmann hat mich persönlich eingeladen. Und was meinen ursprünglichen Punkt betrifft, jawohl, Sie beurteilen diese Menschen auf Grund des Ortes, an dem sie leben, statt nach dem, was sie sind. Ich möchte wetten, Sie haben in ihrem Leben noch keinen Fuß in die Peripherie gesetzt.«

»Niemals. Und soweit es mich betrifft, je eher wir sie wieder verlassen, desto besser.«

»Für jemand, der Teil einer Elitelegion ist, die beabsichtigt, die Gesellschaftsstruktur der Inneren Sphäre zu verändern, haben Sie eine bemerkenswert eingeschränkte Sicht.«

»Wie meinen Sie das?«

Offenbar hatte Duncan einen Nerv getroffen. *Gut. Soll er schmoren.* »Ich gebe zu, die Peripherie ist eine Art Wildnis, aber das gibt Ihnen kein Recht, auf diese Menschen und ihre Lebensart hinabzuschauen. Diese Leute arbeiten vielleicht mit überalterter Technologie, aber sie machen das durch puren Mut und Entschlossenheit wett. Sicher, manche von ihnen sind Kriminelle, aber eine Menge andere sind Bauern und Bergarbeiter und andere ehrliche, arbeitsame Bürger, die darauf hoffen, daß es ihre Kinder durch ihre harte Arbeit eines Tages besser haben werden. Sie haben angeblich doch die Geschichte des Sternenbunds studiert. Dann erinnern Sie sich mal daran, daß es zwanzig Jahre und die gesamten Sternenbund-Verteidigungsstreitkräfte brauchte, um die Peripherie unter das Dach des Bundes zu holen. Diese Leute sind stolz und unabhängig. Bei einer Haltung wie der Ihren können Sie froh sein, wenn Sie nächste Woche noch leben.«

Für den Augenblick war Trane sprachlos, aber Duncan wußte, daß er nur eine Schlacht gewonnen hatte, nicht den Krieg. Er sprang nonchalant auf die Füße und griff an Trane vorbei nach dem Türgriff. »Wir sehen uns beim Aufsetzen.« Zu seiner Überraschung streckte Trane den Arm aus und packte sein Handgelenk.

»Noch nicht«, sagte er. »Die Diskussion ist noch nicht vorbei.«

Duncan griff zu und grub die Nägel in Tranes Handgelenk. »Doch, ist sie.« Trane ließ Duncans Hand reflexartig los. Beide Männer rieben sich die schmerzenden Arme.

Duncan sah Trane in die Augen. »Sie hassen mich, hab ich recht?«

Trane überraschte ihn, indem er den Kopf schüttelte. »Nein, ich hasse Sie nicht. Aber ich respektiere Sie auch nicht.«

»Das ist dasselbe.«

»Nein, ist es nicht.«

»Wie auch immer, Kapitan Trane, auf dieser Mission sind Sie mir unterstellt. Wir brauchen einander nicht zu mögen, aber ich erwarte von Ihnen, daß Sie Thomas Mariks Befehle befolgen.« Damit streckte er erneut die Hand aus und legte den Schalter um, der die Schiebetür entriegelte.

Vielleicht lohnt sich diese Reise ja doch noch, dachte er, als er sich an dem Ritter der Inneren Sphäre vorbeischob.

9

New Hedon, Herotitus
Peripherie

30. April 3057

Der Raumhafen von New Hedon war wenig mehr als ein großer asphaltierter Platz, umgeben von ein paar Lagerhallen. Die Stadt breitete sich rund um den Raumhafen in alle Richtungen aus. Im strahlenden Licht der Morgensonne wanderten Duncan Kalma und Rod Trane die Schiffsrampe hinab und wurden augenblicklich von einem Mann angesprochen, der Flugblätter verteilte. Duncan nickte und nahm eines, ebenso wie Trane.

»Was ist das?« fragte Trane.

Duncan sah sich den Zettel an, bevor er ihn sorgfältig zusammenfaltete und in die hintere Hosentasche steckte. »Werbung für das Mother Lode Casino. Echt guter Laden, soweit ich mich erinnere.«

Trane knüllte sein Flugblatt zu einem kleinen Ball zusammen und stopfte es in eine Seitentasche seines Gepäcks. »Für solche Dummheiten werden wir keine Zeit haben.«

Duncan grinste ihn breit an. »Von wegen. Ich werde uns Zeit verschaffen. Außerdem sind wir hier, um zu sehen, ob der Planet von den falschen Rittern angegriffen wird. Nach meinen Berechnungen haben wir noch ein oder zwei Tage, bis sie hier auftauchen dürften, jedenfalls laut dem SEKURA-Bericht.«

»Sie können gerne ins Casino gehen, um Zeit und Geld zu verschwenden, Kalma. Aber jetzt müssen wir erst einmal die Zollabfertigung finden, die Formalitäten erledigen und uns eine Operationsbasis suchen.«

»Alles schon erledigt«, meinte Duncan.

»Ach, wirklich?« Trane setzte wieder den arroganten

Tonfall ein, der ihm dazu diente, seine Überraschung oder Verärgerung zu überspielen, wenn Duncan ihm voraus war.

»Ja. Ich habe mir erlaubt, uns ein Zimmer im Bismarck zu buchen, einem Hotel nicht weit von hier. Es ist schon etwas älter, aber nicht völlig ohne Annehmlichkeiten oder Charme, und außerdem hat es eine erstklassige Bar. Und was den Zoll betrifft, so etwas gibt es hier nicht.«

»Keine Zollstelle?« Trane war sichtbar entgeistert. »Wie will man denn verhindern, daß Reisende persönliche Waffen oder andere Konterbande einschmuggeln?« Während er sprach, suchten Tranes Augen die Umgebung ab, anscheinend in der Hoffnung, einen Zollbeamten zu entdecken, und Duncan der Lüge zu überführen. Aber außer den Wartungstechs war weit und breit niemand zu sehen.

Duncan schwenkte die Arme wie ein Zirkusdirektor, der sein Publikum begrüßt. »Willkommen in der Peripherie.«

Irgendwann war das Hotel Bismarck wahrscheinlich ein Schmuckstück gewesen, insbesondere für eine Stadt auf einer so abgelegenen Grenzwelt wie Herotitus. Es war offensichtlich schon vor Jahrhunderten gebaut worden, als die Menschheit sich noch von Terra aus ins All ausgebreitet hatte und noch vom Rausch der Kolonisation neuer Welten beflügelt war. In einer Ära, in der die Männer und Frauen der Peripherie noch daran geglaubt hatten, daß ihre Hinterwäldlerplaneten eines Tages vollentwickelt sein würden, während sich die Grenze der Inneren Sphäre immer weiter ins All hinausschob.

Dann kam der Zusammenbruch des Sternenbunds, und alles sah mit einem Schlag ganz anders aus.

Die Ausbreitung der Menschheit ins All endete, als der Traum des Sternenbunds in den Flammen der

Nachfolgekriege starb. Herotitus war nicht länger eine Station auf dem Weg in neue Territorien und erstarrte an der Grenze zum Großen Unbekannten. Am Bismarck war das alles abzulesen. Selbst Jahrzehnte offensichtlicher Gleichgültigkeit hatten die Pracht der ehemals offensichtlich eleganten Empfangshalle nicht gänzlich zerstören können. Überreste vergangener Zeiten, Gemälde und andere Verzierungen, prächtige Schnitzereien in der Nähe des Haupttreppenaufgangs, die prächtigen Spiegel an den Wänden, alles kündete von einer vergangenen, vielleicht unschuldigeren Zeit.

Duncan und Trane teilten sich ein Zimmer im fünften Stock. Keiner der beiden kommentierte den Raum, als sie ihn betraten. Die Tatsache, daß ihr Zimmer zwar klein, aber sehr sauber war, schien Trane zu überraschen. Er wirkte erleichtert. Duncan warf seine Tasche auf eines der Betten, während Trane sorgfältig auspackte und alle Kleidungsstücke sauber zusammengefaltet in den Schubladen der kleinen Kommode verstaute.

»Wir sollten runtergehen, was essen, und dann eins der Casinos besuchen«, meinte Duncan, der inzwischen auf dem Bett lag, und Trane beobachtete, wobei er den Kopf auf den Ellbogen stützte.

Trane blickte mit einem seltenen Lächeln über die Schulter zurück. »Gute Idee, Kalma. Nach einer Bordküchendiät könnte ich eine echte Mahlzeit gut gebrauchen. Aber ich denke, auf das Casino werde ich verzichten.«

»Wieso?«

»Es wäre unpassend, aber ich habe nichts dagegen, wenn Sie Ihre Zeit so verbringen wollen.«

Duncan setzte sich entgeistert auf. »Wollen Sie mir erzählen, daß Sie kein Casino besuchen, weil Sie ein Ritter der Inneren Sphäre sind?«

»So ist es«, bestätigte Trane, und wirkte reichlich selbstzufrieden. Beinahe unbewußt hatte er bei seinem

Wortwechsel mit Duncan eine, wenn auch entspannte, militärische Haltung angenommen.

»Wieso?«

Trane zögerte, offensichtlich, um seine Gedanken zu ordnen. »An Bord des Landungsschiffes haben Sie mir vorgeworfen, mir mangele es an Vision. Aber in diesem Punkt liegen Sie falsch. Ich habe in meinem Leben schon eine Menge Bars besucht, aber jetzt stelle ich einen höheren Ehren- und Verhaltenscodex über meine persönlichen Wünsche und Vorlieben.«

»Wir reden hier von ein wenig harmloser Unterhaltung«, parierte Duncan. »Ich lade Sie schließlich nicht zu einem Lynchmob oder einem Menschenopfer ein.«

»Sie verstehen nicht. Gleichgültig wohin ich gehe, gleichgültig was ich tue, ich bin ein Ritter der Inneren Sphäre. Ich habe geschworen, die Ehre Haus Mariks und der Liga Freier Welten zu verteidigen. Was würde man von den Rittern denken, wenn man mich bei einem Kneipenbesuch sähe, vielleicht angetrunken oder im Spielrausch?«

Möglicherweise würde man denken, ihr seid auch nur Menschen. »Wir reden von Dingen, die jeder Soldat tut, wenigstens ab und zu.«

»Es gibt Personen, die derlei Aktivitäten nicht gut heißen. Wenn ich die Besten der Besten repräsentieren will, den höchsten Standard, den ein MechKrieger und ein Mensch erreichen kann, muß ich versuchen, ein makelloses Leben zu führen. So zu leben, als sei meine Ehre identisch mit der meines Lehnsherren und der Liga Freier Welten.«

Duncan glaubte, ihn zu verstehen, aber es fiel ihm schwer, sich in eine derartige Philosophie hineinzuversetzen. »Niemand weiß, daß Sie hier sind, Kapitan. Niemand weiß, daß Sie ein Ritter sind, also können Sie auch Ihren Ruf oder den guten Namen Tomas Mariks nicht beschmutzen.«

Trane lächelte ungerührt. »Sie verstehen es einfach

nicht. *Ich* weiß es. Das genügt. Wenn ich mir selbst nicht treu bleiben kann, wem oder was kann ich dann treu bleiben?«

Duncan nickte. Was Trane sagte, ergab einen irrwitzigen Sinn, und er begann, ihn weniger als einen verklemmten Trottel und mehr als einen Mann zu sehen, der seinen Platz im Leben gefunden hatten. Dadurch wurde er Duncan nicht sympathischer, aber er konnte nicht umhin, die Tiefe von Tranes Überzeugung zu bewundern. Es fiel ihm nicht leicht zuzugeben, daß Trane etwas besaß, was ihm abging – einen Sinn seines Lebens. *Ich habe das Militär verlassen und bin durchs All gezogen, als Söldner, Spieler und was nicht alles. Ohne Reue. Ich habe mein Leben für mich selbst gelebt, und ich würde nichts daran ändern wollen. Der Unterschied ist, daß Trane bereit wäre, sein Leben für den Generalhauptmann oder die Liga zu opfern, ohne eine Sekunde zu zögern. Ich bin nicht sicher. ob ich das könnte – für wen oder was auch immer.* Tranes letzte Worte hatten ihn besonders getroffen. *Bin ich mir selbst treu?* »Kapitan, ich denke, diese Runde unseres Zweikampfs ist vorbei, und ich akzeptiere, daß Sie mich besiegt haben.« Er verbeugte sich in einem spöttischen Salut.

»Sehr großzügig von Ihnen, Kalma«, erwiderte Trane.

»Dann also ein Essen und ein Spaziergang durch die Stadt. Ich möchte mir die möglichen Ziele und Anmarschwege ansehen. Wenn diese Angreifer auftauchen, wäre es nicht schlecht, wenn wir bereits vorher wissen, was und von wo sie angreifen könnten.«

»Ein guter Plan«, bestätigte Trane. Er öffnete die Tür und winkte Duncan mit einer gekünstelten Handbewegung vor. Duncan lachte über diesen seltenen Anflug von Humor seines Partners, und die beiden Männer wanderten die Treppe hinab und hinaus auf die Straße, ins Gewimmel von New Hedon.

Galaport, Galatea
Mark Skye, Vereinigtes Commonwealth

Garth Hawkes hatte seine Lancers-Uniform gegen eine Montur aus mit Metallbeschlägen verziertem Leder vertauscht. Auch die Sporen, die er als MechKrieger der Vereinigten Commonwealth-Streitkräfte getragen hatte, waren verschwunden. Sein Haar trug er noch länger als früher, und er war dabei, sich einen dunklen Bart stehen zu lassen, der sich allerdings noch in jener Stoppelphase befand, in der er ihn weniger verwegen als verkommen aussehen ließ.

Er war jetzt fast eine Woche auf Galatea. Lange genug, um Kontakte zu knüpfen, aber ohne zu finden, weswegen er gekommen war. Doch er hatte nach nur wenigen Tagen erkannt, daß ein Auftraggeber, der eine Bande falscher Ritter zusammenstellen wollte, seine Rekruten bei den Mechspielen suchen würde. Also konzentrierte er sich darauf, einen örtlichen Sponsor zu finden, damit er antreten und seine Pilotenfähigkeiten zur Schau stellen konnte. Und das war der Grund, aus dem er nun in diesem kleinen Büro am Ende der Delanceystraße nahe des Stadtzentrums saß.

Der Versuch, einen Platz bei den Spielen zu ergattern, war eine willkommene Ablenkung, die ihn beschäftigt hielt und verhinderte, daß er allzuviel daran dachte, wie die Männer und Frauen seiner Einheit gestorben waren, während er in einer Bar gesessen und Northwind Red getrunken hatte. Nur nachts kehrten die Erinnerungen daran zurück, um ihn zu quälen – die Bilder und Geräusche der Schlacht, die schon in vollem Gange gewesen war, als er endlich eintraf. Er fragte sich, ob er diese Dämonen je wieder loswerden würde.

»Du bist Hawkes?« Die tiefe, knarrende Stimme riß ihn aus seinen Gedanken.

»Bin ich«, erwiderte er, und versuchte, so lässig und

tough auszusehen, wie er konnte, ohne zu übertreiben. Der Mann, der die Frage gestellt hatte, schien mindestens 350 Kilo zu wiegen, und die Hälfte davon mußte Muskelfleisch sein. Dicke Locken quollen aus dem offenen Hemd und bedeckten die wuchtigen Arme.

»Ehemaliger Davion-Jockey, eh?«

»So ist es.«

»Was machst du dann hier?«

»Sagen wir, ich bin nicht unter den angenehmsten Umständen ausgeschieden.«

»Sagen wir, du erzählst mir, warum du ausgemustert bist, oder du machst 'ne Fliege«, rumpelte der Kleiderschrank.

Hawkes zögerte, als müsse er überlegen, ob er mit seiner Geschichte herausrücken sollte. »Ich war der Zahlmeister der Kompanie. Sagen wir, meine Bücher waren nicht ganz im Einklang mit den Vorstellungen des Oberkommandos. Als man eine Prüfung ansetzte, hab ich mich entschieden, daß ich keine Lust hatte, den Rest meines Lebens im Bau zu verbringen.«

Der Mann gluckste, und Hawkes wischte sich den Schweiß von der Stirn. Entweder war das Zimmer in den letzten Sekunden heißer geworden, oder er wurde nervös. »Ziemlich tolldreist. Den VerCommies die Knete zu klauen erfordert wirklich Traute.«

»Was meinen Sie wohl, woher ich das Geld für einen Mech habe?« gab Garth zurück und zwang sich, zu *entspannen*. Mit einem BattleMech auf Galatea einzutreffen, war ein kluger Schachzug gewesen. Die Beziehungen seines Vaters hatten dafür gesorgt, daß er für einen guten Preis einen älteren Mech bekommen hatte, der in seiner aktiven Zeit reichlich umgebaut worden war. Es war ein schon vor langer Zeit ausgemusterter *Kreuzritter*, aber er gehörte ihm allein.

»Hast wohl Schiß, nach Solaris zu gehen, weil sie dich finden und einbuchten würden?«

Hawkes nickte.

»Na, vielleicht bist du am richtigen Ort gelandet. Ich weiß nicht, ob du was drauf hast, aber ich brauche jemand mit einem Mech. Mein bester Kämpfer ist vor ein paar Tagen abgehauen, und ich muß für diesen Kampf jemanden aufstellen.«

»Welche Bedingungen?«

»Du kämpfst und trittst dem Kerl in seinen Blecharsch. Ich kriege das komplette Bergegut und sechzig Prozent der Wetteinnahmen.«

»Vergessen Sie's«, erklärte Hawkes. Galatea war nicht der Ort für Bluffs, aber wenn er zu schnell nachgab, würde er auffliegen. Und dann konnte er jede Chance vergessen, die Hintermänner des Überfalls zu finden.

»Was soll das heißen?«

»Ich riskier da draußen den Kopf und bekomme nur vierzig Prozent? Niemals. Fünfzig Prozent, und Sie bezahlen die Hälfte der Reparaturen.«

»Träum weiter«, antwortete sein riesenhafter Gegenüber und verlagerte hinter dem vergleichsweise winzigen Schreibtisch das Gewicht.

»Sie haben es selbst gesagt: Sie brauchen mich. Es gibt jede Menge MechKrieger in Galaport, aber soweit ich das gesehen habe, sind die meisten enteignet. Ich bin hier und habe einen Mech. Und ich bin gut genug, um jeden Gegner zu schlagen. Greifen Sie zu, oder lassen Sie's bleiben.«

Der Mann starrte ihn an. »Fifty-fifty, aber deine Ersatzteile bezahlst du selbst.«

Hawkes nickte. »Sie haben sich gerade einen Mechjockey geangelt, Kumpel.« Jetzt brauchte er nur noch ein paar Siege, um den Rekrutierungsagenten dieser Angreifer aus seinem Versteck zu locken.

**Kommerzielles Landungsschiff *Blitzen*,
im Landeanflug auf Galatea
Mark Skye, Vereinigtes Commonwealth**

»He«, stieß der Frachtmeister der *Blitzen* die Hängematte an. »Wir sind im Landeanflug, Dornröschen. Hurtig, hurtig, raus aus den Federn.«

Die Hängematte kippte zur Seite und setzte ihren Inhalt aufrecht vor ihm ab. Dawn stierte den Frachtmeister aus verquollenen Augen an, während sie die Finger durch das kurze Haar strich. Sie hatte auf dem gesamten Flug mit niemandem gesprochen, akzeptiert, was immer sie an Rationen erhalten hatte, und den kleinen Frachtraum nur verlassen, um die Frischzelle aufzusuchen. Die übrige Zeit hatte sie mit körperlichen und geistigen Trainingsübungen gefüllt.

»Wir landen, frapos?«

»Wir sind noch etwa zwanzig Minuten vor Galaport. Für dich ist da Endstation.«

Sie starrte den Mann mit leerem Gesicht an. Man hatte sie nicht hingerichtet, aber Dawn wünschte sich, es wäre geschehen. Was sollte jetzt aus ihr werden, wo sie ihre Kaste verloren hatte, bei ihrem Clan und Volk nicht mehr willkommen war?

»Okay, spiel weiter stummer Fisch«, meinte er und stopfte die Hände in die Taschen seines mattgrauen Overalls. »Hör zu, Madämchen. Irgendwer hat eine Menge bezahlt, um dich aus der Clanzone zu schaffen. Ich weiß nicht, warum, und ich will es auch gar nicht wissen. Von mir aus kannst du eine Clan-Spionin oder Attentäterin oder was immer du willst sein. Ich werde nur dafür bezahlt, dich nach Galatea zu befördern.«

»Ich bin keine Clannerin«, stellte Dawn fest, aber ihre Stimme klang körperlos, als ob sie einer Aufzeichnung zuhörte statt die Worte selbst auszusprechen.

»Klar bist du das. Du siehst aus wie eine Clannerin, du redest wie eine Clannerin, und dann diese Klamotten. Dich erkennt man auf den ersten Blick. Tu mir einen Gefallen, vergiß, daß du mich oder mein Schiff je gesehen hast.«

»Ich bin keine Clannerin mehr«, wiederholte sie tonlos.

»Was immer«, meinte der Mann und zuckte die Achseln, um sein völliges Desinteresse an ihrer Situation zu unterstreichen. »Solange du bloß keinem erzählst, daß ich dich rausgeschmuggelt habe. Sie würden mich teeren und federn.«

»Andere würden dich verletzen, weil du mir geholfen hast?«

»Na klar würden sie das«, antwortete er und ging weiter, um ein paar Frachtnetze zu überprüfen.

»Erkläre«, forderte Dawn ihn auf und reckte die Arme über den Kopf, um die Schultergelenke zu strecken, während der Frachtmeister seiner Arbeit nachging.

»Was gibt's da zu erklären? Ihr Clanner taucht einfach eines Tages auf und überfallt drei unserer Staaten, ohne auch nur ›Hallo‹ zu sagen. Rasalhaag ist praktisch weg, und ihr Clanköppe habt einen beachtlichen Batzen aus dem VerCom und dem Kombinat gerissen. Wenn die Einheimischen wüßten, daß ich freiwillig eine Clannerin hierher geschafft habe, würden sie mich am nächsten Laternenpfahl baumeln lassen, gleich neben dir.«

»Wir sind gekommen, um den Sternenbund wiederaufzurichten«, gab sie zurück.

»Wohl eher, um ihn uns in die Kehle zu stopfen«, meinte der Frachtmeister und machte sich ein paar Notizen auf seinem Compblock. »Wie kommt ihr darauf, daß irgendwer hier bei uns daran Interesse hat?«

Dawn stockte und starrte den Mann an. »Natürlich habt ihr Interesse daran. Wir sind die Nachfahren General Aleksandr Kerenskys, eines Mannes, den selbst dein Volk verehrt. Er und sein Sohn Nicholas haben unsere Rückkehr vorausgesagt, haben uns aufgetragen, eines Tages in die Innere Sphäre zurückzukehren, um wiederaufzubauen, was eure Völker unbedacht zerstört haben. Wir sind gekommen, um euch wieder Hoffnung in die Zukunft zu geben.«

»Schwester«, gab der Frachtmeister zurück, »das einzige, was ich von eurer sogenannten Vision gesehen habe, war eine Invasionsstreitmacht, die auf brutalste Weise ganze Regimenter ausgelöscht hat. Ich glaube kaum, daß die Kerenskys das gewollt hätten, bestimmt nicht.«

»Wage nicht, so über die großen Kerenskys zu reden«, herrschte sie ihn an.

Der Frachtmeister der *Blitzen* riß den Kopf hoch. Eine Konfrontation auf engstem Raum mit einer wütenden Clan-Kriegerin entsprach ganz und gar nicht seinen Vorstellungen vom weiteren Verlauf dieses Tages oder seines Lebens. »Ich hab's nicht bös gemeint«, beschwichtigte er sie, und schluckte. »Ich hab vergessen, wie empfindlich ihr Clanner seid, was die Kerenskys angeht.«

Ihre Wut ließ etwas nach. »Wie ich bereits sagte, bin ich keine Clannerin mehr.«

»Das sagst du andauernd.«

Dawn fühlte einen Strudel von Gefühlen. Sie war nicht länger eine Stahlviper. So wollte es das Clangesetz. Aber in ihrem Herzen würde sie immer eine bleiben. Was man ihr genommen hatte, waren nur Worte. Man konnte ihr nicht nehmen, was sie war. Eines Tages würde Dawn sich ihren Platz zurückerobern, ihre Ehre wiederherstellen. *Ich muß es tun. Das ist unser Wesen.*

Dawn starrte mit leerer Miene durch den Frachtraum und erinnerte sich an das Urteil. »Es war …« – sie wählte die Worte sorgfältig – »… ein Mißverständnis. Ich möchte nicht darüber reden.«

»Na ja, wie ich bereits sagte, irgendwer war bereit,

eine Menge dafür zu bezahlen, daß ich dich wegschaffe, hierher.«

»Du sprichst, als sei Galatea ein böser Ort.«

Der Frachtmeister zuckte die Achseln. »Nein, nicht böse. Früher war Galatea als der Söldnerstern bekannt. Aber das ist lange her. Jetzt ist es eine harte, rauhe Welt, auf der abgehalfterte MechKrieger und Gesetzlose Unterschlupf suchen.«

Sie ahnte Brett Andrews' Hand hinter ihrer Verbannung nach Galatea. Die Clans betrachteten die Söldnerkrieger der Inneren Sphäre als ein Symbol der Korruption des untergegangenen Sternenbundes. Ein Mitglied der Händlerkaste zu bezahlen, damit er sie hierher brachte, an einen Ort, der sich nach einer Müllhalde für die schlimmsten dieser Söldner anhörte, war seine Methode, ihr Schicksal zu besiegeln. Dawn sah das ganz klar und zog neue Kraft aus ihrem Zorn. *Du denkst, du würdest Salz in meine offene Wunde streuen, Sterncolonel Brett Andrews, aber in Wahrheit machst du mich nur stärker. Eines Tages wirst du es bereuen.* »Ich kenne eure Sitten und Gebräuche nicht, nur die, mit denen ich aufgewachsen bin. Ich werde überleben, weil ich bin, wer ich bin.«

»Dein Volk hat dich ausgestoßen, wie?«

»Pos. Sie haben mich aus meiner Kaste verbannt.«

»Und was wird jetzt?«

Dawn neigte leicht den Kopf. Sie hatte nicht weiter über ihre Zukunft nachgedacht. Bei den Meditationen hatten ihre Gedanken sich um die Vergangenheit gedreht, um ihre Unzulänglichkeiten und Niederlagen. Während des Fluges von Jabuka hatte sie Tukayyid tausendmal wiedererlebt. Auch die Schlacht auf Cumbres hatte sie immer wieder Revue passieren lassen. Dawn hatte selbst die Taktiken ausprobiert, die vernachlässigt zu haben man ihr vorgeworfen hatte, und nichts hatte sich am Ergebnis der Kämpfe geändert. Nichts als sinnlosen Tod und Vernichtung hatte sie gesehen, als sie die Gefechte in Gedanken nachvollzogen hatte. Ihr Schicksal war besiegelt gewesen, noch bevor sie einen Fuß auf den kerenskyverlassenen Planeten gesetzt hatte.

Jetzt würde sie sich mit der Gegenwart und Zukunft auseinandersetzen müssen. Für eine Clankriegerin war das normalerweise unnötig. Eine Kriegerin diente ihrem Clan und versuchte, einen Blutnamen zu erringen, die höchste Ehre, den höchsten Ruhm, den es für einen Krieger gab. Ein Blutname garantierte, daß das Generbe seiner Trägerin Teil des Clan-Zuchtprogramms für zukünftige Kriegergenerationen wurde. Diese Möglichkeit war ihr jetzt verschlossen. Plötzlich hatten sich sämtliche Regeln geändert. Sie war in der Inneren Sphäre, dem Reich der Barbaren. Schlimmer noch: dem Reich von *Freigeburten.* Kasten hatten für diese Menschen keine Bedeutung. Dawn war hier nicht besser gestellt als das niederste Mitglied der Arbeiterkaste, als der bescheidenste Gärtner oder Abfallentsorger. Vielleicht sogar schlechter, weil sie bisher noch keine Möglichkeit besaß, ihren Unterhalt zu sichern. Es fiel ihr schwer, das Konzept zu verstehen, ebenso schwer wie die Notwendigkeit von Geld für das Überleben.

»Ich weiß nicht, was ich tun soll«, gab sie zu, und ihre Stimme verlor einiges von ihrem Schwung, als sie an das Unbekannte dachte, eine Zukunft, die so dunkel und geheimnisvoll war wie der tiefste Leerraum.

»Du wirst schon durchkommen. Du bist'n Mechjockey. Irgendwer wird dich verpflichten.«

Eine Söldnerin? Der Gedanke war von überwältigender Fremdartigkeit für Dawn. *Bin ich so tief gefallen? Gestern lebte ich noch im Lichte der Vision der großen Kerenskys und folgte ihren Lehren. Heute bin ich weniger noch als eine Banditin.* Ihr Geist weigerte sich zu akzeptieren, daß ihr Volk sie so voll und ganz verstoßen hatte, daß sie nicht einmal den Wert eines Mitglieds der verachteten Banditenkaste besaß.

»Ja. Ich werde tun, was nötig ist, um zu überleben.« Als sie sich daran machte, ihren Seesack zu packen, erinnerte Dawn sich an die Geschichte von den beiden Wasserschlangen, die sie zusammen mit ihren Kogeschwistern während der Kadettenzeit so oft gehört hatte. Eine der Schlangen lebte im Sumpf und genoß dessen natürlichen Wasserreichtum. Die andere lebte auf der Straße und mußte mit den Tümpeln zufrieden sein, die sich gelegentlich im Regen formten. Die erste Schlange bettelte ihre Cousine an, zu ihr in den Sumpf zu kommen, wo das Leben nicht nur angenehmer war, sondern auch sicherer. Aber die zweite Schlange weigerte sich und antwortete, sie könnte einen Ort nicht verlassen, an den sie sich so gewöhnt hatte. Ein paar Tage später fuhr ein schwerer Lastzug die Straße hinab und zerquetschte sie unter seinen Rädern.

Dawn wußte, sie konnte sich nicht an das Gewohnte klammern, denn es war verloren, war ihr entrissen. Wenn sie überleben wollte, mußte sie ins Unbekannte aufbrechen. Und das Überleben war ihre erste Pflicht. Es war ihre einzige Hoffnung, sich zu beweisen, ihre Ehre wiederherzustellen und eines Tages den Weg zurück zu ihrem Clan zu finden.

10

New Hedon, Herotitus
Peripherie

1. Mai 3057

Duncan lehnte gegen den alten Maschendrahtzaun und sah hindurch, während Rod Trane den Stadtplan studierte, den sie von einem Straßenhändler gekauft hatten. Auf der anderen Seite des Zauns stand ein abgenutzter, verschlissener *Kriegshammer*, der mindestens zweihundert Jahre alt sein mußte. Als er noch neu gewesen war, hatte er wahrscheinlich eine gute Kampfmaschine abgegeben, auch wenn zum Zeitpunkt seiner Herstellung bereits ein Großteil der Hochtechnologie des Sternenbundes verloren oder in den Nachfolgekriegen vernichtet gewesen war. Seine Technologie war nach den derzeitigen Standards der Inneren Sphäre antik und primitiv, und gegen die schlagkräftigen Waffen der Clans nahm sie sich beinahe spielzeughaft aus. Wahrscheinlich hatte der stolze Mech auf Dutzenden Welten gekämpft, bevor er auf seine alten Tage hier auf Herotitus gelandet war, wo er keine Gefahr lief, jemals der Dampfwalze der Clans entgegentreten zu müssen, dank deren erbeuteter Technologien es der Inneren Sphäre gelungen war, einen Teil des Wissens zurückzuerlangen, das seit dem Untergang des Sternenbunds verlorengegangen war.

In der Nähe standen zwei wahrscheinlich noch ältere *Galleon*-Panzer, die immer noch die Narben irgendeines lange vergangenen Kampfes oder Krieges trugen. Statt einer Reparatur waren die Lasertreffer einfach übermalt worden. Der *Kriegshammer* hatte ähnliche Spuren und schien mehr Farbe als Panzerung zu tragen.

»Ist das alles?« fragte Rod Trane.

»Jawohl, Sir, die Speerspitze der Ersten Herotitus-Verteidigungsgarnison. Beeindruckend, nicht wahr?« Duncan blickte hinüber zu ein paar nahen Gebäuden, die wenig mehr als provisorische Baracken waren. Der Söldner in ihm notierte, daß die Kommunikationsleitungen unabgeschirmt freilagen, und daß die Garnison nicht einmal über einen Bunker für Notfälle verfügte. Eine anständig organisierte Angreifertruppe konnte diese Einrichtung innerhalb von Sekunden ausschalten.

»Wenn die Angreifer hier zuschlagen, hat die Stadt nicht den Hauch einer Chance. Die Waffen an diesem Mech sind schon seit zehn Jahren veraltet.«

Duncan sah aus verkniffenen Augen zu dem *Kriegshammer*. Daß Trane sich gut genug mit Waffentechnik auskannte, um auf den ersten Blick zu erkennen, daß die PPKs des Mechs ältere Modelle waren, beeindruckte ihn. »Sie werden es mit einer absoluten Übermacht zu tun bekommen. Die andere Lanze, die wir am Südrand der Stadt gesehen haben, hatte nur drei leichte Mechs. Angesichts ihrer Position und der Anlage von Straßen von Gebäuden können sie sich glücklich schätzen, wenn sie es schaffen, ihre Maschinen anzuwerfen, bevor sie getoastet werden.«

»Wir könnten sie warnen«, meinte Trane.

Duncan nickte. Es war einer der seltenen Fälle, in denen sie gleicher Meinung waren. »Aber wenn wir das täten, würden wir uns verraten. Die Angreifer könnten reagieren, indem sie untertauchen und sich verstecken, und dann würde es Monate dauern, sie wieder aufzuspüren.«

»Ich weiß«, erwiderte Trane. »Aber wie können wir zulassen, daß unschuldige Menschen sterben, wenn es eine Chance gibt, sie zu retten.«

»Na, wenn es Ihnen hilft, sich besser zu fühlen: Unsere Warnung würde nicht viel ändern. Bis jetzt haben diese falschen Ritter immer minimal in Kompaniestärke zugeschlagen. Selbst die Infanterie mitgerechnet hätte die Garnison rund um New Hedon keine Chance, gegen Feuerkraft dieser Größenordnung zu überleben, geschweige denn zu bestehen. Bestenfalls könnten sie auf ein Rückzugsgefecht hoffen oder darauf, ein, zwei Angreifer abzuschießen. Im Endeffekt würde sich am Ergebnis nichts ändern.«

Trane nickte. »Laut SEKURA-Bericht leisten die Ortungsanlagen des Planeten keine vollständige Erfassung. Wenn ich einen Überfall planen würde, käme ich außerhalb der Ortung herunter.«

»Genau das meine ich auch. Sie geben sich als Ritter aus, um dem Generalhauptmann oder der Liga Freier Welten Schwierigkeiten zu machen. Ich würde zusehen, daß sie die Stadt von mehreren Seiten zugleich angreifen und entlang der Hauptstraßen zum Raumhafen vorrücken. Das würde die Illusion einer noch größeren Streitmacht erzeugen.« Er ging hinüber zu Trane und deutete auf der Karte die logischsten Routen an.

Trane nahm seinen Bleistift und kreiste den Raumhafen ein. »Die Garnison hätte wahrscheinlich keine Chance, sich zu sammeln. Und wenn sie es irgendwann doch schaffen sollten, stünde bereits eine volle Kompanie im Stadtzentrum. Die durch einen Angriff von so vielen Seiten erzeugte Verwirrung würde sie daran hindern, ihre Anstrengungen zu konzentrieren. Die Verteidiger werden einer nach dem anderen in Aktion treten und fallen.«

»Was ist mit der Fluchtroute?«

»Ich würde die Landungsschiffe auf dem Raumhafen niedergehen und uns aufnehmen lassen, sobald die Verteidigung ausgeschaltet ist. Oder sie könnten uns außerhalb der Stadtgrenzen treffen.«

»Ganz meine Meinung. Als ich meine eigene Söldnereinheit hatte, habe ich immer dafür gesorgt, bei Überfällen schnell wieder wegzukommen. Wenn du zu lange rumstehst, kommen die Cowboys und bringen die Kavallerie mit. Also gut, wo meinen Sie, sollten wir uns postieren?«

Rod Trane sah sich auf dem weiten Gelände um, auf dem der *Kriegshammer* schweigend Wache hielt, dann blickte er zur Stadt. »Wenn wir richtig vermuten, werden sich die heftigsten Kämpfe am Raumhafen abspielen. Gehen wir mal hin.«

Er hatte kaum ausgesprochen, als ein Donner durch Galaports warmen, feuchten Nachmittagshimmel polterte. Duncan sah hoch, aber alles was er erkennen konnte, waren dünne weiße Schleierwolken vor der weißen Sonne des Planeten. Kein Anzeichen eines Gewitters weit und breit.

Das machte ihm Angst.

Er sah zu Trane, und auch der war damit beschäftigt, nach dem Ursprung des Geräuschs zu suchen. »Es geht los, oder?« fragte Duncan.

»Das waren Autokanonenschüsse«, erwiderte Trane und stopfte die Karte in den Gürtel.

»Verflucht!« stieß Duncan aus, aber selbst als ein weiterer Donnerschlag den weißen Himmel über der Stadt zerriß, rührte sich auf dem Garnisonsgelände nichts. Diesmal klang es näher, wie ein anrückendes Sommergewitter, aber dieser Donner verhieß keinen Regenschauer, sondern Tod und Vernichtung. *Es geht zu schnell. Verdammt, wenn sie so völlig überrascht werden, erreicht sie möglicherweise nicht einmal der Befehl zum Ausrücken.* »Trane, wir müssen etwas unternehmen.«

»Finde ich auch, aber was?«

Duncan sah hinüber zu dem *Kriegshammer*, dann langsam wieder zu Trane.

»Sie wollen den *Kriegshammer* stehlen?«

»Zumindest kommen wir näher ans Kampfgeschehen und können es beobachten«, meinte Duncan, während er nach einer günstigen Stelle suchte, um über den Zaun zu klettern. »Mit etwas Glück können wir sogar einen von ihnen abschießen.«

»Ich übernehme das Steuer«, erwiderte Trane, und ohne ein weiteres Wort kletterten beide Männer über den Zaun. Er schwankte und verbog sich unter ihrem Gewicht, aber er hielt. Sie sprangen auf der anderen Seite hinab.

Keine dreißig Sekunden später hatten sie den Mech erreicht und waren zum Cockpit unterwegs. Duncan zwängte sich zuerst in die enge Kanzel und wurde vom Gestank mehrerer Jahrhunderte Schweiß fast erschlagen. Die wuchtigen Cockpitkonsolen ragten weit in die Pilotenkanzel hinein und ließen kaum Platz für Trane, als er seinen aufgeschossenen Körper ebenfalls hereinquetschte.

Duncan wünschte sich, er hätte selbst an den Kontrollen sitzen können, aber jetzt war nicht der richtige Zeitpunkt, sich mit Trane zu streiten, insbesondere nicht angesichts des Zustands dieses Mechs. Trane zog sich den riesigen, altertümlichen Neurohelm über den Kopf und fummelte nach dem Sensorpflaster für Arme und Beine, während Duncan den Vorheizschalter für den Mechreaktor umlegte. »Ich frage mich, ob sie hier ein Sicherheitsprotokoll benutzen.«

»Ich habe mir nie klargemacht, wie klapprig diese alten Modelle waren«, stellte Trane fest, als er die Neurohelmkontakte von Hand justierte. Unter ihnen erwachte der Fusionsreaktor des *Kriegshammer* zu pulsierendem Leben. Ein leises Summen erfüllte das Cockpit, und der gesamte Mech schien zu vibrieren. »Mist, er ist gesichert.« Sie wußten beide, was das bedeutete. Der Mech ließ sich anwerfen, aber bis die korrekten Sicherheitscodes eingegeben wurden, konnte man ihn weder bewegen noch die Geschütze einsetzen.

Noch während Trane seinem Unmut Luft machte, trat Duncan in Aktion. Er kroch in den vorderen Bereich des Cockpits und arbeitete unter den Pedalen des Pilotensitzes. Trane versuchte, ein paar der Schalter umzulegen, aber mehr aus Frustration denn aus irgendeiner Hoffnung, damit etwas zu erreichen. »Was machen Sie da?« fragte er verärgert.

»Ich arbeite an der Codebox«, erwiderte Duncan vom Boden der Kanzel. Er wußte, daß BattleMechs manchmal die verschlüsselten Codedaten in einem kleinen Kasten unter den Cockpitkontrollen speicherten.

»Wenn Sie die Box entfernen, frieren die Kontrollen ein, und wir können uns überhaupt nicht mehr bewegen.« Das war eine Standardsicherung, die in der Geschichte der Mechkriegsführung schon den Diebstahl einiger dieser humanoiden Kampfmaschinen verhindert hatte.

»Ich weiß«, meinte Duncan und sah sich den Kasten im schwachen Licht der wenigen aktiven Kontrollen näher an. »Aber ich kenne da ein paar Tricks.« Er zog ein kleines Objekt aus der Tasche und legte seine Hände in der Nähe der Verbindung zwischen Codebox und Bordcomputer um deren Oberseite. »Versuchen Sie's jetzt nochmal!« grunzte er aus dieser alles andere als bequemen Position.

Trane versuchte, den Mech zu bewegen, und plötzlich stellte er fest, daß er den rechten Arm mit der riesigen Partikelkanone heben konnte. Als er die Kontrollen weiter bearbeitete, setzte sich der Stahlgigant mit protestierend kreischenden Metallgelenken in schwerfällige Bewegung. *Soviel zur Sicherheit.* Duncan war mit sich zufrieden.

»Wie haben Sie das gemacht?« fragte Trane, schaltete die Wärmetauscher ein und fuhr den Fusionsreaktor höher. Das Brummen wurde lauter, und rings um ihn herum erwachten flackernd die Kontrollämpchen zum Leben

»Eines, was man als Söldner in der Peripherie lernt, ist, mit dieser altertümlichen Ausrüstung umzugehen.« Duncan hielt das kleine Objekt hoch. Es war ein Magnet. »Wenn man das zur gleichen Zeit an die Zuleitung legt, in der man den Start versucht, verzögert sich der Ladevorgang des Sicherheitssystems um dreißig Sekunden. Das reicht aus, um die Maschine anzuwerfen, und wenn der Mech erst läuft, lädt der Computer das Sicherheitsprotokoll nicht mehr.«

»Davon habe ich noch nie etwas gehört«, meinte Trane, während Duncan sich an ihm vorbei nach hinten zwängte. Tranes Hände flogen über die Konsolen und erweckten die Kampfmaschine zum Leben. Alle Mechcockpits ähnelten sich, aber die Systeme verschiedener Modelle waren nie in der exakt gleichen Position. Dadurch, daß es sich hier um eine ältere Ausführung des *Kriegshammers* handelte, war die Situation noch zusätzlich erschwert, aber er bekam die Kontrollen trotzdem schnell in den Griff.

»Natürlich nicht. Es funktioniert nur bei diesen antiken Mechs, und Typen wie Sie brauchen so etwas im Leben nicht.«

»Kommen Sie mit?«

Duncan duckte sich hinter die Pilotenliege. Er hatte kaum Platz und war gezwungen zu knien. »Was bleibt mir übrig«, murmelte er, und zwängte sich noch weiter in den engen Freiraum. Die Innentemperatur des Cockpits stieg leicht an, als der alte *Kriegshammer* schwerfällig losmarschierte. Sie hatten zwar den Neurohelm im Innern des dunklen Cockpits gefunden, aber weder Duncan noch Trane trugen eine Kühlweste. Bei einem längeren Gefecht würden sie geröstet werden, wenn sie alle Waffensysteme einsetzen mußten. Die Systeme dieses alten Mechs stammten aus der Zeit vor der Einführung doppelter Wärmetauscher und effizienterer Waffen. »Aktivieren Sie die Nahortung.«

»Ich weiß, was ich tue«, schnappte Trane.

»Schon gut. Dann sehen wir uns die Lage besser mal über die Fernortung an.« Duncan wünschte, er säße an den Kontrollen. Was, wenn diese Ritter ihrem Ruf nicht gerecht wurden? Schlimmer noch, was, wenn Trane mit einer Antiquität wie dieser im Gefecht nicht zurechtkam?

»Taktikanzeige steht«, stellte Trane fest, als der Sekundärschirm aufleuchtete. Seine Stimme wurde vom Neurohelm gedämpft, und der externe Lautsprecher half nicht allzuviel. Außerdem unterlegte er sie mit leiser Statik. Durch Feedback und mangelhafte Wartung lief konstant ein Störstreifen über den Monitor. »Ich erkenne eine Einheit etwa zwei Kilometer von hier, auf dem Murphy Boulevard. Scheint, daß sie genau so vorgehen, wie wir es erwartet haben.«

Duncan beugte sich über die Sitzlehne und betrachtete die Bildschirmanzeige näher. Die kleinen Lichtpunkte, mit denen die Angreifer dargestellt wurden, bewegten sich auf den Raumhafen in der Stadtmitte New Hedons zu. Sie erreichten beinahe Kompaniestärke, und Duncan war sich sicher, daß die Verteidiger der Stadt keine Chance hatten, ihren Angriff abzuwehren. Aber soweit er es erkennen konnte, versuchten sie das Unmögliche.

Trane drehte den Mech, als er durch den Drahtzaun brach. Hinter ihnen rannten die Garnisonstruppen verwirrt und hektisch über das Gelände. Duncan konnte sie durch das kleine Seitenfenster des Kanzeldachs sehen. Sie winkten und brüllten den abmarschierenden *Kriegshammer* an. *Wenigstens werden sie jetzt die Panzer in Bewegung setzen, um uns zu verfolgen, und hoffentlich die Angreifer stellen. Nicht, daß ihnen das viel nützen wird.*

Trane bewegte den *Kriegshammer* im Trab die Straße hinab und fetzte dabei drei Stromleitungen wie Spinnweben von den Masten. Die Temperatur im Cockpit stieg weiter, und Trane knöpfte das Hemd auf und zog es sich vom Körper, während der Mech ein gerades Stück Straße entlang lief. Duncan hatte kaum Platz, sich zu bewegen, daher konzentrierte er sich darauf, die Kontrollen und die Taktikanzeige zu beobachten.

»Probleme«, meinte er laut genug, um Tranes Aufmerksamkeit zu erregen.

Der Ritter sah auf den Zweitmonitor und erkannte die Situation. Zwei der Angreifer, vorläufig als ein *Verteidiger* und ein *Kampfschütze* identifiziert, hatten den Marsch auf den Raumhafen unterbrochen und abgedreht, um den *Kriegshammer* zu stellen. Einer der beiden allein hätte eine faire Beute für den älteren Mech abgegeben, auch wenn er gegen den *Kampfschützen* schlechtere Karten hatte. Zusammen jedoch ließen sie dem alten *Kriegshammer* wenig Hoffnung gegen die moderne Technologie, mit der diese Angreifer bis jetzt aufgewartet hatten.

Trane schaltete die Zielerfassung ein und tauchte die Kanzel damit in trübes rotes Licht. Er bremste den Mech auf Gehgeschwindigkeit ab, während er die Umgebung absuchte. Eine Stadtumgebung konnte sich als Vor- oder Nachteil im Kampf erweisen, je nachdem, wie geschickt ein Pilot sie auszunutzen verstand. Momentan rückte der *Kampfschütze* die breite Allee herab geradewegs gegen sie vor, während der leichtere *Verteidiger* sich an ihrer linken Flanke heranarbeitete. Es konnte nur noch Sekunden dauern, bis der *Kampfschütze* das Feuer eröffnete.

»Ich stelle den *Kampfschützen*«, meinte Trane.

»Der *Verteidiger* ist jede Minute in Ihrer Flanke.«

»Ich weiß. Aber ich habe keine Wahl.«

Plötzlich schien die Luft um den *Kriegshammer* in Flammen und Explosionen zu vergehen, als eine Autokanonensalve in die alte Leviathan-Plus-Panzerung auf der Brustpartie des Mechs einschlug und einen Teil der Platten wegsprengte. Der Kampfkoloß wankte unter den Einschlägen. Duncan schlug mit dem Kopf hart gegen die Rückwand der Kanzel. In seinen Ohren klingelte es, aber er blieb bei Bewußtsein.

»Dem werd ich's zeigen«, knurrte Trane gerade laut genug, daß Duncan es hörte, und zog das Fadenkreuz über das Ziel. Dann legte er den Daumen auf den Auslöser der beiden Donal-PPKs. Duncan war es zwar immer noch etwas schummrig durch den Kopfstoß, aber er sah den Fehler und packte Tranes Arm.

»Loslassen!« brüllte der Ritter.

»Sie bringen uns um!« schrie Duncan ihn an, gefolgt von zwei Laserschüssen des *Kampfschützen,* die durch den Qualm des Autokanonenbombardements stießen. Die roten Strahlbahnen zuckten wie tödliche Suchlichter vorbei. Trane hatte den *Kriegshammer* zur Seite gezogen.

»Lassen Sie mich feuern«, forderte Trane und bewegte den Knüppel, um den näherkommenden *Kampfschützen* im Visier zu behalten.

»Sie haben beide PPKs auf dem Auslöser. Wir werden gekocht. Dieser alte *Hammer* kann nicht soviel Hitze ableiten wie die Maschinen, die Sie gewohnt sind!«

Trane wurde bleich, als er seinen Fehler erkannte. »Verdammt!« stieß er aus und nahm eine PPK aus dem Feuerleitkreis. Dann feuerte er die andere mit einem wütenden Daumendruck ab. Der künstliche Blitzschlag zuckte aus dem linken Arm des *Kriegshammers,* und die Innentemperatur des Cockpits erreichte schlagartig eine Höhe, die jeden Atemzug in Duncans Kehle brennen ließ, aber er wußte, daß der Schuß sein Ziel getroffen hatte. Der Partikelstrahl krachte in das rechte Bein des rotsilbernen *Kampfschützen,* und der aufsteigende kränklich graugrüne Rauch bestätigte, daß die PPK eine tiefe Bresche geschlagen und wahrscheinlich die Kühlmittelleitung eines Wärmetauschers durchtrennt hatte.

Trane bewegte den *Kriegshammer* im unregelmäßigen Zickzackkurs von einer Seite der Allee zur anderen. Der *Kampfschütze* rückte immer näher und ließ seine Imperator-Autokanonen Feuer spucken. Granaten explodierten auf dem Rumpf des *Kriegshammers,* brachen ins Innere des Rumpfes und des rechten Arms vor. Was von der überalterten Panzerung noch übrig war flog in alle Richtungen davon, und wieder schlug eine Hitzewoge über der Pilotenkanzel zusammen.

Als sie die maximale Reichweite seiner Holly-Sechserlafette erreicht hatten, löste Trane die KSR aus. Der *Kriegshammer* hatte nur drei Raketenpacks Reservemunition, und wenn er sie nicht aufbrauchte, lief er Gefahr, daß sie durch einen Treffer zur Explosion gebracht wurden und den Mech von innen heraus zerstörten. Die Raketen schossen auf ihr Ziel zu. Eine geriet außer Kontrolle und explodierte auf halbem Weg an einer Gebäudefront. Die anderen pflügten in den Rumpf des *Kampfschützen* und warfen weiße Rauchwolken auf.

»Wo ist der *Verteidiger*?« fragte Trane, dessen bloßer Oberkörper in der Hitze des Cockpits schweißnaß war.

»Er kommt näher. Sie haben noch Zeit für etwa zwei Schuß, bevor er uns erreicht hat.« Duncan brannte der Schweiß in den Augen. In diesem Moment traf ein erneuter Laserschuß das linke Bein des *Kriegshammers*. Der Stahlkoloß wankte leicht, als die Panzerung verkochte, und der Sekundärschirm meldete, daß das Bein einen weiteren Treffer nicht aushalten würde.

Trane bewegte den Mech etwas vor und schwang ihn hart nach rechts, in eine schmale, von hohen Gebäuden gesäumte Gasse. Eines der Häuser blockte den zweiten Laserstrahl ab. Für den Augenblick war der *Kriegshammer* außer Reichweite des *Kampfschützen* und des *Verteidigers*. Aber auch wenn das Cockpit langsam abkühlte, wußten beide Männer in seinem Innern, daß ihnen die nächste Hitzewelle sicher war, sobald sie wieder feuern mußten.

»Er hat keine Hitzeprobleme wie wir, und genug Feuerkraft, um uns zu erledigen.«

»Sein Bein ist beschädigt. Wenn das Bein fällt, fällt der Mech.«

»Verstanden. Ich brauche eine stabile Feuerplattform«, meinte Trane. »Und hier drinnen wird es ausgesprochen heiß.« Trane hielt den *Kriegshammer* an und nahm den langsam in Sicht kommenden *Kampfschütze* genau ins Visier.

Als er Trane die Kurzstreckenraketen und die rechte PPK auf denselben Feuerleitkreis legen sah, wußte Duncan, daß ihnen trotz der beträchtlichen Abkühlung der Kampfmaschine eine noch schlimmere Hitzewelle bevorstand als zuvor. »Geben Sie's ihm«, preßte er hervor und bereitete sich auf die unerträgliche Hitze vor.

Trane feuerte. Der grellblaue Blitzschlag der PPK peitschte auf das Ziel zu, und die beschleunigten Partikel brachten die Luft zum Leuchten. Der Schuß traf die Hüftregion des *Kampfschützen,* als der Mech gerade um die Ecke kam. Seine Arme wurden vom Aufprall nach oben geschleudert, die Geschütze verloren die Zielerfassung, und eine massive Autokanonensalve donnerte wirkungslos gen Himmel.

Die Kurzstreckenraketen richteten den größeren Schaden an, indem sie ein Loch ins rechte Bein des *Kampfschützen* fraßen. Explosionen krachten im Innern des ohnehin angeschlagenen Beins und verzehrten es. Der Knieaktivator flog auseinander, als das ganze Bein vom Gelenk abwärts in Flammen, Rauch und Myomerfetzen detonierte. Der Pilot des Kampfkolosses kämpfte verzweifelt ums Gleichgewicht. Der 60 Tonnen schwere Mech wankte nach hinten, brach nach rechts weg, stürzte in ein hinter ihm aufragendes Gebäude, blockierte die Gasse und zertrümmerte den größten Teil des Hauses, das seinen Fall aufgehalten hatte. Duncan bezweifelte, daß der Pilot eine Chance hatte, seinen Mech wieder einsatzbereit zu bekommen, auch wenn er noch ziemlich weit entfernt war.

»Das war Nummer eins«, meinte Trane.

»Der *Verteidiger* ist noch...« Duncan wurde von einem grellblauen Lichtblitz unterbrochen. Der *Vertei-*

diger hatte mit seiner Extremreichweiten-PPK einen Treffer am linken Arm des *Kriegshammer* erzielt, dessen Wucht ausreichte, den Rumpf des Mechs herumzureißen. Ein greller Schmerz schoß durch Duncans Arme, als er sich an der Rückenlehne der Pilotenliege festklammerte, während sein Körper durch das Cockpit flog.

Der Sekundärschirm zeigte den Schaden. Die Panzerung hatte den Treffer überstanden, aber was davon noch übrig war, bot nur noch die Illusion von Schutz. Die verstärkten Panzerplatten waren verkohlt, und einige dicke Myomerbündel lagen frei. Duncan blickte durch das Kanzeldach hinab und sah Qualm und Funken, als Trane den Arm bewegte, um ihn für einen Antwortschuß auszurichten. Er funktionierte noch, aber jetzt konnte er selbst von Infanteriewaffen zerstört werden. *Wir können froh sein, es in dieser Rostlaube auch nur bis hierher geschafft zu haben.*

Trane zog den *Kriegshammer* nach hinten, so schnell er konnte, aber im Gegensatz zu der breiten Allee, in der sie den *Kampfschützen* gestellt hatten, bot ihnen diese Gasse keinen Platz, um dem Gegner auszuweichen. Die Gebäude links und rechts waren wenigstens fünf Stockwerke hoch, und selbst dort, wo andere Gassen kreuzten, war so wenig Platz, daß Trane sich schwergetan hätte, den Mech und seine langen PPK-Arme um eine Ecke zu bringen. Allmählich gingen ihnen der Platz und die Ideen aus.

Der *Verteidiger* befand sich am äußersten Ende ihres Blickfelds. Sein Pilot löste die Sprungdüsen aus, um über den gestürzten *Kampfschützen* zu hüpfen. Die silberne Rumpflackierung blitzte in der Sonne, als der Mech aufstieg. »Jetzt!« stieß Trane aus und betätigte die PPK im unbeschädigten linken Arm des *Kriegshammers*.

Mit einem Knall schleuderte die Waffe ihre Ladung hochaufgeladener Teilchen in einem azurblauen Lichtblitz gegen den *Verteidiger*. Die Straße hallte vom Donner des Einschlags wieder, als der Schuß sein Ziel traf und knapp unter der LSR-Lafette in die linke Rumpfhälfte der Angreifermaschine schlug. Die Bewegung des Kampfkolosses stockte, aber nur für einen Augenblick, während der Pilot sich von diesem Angriff erholte. Duncan leckte sich die Lippen; die Luft stank nach Schweiß, Hitze und zerschmolzener Isolierung. Nur das stetige, pulsierende Brummen des Fusionsreaktors schien den Gefechtslärm um sie herum noch zu übertönen.

Der offensichtlich wütende *Verteidiger*-Pilot antwortete mit einer Salve Langstreckenraketen. Duncan und Trane sahen die Raketen kommen, aber sie konnten kaum etwas dagegen tun. Zwei der Geschosse schlugen kurz vor ihnen in den Boden. Der Rest bohrte sich in die Beine des *Kriegshammers,* schüttelte den BattleMech durch und machte den Aufenthalt in der Pilotenkanzel noch ungemütlicher.

»Wir müssen ihn erledigen, oder unsere Mission ist gestorben«, stellte Duncan laut und entschieden fest. *Wir sind nicht hier, um eine Schlacht zu gewinnen, sondern, um ihren Angriff zu bestätigen und nach Marik zurückzukehren. Bei dieser ganzen Ballerei verlieren wir unseren eigentlichen Auftrag aus den Augen.*

»Mit einzelnen PPK-Schüssen?« fragte Trane. Die Sensoren zeigten, daß der *Verteidiger* kaum beschädigt war und bewußt auf Distanz blieb, um sie mit Langstreckenfeuer zu beharken. Die Schadensanzeige sprach eine deutliche Sprache: Die Rumpfmitte des Angreifermechs war beschädigt, aber nicht beschädigt genug, um ihn zu stoppen oder zum Rückzug zu zwingen.

»Wenn Sie beide PPKs gleichzeitig abfeuern könnten, würden Sie ihn mit beiden treffen?«

»Ja, aber wie ...«

»Wir öffnen von Hand das Kanzeldach. Das gibt uns die Kühlung, die wir brauchen.«

Selbst durch die schmale Sichtplatte des Neurohelms konnte Duncan Tranes Miene lesen. Bei geöffnetem Kanzeldach waren sie völlig ungeschützt gegen alles, was auch immer der *Verteidiger* einsetzte. Aber die einzige andere Möglichkeit war die Kapitulation, und sie wußten beide, daß die Angreifer keine Gefangenen machten.

Der *Verteidiger* war jetzt dicht genug heran für die Kurzstreckenraketen. »Tun Sie's!« sagte Trane.

Duncan verdrehte den Oberkörper und öffnete die seitliche Einstiegsluke des Cockpits. Sofort schlug ihm kalte Luft entgegen. Dann richtete er sich auf, soweit es ging, und hebelte das Kanzeldach von Hand über einen Meter hoch. Der *Verteidiger* kam immer näher, um ihnen den Rest zu geben. *Er ist siegessicher. Er denkt, wir können keine Breitseite riskieren, weil wir dann gesotten werden.*

Duncan sah Trane die Kurzstreckenraketen und die beiden mittelschweren Martell-Laser auf denselben Feuerleitkreis wie beide Partikelprojektorkanonen legen. Jetzt genügte ein Druck auf den Feuerknopf, um den *Kriegshammer* bis auf die Maschinengewehre alles abfeuern zu lassen, was er hatte. Unter normalen Umständen mußte das dazu führen, daß der Mech durch Überhitzung abschaltete oder explodierte. Aber Duncan und Trane setzten ihre Hoffnung in die offenen Luken. Mit etwas Glück würden sie zumindest nicht bei lebendem Leib verbrennen.

»Für den Generalhauptmann...«, rief Trane und preßte den Auslöser im selben Augenblick, in dem der *Verteidiger*-Pilot seine PPK abfeuerte. Die Luft in der engen Gasse explodierte in einem funkenschlagenden, blendenden, alles überstrahlenden Licht, als wäre zwischen den beiden Kampfkolossen eine neue Sonne geboren worden. Im offenen Cockpit des *Kriegshammers* fühlte Duncan seine Haare zu Berge stehen. Seine Ohren dröhnten vom Start der Raketen aus der nur zwei Meter entfernten Schulterlafette. Ihre Auspuffflammen schwemmten über die Seitenwände der Kanzel.

Die PPK des *Verteidigers* traf eine Millisekunde vor den Geschützen des *Kriegshammers* ins Ziel und schlug in dessen bereits schwer beschädigten linken Arm ein, unmittelbar nachdem die dort montierte PPK ihre Ladung auf den Weg geschickt hatte. Das Ellbogengelenk verformte sich unter der Wucht des Treffers und brach mit einem lauten Knirschen mitten entzwei. Der ganze Mech kippte nach links, und Duncan sah sie schon unter den Trümmern eines nahen Gebäudes zerquetscht. Aber irgendwie gelang es Trane doch noch, die riesige Maschine aufrecht zu halten. Das stetige Knistern schmorender Myomerfasern, der schwere Geruch von Ozon und der rußige Geschmack verschmorten Isolationsmaterials beherrschten Duncans Sinne.

Die Cockpitanzeigen flackerten und erloschen für einen Augenblick, als eine Salve Langstreckenraketen auf die Beine des *Kriegshammer* traf und den bereits schwer ins Wanken geratenen BattleMech zusätzlich durchschüttelte. Der Sekundärschirm implodierte krachend als die Hitze im Cockpit neue Höhen erreichte. Duncan quälte sich zur Luke, um einen Hauch kühlere Luft zu erhaschen. Plötzlich verstummte das Wummern des Fusionsreaktors unter seinen Füßen, begleitet von einem übelkeitserregenden Knirschen von Metall und einem anhaltenden Zischen wie von einem fernen Dampfventil. Die Notlichter im Cockpit flammten auf, und durch den Qualm und Dunst war Duncan klar, daß der Reaktor sich abgeschaltet hatte, sei es durch Überhitzung oder Beschädigung. *Was jetzt auch immer passiert, dieser BattleMech ist aus dem Rennen – zumindest für diesen Kampf.*

Er sah nach draußen, aber statt den *Verteidiger* am Boden zu sehen, mußte er feststellen, daß der Angreiferkoloß noch immer aufrecht stand, auch wenn sie jetzt mehr an eine Statue erinnerte als an eine Kampfmaschine. Da die Sensoren nicht mehr arbeiteten, war Duncan darauf angewiesen, den Gegner direkt in Augenschein zu nehmen. Seine Frontpanzerung war schwarzverkohlt – jedenfalls das, was davon noch übrig blieb. In der Nähe des Cockpits waren die Krater einiger Raketeneinschläge zu sehen, was wahrscheinlich erklärte, warum der Mech den Angriff nicht fortsetzte. Der Pilot war entweder verwundet, tot oder irgendwo dazwischen. Obwohl der Mech ein gutes Stück entfernt stand, ließen die von seinem Rumpf aufsteigenden Qualmwolken keinen Zweifel. Der Mech war schwer beschädigt, möglicherweise schwer genug, um ihnen die Zeit zur Flucht zu geben. Die Extremreichweiten-PPK hing leblos herab, während Duncan nach Trane schaute.

Der Ritter lebte und zog die Luft in seine Lungen so schnell er konnte. Mühsam hob er den Neurohelm vom Kopf und ließ ihn zu Boden fallen. Sein dunkles Haar glitzerte naß von Schweiß, und sein Gesicht war von der Hitze im Innern des Helmes rotgesotten. Er schien unter Schock zu stehen.

»Sind Sie in Ordnung?« fragte Duncan und löste die Gurte, die Trane auf der Pilotenliege hielten.

Rod Trane nickte. »Sie?«

»Ich lebe. Wir müssen hier raus, bevor der Kerl aufwacht und sich entschließt, seine Arbeit zu Ende zu bringen.«

Trane nickte. Langsam, als bereite ihnen jede noch so kleine Bewegung Schmerzen, kletterten die beiden MechKrieger aus der Luke und die Haltegriffe an der Rumpfseite des *Kriegshammer* hinab. Jetzt sahen sie die Beschädigungen des Mechs aus der Nähe. Dicke Panzerplatten waren wie Papier zerfetzt worden, interne Strukturstreben aus Schaumaluminium geschmolzen wie Wachs. Einige der Haltegriffe waren verschwunden, was die Kletterpartie zusätzlich verlangsamte. Sie ersparten sich die letzten Griffe und ließen sich auf die Überreste des Bürgersteigs fallen. Diese waren rußgeschwärzt, zerschmettert und nicht zuletzt durch das Gewicht des *Kriegshammers* nur noch wertloser Schutt.

Duncan blickte die Gasse hinab und sah den *Verteidiger* langsam, beinahe stolpernd zurückweichen. »Sieht aus, als ob unser Freund sich eine andere Beschäftigung sucht.« Es war offensichtlich, daß der *Kriegshammer* keine Bedrohung mehr für die Angreifer darstellte. »Sehen wir uns den *Kampfschützen* an. Vielleicht können wir den Piloten oder irgendwelche Hinweise entdecken.«

Trane nickte. Sein Atem ging immer noch heftig. »Außerdem müssen wir diesen Menschen helfen.« Duncan wollte protestieren, aber er wußte, daß Trane recht hatte. Er hatte schon in dieser kleinen Konfrontation gesehen, wieviel Schaden die Angreifer angerichtet hatten. Diese Leute brauchten ganz eindeutig Hilfe.

Die beiden Männer überquerten den Asphalt in der Nähe einiger Herotitus-Milizionäre, die damit beschäftigt waren, die Überreste eines ihrer *Galleon*-Panzer aufzuräumen. Sie waren von Zuschauern umringt. Manche davon wirkten geschockt, andere drängten sich vor, um zu sehen, was geschehen war. Der Panzer war regelrecht ausgeweidet. Mechfeuer aus nächster Nähe, erkannte Duncan. Der *Galleon* hatte keine Chance gehabt, ebensowenig wie der Rest der lokalen Miliz. Der Tag neigte sich seinem Ende zu, und über New Hedon ging die Sonne unter. Die beiden Krieger waren erschöpft, standen kurz vor dem Zusammenbruch. Sie hatten sich während der gesamten Schlacht keine Ruhe gegönnt, in der Hoffnung, irgendeinen Hinweis auf die Herkunft der Angreifer zu entdecken. Doch es gab keinen. Wie bei den früheren Überfällen hatten sie ihr Ziel und den Ruf der Ritter beschädigt und waren wieder abgeflogen. Trane und Duncan hatten den *Kampfschütze* vernichtet, aber sein Pilot war entkommen. Keine anderen Feindmechs waren im Gefecht gefallen, und die Presse hatte bereits begonnen, den Angriff als das Werk der Ritter der Inneren Sphäre darzustellen.

»Haben Sie die Nachricht abgeschickt?« fragte Duncan, während sie zusahen, wie die Bergungsmannschaft versuchte, das geschmolzene Metall des Panzers mit Brechstangen vom Asphalt zu lösen.

»Ja, aber Herotitus besitzt keine Klasse-A-Station, daher wird es ein paar Tage dauern, bis unsere Leute sie erhalten.« Trane achtete darauf, den Namen Thomas Marik nicht zu erwähnen. Sie hatten auch ihre Botschaft sorgfältig verschlüsselt.

»Wir haben gute Arbeit geleistet heute«, meinte Duncan.

Trane schüttelte den Kopf und deutete müde auf den Panzer, an dem gerade die verkohlte Leiche eines Crewmannes geborgen wurde. »Nein, haben wir nicht.«

Duncan hätte eine Diskussion angefangen, aber er war zu müde vom Kampf und den Aufräumarbeiten. Er hatte einen bitteren Nachgeschmack im Mund, und seine Nase war verstopft von Staub und Rußpartikeln. Ebenso wie Trane zehrte er von seinen letzten Energiereserven. »Wir sollten zurück ins Hotel gehen«, sagte er, und rieb sich mit beiden Händen den steifen Nacken.

»Als ich die Nachricht aufgegeben habe, habe ich auch gleich unser Gepäck zum Landungsschiff bringen lassen.«

»Sie finden, wir sollten sofort aufbrechen?« Es war Duncan egal, daß Trane gehandelt hatte, ohne ihn zu fragen, auch wenn Duncan offiziell die Leitung der Mission hatte. Dafür war er zu müde.

»Es gibt hier nichts mehr zu tun für uns. Die Angreifer sind fort, und der Schaden ist angerichtet.«

Duncan sah sich um. Noch immer stiegen von einigen Feuern Rauchsäulen in den Abendhimmel und kündeten von den Zerstörungen des Angriffs. Die Verbrecher waren irgendwo dort draußen und lachten sich ins Fäustchen. Sie hatten vier Welten überfallen, große und kleine Einheiten attackiert und sie ein ums andere Mal vorgeführt.

Aber er und Trane hatten hier auf Herotitus etwas erreicht. *Diesmal sind wir nahe herangekommen, wir waren ihnen einen Schritt voraus und haben gesehen, was sie getan haben. Und wir wissen, daß die Quelle dieser Information auf Galatea sitzt. Dorthin müssen wir, auf den alten Söldnerstern, und vielleicht können wir dort die Wahrheit herausfinden und entdecken, wer hinter diesen Angriffen steckt.* »Gehen wir.« Die beiden Männer wanderten über den weiten Asphalt zurück zu ihrem Landungsschiff. Sie hatten eine weite Reise vor sich.

11

Galaport, Galatea
Mark Skye, Vereinigtes Commonwealth

5. Mai 3057

Dawn kannte die Magenkrämpfe und hämmernden Kopfschmerzen des Hungers, aber es war Jahre her, daß sie dergleichen erlebt hatte. Zum letztenmal während eines Überlebenstrainings in ihrer Geschkozeit. Als Test ihrer Fähigkeiten, sich aus eigener Kraft zu ernähren, waren die Kadetten eine Woche im lebensfeindlichen Dschungel Arcadias ausgesetzt worden. Einige ihrer Kogeschwister waren den mörderischen Raubtieren und giftigen Pflanzen zum Opfer gefallen, aber Dawn hatte damals gelernt, daß sie zum Überleben nichts weiter brauchte als ihren Verstand.

In mancher Hinsicht war die Reise auf diese Welt namens Galatea eine ähnliche Prüfung. Sie befand sich nicht länger unter ihresgleichen und mußte die Grenzen, Gesetze und Sitten dieser unbekannten Gesellschaft lernen und verstehen. Sie mußte sich anpassen. Dawn begegnete nicht zum ersten Mal Freigeburten der Inneren Sphäre, aber sie hatte sie niemals vorher so intensiv studiert. Sie hatte den größten Teil der vergangenen fünf Tage damit zugebracht, über die Straßen und Plätze zu wandern, die Menschen, ihre Gebräuche, ihre Art, ihre Sprache, ihre Kleidung, selbst ihren Gang zu beobachten. Dieses Leben war wirklich durch und durch fremdartig, und Dawn ertappte sich gelegentlich bei der Vorstellung, wie sie ihre Kameraden mit Geschichten über die Barbaren der Inneren Sphäre amüsierte. Wie die anderen lachen würden, Verachtung zeigen, diese Freigeburten bedauern würden.

Aber sie durfte ihre Gedanken nicht so sinnlos schweifen lassen. Den Hunger konnte sie noch eine

Weile ertragen, aber Dawns größtes Problem war Geld – beziehungsweise ihr Mangel daran. Kein ClanKrieger brauchte Geld, denn alle seine Grundbedürfnisse, von Nahrung und Unterkunft bis zu Ausbildung und medizinischer Versorgung, wurden vom Clan gestillt. Aber hier in der Inneren Sphäre lagen die Dinge anders.

Sie hatte auf der Straße geschlafen und andere gesehen, die in den Mülltonnen nach Essensresten stöberten, bevor sie sich ebenfalls dort zur Ruhe legten. Aber für Dawn war das Übernachten im Freien nicht ungewohnt, und sie empfand es auch nicht als sonderlich unbequem. Was sie viel mehr schockierte, war, wie viele dieser Freigeburten weißhaarig, gekrümmt und faltig waren. Dawn hatte noch nicht allzuviele alte Menschen gesehen, denn die Clans hatten keine Verwendung für ihre Alten. Der Anblick von Menschen, die über das Alter hinaus überlebt hatten, in dem sie noch irgendeinen möglichen Nutzen erbringen konnten, widerte sie an. Für eine Clankriegerin, die darauf hoffte, im Kampf zu fallen, lange bevor sie zu alt zum kämpfen wurde, war das ein Schicksal schlimmer als der Tod.

Jabuka und andere Planeten in den Clan-Besatzungszonen unterschieden sich grundlegend von Galatea. Ihre Städte wurden von den Clans kontrolliert, die eroberte Bevölkerung lebte entsprechend den Clangesetzen und -traditionen. Es war nur schwer zu fassen, aber allmählich begann Dawn zu verstehen, daß das Leben in der Inneren Sphäre nicht von Kasten reguliert wurde. Unter den Clans war eine alltägliche Begegnung und Konversation zwischen Mitgliedern unterschiedlicher Bevölkerungsschichten unbekannt. Solche Treffen waren bestenfalls selten und kamen in aller Regel nur entsprechend den Wünschen und Bedürfnissen der herrschenden Krieger zustande.

Das war eine wichtige Lektion für Dawn. Bis jetzt hatte sie es vermieden, mit anderen zu reden. Ihr Aussehen fiel wahrscheinlich aus dem Rahmen, aber die

Straßen Galaports waren voll von Söldnern, die Uniformen und Halbuniformen jedweder Art und Zusammenstellung trugen. Aber sie wußte, ihre Sprache würde sie sofort verraten. Dawn konnte nicht sicher sein, wie man auf sie reagieren würde. Immerhin stammte sie aus dem Lager des Feindes.

An diesem Morgen wanderte Dawn eine Straße hinab, die sie vorher noch nicht erforscht hatte. Ringsum sah sie Leute Auslagen, Verkaufsstände und Zelte aufbauen, wahrscheinlich für einen Markttag. Junge Arbeiter mit Kopftüchern und nacktem Oberkörper trugen kistenweise frisches Gemüse, Obst, Gewürze und andere Nahrungsmittel heran, die sie nicht identifizieren konnte. Andere luden Kleiderständer aus Lastwagen, und weiter die Straße hinauf sah sie wieder andere riesige Bleche mit frischen Brotlaiben tragen. Der Duft des frischgebackenen, warmen Brots lockte selbst auf diese Entfernung.

Eine rauhe Stimme unterbrach abrupt ihre Gedanken an Nahrung. »Na, Mädchen«, fragte die Männerstimme, »wie gefällt dir Galaport?«

Dawn wirbelte herum und schätzte die mögliche Bedrohung ein. An diesem Mann in hohen Lederstiefeln und weichen Hosen, der so übergewichtig war, daß sein Bauch über den Gürtel hing, konnte sie allerdings keine Gefahr ausmachen. Er war beinahe kahl, abgesehen von ein paar Strähnen grauen Haars, die in einem lächerlichen Versuch, eine nicht vorhandene Haarpracht vorzutäuschen, quer über die nackte Kopfhaut drapiert waren. Als er grinste, zuckte Dawn beim Anblick seiner gelben Zähne zusammen.

Der Mann lachte. »Du bist Clannerin, nicht wahr?« Seine Blicke wanderten von ihrem kurzgeschorenen Haar hinunter zu ihrer Lederjacke, an die Stelle, an der ihr Einheitsabzeichen gesessen hatte, bevor es abgerissen worden war, weiter hinab zu ihrer hellbraunen Sprunghose und den Lederstiefeln.

»Ich gehöre nicht länger den Clans an«, erwiderte sie knapp. »Vielleicht solltest du gehen, frapos?« Sie hatte kein Interesse daran, mit dieser Freigeburt zu reden.

»Ach ja?« Er streckte die Hand aus. »Na, ich bin Edel Mordoc.«

Dawn blickte auf die Hand und fragte sich, was er von ihr wollte. »Ich bin Dawn.«

Mordoc ließ die Hand sinken. »Dawn wer?«

»Mein Name ist Dawn.«

»Hab ich gehört. Wie heißt du weiter?«

»Ich habe keinen... Zweitnamen«, antwortete sie. Bei den Clans wurde man nur mit einem Namen geboren. Einen zweiten Namen, den Blutnamen, zu erringen, war äußerst schwierig und eine Ehre, die nur den besten Kriegern zuteil wurde. Dawn hatte schon an mehreren Blutrechtstests teilgenommen und beim letzten Versuch nur knapp verloren. Sie war zuversichtlich gewesen, es beim nächstenmal zu schaffen, aber jetzt würde es niemals dazu kommen. Das Urteil hatte ihr Leben bei den Clans beendet.

»Komm schon«, drängte Mordoc. »Jeder Mensch hat einen Familiennamen.«

»Neg, ich besitze keinen.«

Mordoc musterte sie noch einmal von Kopf bis Fuß, diesmal jedoch mit offensichtlichem Mißtrauen. »Laß mich das noch mal rekapitulieren, damit ich sicher bin, es richtig verstanden zu haben: Du bist keine Clannerin, aber du warst mal eine? Ich hab noch nie davon gehört, daß jemand bei den Clans aussteigt.« Er versuchte nicht, das Mißtrauen in seiner Stimme zu verschleiern.

»Ich bin nicht ausgestiegen, ich wurde ausgeschlossen.« Die Worte fielen ihr schwer, die Wahrheit in ihnen bereitete Schmerzen. Sie setzte eine harte, verschlossene Miene auf, die ihn warnte, nicht weiter in sie zu dringen.

Mordoc erkannte den Ausdruck und mußte wohl

einsehen, daß er vorerst mehr nicht erfahren würde. »Was warst du denn, eine MechKriegerin, eine Tech?«

Dawn reckte sich stolz. »Ich bin eine Kriegerin.« Sie benutzte bewußt die Gegenwartsform. Ihr Clan hatte sie ausgestoßen, aber er konnte ihr nicht nehmen, was sie in Körper und Geist ausmachte. Sie war Dawn, eine Kriegerin, und würde nie etwas anderes sein.

»Du hast ganz schön Chuzpe, hier aufzutauchen.«

Dieser Kommentar überraschte sie. »Erkläre.«

Mordoc sah sich um und deutete in Richtung eines kleinen Cafés auf der gegenüberliegenden Straßenseite. »Ich unterhalte mich nicht gerne mitten auf der Straße. Hast du schon gegessen?«

»Nein. Seit mehreren Tagen nicht.« Dawn stellte es nicht beschämt oder aus Schwäche fest, sondern mit Stolz.

»Hör zu«, meinte Mordoc. »Ich könnte dir vielleicht helfen. Laß mich dir was zu Futtern kaufen, und ich erzähl dir alles, was du über Galatea wissen willst.«

Dawn beäugte ihn skeptisch. »Ich kenne dich nicht. Ich sollte einem Fremden, der mich auf der Straße anspricht und mir Nahrung und Hilfe verspricht, nicht vertrauen, franeg?«

Der dicke Mann grinste sie wieder an. »Tja, Dawn, etwas zu Essen könnte dir sicher nicht schaden. Ich bitte dich nur um ein paar Minuten deiner Zeit und die Chance, dir ein interessantes Geschäft anzubieten.«

Dawn wich verächtlich zurück. Ein Geschäft? Sie war eine Kriegerin, eine Stahlviper, ein Mitglied der Elite. Selbst als Ausgestoßene strömte noch Stahlvipernblut in ihren Adern. Jetzt gab sie sich mit Händlern und Bettlern ab. So sehr sie sich auch bemühte daran festzuhalten, daß alles so war wie immer, ihr wurde abrupt deutlich, daß ihre Situation sich grundlegend verändert hatte. Sie war jetzt in der Inneren Sphäre, und all der Clannerstolz und die Ehre, an denen sie so verbissen festhalten wollte, würden ihr weder Nahrung noch Kleidung verschaffen. Es wurde Zeit, der harten Wahrheit ins Gesicht zu sehen. Es war die einzige Möglichkeit zu überleben.

Mordoc setzte sich an die leere Theke des kleinen Cafés, und Dawn nahm neben ihm Platz, während seine überschüssige Körpermasse zur Ruhe kam. Er bestellte für sie beide, ohne nach ihren Wünschen zu fragen, aber das war Dawn gleichgültig. Sie hätte ohnehin nicht gewußt, was sie nehmen sollte, und zudem war sie immer noch leicht verunsichert von ihrer ersten Begegnung mit einem Einheimischen dieser fremdartigen Umgebung.

»Weißt du, Mädchen, du bist der erste Clanner, dem ich je begegnet bin«, meinte er, als der Kellner ihnen je eine Tasse einer dampfenden, dunklen Flüssigkeit einschenkte.

»Das ist nicht weiter seltsam. Es haben nur wenige von uns die Besatzungszone verlassen.«

»Ja, Verträge haben so ihre Wirkung.« Seine Bemerkung über den Vertrag von Tukayyid rührte an schmerzhafte Erinnerungen in Dawns Herzen, aber sie wehrte sich gegen die aufkommenden Gefühle. Dies war nicht der Zeitpunkt, um an Tukayyid zu denken, an die Verluste, an die Erniedrigung. Nein, jetzt brauchte sie all ihren Mut und ihre Stärke.

»Du hast von einem Geschäftsangebot gesprochen«, wechselte sie das Thema. »Du willst mir Arbeit anbieten, frapos?«

Mordoc wirkte leicht verwirrt, aber anscheinend verstand er, worauf ihre Frage abzielte. »Arbeit. Ja, in gewisser Weise. Ich ziehe es vor, es als eine großartige Gelegenheit zu sehen – und das solltest du auch. Siehst du, ich betreibe hier auf Galatea einen kleinen Stall.«

Dawn legte den Kopf zur Seite. »Ich kenne mich nicht mit Tieren aus. Ich entstamme der Kriegerkaste.

Du befindest dich im Irrtum betreffs meiner Fähigkeiten, frapos?«

Mordoc winkte mit beiden Händen ab und schüttelte den Kopf. »Du denkst an die falsche Sorte Stall, Dawn. Auf Galatea und ein paar anderen, ähnlichen Welten ist ein Stall eine Gruppe von MechKriegern, die sich zusammenschließen, um in Mechduellen anzutreten. In Arenen. Hast du davon schon mal gehört?«

Dawn nickte. Sie wußte von den Mechspielen auf Solaris VII, wo sich MechKrieger im Kampf gegenübertraten, manchmal bis zum Tod. Viele in den Clans betrachteten die Spiele als korrupt, aber Dawn glaubte, ihren Sinn zu verstehen. Die Stahlvipern pflegten häufig ähnliche Trainingsgefechte zwischen ihren Einheiten auszurichten. »Du besitzt so eine Gruppe MechKrieger, frapos?«

»Stimmt. Und ich würde dich gerne für meinen kleinen Stall anwerben.«

»Aber du weißt nichts über mich oder mein Können.«

Er zuckte die Achseln. »Das Risiko geh ich ein. Du bist 'ne Clannerin, und das heißt eine sehr gute Kriegerin. Kann sein, daß sie dich aus irgendeinem Grund rausgeschmissen haben, aber mit der ganzen Genfummelei hast du wahrscheinlich einen Riesenvorsprung gegenüber den meisten anderen Mechjockeys auf diesem Ball. Ich ziehe es vor, dich für mich arbeiten zu lassen statt für einen meiner Konkurrenten.«

»Was muß ich tun?«

Mordoc nahm einen Schluck aus seiner dampfenden Tasse. »Ich werde bezahlt, wenn mein Stall einen Kampf gewinnt. Aber dafür brauche ich gute MechKrieger. Kämpf für mich, und ich bezahle dich gut – in harter Münze. Du kannst wieder in einen BattleMech klettern – nicht in so einen, wie ihr Clanner sie habt, aber trotzdem ein gutes altes Mädchen. Du nennst dich eine Kriegerin. Das ist deine Chance, zu zeigen, was du drauf hast. Außerdem dürfte ich wenigstens bei den ersten paar Kämpfen eine anständige Quote für dich rausschlagen können, so völlig unbekannt wie du bist.«

Dawn antwortete nicht. Sie wußte nicht, was sie sagen sollte. Sie hob die Tasse, die vor ihr stand, an den Mund, dann spie sie das bittere Gebräu darin augenblicklich aus.

Mordoc versuchte ein Lächeln, als er ihr ein Taschentuch reichte. »Du bist jetzt auf dich allein gestellt, Dawn, und es sieht so aus, als hättest du kein Geld. Clannerin oder nicht, wenn du in Galaport oder irgendwo sonst in der Inneren Sphäre bleiben willst, wirst du welches brauchen.«

Dawn tupfte sich mit dem Tuch das Gesicht ab. Jetzt war ihr klar, was Mordoc vorhatte. Eine Söldnerin. Er wollte sie bezahlen, damit sie kämpfte, sie zu einer Söldnerin machen. Für eine ClanKriegerin gab es keine minderwertigere Kreatur als eine Kriegerin, die ihr Können verkaufte.

Ungebremster Zorn dröhnte in ihren Ohren, und ihr Gesicht lief blutrot an. Der Haß der Clans auf Söldner hatte tiefe Wurzeln. Beim Sturz des Sternenbundes hatte Stefan Amaris sich weitgehend auf sie gestützt. Manche lebten noch heute als die schlimmsten Verbrecher in der Clan-Geschichte weiter, insbesondere die Mitglieder der berüchtigten Greenhavengestapo. Die Vorstellung, sich einer solchen Gruppe anzuschließen, war ekelhaft.

»Du irrst dich. Ich werde nicht für Geld kämpfen. Das ist die Lebensweise von Söldnern, und ich würde mich nicht so tief erniedrigen. Ich mag keine Stahlviper mehr sein, aber ich kann nicht ändern, was ich bin und immer war.« Sie stand auf und wollte gehen.

Edel Mordoc wollte sie festhalten, aber Dawn riß sich los. Der Blick, den sie ihm zuwarf, machte ihm klar, daß er gefährlich nahe an einem Kampf war, den er selbst zu seinen Glanzzeiten nicht hätte gewinnen können. »Warte. Und wenn ich dich nicht bezahle?«

Dawn starrte ihn weiter an. »Erkläre.«

»Ich gebe dir, was immer du brauchst: Essen, Kleider, du brauchst es nur zu sagen. Aber du wirst keine Münze zu sehen bekommen. Das Ganze wäre eine Übereinkunft zwischen Freunden.«

Dawn überlegte. *Söldner sind Krieger, die ihre Dienste für Profit veräußern, aber wenn ich Mordocs Angebot annehme, verdiene ich durch mein Handeln nichts. Ich stelle nur mein Überleben sicher. Aber ist das nicht dasselbe wie ein Söldnerleben? Wäre es nicht eine Verzerrung meiner Grundsätze?* Dawn konnte sich der Antwort nicht sicher sein. Aber sie wußte, daß sie früher oder später von der Straße mußte, eine Art Heimatbasis finden mußte, von der aus sie ihre weiteren Aktionen planen konnte. »Pos«, erklärte sie schließlich. »Ich nehme an, aber ich will nichts mit Geld zu tun haben. Du wirst mir niemals auch nur eine Münze dafür anbieten, daß ich in deinem … Stall kämpfe. Tust du es doch, gehe ich. Aber nicht, bevor wir die Angelegenheit in einem Kreis der Gleichen geregelt haben.«

Mordoc hatte keinen blassen Schimmer, was ein Kreis der Gleichen war, aber Dawns Tonfall ließ ihn beten, niemals in einem solchen gegen sie antreten zu müssen. »Gemacht«, stieß er aus, und konnte sein Glück kaum fassen. Er hatte gerade eine ClanKriegerin für seinen Stall angeworben. Besser noch, eine, die darauf bestand, *nicht* bezahlt zu werden. Ha!

»Gut gehandelt und akzeptiert. Dieser Stall hat einen Namen, frapos?«

»Ja, wir nennen ihn Mordoc's Minutemen.«

Dawn nickte. Vorerst würde das ihr neuer Clan sein, ihre Heimat. Es war ein Anfang. Von hier aus mochte es ihr gelingen, den Weg zurück zu dem zu finden, was sie einmal gewesen war und immer noch wieder werden konnte. Zum ersten Mal seit Wochen fühlte Dawn einen Sinn in ihrer Existenz. Sie war nicht länger vermißt im All.

Winterpalais, Dormuth, Marik
Marik-Commonwealth, Liga Freier Welten

Wie so vieles an Thomas Marik war auch sein Arbeitszimmer im Winterpalais auf Marik ein Stück Vergangenheit. Die Wände waren prächtig mit Mahagoni getäfelt, und an zweien hingen echte Ölgemälde von Segelschiffen und frühen Raumfahrzeugen, während die beiden anderen durch eingebaute Regale mit echten, gebundenen Büchern eingenommen wurden, die fünfhundert Jahre oder älter waren. Auch die wunderbaren Teppiche über dem glänzenden Holzparkett schienen von einer anderen Zeit zu künden. Die Muster waren handgeknüpft und offensichtlich ebenfalls Jahrhunderte alt.

Mittelpunkt des Raumes war der geschnitzte Mahagonischreibtisch vor dem riesigen gemauerten Kamin. Hinter ihm stand Thomas Marik, in der weißen Uniform seines Amtes eine beeindruckende Gestalt. Der Marik-Adler prangte als Schnalle auf dem nach hinten geworfenen prachtvollen Umhang, der die Uniform vervollständigte. Ihm gegenüber saßen Harrison Kalma und Wilson Tscherenkoff, die sich beim Geräusch der Schritte beide umdrehten.

»Willkommen daheim«, erklärte der Generalhauptmann mit einem Lächeln ehrlicher Freude.

Rod Trane verbeugte sich, was Duncan vergessen hatte. »Vielen Dank, Sire«, stieß er hastig aus, um die Peinlichkeit zu überspielen. »Wir haben unseren Bericht vorausgeschickt. Hattet Ihr bereits Gelegenheit, ihn zu lesen?«

»Ja«, meinte der Marik. »Wir waren gerade dabei,

ihn zu besprechen.« Er deutete auf zwei dunkelrote Ledersessel zwischen dem älteren Kalma und Tscherenkoff. »Bitte, meine Herren, setzen Sie sich.«

»Sie haben ein ziemliches Abenteuer hinter sich, Kapitan Trane«, fuhr Marik fort. »Aber meinen Sie nicht, daß es etwas über Ihren Auftrag hinausging, einen BattleMech zu stehlen und diese Hochstapler zum Kampf zu stellen?«

»Ich nehme die Verantwortung dafür auf mich, Sire. Wir sahen unsere Mission nicht in Gefahr und hielten es für eine Möglichkeit, einen der Angreifer gefangenzunehmen.«

»Was Ihnen nicht gelungen ist«, stellte Tscherenkoff fest.

Duncan ergriff hastig das Wort. »Das stimmt, Sir, aber wir haben trotzdem interessante Dinge über sie in Erfahrung gebracht.« Er betrachtete Mariks gelassenes Schweigen als ein Zeichen fortzufahren. »Das war der erste Schlag der falschen Ritter gegen eine Stadt, und sie haben ihn entsprechend den Regeln durchgezogen. Und mit erheblichem Können. Der *Verteidiger*, mit dem wir es zu tun bekamen, verschwand, sobald wir aus dem Spiel waren. Aber bis dahin blieb er auf Distanz und deckte uns auf weite und mittlere Distanz ein. Ein unerfahrener Krieger wäre vorgeprescht, um uns den Garaus zu machen. Nein, diese Angreifer sind ausgebildete Kämpfer.«

»Außerdem haben wir erfahren, daß die Information der SEKURA über Kontakte zu Galatea korrekt waren«, stellte Thomas mit einem Nicken in Richtung seines Geheimdienstchefs fest.

»Danke, Milord.« Tscherenkoffs übliche strenge Miene wurde etwas weicher.

»Nun, die Ritter sind hier auf Marik eingetroffen und haben ihr Lager aufgeschlagen, aber wie wir von nun an weiter vorgehen ist in politischer Hinsicht nicht ohne Tücken. Nach dem Angriff auf die 24. Lyraner kann ich sie kaum nach Galatea schicken, ohne mich dem Vorwurf auszusetzen, erneut mit meinen Rittern das Hoheitsgebiet des Vereinigten Commonwealths zu verletzen. In dieser Sache ist Geheimhaltung oberstes Gebot, meine Herren. Mein Sohn Joshua ist in den Händen von Victor Davions Ärzten, und möglicherweise hält er sich in dieser Sache zurück, um mich vor seinem Volk nicht als unersättlichen Kriegstreiber dastehen zu lassen. Ich möchte ihm keinen Grund liefern, glauben zu müssen, der Angriff auf Valexa könnte etwas anderes als das Werk verbrecherischer Hochstapler gewesen sein. Sie beide in die Peripherie zu schicken, damit sie den Wahrheitsgehalt eines Gerüchts überprüfen, ist eine Sache, eine voll ausgerüstete Kampfeinheit in den Raumbereich einer fremden Regierung zu entsenden, eine ganz andere.« Marik machte ein Pause und formulierte seine nächsten Worte sehr genau. »Der nächste Schritt wird sein, daß Sie mit einer Kompanie als Söldner verkleideter Ritter nach Galatea fliegen. Aber sollte diese Mission entdeckt werden, werde ich nicht in der Lage sein, Sie zu beschützen. Selbst wenn ich das könnte, würde es nur jenen Stimmen Munition liefern, die behaupten, die Angriffe wären *tatsächlich* von den Rittern durchgeführt worden.«

»Verstanden«, bestätigte Duncan.

»Gut. Nun denn, meine Herren, wie bald können Sie abreisen?«

»In ein paar Tagen. Ich will mich erst davon überzeugen, daß die Einheit bereit ist.«

Das schien bei Trane nicht gut anzukommen. »Wir sind Ritter der Inneren Sphäre, nicht irgendeine vagabundierende Söldnereinheit. Wir können innerhalb einer Stunde bereit sein, wenn Sie es wollen.«

Duncan rieb sich nachdenklich das Kinn. »Kapitan Trane, ich bezweifle Ihre Worte in keinster Weise. Die Ritter sind wahrscheinlich eine der besten MechKriegereinheiten in der Inneren Sphäre. Aber darum geht es nicht. Das Problem ist, daß sie nicht wirklich für die besonderen Erfordernisse dieser Mission vorbereitet sind, und genau dafür benötigen wir die zusätzliche Zeit. Ich bleibe bei meiner Schätzung.«

Harrison Kalma lehnte sich etwas vor. »Wie meinst du das: Sie sind nicht vorbereitet?«

Der jüngere Kalma zog ein mehrfach gefaltetes Blatt Papier aus der Jackentasche und entfaltete es. »Ich habe mir auf dem Rückflug die Aufstellung der Ritter angesehen. Sieh dir ihre Mechs an.« Er reichte den Ausdruck seinem Vater.

Der General betrachtete das Blatt einen Moment, dann reichte er es zurück. »Ich verstehe.«

»Ich fürchte, da haben Sie mir etwas voraus, meine Herren«, unterbrach der Generalhauptmann. »Ich verstehe nicht, warum die den Rittern zugeteilten Mechs irgendein Problem darstellen sollten. Ich versichere Ihnen, daß sie nur das Allerbeste bekommen haben, was die Liga Freier Welten anzubieten hat. Sie testen auch Prototypen neuer Mechs. Sie können alles besiegen, was diese Angreifer ihnen entgegenschleudern könnten – falls es soweit kommt.«

Duncan steckte das Papier ein und schüttelte den Kopf. »Aber genau das ist das Problem, Sire. Wir fliegen mit der Absicht nach Galatea, die Reihen der Hintermänner dieser Überfälle zu unterwandern. Um angeheuert zu werden, müssen wir uns als fähige MechKrieger beweisen, was den Rittern leichtfallen wird. Aber wir müssen auch daran denken, daß Galatea nicht Outreach ist. Die Einheiten, die sich dort versammeln, sind eine weit zwielichtigere Gesellschaft. Und sie haben niemals erstklassige BattleMechs oder Prototypen. Ich bezweifle sogar, daß viele von ihnen ›Prototyp‹ richtig buchstabieren könnten.«

Rod Trane war immer noch aufgebracht. »Wollen Sie etwa behaupten, wir müßten unsere Mechs aufgeben?«

Duncan nickte, sehr ruhig, sehr bestimmt. »Ja. Ich habe mich umgesehen. Die 1. Planetare Marik-Miliz ist mit einem Sammelsurium älterer Mechs ausgerüstet. Manche sind umgebaut, aber die meisten sind trotz der Umrüstung auf neue Technologie zu alt für einen Fronteinsatz. Ich schlage vor, wir tauschen die Mechs, mit denen die Ritter derzeit ausgerüstet sind, gegen diese Maschinen aus.«

Wilson Tscherenkoffs nächste Worte kamen für Duncan völlig überraschend. »Ich stimme dem voll und ganz zu, Sire. Die Einheit würde auffallen wie eine weiße Taube in einem Krähenschwarm, wenn sie mit neuen Mechs auf Galatea ankäme. Ich kann ein paar meiner Spezialteams auf die Maschinen ansetzen. Wir werden jeden Hinweis darauf entfernen, der eine Rückverfolgung zur Marik-Miliz möglich machen würde, die Farbe abbrennen und ihnen eine neue Lackierung verpassen, nach der selbst eingehende Thermoscans ihre Herkunft nicht mehr aufdecken können.«

»Ausgezeichnet«, meinte Thomas Marik. »Noch etwas, Duncan?«

»Um ehrlich zu sein, Sire, da wäre wirklich noch was. Ich würde gerne ein paar der Ritter, nach Auswahl Kapitan Tranes, hier lassen. Drei bis fünf, um genau zu sein.«

»Warum das?« fragte Trane heftig.

»Ganz einfach, Rod. Wenn wir auf Galatea sind, werden wir uns an die Szene dort anpassen müssen. Ich plane, dort ein paar zusätzliche Söldner anzuheuern. Auf diese Weise knüpfen wir gleich zu Beginn Kontakte auf dem Planeten, und wir helfen den Rittern zu lernen, wie man redet, denkt und handelt als wäre man alles, nur kein Ritter der Inneren Sphäre.«

»Was lassen Sie jetzt wieder ab, Kalma?« mäkelte Trane.

»Dieses Grüppchen Ritter muß nicht nur lernen,

irgendeine Söldnertruppe zu werden. Sie müssen sich benehmen wie die Art Söldner, deren Laufbahn zweifelhaft genug war, um ihre Anwesenheit auf Galatea überhaupt glaubhaft zu machen. Wir benötigen ein paar Tage hier, damit sie mit ihren Ersatzmechs trainieren und anfangen können, sich an einen lockereren Umgangston zu gewöhnen. Und wir müssen uns eine Geschichte ausdenken, wo wir gesteckt haben. Wir müssen einstudieren, was wir den Leuten erzählen, denen wir begegnen, damit wir alle dasselbe Lied pfeifen. Sonst wird, wer immer für die falschen Ritter Rekruten anheuert, uns auf den ersten Blick durchschauen, und die ganze Mission geht den Bach runter.«

Trane wandte sich an Thomas Marik. »Generalhauptmann, die Aktionen dieser falschen Ritter beschmutzt den guten Namen meiner Leute. Jeder von ihnen würde sein Leben geben, um diesen Angriffen ein Ende zu machen. Ich protestiere auf das Schärfste gegen diesen Vorschlag. Meine Leute verdienen die Chance, ihre Ehre selbst zu verteidigen.«

»Kapitan Trane«, antwortete der Marik. »Die Ritter der Inneren Sphäre umfassen ein komplettes Regiment, und die meisten von ihnen werden keine Gelegenheit haben, an dieser Mission teilzunehmen. Ich verstehe Ihre Gefühle, aber in diesem Fall sehe ich mich gezwungen, dem Urteil des Experten zu folgen. Ich bin sicher, wenn Sie ein wenig länger darüber nachdenken, werden Sie feststellen, daß seine Gedankengänge durchaus nachvollziehbar sind.«

Rod drehte sich wütend zu Duncan um. »Sie werden meinen Leuten also beibringen, sich wie Halsabschneider aufzuführen?«

Duncan erwartete beinahe, daß Thomas Marik wieder für ihn antwortete. Als das nicht geschah, entschied er sich, die Situation ein für allemal klarzustellen. »Trane, das sind nicht Ihre Leute, und das ist nicht Ihre Mission. Sie unterstehen meinem Befehl. Ich weiß, daß Ihnen das nicht gefällt, aber wenn Sie damit nicht klarkommen können, schlage ich vor, daß Sie hier und jetzt aussteigen. Und falls Sie das nicht tun, sollten Sie sich besser zu einem verteufelt guten Schauspieler entwickeln. Denn Sie werden exakt diese Rolle als ›Halsabschneider‹ zu spielen haben. Und wo wir gerade dabei sind: keiner von Ihnen wird bei dieser Mission irgendeinen Rang tragen. Von jetzt an, falls Sie noch mitmachen, sind Sie schlicht und einfach Rod Trane – Söldner. Ich befehlige die Einheit, und Sie gehorchen.«

Trane kochte vor Wut, aber er sagte nur »Ja, Sir!« und vollführte eine Art spöttischen Gruß. »Erbitte Erlaubnis, wegtreten und zur Einheit zurückkehren zu dürfen.«

Duncan salutierte ebenfalls. »Wegtreten.« Trane verbeugte sich vor dem Marik, dann stampfte er aus dem Zimmer.

Es herrschte langes Schweigen, bis Thomas Marik das Wort ergriff. »Er ist ein guter Mann, Duncan. Einer meiner besten Ritter. Ich verstehe, warum Sie hart sein mußten, aber er bleibt ein Mitglied der Ritter der Inneren Sphäre und verdient Ihren Respekt.«

»Ich hatte keine Wahl, Sire. Ihr habt die Bedeutung dieser Operation deutlich hervorgehoben und ebenso Euren Wunsch, daß ich sie leite, weil meine Erfahrung der Schlüssel zu unserem Erfolg sein könnte. Ich habe Trane im Kampf erlebt, und glaubt mir, ich will ihn dabei haben. Er ist ein erstklassiger Mechpilot. Ich habe es selbst gesehen. Aber er muß seinen Drang überwinden, das Kommando an sich zu reißen. Er ist jetzt kein Kapitan mehr, er ist ein Söldner. Wenn er das Spiel nicht nach den Regeln spielen kann, dann muß er hierbleiben.«

12

Landungsschiff *Farraguts Irrtum*,
angedockt an LFW-Sprungschiff *Janos*
Am Nadirsprungpunkt des Bordon-Systems
Silberfalken, Liga Freier Welten

8. Mai 3057

Duncan trat in den Laderaum des alten Landungsschiffs der *Union*-Klasse und sah das kleine Kontingent MechKrieger, das sich in der Nähe der riesigen Mechtore versammelt hatte. Neben ihnen standen die Ersatzmechs, die er geordert hatte. Ältere Modelle, von denen die meisten im Verlauf ihrer Existenz schon einiges mitgemacht hatten, waren sorgfältig in ihren Staukokons befestigt. Als die Krieger ihn kommen sahen, nahmen sie Haltung an, manche schneller als andere.

Duncan sah sich unter ihnen um. Es war schon einige Zeit her, daß er eine solche Erregung und Vorfreude gespürt hatte – seit er in der Peripherie damals seine eigene Söldnereinheit befehligt hatte. Er hielt vor ihnen an und bedeutete ihnen mit einem Kopfnicken, daß sie bequem stehen konnten. Nur Rod Trane, der sich mit düsterer, beleidigter Miene im Hintergrund hielt, behielt die Paradehaltung bei.

Duncan ließ den Blick über die Gesichter wandern, als er mit den Leuten sprach. »Die meisten von euch wissen nicht allzuviel von mir, aber inzwischen bin ich sicher, ihr habt bemerkt, daß diese Mission, um es milde auszudrücken, alles andere als typisch ist. Deshalb habe ich mir gedacht, es wäre gut, wenn wir alle zusammenkommen, um mögliche Fragen zu klären und sicherzustellen, daß jeder versteht, was wir tun sollen und wie ich mir die Sache vorstelle. Es wird nicht mehr lange dauern, bis wir Galatea erreichen. Ihr habt zusammen mit euren Befehlen alle den SEKURA-

Bericht erhalten, aber ich denke mir, die meisten von euch hatten auch so schon etwas über den Planeten gehört. Unser Team wird als eine Söldnereinheit auftreten, um die Rekrutierungsagenten zu finden, die Söldner anheuern, damit sie sich als Ritter ausgeben und die anderen Häuser überfallen. Wenn wir sie gefunden haben, unterwandern wir ihre Reihen, finden ihre Ziele heraus und machen diesen Überfällen ein Ende. Ich brauche euch nicht zu erzählen, wieviel für die Ritter und den Generalhauptmann von dieser Operation abhängt.«

Einer der Männer trat vor. »Darf ich frei sprechen?«

Duncan nickte. »Auf jeden Fall. Das gilt für euch alle.«

»Es geht um die Mechs, Sir.« Es war einer der jüngeren Ritter, Karl Villiers. »Wir haben immer erstklassige Modelle geführt, und jetzt bekommen wir diese Rosteimer. An meinem ist nur die Hälfte der Wärmetauscher auf Doppeltechnologie aufgerüstet, und einer der Laser funktioniert nur, wenn er gerade Lust hat.«

So etwas hatte Duncan erwartet. »Wenn ihr genau überlegt, werdet ihr einsehen, daß wir wirklich keine andere Wahl hatten, als eure Mechs gegen ältere Umrüstungen auszuwechseln. Von jetzt an dürfen wir keine Sekunde unsere Deckidendität vergessen – wir sind eine Söldnereinheit. Und keine Elitetruppe wie Wolfs Dragoner oder die Kell Hounds, sondern eine, die ein gehöriges Stück tiefer rangiert. Eine Söldnereinheit dieser Sorte hat einfach keine modernen Maschinen.«

Ben-Ari, der für die BefehlsLanze eingeteilt war, meldete sich als nächster. »Diese Hochstapler haben fast ein komplettes Regiment, Sir. Selbst, wenn wir sie aufspüren, werden sie uns weit überlegen sein. Ich bin stolz darauf, ein Ritter der Inneren Sphäre zu sein, aber gegen eine dreifache Übermacht in minderwertigen Mechs rechne ich mir keine große Siegchance für uns aus.«

»Ein guter Einwand«, gab Duncan zu. »Aber der Plan sieht vor, daß der Rest der Ritter sich bereithält, um uns zu Hilfe zu kommen, wenn der Zeitpunkt gekommen ist. Der Generalhauptmann zieht eure Kameraden bereits heimlich zusammen. Wenn es soweit ist, werden Kapitan Trane oder ich das Signal absenden, das die gesamten Ritter herbeiruft. Das dürfte das Kräfteverhältnis mehr als ausgleichen.«

Diesmal war es Derek Hasson, der etwas vorzubringen hatte. »Sir, ich war in meinem Quartier, und die Dusche funktioniert nicht. Um genau zu sein, keine der Duschen auf diesem Schiff funktioniert.«

Der Teil wird schwieriger. »Ich weiß. Ich habe befohlen, sie stillzulegen.«

»Was?« herrschte Trane ihn an.

»Wenn wir auf Galatea aus dem Allgemeinbild hervorstechen, haben wir schon verloren, bevor wir angefangen haben. Ich habe zeitweilig eure Rasierapparate konfiszieren und die Duschen stillegen lassen, damit wir alle wie die Sorte Söldner riechen und aussehen, die auf Galatea nach einem Auftraggeber sucht. Ich habe auch aus einem der örtlichen Militarialäden die Sorte Kleidung besorgt, die wir brauchen. Stellt euch einfach vor, ihr seid auf einer Feldoperation, bei der ihr schließlich auch Tage oder sogar Wochen auskommen müßt, ohne zu baden oder euch zu rasieren. Das hier ist genauso.«

Einer der größeren Ritter, Jon Blix, sah sich zu Rod Trane um. »Kapitan, stecken Sie hinter all dem?«

Duncan gab Trane keine Gelegenheit zu antworten. Er mußte den Leuten klarmachen, daß er jetzt das Kommando hatte. »Ich habe für diese Operation von eurem Lehnsherren Tomas Marik den Befehl über die Einheit erhalten. Ja, wenn dies alles vorbei ist, wird Rod Trane wieder euer Kapitan sein. Aber vorerst werdet ihr euch so verhalten, als hätte weder er noch irgendein anderer von euch einen besonderen Rang. Der einzige Offizier in dieser Einheit bin ich. Ihr anderen seid Krieger, Söldnerkrieger, und ziemliche Raufbolde dazu. Für den Rest der Mission werdet ihr keinerlei Rangbezeichnungen verwenden. Ihr könnt mich Duncan oder Kalma nennen – ich reagiere auf beides. Ihr könnt mich sogar Kapitan nennen, da ich technisch den Befehl habe.« Duncan lachte. »Aber ihr braucht es nicht zu übertreiben. Ich steh nicht so auf förmliche Titel.«

Trane hatte mit vor der Brust verschränkten Armen und zur Seite gelegtem Kopf zugehört. »Hört zu«, sagte er jetzt, und hob eine Hand, um die Aufmerksamkeit auf sich zu ziehen. »Ich denke, wir sind uns alle der Bedeutung dieser Mission bewußt. Und es stimmt, daß der Generalhauptmann Kalma den Befehl gegeben hat. Er hat dies getan, weil Duncan soviel über die Gebräuche der Menschen und Welten weiß, die wir besuchen werden. Er weiß, was nötig ist, damit wir andere davon überzeugen können, was wir zu sein vorgeben – eine harte Söldnertruppe, die fähig, aber ohne Arbeit ist. Wir werden Duncan Kalma folgen, weil unsere Ehre das verlangt. Die Zukunft der Ritter der Inneren Sphäre hängt davon ab.«

Viele nickten zustimmend. Trane hatte ihnen die Ängste genommen und ihnen versichert, daß sie mit dem, was ihnen bevorstand, ihre Ehre nicht verletzen würden. Aber Duncan wußte auch, daß Trane im Grunde immer noch davon überzeugt war, er hätte selbst den Befehl über die Operation bekommen müssen. Er konnte nur hoffen, daß sich daraus später keine Probleme entwickeln würden.

»Danke, Kapitan Trane«, meinte Ducan, und die Versammlung drehte sich wieder zu ihm um. »In den nächsten drei Tagen werden wir über eine vom Generalhauptmann für uns aufgebaute Kommandostrecke nach Galatea fliegen. Ein Teil der Schiffe auf dieser Strecke sind Frachter, aber keine der Besatzungen weiß irgend etwas darüber, wer wir sind oder wohin wir fliegen, und so soll es auch bleiben. Unterwegs werde ich mich mit jedem einzelnen von euch zusamensetzen und auch noch ein paar informelle Versammlungen abhalten, um unsere Deckgeschichten als Einheit und als einzelne Krieger abzusprechen. Denkt daran: Ihr seid keine Ritter der Inneren Sphäre mehr. Dieser Teil eures Lebens muß von nun an streng geheim bleiben. Ihr werdet für diese Mission eine neue Identität mit einer neuen Laufbahn annehmen. Lernt sie sorgfältig auswendig. Euer Leben kann davon abhängen.« Duncan wußte, daß dieser letzte Punkt keine Übertreibung darstellte. Mit jedem Besuch, den er Galatea abgestattet hatte, schien der Planet auf der Evolutionsleiter eine weitere Sprosse abwärts geklettert zu sein. »In der Zwischenzeit müssen wir die Sicherung unserer Mechs noch einmal überprüfen und die Dock-Checklisten durchgehen. Ihr kennt den Drill, also an die Arbeit.«

Ben-Ari hob die Hand und trat vor. »Kapitan Kalma, ich hätte noch eine letzte Frage.«

»Feuer frei.«

»Wie heißen wir?«

Von dem Augenblick an, an dem er die Mission angenommen hatte, war Duncan dieser Punkt durch den Kopf gegangen. »Von jetzt an sind wir Kalmas beschränkt haftbare Söldnerkompanie – jedenfalls, bis uns etwas besseres einfällt.« Er wollte es simpel halten, aber er hoffte auch, daß diese Gruppe erfolgreicher sein würde, als die letzte, die diesen Namen getragen hatte.

Damit ging er hinüber zum Kokon seines BattleMechs und begann, die Halterungen zu überprüfen. Ringsumher taten die anderen es ihm gleich, und die Vertrautheit der Handgriffe beruhigte sie.

13

Galaport, Galatea
Mark Skye, Vereinigtes Commonwealth

15. Mai 3057

Dawn richtete etwa zum zehnten Mal die Sensortaster ihres Neurohelms aus, um sicherzugehen, daß der Kontakt einwandfrei war. Der als Verbindung zwischen dem Gehirn des Piloten und dem Kreiselstabilisator des Battlemechs dienende Neurohelm war der Schlüssel zur Steuerung eines Mechs. Durch diese Verbindung konnte der Pilot mit seinem natürlichen Gleichgewichtssinn die Balance der Maschine regulieren, was dem Kampfkoloß scheinbar menschliche Beweglichkeit verlieh.

Sie sah sich mit einem Gefühl der Frustration im Cockpit um. Dawn war mit Clantechnologie aufgewachsen, die erheblich fortschrittlicher als selbst die modernsten Angebote der Inneren Sphäre war. Und einige Komponenten dieses uralten *Dunkelfalken* waren selbst den derzeitigen Möglichkeiten der Inneren Sphäre deutlich unterlegen. Der Neurohelm zum Beispiel war fast doppelt so groß und schwer wie sein bei den Stahlvipern gebräuchliches Gegenstück.

Und das war erst der Anfang. Auch wenn dies kein OmniMech war, fand Dawn, daß er sehr viel besser hätte sein können und müssen, als er tatsächlich war. Er besaß Ferrofibritpanzerung, die es ihm gestattete, mehr an Schäden einzustecken als die meisten Mechs seines Alters, aber seine Bewaffnung bildete das reinste Chaos. Anscheinend war die Bestückung von den Kriegern, die diese Maschine vor ihr geführt hatten, einige Male erheblich modifiziert worden. Beim letzten Umbau hatte der Mech einige seiner moderneren Bauteile erhalten, aber Dawn war die leistungsstarken und durchschlagskräftigen Impulslaser der Clans gewohnt, die dieser Maschine schwer abgingen. Natürlich waren die auf Strahltechnologie basierenden Laserwaffen des *Dunkelfalken* ebenfalls tödlich, aber sie lieferten nicht annähernd die gleiche Feuerkraft. Ihre größte Sorge allerdings waren eine Anzahl der Wärmetauscher: Sie waren so alt und abgenutzt, daß sie kaum noch funktionierten.

Bei den Clans wäre der für die Wartung dieses Mechs zuständige Tech schwer bestraft worden. Was den Mech anging, so wäre dieser wahrscheinlich einer Solahma-Eineit überalterter Krieger zugeteilt, wenn nicht sogar für Ersatzteile ausgeschlachtet worden. Dawn mußte sich schwer zusammenreißen, um sich daran zu erinnern, daß sie sich *nicht* mehr bei den Clans befand und mit dem auskommen mußte, was sie zur Verfügung hatte. In mancher Hinsicht fand sie es unglaublich, daß die Barbaren der Inneren Sphäre der Clan-Invasion so gut standgehalten hatten.

Sie hatte sich bei Mordoc beschwert, aber der Stallmeister hatte einfach nur die Arme hochgeworfen. Die Minutemen hatten kein Geld, hatte er erklärt, weshalb er so hohe Erwartungen in sie setzte. Jeder von ihnen, einschließlich Mordoc, habe seine letzten C-Noten auf ihren Sieg verwettet. Und er hatte erwähnt, daß sie den *Dunkelfalken* zwar für einen hoffnungslosen Schrotthaufen halten könnte, aber die übrigen Minutemen schwer beeindruckt davon gewesen waren, wie gekonnt sie ihn beim Training geführt hatte.

Ihre Teamkameraden wußten, daß Dawn eine Clannerin war, aber Mordoc hatte darauf verzichtet, diese Information ihren Gegnern, Carmodys Cavalieren, zukommen zu lassen. Er hatte nur erwähnt, daß seine neue Kriegerin zum ersten Mal bei den Spielen antrat. Es war eindeutiger Betrug, aber ein Betrug, den Dawn verstand. Auch im Ritual des Bietens war es häufig üblich, seine eigenen Kräfte über- oder untertrieben darzustellen.

Sie hatte nicht gewußt, was sie von der ›Arena‹ zu erwarten hatte, war aber nicht enttäuscht, als sie feststellte, daß es sich um nichts weiter als einen großen, rechteckigen Platz mit beinahe fünfundzwanzig Meter hohen Seitenwänden aus verdichteter Erde handelte. Die Arena erinnerte an einen Kreis der Gleichen für ein Ehrenduell zwischen ClanKriegern. Sie war weit über einen Kilometer lang und halb so breit. Zu Dawns großer Beunruhigung waren allerdings am Rand einer der Seitenwände Tribünen voller Zuschauer aufgebaut. Es gab kaum einen Schutz, und Dawn fragte sich, wie viele Zuschauer schon bei früheren Gefechten ums Leben gekommen waren. Bei den Clans wurde nichts verschwendet, und diese Sorglosigkeit machte ihr zu schaffen.

Der Schlamm und Lehm des Arenabodens war mit zahlreichen Gebäuderuinen bedeckt, was auf eine Jahrzehnte zurückreichende Verwendung als Kampfplatz hindeutete. Hierher kamen immer wieder MechKrieger, um im Zweikampf ihre Gefechte auszutragen. Wieder fühlte sich Dawn an einen Kreis der Gleichen erinnert. Die Erinnerung an die Niederlage in ihrem Widerspruchstest schmerzte, aber sie nahm sich zusammen. Sie mußte ihren Weg hier gehen, ohne Bedauern, ohne Entschuldigungen, ohne Schwäche.

Ihre Kopfhörer krachten und produzierten ein Rauschen und Krachen, das um nichts leiser war als die Stimme, die an ihre Ohren drang. »Mordoc hier. Bist du soweit?«

»Pos.«

»Ich geh mal davon aus, daß das ›Ja‹ bedeutet.« Ihre Sprache der neuen Umgebung anzupassen, fiel Dawn besonders schwer, aber dieser kurze Wortwechsel erinnerte sie wider daran, wie notwendig es war. »Du kennst den Plan, Dawn. Dein Gegner steuert einen *Greifen*. Er wird versuchen, dich auf Distanz zu halten und mit der PPK kleinzukriegen.«

»Ich verstehe, Mordoc.« Sie war beinahe verärgert.

Ich bin eine wahrgeborene Kriegerin, mein ganzes Leben auf den Kampf trainiert. Ich habe in meiner Zeit eine große Zahl von Gefechten absolviert, einschließlich der Schlacht um Tukayyid, der größten in der Geschichte der Menschheit. Was könnte diese übergewichtige Freigeburt mir hier für Ratschläge geben? Und jetzt will er mir auch noch erzählen, wie ich gegen einen anderen Krieger vorgehen muß. Ach, was soll das, mein Sieg wird ihn eines Besseren lehren.

Er meldete sich noch einmal, als die Lichter auf dem Startpfosten von rot auf gelb wechselten. Dawn fuhr den Fusionsreaktor des alten *Dunkelfalken* auf höchste Leistung hoch und öffnete sämtliche Wärmetauscher. »Noch was«, sagte er.

»Aye? Was?« Dawn packte den Steuerknüppel fest mit der Linken, bereit, auf den *Greif* loszustürmen.

»Carmodys Cavaliere spielen gerne falsch«, erklärte Mordoc, und seine Stimme ging im Dröhnen des zum Leben erwachenden *Dunkelfalken* fast unter. »Viel Glück, Dawn!« In diesem Augenblick wechselte das Licht auf dem Pfosten auf grün. Der Kampf begann, und sie war bereit.

Draußen plärrte die Stimme des Ansagers, aber Dawn konnte sie nicht verstehen, und sie entschied sich dagegen, ihn auf der Befehlsfrequenz einzublenden. Sie war in ihrem Element. Sie wollte schreien oder singen oder brüllen, um ihren Gefühlen Luft zu machen. *Das ist mein Leben. Das ist meine Existenz, ich bin eine Kriegerin. Das ist das einzige, was mir niemand, nicht einmal die Khane der Stahlvipern, nehmen können. Es ist die eine Wahrheit, an die ich mich klammern kann, was auch geschieht. Ich werde hier und heute siegen, und das wird nur der erste Sieg auf meinem Weg zurück werden.* Sie senkte die Armstrong J-11-Autokanone über den *Greif* und setzte den *Dunkelfalken* in Bewegung, lief auf den Gegner zu, wobei sie leicht nach rechts driftete. Sie wollte die Waffe einsetzen, doch nicht sofort, erst in ein paar Sekunden.

Der Carmody-Pilot bewegte sich ausgesprochen langsam und hielt sich in der hintersten Ecke der Arena, um sie auf Distanz zu halten. Dawn verstand die Taktik. Es konnte nur noch etwa drei Sekunden dauern, bis er sie erfaßt hatte und mit seiner tödlichen PPK das Feuer eröffnete. Die Partikelprojektorkanone würde ihren Kampfkoloß zerfetzen, wenn sie den *Greifen* nicht ausschaltete oder so dicht aufrückte, daß er die Waffe nicht mehr einsetzen konnte, ohne sich selbst zu gefährden. Auf kurze Distanz hatte sie eine bessere Chance gegen diesen Gegner.

In der entscheidenden dritten Sekunde seines Versuchs, sie anzuvisieren, löste Dawn die Sprungdüsen des *Dunkelfalke* aus und sprang fast fünf Meter hoch in die Luft – gerade, als ihr Gegner die PPK und Langstreckenraketen abfeuerte. Drei der Geschosse schlugen in die Beinpanzerung ihres Mechs ein, aber wichtiger war, daß der grellblaue Blitzschlag der PPK sie verfehlte.

Dawn hatte kaum Erfahrung mit sprungfähigen Mechs, und es machte ihr Probleme, den *Dunkelfalke* in seinem Flug über die Explosionen und aufsteigenden Rauchwolken zu kontrollieren. Sprungdüsen waren für Dawn, wie für viele ClanKrieger, die Waffen eines Feiglings. Freigeburtskrieger der Inneren Sphäre benutzten sie zu unfairen Kampfzügen, um in den Rücken eines wahren Kriegers zu gelangen und die schwächere Panzerung dort zu beschießen. Eine solche Perfidie würde sie sich niemals gestatten, aber der Einsatz der Düsen zur bloßen Bewegung verstieß gegen keinerlei Verhaltenskodex. Das war keineswegs unehrenhaft. Auch wenn man sie in eine Welt von Freigeburten gestoßen hatte, fand Dawn Halt darin, daß sie dem Wesen der Clans treu blieb.

Er wird erwarten, daß ich auf mittlere Distanz aufschließe, weil sie für meine Bewaffnung optimal ist. Aber ich werde ihm weder die Genugtuung noch die Gelegenheit bie-

ten. Statt sich quer über sein Schußfeld zu bewegen und eine eigene Feuerposition zu beziehen, steuerte Dawn den tieffliegenden *Dunkelfalke* geradewegs auf den *Greif* zu. Die Temperatur in ihrer Pilotenkanzel stieg stetig an, aber sie ignorierte es.

Ihr Mech landete im weichen Lehm, und seine Füße sanken etwas in den Boden ein. Ihre Sichtanzeige blinkte auf und meldete endlich eine Zielerfassung der Autokanone. Sie preßte den Daumen auf den Auslöser und sandte einen Strom von Granaten in den kantigen Rumpf des *Greifen.* Feuer flammte auf, und Rauch stieg zum Himmel, als der gegnerische Mech unter den Treffern erbebte.

Der Cavalier erholte sich schnell und antwortete mit einer LSR-Salve, als Dawn gerade versuchte, die Wärmetauscher manuell so zu justieren, daß sie die brütende Hitze im Cockpit des alten BattleMechs besser abführten. Die Raketen hämmerten in Rumpf und beide Arme des *Dunkelfalken* und schüttelten ihn wie eine Puppe durch. Dawn klammerte sich an den Steuerknüppel und ritt das Stahlgewitter aus.

Sie reagierte mit dem Abfeuern ihrer Laser, die ihre Lanzen aus rotem, gelbem und grünem Licht über die Distanz zwischen den beiden Kampfmaschinen schleuderten. Ein Teil ging vorbei, andere bohrten sich tief in den *Greifen* und schnitten in seinen unteren Rumpfteil. Der Cavalier-Mech wurde von den Treffern herumgerissen und rannte nach rechts davon. Der Pilot versuchte, Distanz zu wahren. Wieder war Dawn ihm voraus. Sie warf den *Dunkelfalken* ebenfalls in einen Galopp und stürmte über das Schlammfeld geradewegs auf den *Greifen* zu. *Er versteht es nicht, dieser Cavalier. Er weiß nicht, daß ich, wenn nötig, bis zum Tod kämpfe. Schlußendlich wird das seine Niederlage besiegeln.*

Der Cavalier schwenkte die wuchtige PPK des *Greifen* in ihre Richtung. Einen Herzschlag lang schien für Dawn alles in Zeitlupe abzulaufen. Das war ihr schon einmal passiert, auf Tukayyid. Sie sah den Lichtblitz und fühlte die Druckwelle ihren *Dunkelfalken* treffen. Es schien, als habe ihm jemand einen enormen Pflock ins Herz gerammt. Der Mech stolperte unter dem Treffer etwas nach hinten. Die PPK hatte ein riesiges Loch in seinem Rumpf aufgerissen, und er hatte einiges an Schwung und Geschwindigkeit verloren.

Eine Hitzewelle schlug über Dawn zusammen, aber sie ließ nicht locker, stürmte weiter auf den *Greifen* zu. Als das Fadenkreuz wieder aufblinkte, löste sie die Autokanone und eine Salve Kurzstreckenraketen aus. *Wir sind zu dicht beieinander, als daß er die PPK noch einmal einsetzen könnte. Jetzt werden wir die Sache auf die Art der Clans beenden, unter Kriegern.*

Die Raketen schälten die Panzerung vom rechten Arm des *Greifen,* als wäre er eine Banane. Ein Teil der AK-Granaten flogen an ihrem Ziel vorbei, aber andere schlugen in den Rumpf und den anderen Arm des Cavalier-Mechs ein. Der Pilot zögerte, unsicher, ob er fliehen oder sich zum Kampf stellen sollte. Diese Unsicherheit sollte ihn teuer zu stehen kommen.

Dawn hatte keine solchen Hemmungen. Sie griff an und rammte den *Greifen* mit über 80 km/h. Der Aufprall klang nach einer Mischung aus einer Schweberkarambolage und berstenden Knochen. Das Krachen dröhnte durch ihre Kanzel, als die Schulter des *Dunkelfalken* sich durch den Rumpf des *Greifen* bohrte. Sie wurde mit ungeheurer Gewalt in die Polster der Pilotenliege geworfen, aber sie hielt ihren Mech auf den Beinen und drehte ihn leicht nach links ab, als der Cavalier das Gleichgewicht verlor. Der *Greif* schien nach hinten wegzukippen. Er bohrte sich in den Boden, und Schlamm spritzte in alle Richtungen davon.

Dawns Schadenanzeige führte auf, was sie diese Rammattacke gekostet hatte. Der rechte Arm des DKF war praktisch freigelegt, besaß so gut wie keine Panzerung mehr. Der Schulteraktivator schien dem Bordcomputer gleichzeitig zu signalisieren, daß er funktionsfähig und außer Betrieb war. Was davon auch immer stimmen mochte, sie konnte sich nicht mehr auf ihn verlassen. Die Temperatur im Innern der Kanzel hatte solche Werte erreicht, daß ihr jeder Atemzug die Lungen zu verbrennen schien. Es kostete große Anstrengung, überhaupt noch Luft zu holen, aber sie zwang sich dazu. Nachdem sie den Mech ein paar Sekunden hatte abkühlen lassen, sammelte sie sich wieder und stellte fest, wo ihr Gegner war.

Der *Greif* war nur ein paar Meter entfernt, als sie das Fadenkreuz über seine verwüstete Gestalt senkte. Während der Laser aufgeladen wurde, sagte sie sich, daß eine gezielte Salve ausreichen mußte, den Kampf zu beenden und ihren Sieg zu besiegeln. Sie wollte den *Dunkelfalken* noch etwas abkühlen lassen, bevor sie feuerte, als ihre Zielerfassung plötzlich knatterte.

Sie griff nach den Kontrollen, als die Sichtprojektion in einem Schneegestöber verschwand, wieder klar wurde, verschwand, klar wurde, verschwand ... In den nächsten Sekunden probierte Dawn die verschiedensten Möglichkeiten durch, während der *Greif* sich aufzurichten versuchte, aber sie schaffte es nicht, das System wieder in Gang zu setzen. Dann bemerkte sie aus dem Augenwinkel ein gelbes Licht auf der Kommkonsole und verstand.

Mordoc hat mir gesagt, sie spielen falsch. Sie hatte eine solche Störung der Zielerfassungs- und Ortungssysteme schon einmal gesehen, auf Tukayyid, im Kampf gegen zwei ComGuard-Infanteriezüge. Jemand setzte einen Störsender von äußerst geringer Reichweite gegen ihren Mech ein. *Wer es auch ist, er muß ganz in der Nähe sein, auf den Rängen oder in den Techboxen.*

Sie wartete nicht auf eine Zielbestätigung, sondern richtete die Waffen von Hand aus und feuerte ihre Kurzstreckenraketen ab. Nur eine davon traf ins Ziel und stieß in eine Bresche, die sie mit ihrem Rammangriff in die Panzerung des *Greifen* geschlagen hatte. Eine Millisekunde fragte Dawn sich, ob der Sprengkopf ein Blindgänger gewesen war, dann flammte im Innern des anderen Kampfkolosses eine Explosion auf. Erst ertönte ein tiefes Stöhnen, dann schlugen Flammen und gewaltige Qualmwolken aus dem Loch. Dawn kümmerte sich nicht weiter darum. Sie war noch immer mit dem Versuch beschäftigt, die Störsignale zu kompensieren. Es war ein zum Scheitern verurteilter Versuch.

Trotz des Treffers versuchte der *Greif*-Pilot weiter, seinen Mech aufzurichten. Die nicht lehmverkrusteten Teile seiner Maschine spuckten Rauch und Flammen. Dawn wußte, daß sie handeln mußte, und zwar sofort. Sie brachte den *Dunkelfalken* unmittelbar an ihren Gegner heran, zog den riesigen, stählernen Fuß zurück und trat mit ganzer Wucht nach dem *Greifen*.

Der Tritt verwüstete die Panzerung auf ihrem Mechfuß, aber er riß auch eine gewaltige Bresche in das Bein des *Greifen*. Der Cavalier verlor erneut die Gewalt über seine Maschine, die ihr zugewandt zur Seite fiel. Dawn sah die Beschädigungen und wußte, der Pilot konnte nicht mehr allzuviel tun, selbst jetzt, nachdem ihre Zielerfassung ausgefallen war.

Dann blitzte die PPK des *Greifen* auf.

Der Schlag traf den Rumpf ihres *Dunkelfalken* mit voller Gewalt und ließ die Panzerung zerbersten wie Eis unter einem Hammerschlag. Dawns Ohren klingelten vom Feedback des Neurohelms, und ihre Augen schienen aus den Höhlen treten zu wollen. Sie kämpfte gegen die Druckwelle, stemmte sich dagegen. Die Haltegurte schnitten in ihre Brust, und sie hatte das Gefühl, die Kühlweste würde ihr vom Körper gerissen. Dawn war klar, was geschehen war. Der Cavalier hatte die Feldhemmer abgeschaltet, die normalerweise das Abfeuern der PPK über kurze Entfernungen verhinderten. Eine derartige Maßnahme war mit der beachtlichen Gefahr verbunden, das Geschütz zu vernichten, es im Rückschlag der geladenen Partikel zu einem riesigen Titanstahlklumpen zu zerschmelzen, aber sie gestattete einen Waffeneinsatz von unglaublicher Durchschlagskraft.

Und diesmal hatte es sich gelohnt. Ein Blick auf den Sekundärschirm bestätigte ihr, daß ihre linke Seitenpanzerung ein Stück Geschichte war und die Autokanone weit hinter ihr abgerissen im Schlamm lag. *Er kämpft wie ein dreckiger Bandit, stört meine Waffensysteme aus der Deckung der Menge. Ich habe ihm einen fairen Test angeboten, einen Wettstreit unter Gleichen, und so respektiert er die Regeln. Dieser Mann ist kein Krieger. Er besitzt keine Ehre. Was ich nun tue, tue ich zum Besten seines Stalls.*

Dawn überwand die Lücke von zehn Metern zwischen den beiden Mechs mit anderthalb Schritten des riesigen *Dunkelfalken*. Vor ihr lag der *Greif*. Er versuchte sich aufzurichten oder die PPK zu einem zweiten Schuß auf sie auszurichten, aber beide Versuche waren chancenlos. Sie stand über dem helmähnlichen Kopf des gestürzten Mechs, außerhalb des PPK-Schußfelds. Wieder hob sie ein Bein ihres *Dunkelfalken*, und bewegte es über den Kopf des *Greifen*. Sie konnte sich vorstellen, wie es sich anfühlen mußte, unter diesem Fuß zu liegen, nach oben zu blicken und Tonnen von Metall über sich hängen zu sehen.

Aber der Cavalier kämpfte immer noch, feuerte seine Langstreckenraketen ab. Zu Dawns Glück hatten die Sprengköpfe keine Zeit, scharf zu werden. Die meisten flogen weit an ihrem *Dunkelfalken* vorbei. Die wenigen, die doch trafen, explodierten nicht, sondern schüttelten sie nur ein wenig durch.

Dann senkte Dawn den riesigen Mechfuß in die Pilotenkanzel des *Greifen*.

Nichts hätte diesen Angriff überleben können. Zig Tonnen hydraulisch getriebenen Stahls preßten das

Cockpit des *Greifen* platt wie einen Pfannkuchen. Aus der erhöhten Position ihrer Kanzel beobachtete Dawn das Geschehen – die kleinen Feuer, die rings um ihren Fuß ausbrachen, die Rauchwolken in unterschiedlichen Farben, die aus dem Loch aufstiegen, aus dem der Cavalier den Mech gesteuert hatte. Er hatte keine Chance.

Dawn hatte ihm keine Chance gegeben.

Für sie war es eine absolut logische und vernünftige Vorgehensweise. Die Freigeburt war minderwertig gewesen. Indem er ihre Mechsysteme gestört und sie am Einsatz ihrer Waffensysteme gehindert hatte, hatte er ehrlos gehandelt. Selbst seine Kapitulation hätte Dawn kaum angenommen. Dieser Krieger war es nicht wert gewesen, zu überleben. Und trotzdem hatte sie ihm etwas gegeben, dessen er nicht würdig gewesen war, den Tod im Kampf. Durch dieses Verhalten hatte sie Carmodys Cavalieren einen ebensolchen Dienst erwiesen wie ihrem eigenen Stall. Seine Vernichtung stellte sicher, daß er seine Gene nicht an eine neue Generation weitergeben konnte. Trotzdem war er mit einer gewissen Ehre gestorben – auf dem Schlachtfeld –, wie es sich alle wahren Krieger erträumten.

Mordoc holte Dawn ab, als sie vom Bein des *Dunkelfalken* zu Boden sprang. Einige Hurrarufe stiegen von der nahen Tribüne auf, aber sie hörte auch Buhs und feindseliges Zischen. Dawn wußte nicht so recht, was sie von der Versammlung halten sollte, von niederen Kasten, die sich ein Urteil über ihre Leistung als Kriegerin anmaßten. Sie sah zu ihnen hoch, dann blickte sie wieder zu Mordoc, in der Hoffnung, der Stallmeister könnte ihr sagen, wie sie reagieren sollte.

»Ich wollte, daß du gewinnst, aber ich hätte nicht gedacht, daß du den Typ dabei umbringst«, meinte er und klopfte ihr auf die Schulter.

»Einer seiner Kameraden störte meine Zielerfassung.

Er kämpfte weiter und versuchte, diesen Umstand auszunutzen. Es war ein Beweis für seine Ehrlosigkeit. Deswegen habe ich ihn zerstört.«

»Ich hab mir schon gedacht, daß der alte Carmody sowas versuchen würde. Bist du okay?«

»Ich bin bereit zu dienen.«

»Du hast heute abend schon genug getan, Dawn. Von jetzt an werden wir vor allem aufpassen müssen, daß die Cavaliers dich nicht umbringen, um sich zu rächen.«

»Das würden sie tun?«

»Und ob sie das tun würden, wie nix. Das war nicht irgendein Pilot, den du da ausgeknipst hast. Das war Jay J. Carmody, der Sohn des Alten. Er hat seinen Jungen verloren und die Hälfte seines Vermögens. Der wird alle Hebel in Bewegung setzen, um sich zu rächen.«

Soweit es Dawn betraf, war Rache ein Konzept, das nach einer rituellen Lösung in einem Ehrenduell zwischen Kriegern verlangte. Wie anders diese neue Welt doch war, in die es sie verschlagen hatte, wie fremdartig. Wenn diese Menschen überhaupt ein Konzept von Ehre besaßen, dann hatte es offensichtlich nichts mit dem zu tun, was die Clans darunter verstanden.

Hermann Bovos erhob sich von seinem Sitz auf der Tribüne und beobachtete, wie die betrunkene Menge ausrastete. Der Mann neben ihm stand auch auf und blickte hinab auf die schlammverkrusteten Trümmer des *Greifen*. Er rollte den Wettbogen zusammen und stopfte ihn in die Tasche.

»Danke, daß Sie bereit waren, sich hier mit mir zu treffen«, meinte Bovos. »Claire sagte, Sie hätten möglicherweise ein paar Informationen für mich?«

Der Mann reagierte nicht auf die Frage. »Claire ist nicht gerade für ihre Gefälligkeiten bekannt.«

Bovos lächelte. Er verstand selbst nicht so recht,

warum Claire Lieb sich entschieden hatte, ihm unter die Arme zu greifen, aber er fand kein Interesse dran, es zu zerreden. »Sagen wir einfach, wir sind befreundet, sie und ich.«

»Klar.« Der andere Mann sah sich unter den schnell spärlicher werdenden Zuschauern um. Als er beruhigt war, daß niemand sie belauschte, redete er weiter. »Claire meinte, Sie suchen nach jemand, der hier in letzter Zeit ernsthaft rekrutiert hat. Ich denke, ich hätte da jemand. Es heißt, in einer Woche oder so kommen sie wieder, um neue Krieger anzuwerben. Ich habe auch gehört, daß sie mehrere Kompanien suchen, komplette Einheiten, wenn möglich.«

Bovos' Puls raste. Das waren aller Wahrscheinlichkeit nach dieselben Leute, die auch die Husaren angegriffen, seine Lanze ausgelöscht und ihn für tot gehalten und zurückgelassen hatten. Endlich würde er eine Chance erhalten, es ihnen heimzuzahlen, eine Chance, sich in ihre Organisation einzuschleichen. Seine Gedanken wirbelten. »Danke für den Tip.«

Der Mann schüttelte den Kopf. »Hör mir zu, Kid. Wenn ich du wäre, würde ich mich von diesen Leuten weit fernhalten. Ich habe gehört, daß sie verdammt gefährlich sind.«

»Unmöglich.«

»Dann solltest du dich besser hurtig einer Lanze oder Mechkompanie anschließen. Sonst werden sie dich kaum nehmen.«

14

Galaport, Galatea
Mark Sye, Vereinigtes Commonwealth

15. Mai 3057

Von der Tribüne beobachteten Duncan Kalma und ein Teil seiner Männer die Vorbereitungen auf den nächsten Kampf. Der Mech unterhalb ihrer Plätze war ein später *Kreuzritter*. Nach dem Flickenteppich aus Ersatzpanzerplatten, die unbemalt seinen Rumpf bedeckten, hatte man den Mech in seiner Karriere einige Male aufgerüstet. Techs krochen überall auf ihm herum, öffneten Wartungsklappen, führten Tests durch und verriegelten sie. Der Pilot, ein auf Galatea nahezu unbekannter MechKrieger, befand sich bereits im Cockpit. Duncan sagte nicht viel, nahm nur gelegentlich einen Schluck aus der Bierflasche.

Er fand, daß sich die Ritter im großen und ganzen seit ihrer Ankunft auf Galatea gut an ihre Mission angepaßt hatten. Er hatte ein paar Tage damit verbracht, sie in kleinen Gruppen in die Stadt zu bringen und im Auge zu behalten, bis er sicher war, daß sie ihre Tarnung nicht auffliegen ließen. Dann hatte er es ihnen überlassen, die verschiedenen MechKriegertreffpunkte zu frequentieren, um sich umzuhören und ihre Anwesenheit auf Galatea bekannt zu machen. Und sie hatten Zimmer im Hotel Sternenmeer genommen, um eine zweite Operationsbasis außerhalb des Landungsschiffs zu haben.

Auf Duncans Anweisung hin ließ Trane ausstreuen, daß Kalmas Kompanie drei MechKrieger zur Vervollständigung ihrer letzten Lanze suchte, ein Gerücht, das sie unter den zahlreichen arbeitslosen MechKriegern in Galaport zu so etwas wie Berühmtheiten gemacht hatte. Duncan ließ sich allerdings Zeit damit, sie einzustellen. Er suchte nach ganz bestimmten Kandidaten – Kriegern, die ihm vertrauenswürdig erschienen und sich in den Rest der Einheit harmonisch einfügen konnten.

Er sah auf, als jemand, den er nicht kannte, ihm die Hand entgegenstreckte. Der Neuankömmling war ein großer Kerl, aber seine Gefechtshandschuhe und die Tatsache, daß sein Kopf an mehreren Stellen rasiert war, um den Neurohelmkontakten eine bessere Auflagefläche zu bieten, wiesen ihn als MechKrieger aus.

»Sie sind Duncan Kalma?« fragte der Mann.

Duncan nickte und schüttelte ihm die Hand.

»Ich habe gehört, Sie heuern Leute an. Stimmt das?«

»Kann schon sein.«

»Na, wenn es so ist, wäre ich interessiert.«

Duncan studierte einen Augenblick das Gesicht des Mannes. »Wo haben Sie'n zuletzt gedient?«

»Liga Freier Welten.«

Duncan wußte, wann er sich nicht in die Karten blicken lassen durfte, und das war jetzt ein solcher Augenblick. »Wirklich? Bei welcher Einheit?«

»Husaren. 2. Oriente-Husaren.«

Duncan kannte die Einheit. Vor dem Flug nach Herotitus hatte er in den SEKURA-Unterlagen alles über sie gelesen. Wieder unterdrückte er jede sichtbare Regung. »Setzen Sie sich«, meinte er, und Karl Villiers rutschte etwas, um auf der Bank Platz zu machen. »Haben Sie auch einen Namen?«

Der Mann grinste. »Bovos. Hermann Bovos.«

»Ich bin Duncan Kalma, Kommandeur von Kalmas Kompanie. Wie haben Sie erfahren, daß wir Leute suchen?«

Bovos zuckte die Achseln. »So etwas macht die Runde. Es heißt, Sie haben eine Kompanie Mechs, bräuchten aber noch ein paar Jockeys.«

Duncan nickte. »Stimmt. Und wenn wir erst vollzählig sind, machen wir uns auf die Suche nach Aufträgen. Sie haben gesagt, Sie waren bei den 2. Oriente-Husaren?«

Bovos nickte zögernd. »Ich war Lieutenant und Lanzenführer.«

»Eine ziemlich harte Truppe. Wenn ich mit meiner Erinnerung nicht danebenziele, haben sie praktisch die Regeln für schnelle Erkundungsoperationen aufgestellt.«

»Sie gehören zu den besten, Mister Kalma.«

»Nennen Sie mich Duncan, Hermann. Mister Kalma ist mein Vater. Wie lange waren Sie bei den Husaren?«

Bovos grinste. »Acht Jahre.« Dann fügte er hinzu: »Bitte nennen Sie mich Bovos.«

»Eine ordentliche Karriere. Warum sind Sie weg?« Duncan nahm einen tiefen Zug von seinem allmählich warm werdenden Bier.

»Aus persönlichen Gründen.«

Duncan nickte, aber in seinem Geiste spielte er mit dieser Information und fragte sich, inwieweit sie wohl der Wahrheit entsprach. Es war möglich, daß dieser Kerl auf Shiro III bereits gegen die Angreifer gekämpft hatte. In dem Fall wollte Duncan ihn auf jeden Fall dabei haben. »Na ja, Bovos, das könnte was werden mit uns. Warum treffen wir uns nicht später nochmal, irgendwo, wo wir uns hinsetzen und alles in Ruhe besprechen können? Kennen Sie das Lulu's in der Nähe der alten Kontrakthalle?«

Bovos nickte.

»Gut. Dreiundzwanzig Uhr heute abend.«

Bovos stand auf, und ein Grinsen machte sich in seinem Gesicht breit. »Danke, Mister … äh … Duncan. Ich werde da sein.«

Duncans Blicke folgte Hermann Bovos die Tribüne hinab. Als er außer Sicht war, zog Duncan einen kleinen Kommunikator aus der Brusttasche. »Strolch Eins an Trotzkopf.« Den Decknamen, den er für Rod Trane ausgesucht hatte, amüsierte ihn jedesmal wieder.

»Ich höre«, kam die Antwort.

»Rufen Sie die Dateien über Shiro III auf dem Schiffscomputer auf. Sehen Sie nach, was Sie über einen Mechpiloten namens Hermann Bovos von den Oriente-Husaren finden können, und rufen Sie zurück, wenn Sie was haben.«

»Verstanden. Ende.« Tranes Stimme war hölzern. Duncan wußte, daß er noch immer mit seiner Verärgerung darüber kämpfte, daß der Befehl über die Operation nicht an ihn, sondern an einen Tunichtgut wie Duncan gegangen war. Irgendwann würde Trane auch darüber hinwegkommen müssen, und Duncan wünschte sich, er würde sich damit etwas beeilen.

Das Licht auf dem alten Holzpfeiler wechselte von gelb auf grün, und Duncan sah den *Kreuzritter* losmarschieren. Sein Gegner, ein leuchtendgrüner *Donnerkeil* stand am entgegengesetzten Ende des Lehmwalls, der die Arena markierte. Beide Mechs brachten 65 Tonnen auf die Waage, und beide wirkten gleich beeindruckend. Der gedrungene *Donnerkeil* machte einen soliden Eindruck und schien etwa so schwer umzustoßen zu sein wie ein tief verwurzelter Baum. Der *Kreuzritter* wirkte durch das aus der Mitte seines Kopfes ragende Lindblad-Raketenabwehrsystem wie ein legendenumwobenes Einhorn. Die Scheinwerfer auf den die Arena umgebenden Türmen warfen unheimliche Schatten in die Nacht, zwischen denen die Mechs noch furchterregender wirkten.

Der *Kreuzritter* näherte sich seinem Gegner zögernd, während der Pilot des *Donnerkeils* keine Zeit verlor und sofort mit dem schweren Laser und den Langstreckenraketen das Feuer eröffnete. Die Laser schnitten mit chirurgischer Präzision durch den rechten Arm des *Kreuzritters*, brannten sich durch die Panzerung und verwüsteten dabei Myomermuskelgewebe und Sensoren. Auch die Raketen fanden ihr Ziel und schlugen zum überwiegenden Teil in den kastenförmigen Rumpf des Mechs ein. In diesen ersten Minuten des Kampfes fragte sich Duncan, ob dieses Gefecht überhaupt eines werden würde. Der *Donnerkeil* schien seinen bereits jetzt von klaffenden Löchern und rußschwarzen Brandflecken bedeckten Gegner glatt zu frühstücken.

Trotz der Schäden, die er hatte einstecken müssen, steckte der *Kreuzritter*-Pilot nicht zurück, sondern beantwortete den Angriff des *Donnerkeils* mit einer Wand aus dreißig Langstreckenraketen. Ein paar davon gingen vorbei, aber der Rest hämmerte auf die grünlackierte Panzerung der Maschine ein und verwandelten ihre Brustpartie in ein Kraterfeld. Eine Wolke aus Feuer und Rauch schloß den *Donnerkeil* ein, aber als der Qualm sich verzogen hatte, war er noch immer funktionstüchtig und kampfbereit.

Der grüne Mech feuerte ein Trio aus mittelschweren Lasern auf seiner linken Schulter und einen tödlichen schweren Laser aus dem rechten Arm auf den langsam anrückenden *Kreuzritter* ab. Duncan zuckte zusammen. Er wußte, welche ungeheure Hitze eine derartige Salve erzeugte, und sah das Ergebnis vor sich. Zwei der Laser trafen den *Kreuzritter* am bereits beschadigen rechten Arm, dessen letzte Panzerung mit lautem Getöse in den Schlamm fiel. Eine zweite Explosion bedeutete das endgültige Aus für den Arm, während der schwere Laser sich wie ein gefräßiges Raubtier in den Rumpf des *Kreuzritters* fraß.

Duncan war geschockt, als dessen Pilot trotz der schweren Schäden an seinem Mech nicht aufgab. Er wußte, dies war ein entscheidender Moment. Der *Kreuzritter* konnte keinen Schaden mehr absorbieren, während der *Donnerkeil* noch durchaus robust dastand. Es war sozusagen gelaufen.

Der Pilot des pockennarbigen *Donnerkeil* schien sich entschlossen zu haben, mit dem *Kreuzritter* zu spielen.

Er kam näher, ließ sich Zeit, um Hitze abzuführen, und bereitete sich auf den Gnadenstoß vor. Der *Kreuzritter* schien zu wanken, und einen Augenblick dachte Duncan, alles wäre vorbei.

Aber dann brachen plötzlich grellblaue, rote und gelbe Flammen aus der unteren Rumpfhälfte des Mechs. Der *Kreuzritter* hatte seine Sprungdüsen abgefeuert. Fünfundsechzig Tonnen Tod und Vernichtung stiegen in den Himmel. Duncan konnte das Tosen der Flammen bis auf die Tribüne hören. Der *Donnerkeil* rannte davon, um eine neue Position zu suchen, aber der *Kreuzritter* wurde immer schneller. In einer Höhe von etwa fünfzig Metern hielt er plötzlich an und stürzte in einem tödlichen Kollisionskurs auf den *Donnerkeil* herab.

Der Pilot des grünen Mechs versuchte sich zu verteidigen und sandte eine Salve Langstreckenraketen gegen den herabstürzenden *Kreuzritter* empor, aber nicht eines der Geschosse schlug in die im Sturzflug heruntersausende Kampfmaschine ein. Duncan wußte, warum nicht. Auf diese kurze Entfernung war es extrem schwierig, die Raketen sicher auf ein bewegtes Ziel auszurichten – die Zeit reichte nicht aus. Der bedrohte *Donnerkeil* wich zurück, wollte dem *Kreuzritter* entkommen. Aber der Pilot des springenden Mechs sah die Taktik seines Opfers voraus wie ein gewaltiger Greifvogel. Der *Kreuzritter* segelte bis unmittelbar über den *Donnerkeil* ... und ließ sich fallen.

Das Manöver trug den Namen Todessprung und zählte zu den tödlichsten Angriffen, die einem Mech im Nahkampf zur Verfügung standen. Der einarmige *Kreuzritter* rammte, Füße voraus, seine gesamten fünfundsechzig Tonnen mit einem schrecklich anzuhörenden Krachen und Kreischen in Schultern und Rücken des *Donnerkeils*.

Der Mech seines Gegners knickte in der Hüfte ein, dann brach er unter dem Gewicht des *Kreuzritters* zusammen. Dieser wäre beinahe ebenfalls gestürzt, ein Risiko, das bei einem solchen Angriff immer bestand. Aber irgendwie gelang es dem Piloten, den Mech auf den Füßen zu halten. Zehn lange Sekunden bewegte sich keine der beiden Maschinen, während die Piloten um ihr Gleichgewicht rangen und ihre Gedanken sammelten.

Wie, um seinen Sieg zu unterstreichen, feuerte der *Kreuzritter* eine KSR-Salve in den verdrehten Rumpf des *Donnerkeils.* Die beiden Geschosse rissen die Panzerung auf dem verdreckten Rücken des Mechs auf, aber Duncan war sich sicher, daß es dem Piloten nur um den dramatischen Effekt ging. Plötzlich gingen die Scheinwerfer rund um die Arena aus und wieder an. Das Licht auf dem Pfahl wechselte von grün zu gelb. Der *Donnerkeil*-Pilot hatte sich ergeben. Der Kampf war vorbei.

»Villiers.« Duncan winkte.

»Ja, Duncan.«

»Wer ist der *Kreuzritter*-Pilot?«

Villiers studierte kurz den Programmzettel und fuhr mit dem Finger die Liste der Begegnungen ab. »Sein Name ist Garth Hawkes. Hinter dem Namen steht noch ›DPI‹.«

Duncan runzelte die Stirn, als er sich daran zu erinnern versuchte, was diese Abkürzung bedeutete. Dann fiel es ihm wieder ein: Damn Proud Independent – Unabhängig und verdammt stolz darauf. »Das war ein verflucht starker Zug. Allzu oft bekommt man einen Todessprung nicht zu sehen in seiner Laufbahn, schon gar nicht aus dieser Nähe.«

»Sind Sie interessiert an ihm?«

»Warten wir, bis wir ihn kennengelernt haben. Lassen Sie ihn wissen, daß wir mit ihm reden möchten. Wir können uns am Ausgang treffen.«

Als Villiers sich auf den Weg machte, nahm Duncan einen weiteren Schluck Bier. Dieser Garth Hawkes DPI schien genau die Sorte Krieger, die er suchte. Nicht nur ein geschickter Pilot, sondern auch bereit, enorme Risiken einzugehen.

Schädelhöhle, New St. Andrews
Peripherie, randwärts der Circinusföderation

Draußen brach der Morgen an, aber tief im Innern der Höhle herrschte ewige Nacht. Kemper Varas saß vor dem Schreibtisch und wartete. Er haßte es, seinem Lord schlechte Nachrichten zu überbringen, denn er wußte nie, welche Form dessen Wut annehmen würde. Als Stefan Amaris VII eintrat, stand Varas auf und verneigte sich. »Ihr seht gut aus heute morgen, Sternenfürst.«

Amaris ließ sich langsam und vorsichtig in seinem Sessel nieder und stützte die Unterarme auf den Schreibtisch. »Du hast Nachricht von unseren Kräften, die Herotitus angegriffen haben?«

»Die habe ich.«

»Sag es mir, Varas, hatten Sie Erfolg?«

»Wir hatten keine Verluste, aber drei unserer Mechpiloten wurden so schwer verwundet, daß sie auf dem Rückflug in die Krankenstation mußten. Unsere BattleMechverluste jedoch waren unannehmbar hoch, Sire. Einen Mech müssen wir total abschreiben, und zwei andere sind so schwer beschädigt, daß der Captain meint, es lohnt nicht mehr, sie zu reparieren.«

Die Nüstern des Sternenfürsten weiteten sich, und er ballte die Fäuste. Er schlug mit solcher Gewalt auf den Tisch, daß Varas jeden Moment damit rechnete, das massive Holz splittern zu sehen. »Ich baue ein Imperium auf, Varas! Du bist mein General und erzählst mir ständig nur von Verlusten. Hast du irgendeine Vorstellung davon, was all das kostet? Ich habe schon den Aufbau der Republikanischen Garde bezahlt. Jetzt haben wir mit diesen Verlusten und denen der anderen Überfälle mehrere Lanzen Mechs verloren.«

»Aber, mein Lord, bis jetzt waren alle Überfälle ein Erfolg«, versuchte Varas zu beschwichtigen.

»Erfolge, die mich ein Vermögen kosten. Du wirst dich mit unseren Rekrutierungsoffizieren in Verbindung setzen und ihnen sagen, sie sollen uns mindestens zwei Kompanien Söldner schicken. Aber nur Söldner, die eigene Ausrüstung haben – Schiffe und BattleMechs. Ich werde es müde, mein Heer Stöckchen für Stöckchen aufbauen zu müssen. Caesar … Alexander … McKenna … keiner von ihnen mußte die Schwierigkeiten erdulden, mit denen ich geschlagen bin. Wäre es nicht für das edle Blut, das durch meine Adern strömt, ich hätte längst aufgegeben.«

Amaris war völlig weggetreten, seine Gedanken und Worte hatten jeden Zusammenhang verloren. In seinen Augen loderte ein düsteres Feuer, und Varas fragte sich, ob der erste Amaris vom selben Wahn getrieben worden war. Er krümmte sich bei dem Gedanken, daß er seinen Bericht noch nicht beendet hatte. »Ich werde die Offiziere auf Galatea anweisen, zusätzliche Truppen anzuwerben. Wir werden unsere Reihen und Ausrüstung vervollständigen und die Republikanische Garde auf weit über ein Regiment aufstocken.«

Plötzlich lächelte Amaris. »Ja, meine Garde. Sie ist der Schlüssel zu den Siegen, die wir erringen müssen. Ich bin der Hammer, und die Garde ist mein Amboß. Auf diesem Amboß liegen die Clans und Hausfürsten. Sie werden vergehen, davongefegt vom Volk der Inneren Sphäre. Es wird mir folgen, denn ich verspreche ihm ein Zeitalter der Aufklärung, eine Ära ohne Kriege und kleinliche Fürsten. Keine Invasoren, nur Befreier. Das ist es, was ich den Menschen bringe.«

»Selbstverständlich, mein Lord«, bestätigte Varas, und achtete peinlich darauf, Amaris' Blick nicht zu begegnen. »Aber da gibt es noch etwas, auf das ich Eure Aufmerksamkeit lenken muß.«

»Ja?«

»Ich habe gestern nacht mit den Schluchtfürsten gesprochen ...«

»Und?«

»Sie haben ihrem Mißvergnügen über unsere Anwesenheit auf ihrer Welt Luft gemacht – wieder einmal. Sie behaupten, wir würden den Versprechen nicht gerecht, die wir im Gegenzug für die Erlaubnis gemacht haben, dieses Basis zu benutzen, und sie drohen damit, die Erlaubnis zu entziehen. Sie sagen, sie werden uns von New St. Andrews entfernen.«

Das Gelächter, das ihm von Amaris entgegenschlug, überraschte Varas, der einen weiteren Wutausbruch erwartet hatte. »*Mich* von New St. Andrews entfernen? Ist ihnen nicht klar, mit wem sie es zu tun haben?«

»Sie wissen, wer Ihr seid, Sternenfürst.«

Das Gelächter erstarb und wurde von einer schiefen, verschlagenen Miene abgelöst. »Sie wissen, wer ich bin, und haben keine Angst vor mir? Das wird sich ändern. Es wird sich ändern, oder mein Name ist nicht Amaris. Als wir hierher kamen, hatten sie nichts. Ich habe ihnen Kleider und Nahrung gegeben. Jetzt wollen sie mehr. Nun, das werden sie nicht bekommen, nicht von mir. New St. Andrews ist jetzt mein Planet. Ich herrsche hier, so wie ich über die gesamte Innere Sphäre herrschen werde. Sie müssen lernen, ihre Position mir gegenüber zu verstehen. Meinst du nicht, Varas?«

Varas nickte zögernd und fragte sich, worauf diese Diskussion abzielte.

»Gut. Wer ist der stärkste ihrer Anführer?«

»Markelonis Kav von der Roten Hundsschlucht.«

»Sehr schön. Sende einen meiner Gardisten heute nacht dorthin, damit er ihre kostbaren Wasservorräte vergiftet. Sie sollen davon trinken und in ihren Betten sterben. Wenn die anderen sehen, welchen Preis sie für den Widerstand gegen meinen Willen zu zahlen haben, werden sie vor mir auf die Knie fallen.«

»Dadurch werden viele Unschuldige ums Leben kommen, Sternenfürst. Die Brunnen werden von der ganzen Gemeinschaft benutzt. Es wäre ein Leichtes, Kav allein zu entfernen.«

Amaris' Miene wurde noch düsterer, wie eine Gewitterwolke unmittelbar vor dem Ausbruch. »Du hast deine Befehle, Varas. Sorge dafür, daß es so geschieht. Niemand wird mich daran hindern, mein Imperium zu errichten, schon gar nicht diese lächerlichen kleinen Viehhirten. New St. Andrews ist mein. Ich beanspruche es, so wie ich die gesamte Innere Sphäre beanspruchen werde!«

15

Galaport, Galatea
Mark Skye, Vereinigtes Commonwealth

15. Mai 3057

Vor Duncan stand ein Mann mit schwarzer Lederweste, der sein Haar zu einem Pferdeschwanz zusammengebunden hatte. Auf seinem Kopf waren die ersten grauen Strähnen zu sehen, aber sein Gesicht war von jenem jungenhaften Schnitt, dem man sein Alter nicht ansah. Er hatte sich eine Weile nicht rasiert, wirkte aber ansonsten sauber.

»Garth Hawkes?« fragte Duncan und streckte die Hand aus.

»So ist es. Und Sie sind?«

»Duncan Kalma.« Er begrüßte Hawkes mit einem festen Handschlag, dann deutete er auf seine Begleiter. »Und ein paar meiner Leute.« Garth winkte kurz, dann wandte er sich wieder Duncan zu.

»Ihr Mann Villiers sagte, Sie suchen nach Leuten.«

»Möglicherweise. Ich war von Ihrem Auftritt heute abend in der Arena beeindruckt. Das war verdammt waghalsig, besonders am Ende. Ein Todessprung kann ziemlich ins Auge gehen. Sie sind ein großes Risiko eingegangen, um den *Donnerkeil* auszuschalten.«

Hawkes nickte nur.

»Warum?«

»Weil ich gewinnen wollte. Ich habe in meinem Leben nur eine Schlacht verloren, und ich habe nicht die Absicht, diese Erfahrung noch einmal zu machen.«

Duncan hörte heraus, daß hinter dieser Aussage eine Geschichte steckte, aber dies war weder der Ort noch die Zeit, danach zu graben. »Uns fehlen noch drei Mann für eine komplette Kompanie, aber wir haben ein vollständiges Mechkontingent und unser eigenes Landungsschiff.«

»Ausrüstung ist meine Sorge nicht«, erwiderte Hawkes.

»Wirklich?« Duncan studierte sein Gegenüber einen Moment. »Wo haben Sie gedient?«

»Hier und da. Ich habe gerade eine Zeit beim Vereinigten Commonwealth abgeschlossen. Ich war Kompaniechef.«

»Und jetzt sind Sie hier auf Galatea und suchen Arbeit.«

»So ist es. Meine Einheit wurde angegriffen, während ich nicht auf meinem Posten war. Sie wurden völlig überrascht – Teufel, die Hälfte der Mechs war bei der Nachrüstung. Sie zogen ohne mich in den Kampf. Als ich ankam, war schon alles zu spät.«

»Was ist passiert?«

»Ich wurde unehrenhaft entlassen.« Hawkes zuckte die Schultern. »Möglicherweise würde ein Teil meiner Männer noch leben, wenn ich da gewesen wäre.«

»Welche Einheit?«

»Würde ich lieber für mich behalten.«

Duncan konnte verstehen, warum Hawkes darüber nicht reden wollte, aber andererseits brauchte er mehr Informationen über ihn. »Wo ist es denn passiert?«

»In der Mark Capella. So, jetzt wissen Sie was über mich. Aber was ist mit Ihrer kleinen Einheit? Bei wem wollen Sie unter Vertrag gehen?«

»Das ist eine ziemlich ungewöhnliche Frage«, meinte Duncan langsam, immer noch daran interessiert, den anderen abzuklopfen. »Aber andererseits, was soll's. Wir haben schon ein paar der Rekrutierungsagenten auf diesem Brocken getroffen, aber wir warten noch auf das richtige Angebot. Wir würden uns gerne bei jemandem verpflichten, der eine Privatarmee oder einen größeren Überfall zusammenstellt. Eine größere Einheit, nichts von diesem Einzeleinsatzgesocks. Beantwortet das Ihre Frage?«

Hawkes nickte. »Hört sich genau nach dem an, was mir liegt.«

»Also, was sagen Sie? Ich glaube fast, wir könnten jemand wie Sie gebrauchen.«

»Könnte klappen. Wie wär's, wenn wir die Einzelheiten über ein paar Drinks aushämmern?«

Duncan nickte. Er war sicher, daß Hawkes mitmachen würde, und das sah er als gutes Omen. Während er hier heruntergekommen war, um Hawkes zu treffen, hatte Trane gemeldet, daß Hermann Bovos in Ordnung war. Der Hühne würde eine wertvolle Bereicherung ihrer Truppe werden, und Duncan war sicher, daß er dabei bleiben würde, wenn er die Wahrheit erfuhr. Und jetzt Hawkes.

Zwei abgehakt, blieb noch eine Lücke, die es zu füllen galt. Danach brauchten sie nur noch zu warten...

Dawn hatte die Erregung des Kampfes noch nicht abschütteln können und sich entschlossen, einen Teil des Heimwegs zu Fuß zu gehen. Mordoc hatte sie eingeladen, mit den übrigen Minutemen zu feiern, aber sie hatte abgelehnt. *Hier werden Siege gefeiert, aber wir Clanner wissen es besser. Wir ehren Siege durch neue Verse in der* Erinnerung *und die Weitergabe unseres Generbes an zukünftige Kriegergenerationen. Diese Freigeburten der Inneren Sphäre leben nur für die Gegenwart. Sie denken nicht an die Zukunft unserer Art, nicht daran, was der Allgemeinheit dient, den zukünftigen Generationen.* Der Genuß alkoholischer Getränke war bei den Clans nicht üblich. Dawn hatte es nur ein einziges Mal versucht, und die Erinnerung an die Übelkeit, die diesem Versuch gefolgt war, hatte sie für den Rest ihres Lebens von dem Wunsch geheilt, die Erfahrung zu wiederholen.

Als sie um die letzte Ecke auf dem Weg zu dem Hotel bog, in dem Mordoc ihr ein Zimmer besorgt hatte, traf sie auf eine Gruppe Männer, die ihr den Weg versperrte. Sie waren zu fünft, und jeder von ihnen besaß irgendeine Waffe, von Totschlägern bis zu einer Metallkette. Auch ihre Uniformen redeten eine deutliche Sprache. Alle zeigten sie die Insignien von Carmodys Cavalieren. Es sah ganz danach aus, als legten die Mitglieder des Stalls, dessen Champion sie in der Arena besiegt hatte, es darauf an, noch einmal zu kämpfen, und diesmal waren sie deutlich in der Übermacht.

»Seht mal, was wir da haben«, meinte einer der Männer. Er hielt einen Totschläger in der Hand. »Die Schlampe, die unsern Jay gekillt hat.«

»Ich hab gehört, sie is'n Clankopp. He, Blondie, bist du wirklich 'ne Clannerin?« spottete ein zweiter. Dawn war seit frühester Jugend in der Kriegskunst geschult, hatte Serien von Prüfungen absolviert, bevor sie sich im letzten Positionstest zur ClanKriegerin qualifiziert hatte. Nach einem lebenslangen Training in der Kunst, die Furcht zu besiegen, konnten diese Schleimgeburten sie nicht einschüchtern. Statt dessen schätzte sie ihre Gegner nacheinander ab, ihre Bewaffnung, das Gelände, mögliche Fluchtwege, die sie einschlagen konnten, alles und jedes mit Belang für ihre Situation. Eine echte Kriegerin erkannte und nutzte, was immer sich ihr bot. Der Gedanke an einen Rückzug kam ihr nicht in den Sinn.

Ein Stück weiter zurück standen drei, vier weitere Cavaliere. Dawn sah sie Distanz wahren und hakte sie verächtlich als feige Freigeburten ab, die nur kämpften, wenn sie keine Angst zu haben brauchten, verletzt zu werden. »Pos«, antwortete sie mit einigem Stolz. »Ich gehörte zum Clan Stahlviper.«

Einer der Männer kam auf ihrer rechten Seite näher. Auch er hatte einen Totschläger. »Das wird noch lustiger, als ich erwartet habe. Ich bin Rasalhaager, und ich habe kein Lebenszeichen von irgendwem aus meiner

Familie bekommen, seit der Planet an euch Clanbastarde gefallen ist. Wir werden dich anständig in die Mangel nehmen, Clannerschnalle, und nicht bloß für Jay – das hier ist für alle, deren Leben ihr, du und deine verfickten Clans, zerstört habt.«

Dawn duckte sich in Kampfhaltung. »Ihr seid zu fünft. Wollt ihr einen Teil eurer Gruppe fortbieten, oder soll ich euch alle gleichzeitig erledigen?«

»Das ist keines von euren verdammten Batchalls, Baby. Du wirst es mit uns allen zu tun kriegen. Und wir werden dir eine Ladung verpassen, an die du dich erinnern kannst, bloß wirst du dafür zu tot sein.« Der Mann lachte hart und griff sich zwischen die Beine, so daß Dawn keinen Zweifel an der Bedeutung seiner Worte haben konnte. *Es stimmt also, was die Kreuzritter über die Innere Sphäre sagen. Diese Freigeburten sind wahrlich Barbaren.*

»Ihr werdet mich nicht töten«, stellte sie mit kalter, selbstbewußter Stimme fest. »Aber einige von euch werden zweifellos sterben.«

Einer der Männer hob sein Messer. »Zeit zu bezahlen, Hure«, rief er und stürmte, die Klinge zum Stoß erhoben, auf sie zu.

In einer einzigen, flüssigen Bewegung wirbelte Dawn auf einem Bein nach links und stieß ihm den freien Fuß hart zwischen die Beine. Der Mann ließ sein Messer im Zustoßen fallen und flog regelrecht nach hinten ins Dunkel. Inzwischen hatte ein anderer Cavalier mit einer schweren Keule ausgeholt, aber sie war zu schnell, duckte sich unter dem Schlag weg und sprang zurück. Dadurch hatte sie auch Gelegenheit, das am Boden liegende Messer des ersten Angreifers aufzuheben. Dawn war absolut wach, jede Faser ihres Wesens war auf diesen Augenblick, diesen Kampf, diese Gegner eingestellt. Lebenslanges Training hatte ihre Reaktionen geschärft, bis sie die Sicherheit von Instinkthandlungen besaßen. Sie kämpfte nicht logisch, sondern mit der todbringenden Sicherheit eines Raubtiers.

Hermann Bovos war auf dem Weg zum Lulu's, aber als er geradewegs in eine Schlägerei geriet, wie er noch nie eine gesehen hatte, hätte er beinahe vergessen, warum er auf dieser Straße war. Er blieb stehen und sah zu. Die Frau kämpfte gegen eine deutliche Überzahl, hielt sich aber mehr als wacker. Zwei der Männer lagen schon am Boden. Einer nach einem Tritt in die Kronjuwelen, der seine Blutlinie wohl endgültig beendet hatte, der andere mit einem Messer erdolcht, das eigentlich für sie bestimmt gewesen war. Bovos wußte nicht, wie der Kampf begonnen hatte, aber als immer mehr Männer sie einkreisten, erkannte er, daß es nur eine Frage der Zeit war, bis sie überwältigt wurde.

Andere Angreifer gingen um sie herum in Position, und eine Kette zischte durch die Luft und verfehlte ihren Kopf nur um Zentimeter. Acht gegen einen war alles andere als ein fairer Kampf, besonders dann nicht, wenn der Eine eine Frau war. Aber danach zu urteilen, wie sie kämpfte, war sie keineswegs irgendeine Frau. Eindeutig eine MechKriegerin.

Bovos warf sich in das Getümmel, auf einen Mann, der gerade mit einer Eisenstange ausholte, um die Frau von hinten niederzuschlagen. Bovos riß ihm den Arm weiter nach hinten und schleuderte ihn zu Boden. Jetzt attackierte der Angreifer mit der Kette Bovos statt der Frau. Er wurde an den Beinen getroffen und zu Boden geworfen. Aber Bovos war schnell genug, die Kette zu fassen, als sie ihren Weg fortsetzte. Er riß sie aus den Händen des Angreifers.

Die Frau hatte inzwischen einem der anderen einen Stock entrissen und hieb ihn demjenigen, der Bovos angegriffen hatte, in den Nacken. Der Schlag zerschmetterte nicht nur den Stock, sondern auch das Genick des Mannes, dessen Leiche wie ein Sack auf

Bovos' Beine fiel. Alles ging viel zu schnell, um einen klaren Gedanken fassen zu können, aber er war doch überrascht, daß sie ihre Gegner bewußt umbrachte. Jetzt schwang ein anderer der Männer eine Kette, erwischte die Frau am Kopf und riß ihr das Ohr auf.

»Moment!« rief Bovos, und schlug nach dem ihm am nächsten stehenden Mann.

»Neg!« zischte die Frau. »Das ist mein Kampf. Sie gehören mir!«

Duncan war entlang derselben Straße unterwegs zum Lulu's, als auch er die Straßenschlägerei bemerkte. »Was geht da vor?« fragte er einen Galaporter, der sich näherdrängte.

»Die Cavaliere haben sich eine echte ClanKriegerin geschnappt«, erwiderte der Mann.

Duncan bemerkte Hermann Bovos inmitten des Kampfgeschehens, und sein Puls begann zu rasen. *Verdammt! Ich brauche ihn!*

Fast ohne nachzudenken bahnte sich Duncan ebenfalls einen Weg durch die Zuschauer zu Bovos, der am Boden lag und mit einem drahtigen, bärtigen Kerl rang. Eine Frau, deren Gesicht und Hals auf einer Seite blutüberströmt waren, kämpfte ebenfalls auf dem Pflaster liegend mit einem anderen Mann. Duncan sah sich um und bemerkte einen weiteren, der die Hände zwischen die Beine preßte und vor Schmerzen gekrümmt schien. Als er sich jedoch plötzlich aufrichtete, hielt er eine Laserpistole in der Hand. Sie war direkt auf die Frau gerichtet, die jetzt beide Hände um den Hals ihres Gegners gelegt hatte. Mit einem Hechtsprung warf sich Duncan auf den Schützen und schlug ihm die Hände in dem Augenblick weg, als er abdrückte.

Das Krachen des Schusses schien die Nacht zu erschüttern und schockte Zuschauer wie Kämpfer. Abrupt stoppte jede Bewegung, als sei die Zeit eingefroren. Der Mann, den Duncan angesprungen hatte, fiel bewußtlos zu Boden. Die Frau stand auf. Ihre Blicke zuckten von Bovos zu Duncan. Sie wirkte erschöpft, und wo sie Treffer abbekommen hatte, entwickelten sich bereits Blutergüsse.

»Das war …«, setzte sie jetzt mit zitternder Stimme an, »… mein Kampf.« Sie trat einen Schritt auf Bovos zu, dann sah sie sich wieder zu Duncan um.

Schließlich brach sie auf dem nassen, kalten Pflaster zusammen. Alles war blutüberströmt. Wer nicht tot war, stöhnte vor Schmerzen.

Duncan hatte keine Ahnung, wie diese Frau in eine derartige Schlägerei geraten war, aber sie konnte offensichtlich auf sich selbst aufpassen. Er beugte sich über sie, um nach ihr zu sehen, und konnte sich des Gedankens nicht erwehren, daß er möglicherweise gerade das letzte Mitglied von Kalmas Kompanie gefunden hatte.

Und wenn dem so ist, dann paß ich besser verdammt auf, sie nicht zu verärgern.

16

Galaport, Galatea
Mark Skye, Vereinigtes Commonwealth

16. Mai 3057

»Duncan. Sie wacht auf«, meinte Bovos, als er ihre Lider zucken sah. Duncan stand hastig auf und trat ans Bett. Ein paar Minuten später öffnete die Frau die Augen. Sie starrte neugierig zu den beiden Männern hoch.

»Wo bin ich?«

»Wir haben Sie in unser Hotel gebracht«, erwiderte Duncan und wurde mit einer Miene völliger Ratlosigkeit belohnt. »Erinnern Sie sich nicht? Wir haben in Ihren Kampf mit den Cavalieren eingegriffen, die sich im Rudel auf Sie gestürzt hatten.«

Sie versuchte sich aufzusetzen, fiel aber unter Schmerzen zurück in die Kissen.

»Sie waren seit gestern abend ohnmächtig. Einer von Carmodys Cavalieren hat ihnen den Pistolengriff über den Schädel gezogen. Aber wir haben einen Arzt kommen lassen, und er sagt, Sie haben keine Gehirnerschütterung. Es kommt alles in Ordnung.«

»Wer seid ihr?« fragte sie beinahe wütend.

»Duncan, Duncan Kalma. Und das ist Hermann Bovos.«

»Warum habt ihr euch eingemischt? Ich kenne keinen von euch.«

»Es sah so aus, als könnten Sie Hilfe brauchen.«

»Hilfe?« Sie blinzelte und versuchte erneut, sich aufzusetzen. »Aber das war mein Kampf, frapos?«

»Eindeutig«, bestätigte Duncan. Sie hatte einen seltsamen Zungenschlag. Beinahe hatte er das Gefühl, mit jemandem zu reden, der Jahrhunderte zuvor geboren worden war. »Die Leute in der Menge haben gerufen, Sie seien eine Clannerin. Stimmt das?«

Sie sah ihm in die Augen. »Ja«, erklärte sie schließlich. »Ich war eine ClanKriegerin, eine Stahlviper.«

»Sie ›waren‹ ...?«

»Ich bin nun Dezgra – entehrt, ausgestoßen.«

»Und deshalb sind Sie hierher gekommen ... nach Galatea.«

»Ich kann nichts anderes als eine Kriegerin sein. Ich habe einen Mann getroffen, der mir einen Platz in seinem Stall angeboten hat.«

»Sie meinen Edel Mordoc, richtig?« Sie hatten sich nach ihr erkundigt, und es war keineswegs schwierig gewesen. Eine blonde, blauäugige ClanKriegerin, die an den Arenakämpfen auf Galatea teilnahm, zog die Aufmerksamkeit auf sich.

»Mordoc, ja, ein seltsamer kleiner Mann. So häßlich, daß eine Zwiebel flennen würde. Ich habe mehrere Begegnungen für ihn gewonnen, aber bei der letzten besiegte ich den Sohn des Mannes, der Carmodys Cavaliere besitzt.«

»Um genau zu sein, Sie haben ihn umgebracht. Was erklärt, warum sie hinter Ihnen her waren. Aber Sie haben sich beachtlich gehalten. Weswegen wir Sie auch hierher gebracht haben. Ich bin nach Galatea gekommen, um das Personal meiner Kompanie zu vervollständigen. In den letzten zwei Tagen haben wir bereits zwei Neue angeworben.« Er sah sie an. »Einen freien Platz haben wir noch.«

Diesmal richtete sie sich auf, ohne auch nur zu zucken. Ihre Augen funkelten vor Wut. »Ich mag entehrt sein, Freigeburt, aber ich bin keine Söldnerin.«

»Was machst du dann auf Galaport?« fragte Bovos. »Und warum bist du in der Arena angetreten?«

Sie schüttelte trotzig den Kopf. »Eine zu lange Geschichte.«

»Sie haben recht. Sie wissen nichts von uns, wir wissen nichts von Ihnen«, meinte Duncan in beruhigendem Tonfall. »Wie wäre es, wenn wir mit etwas

Simplem anfangen? Ich habe Ihnen meinen Namen genannt. Ich stamme vom Planeten Marik in der Liga Freier Welten. Ich habe eine Ausbildung als MechKrieger absolviert, mich aber entschieden, mir erst einmal die Galaxis anzusehen. Wie steht es mit Ihnen?«

Dawn antwortete nicht sofort. Die Position der Clan-Heimatwelten war geheim, aber für den Namen der Welt, auf der sie in der Stahlvipern-Besatzungszone stationiert gewesen war, galt das nicht. »Ich kam von Jabuka hierher.«

»Wie heißen Sie?« fragte Duncan und drückte sie mit einer Hand auf ihrer Schulter sanft zurück auf die Kissen.

»Mein Name ist Dawn«, antwortete sie und stieß seine Hand weg.

»Trane, sehen Sie sich diese Raumkarte an. Sie hat gesagt, sie kommt von Jabuka.«

Duncan hatte Dawn verlassen, damit sie sich ausruhen konnte, und war den Gang hinab in Tranes Zimmer gegangen. Er breitete die Karte auf dem kleinen Tisch des Raumes aus.

»Und?«

»Erinnern Sie sich an den SEKURA-Bericht über den Cumbres-Überfall? Da hieß es, die 24. Lyranische Garde wurde zuerst von einer kompaniegroßen Clan-Einheit angegriffen. Dem Bericht zufolge testete die Einheit da gerade ihre neuen Mechs. Die Clanner mußten sich also mit ebenbürtigen Mechs herumschlagen. Dann tauchten die falschen Ritter auf und machten der von den Clannern angeschlagenen Garde den Garaus. Die Clan-Einheit mußte sich zurückziehen, weil sie zuviel Schaden erlitten hatte – erst von den Gardisten und anschließend von den falschen Rittern.«

»Ich sehe, worauf Sie hinauswollen, Duncan. Jabuka liegt nahe genug an Cumbres, um den Stahlvipern einen Überfall zu gestatten. Glauben Sie, sie könnte an dem Clanangriff auf Cumbres beteiligt gewesen sein?«

»Ich weiß es nicht. Sie sagt, sie ist ›Detzra‹ oder so was – das heißt, sie wurde mit einem Tritt vor die Tür befördert. Ich nehme an, daß sie auch irgendwie ihre Ehre eingebüßt hat. Aber bei den Clans kenne ich mich nicht aus.«

Trane zuckte die Schultern. »Ich auch nicht. Aber aus den Berichten, die ich gesehen habe, scheint die größte Schande für einen ClanKrieger eine schlechte Leistung auf dem Schlachtfeld zu sein. Jedenfalls ist das der erste Gedanke, der mir dabei kommt.«

»Eine Schande wie zum Beispiel die, von Truppen der Inneren Sphäre besiegt zu werden? Was, wenn sie Teil der Clankompanie war, die Cumbres angegriffen hat? Die Clanner haben erwartet, eine normale Lyranische Gardeeinheit zu finden, und sind statt dessen einer Truppe funkelnagelneuer Mechs vor die Rohre gelaufen. Wäre etwas in der Art ausreichend, um sie aus den Clans auszuschließen?«

Trane zuckte wieder die Achseln. »Ich bin mir nicht sicher. Ich bin auch kein Experte auf diesem Gebiet.«

»Na, für den Augenblick hat sie nur uns. Das dürfte ihr wohl bei der Entscheidung geholfen haben. Ich habe ihr erzählt, Mordoc wolle nichts mehr mit ihr zu tun haben, nachdem sie sich hier so viele Feinde gemacht hat.«

»Sie sind unverbesserlich.«

»Das Beste haben Sie noch gar nicht gehört: Ich mußte versprechen, ihr keinen Sold zu zahlen. Sie sagt, sie könnte ihre Kriegerfähigkeiten niemals ehrenhaft verkaufen, aber es ist in Ordnung, wenn sie für Nahrung und Unterkunft kämpft. Nach allem, was ich von den Clans gehört habe, würde ich wetten, daß sie eine verflucht gute MechKriegerin ist. Wenn wir erst Bergegut haben, können wir ihr was zusammenklopfen.

Eine Clannerin dabei zu haben, dürfte unsere Tarnung ziemlich perfekt machen.«

Trane betrachtete Duncan einen Moment. »Wie wollen Sie Dawn einsetzen?«

»Nun, Bovos und Hawkes haben schon eine gewisse Erfahrung in Duellen, deshalb bilden wir vier die BefehlsLanze. Dawn hat ebenfalls Erfahrung, also stecken wir sie als Reserve für den Fall, daß einer von uns ausfällt, mit Villiers, Blix und Goto in die ArtillerieLanze. Auf jeden Fall macht sie was her. Die anderen bilden die ScoutLanze.«

Duncan hatte seinen Plan hastig heruntergespult, weil er mit Widerspruch rechnete. Er war sicher, daß Trane es vorgezogen hätte, alle Ritter in zwei Lanzen zu formieren, mit Duncan und den übrigen Neuzugängen in der dritten.

Aber alles, was Trane sagte, war: »Na gut, jetzt haben wir eine komplette Kompanie. Was uns noch fehlt, sind Gegner.«

»Exakt. Was haben Sie herausgefunden?«

»Die Galatäer sind so verzweifelt darum bemüht, ihre Wirtschaft in Gang zu halten, daß sie ziemlich regelmäßig Kämpfe ansetzen.«

»Die Arena, in der wir das letzte Mal angetreten sind, nennt sich das Schlachtfeld, richtig?«

Trane nickte. »Die andere ist das Manövergelände. Ein fünfzig Quadratkilometer großes Areal mit einer Attrappenstadt, Brücken und unterschiedlichen Geländebedingungen. Soweit ich feststellen konnte, funktioniert die Sache wie folgt: Es gibt neun Begegnungen. Die ersten vier Lanze gegen Lanze, die zweiten vier als Einzelduelle, und das letzte Gefecht findet zwischen den gesamten Überresten der Kompanien statt.«

»In den Lanzengefechten sind wir im Nachteil«, stellte Duncan nachdenklich fest. »Wir haben noch nie als Einheit gekämpft. Und wir haben verdammt wenig

Zeit, es zu trainieren. Wir werden es im ersten Anlauf packen müssen.«

»Nach dem, was Hawkes und Bovos erzählt haben, ist man hier auch nicht allzu streng, was das Befolgen der Regeln betrifft. Es heißt, man kann einen Kampf jederzeit abbrechen, indem man eine Leuchtkugel abschießt. Der Gegner ist gehalten, das zu respektieren, aber verlassen kann man sich darauf nicht.«

»Unser Ziel muß es sein, einen Ruf aufzubauen ... und zwar schnell. Einen Kampf durch Aufgabe zu verlieren, hilft da wenig, ganz abgesehen von den Bergerechten, die dem Gewinner zufallen. So etwas können wir uns weder einzeln noch als Einheit erlauben. Für uns heißt es alles oder nichts.«

»So ist es«, bekräftigte Trane ernst. »Bis zum Tod.«

»Und nun die große Frage: Wann geht es los?«

»Morgen. Es scheint, daß wir das Turnier eröffnen. Niemand drängt sich danach, die Champions des letzten Monats als erster herauszufordern.«

»Und wer wäre das?«

Trane ließ ein seltenes Grinsen aufblitzen. »Niemand anders als Carmodys Cavaliere.«

»Gut«, erwiderte Duncan und grinste zurück. »Das wird Dawn gefallen.«

17

Galaport, Galatea
Mark Skye, Vereinigtes Commonwealth

22. Mai 3057

Duncan blickte auf den Hilfsmonitor im Cockpit seines *Kampftitanen* und fragte sich plötzlich, was er hier eigentlich machte. An einem Ort wie Galaport einen BattleMech durch eine Serie mörderischer Arenakämpfe zu steuern, hatte nie zu seinen Wunschträumen gehört. Aber es schien die einzige Möglichkeit zu sein, in jenen Kreis der Krieger vorzustoßen, in dem sie auf Hinweise auf die falschen Ritter hoffen konnten. Sie hatten gewußt, daß Carmodys Cavaliere Halsabschneider und Schläger waren, aber sie hatten sich zudem als unerbittliche Gegner gezeigt. Nicht nur das; sie hatten den Vorteil, sich auf dem Manövergelände, wo die Lanzenkämpfe ausgetragen wurden, bestens auszukennen. Trotzdem hatte Kalmas Kompanie die ersten drei Begegnungen mit den Cavalieren gewonnen.

»Dämon, sehen Sie was?« Das war Hawkes.

»Absolut nichts, Kanonier«, erwiderte Duncan.

Es war Trane gewesen, der ›Dämon‹ als Rufzeichen für Duncan vorgeschlagen hatte. Anscheinend nutzte er jede Gelegenheit, sich Luft zu machen. Aber Duncan machte weder der Spitzname etwas aus, noch die Zusammenarbeit der vier Mechpiloten, die einander kaum kannten.

»Ich habe gehört, daß die Buchmacher uns gegen die Cavaliere inzwischen eine 50:50-Chance geben«, stellte Trane ohne speziellen Adressaten fest, und Duncan hätte schwören können, einen Anflug von Stolz in seiner Stimme zu hören.

»Haben Sie ein paar Credits auf uns gesetzt?« fragte er spöttisch, wohl wissend, daß Trane diese Frage nicht mit einer Antwort würdigen würde. Grinsend wandte er sich wieder der Taktikanzeige zu. Noch immer waren keine Blips zu sehen, die einen Feindkontakt meldeten. In den drei vorhergehenden Begegnungen hatten die Cavaliere Variationen ein und derselben Taktik versucht: Nachdem sie den schwächsten Mech der gegnerischen Lanze ausgemacht hatten, griffen alle vier Cavaliere diese eine Maschine an, um sich dann immer zu viert gegen jeweils einen Gegner durch den Rest der Einheit zu arbeiten. Es war weder eine brillante noch eine sonderlich originelle Strategie, und Duncans Team hatte immer eine Möglichkeit gefunden, sie zu durchkreuzen.

Da sie den Münzwurf vor dem Kampf gewonnen hatten, war den Cavalieren das Recht zugefallen, ihren Ausgangspunkt auf dem fünfzig Quadratkilometer großen Manövergelände zu bestimmen. Im Norden erhob sich ein felsiger Gebirgszug, an den eine Wüste angrenzte, wie sie für den größten Teil der sonnenverdorrten Landfläche in diesen Breitengraden Galateas typisch war. Zum Süden hin lag ein Wald, oder das, was hier dafür durchging. Die Cavaliere hatten sich entschieden, von Norden durch die Berge auf das Gelände zu kommen, und nun spielten sie anscheinend auf Zeit.

»Allmählich wird es mir langweilig«, meinte Bovos.

»Mir auch, Stier. Was meinen Sie, Paladin?«

»Dito«, erwiderte Trane. »Ich bin unterwegs.« Bei ihrem ersten Treffen mit den Cavalieren war ihnen Fortuna hold gewesen. Als Carmodys Lanze sich auf Hawkes in seinem *Kreuzritter* gestürzt hatte, waren Duncan in seinem *Kampftitanen* und Bovos in seinem *Kriegshammer* rein zufällig auf demselben Weg gelandet und im Rücken der Cavaliere aufgetaucht.

Da sie damit rechneten, daß ihre Gegner im zweiten Kampf etwas ähnliches versuchen könnten, hatten Duncan und seine Begleiter einen eigenen Schlachtplan geschmiedet. Tranes *Valkyrie* war nicht der schnellste leichte Mech, den sie zur Verfügung hatten, aber sie verfügte über sechs Tonnen Panzerung, die ihr gestatteten, ansehnliche Schäden einzustecken, ohne den Kampf aufgeben zu müssen. Außerdem besaß sie Sprungdüsen, mit denen sie 150 Meter weit fliegen konnte, und eine gute Bewaffnung. Auf sich gestellt, war die *Valkyrie* einem mittelschweren oder schweren Mech nicht gewachsen, aber als Teil einer Lanze konnte sie sehr effektiv sein.

Trane hatte seine Geschwindigkeit dazu benutzt, die Cavaliere aufzuspüren und zu reizen, bis sie im Glauben, er sei allein, angriffen. Der zweite Kampf hatte ein ebenso abruptes Ende gefunden wie der erste, als Duncan, Bovos und Hawkes die Cavalier-Lanze von hinten aufgerollt hatten. In der dritten Begegnung hatte sich eine weitere Variante dieser Strategie als ebenso erfolgreich erwiesen. Während er der hinter dem Horizont verschwindenden *Valkyrie* hinterherblickte, hoffte Duncan, daß die Cavaliere davon ausgingen, niemand würde denselben Trick noch einmal versuchen.

Trane betrachtete die niedrige Bergkette. Irgendwo zwischen diesen Felsen warteten ein *Attentäter*, ein *Quasimodo* und ein *Dracon* auf ihn. Er näherte sich langsam und gleichmäßig, um den Cavalieren reichlich Zeit zu geben, ihn zu entdecken. Außerdem verschaffte ihm das Zeit nachzudenken. Clinton Carmodys Einheit hatte angeblich die Stärke einer Kompanie. Aber innerhalb von drei Tagen hatte Carmody drei Lanzen gegen Kalmas Kompanie verloren. Drei Lanzen entsprachen einer Kompanie, und trotzdem war er jetzt dabei, nach einer weiteren Lanze Cavaliere zu suchen. An den Vorhügeln angekommen, bremste er die *Valkyrie* auf wenig mehr als zehn Stundenkilometer ab. Er suchte nach Anzeichen für abgeführte Betriebswärme in der Luft über den Felsen.

Das Problem mit der Zahl der Cavalier-Mechs ließ ihn nicht los. Er ließ die letzten drei Kämpfe schnell noch einmal vor seinem Geist Revue passieren. Trane war sich sicher, daß er etwas übersehen hatte. *Möglicherweise war ich so versessen darauf, an Bord meines Mechs zu gehen, daß ich meinen Gegner nicht gut genug studiert habe.* Carmody besaß das übliche Sortiment zerbeulter Mechs, wie es für Söldnerkompanien typisch war, aber erst, als er an den Kampf des vorherigen Tages zurückdachte und an eine *Speerschleuder*, die auf ihn zugestürmt war, erkannte er plötzlich, was an ihm genagt hatte. Alle Mechs Carmodys trugen dasselbe weißgoldene Wappen auf der Rumpfpanzerung. Die *Speerschleuder* hatte dieses Wappen nicht getragen. Und jetzt, als Trane nachdachte, fiel ihm auf, daß für mindestens die Hälfte der Mechs, die sie bis jetzt abgeschossen hatten, dasselbe galt. Er und Duncan hatten diese Gefechte dazu benutzt, sich schnell einen Ruf aufzubauen. Konnte es sein, daß Carmody die Kämpfe als Eignungstest für potentielle Rekruten verwendete? Wenn dem so war, mußte über die Hälfte seiner tatsächlichen Kompanie noch intakt sein.

Trane hielt die *Valkyrie* an. Vor ihm lag eine tiefe Schlucht, in die ein Trampelpfad aus den Bergen hinabführte. Die Schlucht wirkte mehr als tief genug, um eine komplette Mechlanze zu verstecken. Er behielt die Sensoren im Auge, um die Wärmesignatur versteckter Maschinen rechtzeitig zu erkennen, und brachte seinen Mech vorsichtig an den Rand des Abgrunds. In dem sich vor ihm öffnenden Tal waren keine Cavalier-Mechs zu sehen, aber es war offensichtlich, daß sie hier *gewesen* waren. Unmittelbar unter ihm, im weichen Boden der Schlucht, konnte er die unverkennbaren Abdrücke von Mechfüßen erkennen, und die Spur führte nach Süden … fort von den Bergen.

Trane bewegte die *Valkyrie* vorsichtig den Hang hinab. Unten angekommen, rief er die topographische

Karte des Manövergeländes auf den Sichtschirm und stellte fest, daß er sich in einem ausgetrockneten Flußtal befand, das sich in südöstlicher Richtung bis kurz vor die aus leeren Gebäuden bestehende Attrappe einer Stadt wand. Dorthin waren sie unterwegs – in die Stadt – nicht in den Wald, in dem Duncan und der Rest der Lanze zwischen den Bäumen versteckt auf sie warteten. Die bisher so leicht durchschaubaren Cavaliere hatten plötzlich ihre Taktik geändert.

Die Cavaliere traten mit drei mittelschweren und einem schweren Mech gegen die aus je einem leichten, mittelschweren, schweren und überschweren Mech bestehende Lanze Kalmas an. Carmodys Truppe war insgesamt nur vierzig Tonnen leichter, was eine ziemlich ausgewogene Kampfstärke ergab. Während Trane die *Valkyrie* langsam das Flußbett entlang bewegte, rief er die Daten der Cavalier-Maschinen auf. Der *Attentäter*. Für den Nahkampf entwickelt und ursprünglich als Nachfolgermodell der leichteren *Wespe*- und *Hornisse*-Mechs gedacht. Der *Centurion*. Mit seiner Autokanone, den Raketen und mittelschweren Lasern auf kurze Distanz besonders gefährlich. Der *Quasimodo*. Ein solider Ruf als Straßenkämpfer. Der *Dracon*. Ein gedrungenes Sechzig-Tonnen-Monster, wie geschaffen für den Schlagabtausch unter beengten Bedingungen. Die Daten erzählten die ganze Geschichte. Trane sah glasklar, was ihre Gegner planten.

Der Boden des Flußtals stieg langsam an. Die meisten Biegungen waren weitläufig gewesen, ohne scharfe Kehren, hinter denen sich ein feindlicher BattleMech verstecken konnte ... bis jetzt. Trane konnte voraus eine scharfe Biegung nach links ausmachen, und seine Kriegerinstinkte sagten ihm, daß Gefahr drohte. Ohne nachzudenken löste er die Sprungdüsen aus. Als die *Valkyrie* aus dem tiefen Graben emporstieg, konnte er sehen, was hinter der Kurve auf der Lauer gelegen hatte. Es war der *Centurion*.

»Dämon, Sie sind in der Stadt.« Trane brüllte die Nachricht ins Mikro, noch bevor sein Mech am Rand der Schlucht aufgesetzt hatte. »Ich bin in einem Graben nördlich davon über einen *Centurion* gesprungen.«

»Was Sie nicht sagen. Nett, von Ihnen zu hören, Paladin««, kam Duncans Stimme über die Leitung. »Wir dachten schon, Sie hätten sich entschlossen, ein Nickerchen einzulegen.«

Als er eine Staubwolke aus dem Flußtal aufsteigen sah, warf Trane die *Valkyrie* in einen gestreckten Galopp. Der *Centurion* konnte mit dem leichten Mech nicht mithalten, schon gar nicht innerhalb des engen Grabens. Wenn es ihm gelang, sich auf eine respektable Distanz hinter dem Cavalier abzusetzen, bevor dieser aus dem Tal kam, konnte er hoffen, ein paar LSR-Treffer zu erzielen.

An der aus der Tiefe aufsteigenden Staubwolke erkannte Trane, daß sich der Boden des Flußtals hob. Der *Centurion* mußte in wenigen Minuten die Oberfläche erreichen. Vor sich sah er eine steile Anhöhe. Er warf einen schnellen Blick auf die Landkarte, und stellte fest, daß der Hügel nur wenige Kilometer nördlich der Attrappenstadt lag. Das Flußtal endete auf der anderen Seite. Als sein Mech sich an den Hang machte, konnte er Rauch über dessen Kuppe aufsteigen sehen und das Krachen von Kurzstreckenraketen hören. *Centurions* hatten keine KSR. Wer schoß da auf wen?

Trane hielt die *Valkyrie* an. Fünfhundert Meter vor dem Schluchtausgang hatten sich Duncan, Hawkes und Bovos mit ihren Mechs im Halbkreis aufgestellt. Hawkes feuerte eine zweite KSR-Salve auf den *Centurion* ab, dessen rechter Arm – mitsamt der Autokanone – bereits abgerissen am Boden lag. Wo einmal die Zehner-Langstreckenlafette vom Typ Luxor gesessen hatte, klaffte ein tiefes Loch im Rumpf des Mechs. Von einem Funkenregen umgeben zuckten Myomerbündel aus dem Gelenk des abgetrennten Arms. Noch eine

Salve von Hawkes, der seine Raketen diesmal in den Rumpf des *Centurion* sandte, und der Cavalier-Kampfkoloß hauchte sein Dasein aus.

»Er sollte uns wahrscheinlich in die Stadt locken«, meinte Trane. »Vor ein paar Minuten ist mir plötzlich aufgegangen, daß ihre Lanze perfekt für Straßenkämpfe geeignet ist. Aber Moment mal. Was macht ihr hier oben, statt im Wald?«

»Na ja, während Sie durch die Landschaft gezogen sind, hatte ich nichts anderes zu tun, als herumzusitzen und nachzudenken«, antwortete Duncan. »Dabei bin ich zum selben Schluß über die Mechs gekommen, die sie bei diesem Kampf aufgestellt haben. Ich dachte mir, wenn ich richtig liege, werden sie einen Scout losgeschickt haben, um uns in die Stadt zu locken. Und als ich dann dieses Flußtal auf meiner Karte gesehen habe, war mir klar, daß sie aus den Bergen in die Stadt gelangen konnten, ohne von uns entdeckt zu werden. Ich wußte, früher oder später würden Sie es auch herausfinden und hierher kommen.«

»He«, unterbrach Hawkes. »Vergessen Sie nicht, daß sich immer noch drei andere in der Stadt verstecken.«

»Ich würde sagen, der *Centurion* sollte uns in die Falle führen, und dann sollte der *Attentäter* auftauchen und versuchen, uns in zwei Paare zu splitten«, erklärte Duncan. »Ich würde was darauf verwetten, daß der *Quasimodo* und der *Dracon* gut versteckt darauf warten, uns von hinten oder von der Seite abschießen zu können. Was meinen Sie, Paladin?«

»Ich marschiere die Hauptstraße hinunter, und Stier kann mir folgen. Sie und Kanonier suchen sich einen anderen Weg. Das ist ein Kampf von der Sorte, die man nicht vorausplanen kann.«

»Stimmt. Viel Glück, Jungs.« Duncan sah Trane hinterher, als er die *Valkyrie* geradewegs auf die Stadt zu in Bewegung setzte. Der Mann konnte gelegentlich ein rechter Schmerz im Arsch sein, aber Duncan mußte zugeben, wenn es darauf ankam, hatte er Mut für zwei.

Rod Trane betrat die Attrappenstadt über die Hauptstraße. Duncan hatte recht. Fünf oder sechs Querstraßen voraus gab der *Attentäter* vor, aus einer Seitenstraße zu treten, um die breite Allee zu überqueren. Der Pilot tat so, als hätte er Trane gerade erst bemerkt, drehte seine Maschine um und hob den rechten Mecharm, um zwei Schüsse aus dem darin montierten mittelschweren Laser abzufeuern. Die Lichtimpulse zuckten weit an Tranes Mech vorbei, aber der Cavalier hatte es ja auch nicht wirklich darauf angelegt, ihn zu treffen. Er lief weiter über die Fahrbahn und verschwand in einer Seitenstraße.

»Dämon, Sie hatten recht«, meldete Trane. »Der *Attentäter* versucht mich in eine Gasse zu locken. Sie scheint nach Süden zu führen.«

»Verstanden, Paladin. Halten Sie sich zurück. Dämon ist eine Weile aus der Leitung«, kam Duncans Antwort.

Trane hatte keine Zeit, zu spekulieren, warum Duncan plötzlich Funkstille halten wollte. Er lenkte die *Valkyrie* die Straße hinunter und bog in die schmalere Gasse ein. Als er sah, wie verwinkelt sie zwischen den Häuserblocks verlief, wußte er, daß der *Attentäter* und seine Kumpane hinter jeder dieser Ecken auf ihn lauern konnten.

»Paladin, das ist übel.« Selbst über die Kommleitung war die Besorgnis in Bovos' Stimme zu hören. Und sie schien berechtigt. Die Cavaliere waren im Vorteil. Sie hatten schon häufiger auf dem Manövergelände gekämpft und kannten es in allen Einzelheiten, und dazu gehörten auch die Straßen und Gebäude dieser Stadt. Kalmas Lanze hatte hier erst drei Gefechte absolviert und nicht eines davon in der Stadt. Bovos hatte jedes Recht, besorgt zu sein. Sie steckten in der Klemme.

Als Trane um die nächste Ecke bog, öffnete sich die Gasse in einen kreisrunden Platz. Auf der anderen Seite des Platzes konnte er den *Attentäter* sehen, der gerade in eine andere Gasse einbog. Er hatte kaum genug Platz, sich umzudrehen und eine KSR-Salve abzufeuern. Wieder erkannte Trane, daß der *Attentäter*-Pilot gar nicht versuchte, ihn zu treffen, sondern ihn nur weiterlocken wollte. Als er sich umsah, wußte er warum. Zwei andere Gassen mündeten in diesen Platz, aber sie lagen so, daß er sie von seiner Position aus nicht einsehen konnte. Wahrscheinlich versteckten sich die anderen Mechs der Cavaliere in diesen Straßen, aber er konnte nicht nachsehen, ob er mit seiner Vermutung recht hatte, ohne sich in beider Schußfeld zu begeben. Eine weitere Kurzstreckenrakete schlug in ein Gebäude rechts von ihm ein.

»Ein ungeduldiger kleiner Dreckskerl, was?« Bovos' Frage erschien Trane als Zeichen, daß sein Begleiter weiter wollte.

»Los geht's, Stier.« Trane trat auf den Platz, und nun nahm der *Attentäter* ihn ernsthaft unter Beschuß. Eine KSR streifte die linke Schulter der *Valkyrie*, explodierte aber erst eine Sekunde später. Die Druckwelle erschütterte den Kampfkoloß leicht, richtete jedoch keinen Schaden an. Dann geschah es.

Trane konnte die Kondensstreifen vom linken Torso des *Attentäter* aufsteigen sehen, aber nur zwei der Raketen verließen ihre Abschußrohre. Der *Attentäter* war so unerwartet freundlich, eine seiner Schwächen vorzuführen – einen unzuverlässigen Nachlademechanismus –, und die Sicherheitsautomatik des Mechs verhinderten einen Abschuß der verklemmten Raketen. Trane senkte das Fadenkreuz auf die Hüftgelenke des Mechs und bombardierte sie mit seinen eigenen KSR. Der *Attentäter*-Pilot schien in Panik zu geraten und feuerte ein wildes Muster von M-Laserschüssen ab, in der Hoffnung, Trane zurückzudrängen oder sogar ein, zwei Raketen abzufangen. Es war vergebens. Tranes Raketen nahmen den Cavalier-Mech auseinander.

»Paladin …« Trane hörte Bovos' Warnung eine Millisekunde, bevor er den Treffer spürte. Es war wie ein Dolchstoß in seinen Rücken. Am Stakkatokrachen erkannte er Autokanonenfeuer, und die Meldungen seiner Schadensanzeige ließen keinen Zweifel daran, daß es sich um die schwere Tomodzuru des *Quasimodo* handelte. Er verlor die Kontrolle über seinen Mech, und es gab kaum etwas, das er dagegen tun konnte. Er versuchte, die *Valkyrie* nach rechts zu drehen, aber in diesem Augenblick krachte die Hand des *Quasimodo* auf die rechte Schulter seines Mechs herab und verfehlte das Cockpit um nicht einmal einen Meter. Eine Sekunde später rammte der mittelschwere Mech seine Faust knapp unter dem Kopf in den Rücken der *Valkyrie*. Der Schlag war so hart, daß Tranes Sicherheitsgurte rissen, und er aus der Liege geschleudert wurde. Sein Kopf schlug irgendwo auf, und alles wurde dunkel …

18

Galaport, Galatea
Mark Skye, Vereinigtes Commonwealth

22. Mai 3057

Noch bevor er die Augen öffnete, wußte Trane, daß er höllische Kopfschmerzen hatte. Er war kein religiöser Mensch, aber nur für den Fall, daß er tot war, hoffte er darauf, daß es einen Ort des ewigen Lebens für Krieger gab, die im Kampfe fielen. Aber dann erinnerte er sich, daß die jenseitigen Gefilde für die tugendhaften Toten frei von den Lasten des sterblichen Lebens sein sollten… insbesondere von Schmerzen! Und da sein Schädel sich anfühlte, als wäre er gespalten, mußte er wohl, wenn er tot war, an einem Ort gelandet sein, der für die nicht ganz so Tugendhaften reserviert schien…

»Ich glaube, er wacht auf.«

Trane erkannte mühsam Hawkes' Stimme.

»Zeit wird's. Erst lümmelt er quer über das Manövergelände, und dann läßt er sich zu Brei kloppen. Allmählich dürfte er mal aufwachen und was tun für sein Geld.« Das war Duncan. Entweder sie waren alle tot, oder er hatte den Kampf überlebt. Trane öffnete die Augen.

»Wie fühlst du dich, Rod Trane?« Trane drehte vorsichtig den Kopf, und sah hinüber zu Dawn, die auf einem Stuhl an seinem Bett saß. Als er sich weiter umsah, bemerkte er, daß auch Villiers, Blix und Goto sich um ihn versammelt hatten.

»Erzählt«, flüsterte er.

»Es war ein höchst beeindruckender Kampf, Kapitan«, meinte Jon Blix. »Wir konnten auf den Feldmonitoren in der Zuschauergalerie alles mitverfolgen.«

»Kapitan?« Hawkes hakte augenblicklich bei Blix' Versprecher nach.

Duncan lachte unsicher. »Er und Trane dienten früher in derselben Einheit«, erklärte er hastig, war sich dabei aber klar, daß es ein ziemlich dürftiger Versuch war, den Fehler auszugleichen.

»Nun ja... *Kapitan*«, meinte Hawkes. »Duncan hat Ihnen das Fell gerettet. Als Ihr Mech umkippte, wollte der *Quasimodo* Sie zu Altmetall trampeln. Duncan kam dieselbe Gasse herab, in der sich der Cavalier versteckt hatte, und schlich sich hinter ihm an. Als der *Quasimodo* versuchte, sich zu prügeln, hat er ihm gezeigt, wozu die Riesenfäuste eines *Kampftitanen* imstande sind.«

»Und der *Dracon*?«

»Der hatte es auf mich abgesehen«, stellte Bovos fest. »Aber als er den *Kampftitanen* sah, trat er den Rückzug an. Er erwischte mich mit einer AK-Salve, aber dann kam Hawkes von hinten und zertrümmerte mit einem Fausthieb sein Cockpit. Ich hab ihn mit der PPK auseinandergeschnitten und dem *Attentäter* den Rest gegeben.«

»Die beiden reden, als wäre es ein leichter Kampf gewesen,... Rod«, warf Karl Villiers ein, und in seiner Stimme lag ein wenig Stolz. »Aber das war es nicht. Alle sind irgendwie getroffen und verletzt worden. Es ging Mech gegen Mech, und es war ein schmutziger Kampf, aber wir haben gewonnen.« Wie die übrigen Ritter hatte er seine Zweifel gehabt, wozu diese buntgewürfelte Truppe fähig war, aber er konnte nicht anders, als ihre Zähigkeit zu bewundern.

Trane sah sich um. Duncan, Bovos und Hawkes hatten allesamt Blutergüsse oder Schnittwunden, oder beides. »Wie schlimm hat's mich erwischt?«

»Die *Valkyrie* ist Geschichte, Rod«, meinte Duncan, »und Sie haben eine leichte Gehirnerschütterung. Wir hatten Glück, alle, die wir hier sind.«

»Ich habe auch früher schon mit einer Gehirnerschütterung gekämpft. Ich kann es wieder tun. Wann ist unser nächster Termin?«

»Erst in zwei Tagen«, erwiderte Duncan. Es war ziemlich offensichtlich, daß nichts Trane davon abhalten konnte, daran teilzunehmen.

»Gut. Bis dahin bin ich auf jeden Fall wieder auf dem Damm.« Schon das Wissen, daß seine Verletzungen nicht schwerer waren, ließ Trane sich besser fühlen. »Und in der Zwischenzeit bin ich am Verhungern.«

»Gehen wir ins The Gardens«, schlug Blix vor.

Trane sah den jüngeren Ritter erstaunt an. »Das ist das teuerste Restaurant in Galaport.«

»Kein Problem, ... Trane. Ich bezahle«, erwiderte Blix großzügig. Der junge Ritter schien jedesmal Probleme zu haben, wenn er Trane ansprach.

»Sie bezahlen? Woher haben Sie soviel Geld, Blix?«

»Nun, ich, äh...« Jetzt saß Blix in der Klemme. Er würde beichten müssen. »Ich habe eine Wette auf den Kampf abgeschlossen... auf Sie natürlich. Der Gewinn war ganz ordentlich.«

Trane sagte einen Augenblick lang gar nichts. Dann erkannte er den Humor der Situation und mußte lachen. Duncan, Hawkes und Bovos fingen auch an zu kichern, bis die vier schließlich grölten vor Lachen. Dawn sah von einem zum anderen, dann hinüber zu Jon Blix, der die Schultern hochzog. Sie verstand das Konzept einer Wette, aber sie verstand für ihr Leben nicht, was diese Freigeborenen so amüsierte.

»Jon, wenn Sie weiter Wetten gewinnen, die reichen, um solche Festmähler zu bezahlen, werden wir alle zu Fettwänsten!« Duncan fühlte sich äußerst zufrieden.

»Ich habe nicht den Wunsch, euer Gefühl der Selbstzufriedenheit zu zerstören«, meinte Dawn, »aber wir sollten Rod Trane von den Angriffen erzählen, frapos?« Sie hatte nur sehr wenig gegessen, gerade genug, um bei Kräften zu bleiben. Die auf diesem Planeten verfügbaren Nahrungsmittel ekelten sie an. Entweder waren sie zu fett, oder so offensichtlich ohne Nährwert, daß Dawn sie kaum durch die Kehle bekam.

»Angriffe?« Trane schlug seine Gabel so heftig auf den Teller, daß er alarmierte Blicke von einigen der Gäste an den anderen Tischen erntete.

»Heute nachmittag hat jemand mit einem Messer nach Bovos geworfen, als wir aus dem Mechhangar kamen«, berichtete Duncan. »Zum Glück ist die Klinge an seinem Schlüsselbein abgeprallt. Aber wir waren von einer solchen Menschenmenge umgeben, daß wir nicht sehen konnten, wer es geworfen hatte. Es muß aber einer von Carmodys Leuten gewesen sein. Wer käme sonst in Frage?«

Bovos nahm den Faden auf. »Und dann, während wir im Krankenrevier auf den Bericht des MedTechs über Ihre Verletzungen gewartet haben, hat jemand durch ein Fenster des Wartezimmers auf Hawkes geschossen. Es ist ein Wunder, daß sonst niemand verletzt wurde.«

»Es hat den Anschein, daß die Cavaliere diese Kämpfe ohne Rücksicht auf Verluste gewinnen wollen«, stellte Dawn fest. »Sie sind ohne jede Ehre.«

Während die Kellner ihre Teller abräumten, berichtete Trane, worüber er am Nachmittag auf dem Platz nachgedacht hatte. »Mitten im Kampf heute ist mir etwas aufgefallen. Für eine Einheit, die angeblich Kompaniestärke hat, gibt es eine ganze Menge dieser Cavaliere. Und es tauchen immer mehr auf.«

Goto nickte, wartete aber mit seiner Antwort, bis Trane seine Dessertbestellung, einen Likör auf Honigbasis, aufgegeben hatte. »Duncan hat mich gestern gebeten, dem nachzugehen. Ich habe festgestellt, daß die Cavaliere seit ihrem großen Erfolg im vorigen Monat neue Mitglieder werben. Sie erzählen den Leuten, daß sie einen neuen Kontrakt haben, aber dafür noch mindestens eine zusätzliche Kompanie aufstellen müssen … oder sogar zwei. Ich würde sagen, sie versuchen auf Bataillonsstärke zu kommen.«

»Und sie probieren ihre neuen Rekruten gegen uns aus?« Trane ärgerte sich nicht nur über die Cavaliere, sondern auch, weil Duncan einen vollen Tag früher als er darauf gekommen war.

»Klingt logisch«, meinte Bovos. »Seit wir damals das Kräfteverhältnis gegen Dawn ausgeglichen haben, stehen wir auf ihrer Abschußliste. Indem sie ihre neuen Rekruten gegen uns ins Feld schicken, können sie überhaupt nicht verlieren. Entweder wir sterben, oder sie eliminieren Rekruten, die kein Gefecht gewinnen können. Eigentlich gar kein schlechter Plan.«

Der Kellner brachte Trane den Drink, und er nahm sofort einen Schluck. Die feurige Flüssigkeit brannte stärker auf seiner Zunge, als er es in Erinnerung hatte, war aber nichtsdestoweniger sehr gut. »Meinen Berechnungen nach müßten die Cavaliere genug Piloten und Mechs für den Rest der Kämpfe haben. Karl, Sie, Jon und Goto werden ausstreuen, daß die Cavaliere Angst davor haben, sich uns selbst zu stellen und Strohmänner vorschieben. Das sollte garantieren, daß bei den nächsten Begegnungen Carmody und Crew antreten.«

»Gute Idee«, fand Duncan. »Die nächsten vier Kämpfe sind Einzelduelle in der Arena. Zum Schluß kommt dann die große Schlacht der Überlebenden. Dafür sollten sie wenigstens eine oder zwei Lanzen der ursprünglichen Cavaliere haben. Und eines muß euch klar sein, sie wollen unser Blut sehen. Besonders, nachdem Karl und Freunde anfangen, sich laut Gedanken zu machen, ob sie möglicherweise zu feige sind, sich zu stellen. Wir müssen allesamt äußerst vorsichtig sein.«

Trane nahm noch einen Schluck. Diesmal war der Drink schon angenehmer. »Ich hätte noch eine Frage: Wie haben Sie es geschafft, in der Attrappenstadt auf dem Gelände hinter die Cavaliere zu kommen?«

Duncan zuckte die Achseln. »Ich habe es einfach auf einen Versuch ankommen lassen. Deswegen bin ich aus dem Kommunikatornetz ausgestiegen. Niemand sollte wissen, daß ich zu Ihnen unterwegs war, und ich konnte Ihnen nicht erklären, was ich vorhatte. Ich hab einfach in die Richtung geguckt, in die Sie marschierten, und mir den wahrscheinlichsten Punkt für einen Hinterhalt ausgesucht. Hawkes und ich sind dann einfach angeschlichen.«

»Gut gemacht«, stellte Trane fest und stand auf. »Angesichts unserer bisherigen Erfolge … möchte ich einen Trinkspruch ausbringen.« Er hob sein Glas, sah sich unter seinen unwahrscheinlichen Kameraden um und kippte vornüber auf den Tisch.

19

Galaport, Galatea
Mark Skye, Vereinigtes Commonwealth

23. Mai 3057

Wieder wachte Trane mit einem atomaren Brummschädel auf. Für keine zwei Deziliter Schnaps schien ihm das reichlich übertrieben.

»Rod, können Sie mich hören?« Das war Duncans Stimme.

»Ich höre sie.« Trane öffnete vorsichtig die Augen. Er wartete auf Duncans Vorwürfe darüber, daß ein Ritter der Inneren Sphäre sich sinnlos betrunken hatte, aber statt dessen sah Duncan ihn mit ernster Miene an.

»Sie wurden vergiftet. Es war Goto, der es gemerkt hat. Das Gift war in dem Drink, den Sie bestellt haben.«

Trane nickte. »Jetzt erinnere ich mich. Er schmeckte etwas zu stark, aber in dem Moment habe ich mir nichts dabei gedacht.«

»Wir dachten zuerst, Sie hätten einen über den Durst getrunken, aber dann meinte Goto, wir sollten Sie doch besser zu einem Arzt bringen, nachdem Sie schon eine Gehirnerschütterung hatten.«

Trane blickte Duncan scharf an. »Das war wieder Carmodys Werk, oder?«

»Wir können es nicht mit Sicherheit sagen, aber viele andere Feinde haben wir uns hier nicht gemacht. Das Mittel ist ein Lähmungsgift. Es greift die inneren Organe an. Wir haben Sie zu einem MedTech bringen können, bevor es zu spät war, aber es wird einige Tage dauern, bis die Wirkung nachläßt.«

»Unsinn. Ich bin wieder auf den Beinen, bevor Sie…« Trane versuchte sich aufzurichten, fiel aber sofort wieder zurück. Er konnte seine Muskeln kaum kontrollieren. Duncan hatte recht. Er würde einige Zeit ausfallen.

»Ein Glück, daß Sie den Trinkspruch nicht mehr geschafft haben, Rod. Wenn Sie das ganze Glas getrunken hätten, wären Sie jetzt tot.« *Und das hätte einen verteufelt schwierigen Bericht gegeben. Versuch mal, dem Generalhauptmann zu erklären, daß einer seiner Ritter an einem Trinkspruch gestorben ist.*

»Wann ist unser nächster Kampf?«

»Morgen. Und dann ein Kampf pro Tag, bis alle fünf durch sind … vorausgesetzt, wir schaffen es so weit. Ich werde Sie ersetzen müssen, Rod.«

»Mich ersetzen? Wovon reden Sie da?«

»Was meinen Sie wohl? Ich will Dawn eine Chance geben. Sie ist eine Top-Mechpilotin, und nach dem, was wir bisher von ihr gesehen haben, hat sie vor gar nichts Angst.«

»Das ist nicht fair«, protestierte Trane. »Der Platz gebührt einem meiner Ritter. Diese Mission dreht sich um sie. Sie haben ein Recht darauf.«

Duncan wollte ihm widersprechen, aber dann besann er sich eines besseren. Trane hatte nicht Unrecht. Ob es ihm gefiel oder nicht, das war der Kampf der Ritter. Es war ihr guter Name, der in den Schmutz gezogen wurde.

»Na gut, Rod. Ich mache Ihnen einen anderen Vorschlag. Die nächsten vier Kämpfe sind Einzelduelle. Wir überlassen sie Dawn und dem Rest der Artillerie-Lanze. Wir haben aus dem Bergegut einen *Dunkelfalken* gebaut, und sie hat sich schon damit vertraut gemacht. Sie, Hawkes, Bovos und ich, wir werden uns alle vier ein paar Tage ausruhen.«

Es war ein guter Vorschlag, und Trane wußte es. Nach den bisherigen Gefechten und den verschiedenen Angriffen auf sie waren die Miglieder der sogenannten ›BefehlsLanze‹ von Kalmas Kompanie erschöpft. Er selbst war zu schwach für eine Diskussion, und drei seiner besten Ritter würden auf diese Weise eine Gelegenheit bekommen, gegen die Cavaliere anzutreten. »Na gut. Machen Sie's so.«

Von der Tür kam ein leises Klopfen, und Duncan zog sie auf. Draußen stand Hawkes. »Hier ist ein Bote vom Arenameister«, sagte er, wobei er aus Rücksicht auf Trane besonders leise sprach.

»Schlafen Sie 'ne Runde«, meinte Duncan zu Trane, dann folgte er Hawkes auf den Flur, wo ein junger Mann in der Uniform eines Arenapagen wartete. »Ich bin Duncan Kalma. Was kann ich für Sie tun?«

»Sir«, erklärte der Page. »Der Arenameister bittet Sie und Ihr Team um ein Gespräch.«

Als Duncan und seine sechs Begleiter den Gang zum Büro des Arenameisters hinabspazierten, begannen einige ihnen entgegenkommende Männer aufgeregt miteinander zu reden und in ihre Richtung zu zeigen. Als die beiden Gruppen nahe genug waren, um miteinander zu reden, rief einer der Männer: »Glückwunsch. Ihr Jungs kämpft wie die Dämonen!«

Duncan lächelte freundlich und nickte, als sie vorbeigingen. Er wußte, daß es als Kompliment gedacht war, aber er war froh, daß Trane nicht dabei war, um es zu hören. Was die anderen darüber dachten, würde er nicht erfahren, denn inzwischen hatten sie die Tür des Arenameisters erreicht. Duncan klopfte und trat ein, gefolgt von Hawkes, Bovos, Dawn, Karl Villiers, Goto und Jon Blix.

»Willkommen«, begrüßte sie der Arenameister mit ausgebreiteten Armen.

Duncan blickte sich um und war erstaunt über die luxuriöse Ausstattung. Er hatte keine Ahnung gehabt, daß die Spiele auf Galatea soviel abwarfen. An den Preisgeldern ließ sich das sicher nicht ablesen. Und doch wurde die Profitabilität der Kämpfe hier überdeutlich zur Schau gestellt, bis hin zu goldenen Einlegearbeiten an manchen Einrichtungsstücken.

»Mein Name ist Alfonse Vreeken. Bitte, gestatten Sie mir, Ihnen zu Ihren bisherigen Erfolgen bei den Spielen zu gratulieren. Um ehrlich zu sein, kaum jemand hat geglaubt, daß Sie es soweit bringen.«

»Danke, Herr Vreeken, aber Sie werden uns kaum hierher gerufen haben, nur um uns zu gratulieren«, erwiderte Duncan.

»Ich sehe, Sie sind ein Mann, der gleich zur Sache kommt, Kapitan Kalma. Nun gut, schenken wir uns die Vorreden. Ihr Team hat bis jetzt vier Kämpfe absolviert, und das Interesse der Öffentlichkeit hat mit jeder Begegnung zugenommen. Dabei hat der Klatsch über ihre Rettung der jungen Dame aus den Händen von Carmodys Cavalieren, die Anschläge auf ihre Leben und so weiter zusätzlich geholfen. Wir erwarten, daß die Einsätze bei den Wetten auf Ihre Kämpfe schneller steigen als jemals zuvor bei den hiesigen Spielen. Wenn Sie es bis zum Abschlußkampf schaffen, gehe ich von astronomischen Wetten aus.«

Duncan war von dieser Mitteilung einerseits erfreut, andererseits aber auch verwirrt. »Ist das ein Problem?« fragte er, aber die Nachricht ließ eine Vermutung in ihm keimen.

»Nein, nein, das ist ganz sicher kein Problem«, wehrte Vreeken ab. »Aber die Tatsache, daß Sie keinen einprägsamen Namen haben, ist eines.«

»Keinen Namen?«

»Freunde, einer der Gründe für das Wachstum der Spiele auf Galatea ist die Tatsache, daß wir den Wunsch der Teilnehmer nach … sagen wir … Privatsphäre respektieren. Wir verlangen keinerlei Ausweispapiere, keine Vorgeschichte, nichts dergleichen. Es ist einer der Hauptanreize, hier Geschäfte zu tätigen. Wir lassen jederzeit die Teilnahme von Unabhängigen zu. Aber Sie haben sicher selbst schon bemerkt, daß

Namen der Teilnehmer gewisse Qualitäten gemein haben... Carmodys Cavaliere, Becks Bestien und so weiter. Sie dagegen sind einfach als ›Kalmas beschränkt haftbare Söldnerkompanie‹ in die Spiele gegangen.«

»Also deswegen haben Sie uns gerufen? Sie wollen, daß wir uns einen publikumswirksamen Namen zulegen?«

»Ganz genau. Es ist eine Frage des Geschäfts.«

Duncan antwortete nicht gleich. Statt dessen sah er sich nach einem Stuhl um und setzte sich. Die anderen blieben hinter ihm oder an der Rückwand des Zimmers stehen. Bis jetzt hatte er sich erfolgreich gegen eine Namensänderung gesträubt. Aber nun wurde ihnen ein neuer Name aufgezwungen.

Die anderen waren weniger abweisend. »Wie wäre es mit ›Kalmas Tiger‹?« schlug Bovos vor.

»Moment«, meinte Hawkes. »Was hat der Typ auf dem Flur eben gesagt?«

»Er sagte, wir kämpfen wie die Dämonen«, stellte Dawn stolz fest.

»Na, da haben wir doch einen Namen. Wie wäre es, wenn wir uns ›Die Dämonen‹ nennen?« Er sah sich um und stellte bei Duncan und Bovos Zustimmung fest, während Villiers und Goto keinerlei Reaktion zeigten. Bei Blix allerdings spielte ein Lächeln um die Mundwinkel.

Es war Dawn, die schließlich vortrat. »Darf ich vorschlagen ...«, setzte sie an, dann verstummte sie plötzlich, als alle anderen sich zu ihr umdrehten. Sie hatte bis jetzt kaum etwas gesagt, weil sie noch zu sehr damit beschäftigt war, sich in ihrem neuen Leben zurechtzufinden. Aber sie verstand den Wert eines Namens. Hatte schließlich nicht jeder Krieger den Wunschtraum, eines Tages einen Blutnamen zu erringen?

»Ein Dämon ist ein Wesen mit einem überwältigenden Gedanken, einem überwältigenden Drang – zu gewinnen. Ich finde Ehre in diesem Namen. Darf ich vorschlagen«, fuhr sie, jetzt schon weniger schüchtern, fort, »daß wir uns Duncans Dämonen nennen?«

Trane war noch immer unsicher, und konnte sich nur aufrecht halten, indem er sich auf die Schultern von Karl Villiers und Jon Blix stützte. Er sah schweigend zu, wie der Begräbniscontainer an Bord des Landungsschiffes gebracht wurde. Keine Fahne war über den Sarg drapiert. Kein stolzes Symbol war auf ihm zu sehen. Aber in seinem Innern lag Goto-san, in der Ausgehuniform eines Ritters der Inneren Sphäre. Er trat seinen letzten Raumflug an. Seine sterblichen Überreste würden nach Atreus zurückkehren, um dort an einem von den Rittern aus ihrem persönlichen Vermögen eingerichteten Ort zur letzten Ruhe gebettet zu werden.

Trane und die Ritter konnten ihrem gefallenen Kameraden nicht die letzte Ehre erweisen. Sie standen reglos auf dem Landefeld und rührten keinen Muskel, während sich das Hangartor des Landungsschiffes schloß. Eine kodierte Nachricht war an das Hauptquartier der Ritter auf Atreus gegangen. Dort würde man dafür sorgen, daß Gotos Leichnam seinen Bestimmungsort erreichte.

»Gehen wir«, sagte Trane. Gestützt von Villiers und Blix und gefolgt vom Rest der Dämonen gingen sie auf die Straße hinaus. Villiers und Blix hatten ihre Duelle gewonnen, aber auch sie hatten es nicht leicht gehabt. Besonders Villiers' Kampf war knochenhart gewesen: schließlich war die Entscheidung in einem Nahkampf zwischen seinem *Steppenwolf* und einem *Donnerkeil* gefallen. Die Cavaliere und ihre Rekruten schienen wie die Besessenen um weit mehr als nur Siegprämie und Ruhm für ihre Einheit zu kämpfen. Goto hatte sich in seinem *Kommando* gegen eine *Speerschleuder* der Cavaliere behauptet, aber zum Ende des Duells waren beide Mechs verwüstet worden. In einer letzten, verzweifelten Aktion hatte der *Speerschleuder*-Pilot die Arme seines Mechs um Gotos *Kommando* gelegt und seine Rumpf-KSR abgefeuert, was für beide Kampfkolosse und ihre Piloten das Aus bedeutet hatte. Trane trauerte um seinen Ritter, aber er war auch stolz auf ihn.

»Er war ein feiner Krieger«, meinte Bovos, als sie den Raumhafen verließen.

Es war farbenprächtig. Das mußte Trane zugeben. Die WartungsTechs hatten Tage an dem Design und der Anbringung des Motivs auf der Rumpfpanzerung von Dawns Mech gearbeitet.

»Es ist perfekt«, erklärte Duncan.

Das gesamte Team der Mission, einschließlich der vier Mitglieder der ScoutLanze, Morneau, Hasson, Auramow und Ben-Ari, stand vor dem zwanzig Meter hohen *Dunkelfalken* und schaute nach oben. Dort, im Zentrum der Brustpartie des 55 Tonnen schweren Kampfkolosses prangte auf einer flachen Panzerplatte die Fratze eines Dämonen. Es war ein Teufelskopf mit blutrotem Gesicht, weißen Schlitzaugen, einem leicht geöffneten Mund, in dem ein strahlend weißes Gebiß mit übergroßen Fangzähnen deutlich zu erkennen war, und weißen Hörnern an den Schläfen. Die Wirkung war ausgesprochen bedrohlich. Ein paar Sekunden herrschte allgemeines Schweigen.

»Krieger zu ihren Mechs.« Die Stimme des Arenameisters klang laut und deutlich aus den Lautsprechern.

»Viel Glück, Dawn. Von uns allen.« Duncan legte ihr sanft eine Hand auf die Schulter. Dawn lächelte schwach, dann ging sie zum rechten Fuß ihres Mechs und kletterte die Sprossen zur Pilotenkanzel hinauf. Sie kämpfte immer noch darum, ihre Gefühle zu bändigen und Ruhe zu finden, wie es jeder Krieger vor einem Kampf tun mußte. Aber der Konflikt war zu groß. Sie war Clan. Sie hätte diese Barbaren der Inneren Sphäre hassen müssen – die Minutemen, die Cavaliere, selbst die Dämonen. Aber sie fühlte keine Verachtung für ihre Kameraden. Sie behandelten sie gut und unterschieden sich deutlich von den anderen ehrlosen Schleimgeburten, denen sie auf dieser Welt ansonsten begegnet war.

Im Innern des Cockpits angekommen, zog sie sich bis auf die Unterwäsche aus und stieg in die Kühlweste, die sie vor der intensiven Hitze schützen würde, die entstand, wenn der Mech sich bewegte und seine Geschütze abfeuerte. Es würde ausgesprochen heiß im Innern der Kanzel werden, aber Dawn wußte, daß das Sparrow 300J-Lebenserhaltungssystem des *Dunkelfalken* mehr Schutz vor Hitzestau bot, als das der meisten Mechs. Die Maschine war ein jüngeres Modell, dessen Panzerung man überholt hatte, um eine Beschädigung der Myomerbündel zu verhindern, mit deren Hilfe die Bewegungen des Kampfkolosses kontrolliert wurden. Sie besaß eine auf der linken Schulter montierte Armstrong-Autokanone und einen mittelschweren Martell Model-5-Laser am rechten Arm.

»Ja«, hatte sie sich nach dem ersten Ausflug in ihrem *Dunkelfalken* gesagt. »Dieser Mech ist in Ordnung.« Und der bevorstehende Kampf war genau von der Art, wie ihn sich ein ClanKrieger wünschte. Ein gnadenloses Duell in beengten Verhältnissen. Sie war bereit.

»MechKriegerin Dawn von Duncans Dämonen. Tritt auf das Schlachtfeld«, bat der Arenameister.

Dawn setzte den *Dunkelfalken* in eine langsame Gehbewegung. Als sie durch das in die Arena führende Tor trat, konnte sie selbst durch das gepanzerte Cockpitdach den Jubel und Applaus der Menge hören. Draußen mußte ein ohrenbetäubender Lärm herrschen. Als sie ihren Platz am einen Ende des Feldes einnahm, bemerkte sie, daß die Menge verstummte. Am anderen Ende der Arena sah sie den Grund dafür.

Die Cavaliere hatten für dieses Gefecht einen sogenannten ›*Vollstrecker*‹ nominiert. Sie rief schnell den Mechkatalog auf. Die gegnerische Maschine war fünf Tonnen leichter als ihr *Dunkelfalke* und ein guter Zweikämpfer mit Sprungfähigkeit. Seine Bestückung mit einer Autokanone/10 und einem schweren Chiscomp 43-Special-Laser lieferte ihm eine beachtliche Schlagkraft.

»Dawn, hör zu.« Das war Hawkes, aber seine Stimme kam nicht über den Kommkanal. Ihre Blicke schweiften suchend durch das Cockpit, bis sie einen kleinen, handgroßen Kommunikator bemerkte. Als sie ihn in die Hand nahm, stellte sie fest, daß er keine Senderkontrollen hatte.

»Hast du ihn gefunden? Du kannst nicht mit mir sprechen, es ist nur ein Empfänger. Duncan hat gestern einen für jeden Mech besorgt, damit wir den Maschinen im Feld Infos zukommen lassen können. Ich bin auf der Tribüne, in der Nähe der Schiedsrichterkabine. Du trittst gegen einen *Vollstrecker* an. Der kleine Draufgänger stammt aus dem Vereinigten Commonwealth. Ich kenn mich gut mit ihm aus. Er wird dicht herankommen wollen, um dich mit der Autokanone oder dem S-Laser zu erledigen. Mehr als drei Treffer von einer dieser Waffen hältst du nicht durch.«

Das weiß ich selbst, dachte Dawn ärgerlich. Erzähl mir etwas, das ich noch nicht weiß.

»Er hat zwei Schwachstellen, Dawn«, fuhr Hawkes fort, als hätte er ihre Gedanken gelesen. »Die Munitionszuführung für die Autokanone neigt zur Ladehemmung und faßt nur zehn Magazine. Er wird also versuchen, seine Salven nicht zu verschwenden. Außerdem ist der Mech von hinten verwundbar. Seine Rückenpanzerung ist extrem dünn. Kanonier Ende.«

»Das Spiel ist eröffnet«, kam die Stimme des Arenameisters über die Kommleitung. Unmittelbar danach folgte das laute Donnern der Signalkanone.

Dawn sah den *Vollstrecker* mit hoher Geschwindigkeit das Feld herunter auf sich zustürmen. Es war nicht schwer zu erkennen, wie sich diese Freigeburt den Kampfverlauf vorstellte. Er wollte auf kurze Entfernung vorpreschen und dann die Autokanone einsetzen. Nun, dieses Spiel konnten zwei spielen. Sie stieß den Gashebel des *Dunkelfalken* nach vorne und rannte in einem Kollisionskurs auf den gegnerischen Mech zu. Es sah ganz danach aus, daß diese Begegnung mit einer Mutprobe beginnen würde.

In 500 Metern Entfernung schickte Dawn eine KSR-Salve auf die Reise. Auf diese Entfernung war ein guter Treffer Glückssache, aber der Anblick eines auf ihn zuschießenden Schwarms von acht Kurzstreckenraketen konnte den tapfersten Krieger nachdenklich werden lassen. Der *Vollstrecker* bremste, und als Dawn bis auf 200 Meter heran war, steuerte sie ihren Mech nach rechts, drehte den Rumpf des *Dunkelfalken* etwas und betätigte den Feuerknopf der Autokanone. Sie konnte sehen, wie die Granaten in die linke Seite des *Vollstreckers* einschlugen. Noch während die Treffer seinen Mech erschütterten, hob der Cavalier-Pilot den linken Mecharm und gab drei Schüsse mit dem schweren Laser ab. Die beiden ersten gingen vorbei, aber der dritte traf den linken Unterarm des *Dunkelfalken*. Die Ferrofibritpanzerung verformte sich, und Funken schlugen aus dem aufgerissenen Loch. Dawn bekam augenblicklich einen gehörigen Respekt vor der Schlagkraft dieses schweren Lasers. Wäre sie nur etwas näher an ihrem Gegner gewesen, hätte der armdicke rote Lichtstrahl den Mecharm völlig abschneiden können. Sie schwenkte den *Dunkelfalken* nach links und versuchte, hinter den *Vollstrecker* zu gelangen.

Der Cavalier merkte, was sie vorhatte, und wirbelte den Mech nach rechts. Als Dawn anhielt, wäre sie normalerweise im Rücken ihres Gegners gewesen, aber der *Vollstrecker* drehte sich bereits mit hämmernder Autokanone in ihre Richtung. Treffer krachten über den Rumpf ihres Mechs, während in der Kanzel Warnlämpchen blinkten und Alarmsirenen heulten.

»Dawn, schau auf seinen Arm. Du hast das linke Schultergelenk getroffen«, brüllte Hawkes durch den kleinen Kommunikator, den sie auf einem Staubrett unter der Kontrollkonsole abgestellt hatte.

Dawn drehte den *Dunkelfalken* nach rechts und brachte eine gewisse Distanz zwischen die beiden Maschinen. Der *Vollstrecker* blieb, wo er war, während sein Pilot sie mit Autokanonensalven eindeckte. Sie fühlte, wie ein oder zwei Salven den Rücken ihres Mechs trafen, bewertete den angerichteten Schaden aber als minimal. Sie war weit besorgter wegen der Krater in der Rumpfpanzerung im Torso ihrer Maschine. Der Sekundärmonitor des Bordcomputers verzeichnete ein groteskes Bild des Schadens. Eine Kühlleitung ihrer primären Wärmetauscher war gerissen, und ihr Inhalt floß wie Blut aus einer zerfetzten Ader durch das Loch ins Freie. Das Myomergel, das in den Systemen des alten BattleMechs als Schmiermittel diente, vermischte sich ebenfalls mit der grellgrünen Kühlflüssigkeit. Rauch stieg zum Himmel und schwärzte die Panzerung. Der Sichtschirm zeigte, daß ihr Gegner seine Position hielt. Sie stoppte und drehte sich zu ihm um.

Jetzt sah sie auch, worauf Hawkes sie hingewiesen hatte. Der linke Arm des *Vollstreckers* war nicht völlig ausgefallen, aber er ließ sich kaum noch bewegen. Nach ihrer Rechnung hatte er sieben seiner zehn Autokanonenmagazine verbraucht. Im Augenblick versuchte er, den schweren Laser wenigstens auf Hüfthöhe zu heben.

Jetzt oder nie. Dawn richtete die Zielerfassung auf den linken Arm des *Vollstrecker* aus und stürmte vor. Auf 200 Meter heran, konzentrierte sie erneut ihre KSR auf das Gelenk. Auch das war noch keine optimale Entfernung für die kleinen Raketen, aber der Pilot des *Vollstreckers* nahm sie ernst genug und wich mal nach links, dann wieder nach rechts aus. Sie sah ein Geschoß in den Oberarm der gegnerischen Maschine einschlagen, dann blockierte plötzlich die Nachladeautomatik der Lafette. Und nicht nur dieses System fiel aus, auch andere Bordsysteme des *Dunkelfalken* fingen an, im Hitzestau den Dienst aufzugeben. Die Explosivgranaten aus der Autokanone des *Vollstreckers* hatten im Rumpf ihres Kampfkolosses mehr Schaden angerichtet, als ihr bewußt geworden war.

Als er Dawn langsamer werden sah, blieb auch der Cavalier stehen und versuchte, den schweren Laser im linken Arm seines Mechs in Schußposition zu heben. Gleichzeitig richtete Dawn den mittelschweren Laser am rechten Arm ihres *Dunkelfalken* aus. Sie visierte den linken Arm des *Vollstreckers* an und wartete, bis das Fadenkreuz golden aufleuchtete, bevor sie feuerte.

Die Mündung des Lasers glühte auf, und 100 Meter entfernt schnitt der Strahl aus gebündelter Lichtenergie in die Schulter des *Vollstreckers*. Dessen linker Arm sackte nur noch an einigen verbliebenen Myomersträngen baumelnd herab. Funken und Ströme und von Kühl- und Schmiermittel regneten aus dem Schultergelenk. Dawn preßte noch einmal den Auslöser des Lasers, aber nichts geschah. Er war ausgefallen.

»Dawn, hau ab!« Hawkes schrie praktisch aus dem Handkommunikator. »Er hat noch immer AK-Munition.«

Na und? Dawn ging mit ihrem Mech geradewegs auf den Cavalier zu. Sie beeilte sich nicht, sondern marschierte mit stetem Schritt in einer schnurgeraden Linie auf den anderen Mech zu. Der *Vollstrecker*-Pilot sah sie kommen. Seine erste Autokanonensalve ging keinen Meter am *Dunkelfalken* vorbei. Auf 50 Meter Distanz schlug die zweite Salve ins linke Bein des

Mechs. Panzerplatten flogen davon, als die Granaten im Innern detonierten. Die dritte Salve traf mitten in den Rumpf ihrer Maschine. Der *Dunkelfalke* lief heiß, näherte sich dramatisch der automatischen Sicherheitsstillegung. Die Hitze im Innern der Kanzel war erdrückend.

Sie wurde langsamer, und der *Vollstrecker* unternahm keinen Versuch, auszuweichen. Seine Sensoren mußten dem Pilot anzeigen, daß der *Dunkelfalke* jeden Augenblick ausfallen würde. Dann konnte er die Autokanone in seinem rechten Mecharm dazu benutzen, ihr den Gnadenstoß zu geben. Als Dawn den Kampfkoloß bis auf wenige Meter an ihren Gegner herangebracht hatte, hob dieser den Arm und richtete die Autokanone auf ihr Cockpit. Aber nichts geschah. Er hatte seine Munition verbraucht. Dawn, die genau wußte, daß sie nur Sekunden vor einer völligen Stillegung stand, hatte die Cockpitbeleuchtung und alle nicht unbedingt notwendigen Systeme abgeschaltet. Sie hob den rechten Arm ihrer Maschine und ließ ihn mit brutaler Gewalt auf das Cockpit des *Vollstreckers* fallen. Metall kreischte und barst, als die riesige gepanzerte Faust des *Dunkelfalken* dem Leben des Piloten ein Ende setzte. Nur einen Sekundenbruchteil danach schaltete der Bordcomputer den Fusionsreaktor des *Dunkelfalken* ab.

»Ausgezeichnet gemacht, Dawn«, drang Duncans Stimme aus den Lautsprechern ihres Neurohelms. Seine körperlose Stimme schien sie einzuhüllen, während sie den *Vollstrecker* in sich zusammensinken sah. »Du bist gerächt, Goto-san.«

»Krieger kämpfen nicht um der Rache willen«, sagte Dawn, dann verlor sie das Bewußtsein.

Dawn mochte kein Bier, aber es war kalt, und Abkühlung war das, was sie jetzt am dringendsten benötigte. Hawkes und Bovos waren auf das Feld gestürmt und hatten ihren Mech noch vor der Feuerwehr der Arena erreicht. Ihre Rufe hatten sie wieder zu sich gebracht, und sie konnte das Kanzeldach öffnen. Dann hatten die beiden sie ins Freie und auf den Boden gezerrt. Sie war groggy und verwirrt, bis die Kühlpackungen ihre Körpertemperatur auf normale Werte gesenkt hatten.

»Der Schiedsrichter hat Dawn zur Siegerin erklärt.«

Dawn blickte auf und sah Jon Blix in die Halle kommen, in der die Mechs der Dämonen standen. »Gab es daran Zweifel?« fragte sie.

»Die Cavaliere wollten es zu einem Unentschieden erklären lassen, weil dein Mech sich stillgelegt hat«, erklärte Hawkes. »Sie bestanden darauf, daß ein Sieger in der Lage sein muß, die Arena aus eigener Kraft zu verlassen.«

»Sie sind wahrlich Schweine.« Dawns Blickfeld wurde allmählich klarer, und sie fühlte sich auch schon besser. Sie sah sich um. Alle Dämonen standen um sie herum … außer Duncan.

»Na, was denkt ihr, Leute?« Das war Duncans Stimme.

Als die anderen sich umdrehten, stand Dawn unsicher auf. Beim Anblick Duncans riß sie überrascht die Augen auf. Er war offensichtlich sehr von sich eingenommen, wie er da in einer hellgrauen Dienstuniform vor ihnen stand. Die Schulterklappen und der Frontlatz der Jacke waren mit roten Außenstreifen besetzt. Die Hosenbeine hatten je einen roten Seitenstreifen. Der rote Gürtel hatte eine tiefschwarze Schnalle in der Form des Adlerwappens des Hauses Marik. Auf dem Latz der Jacke prangte das Symbol ihrer Kompanie … das gehörnte, furchterregende Raubtiergesicht eines Dämonen.

»Wie gefällt es euch?« Duncan trat zur Seite, um einem Kleiderständer Platz zu machen, der hinter ihm hereingeschoben wurde. »Nach unserem Gespräch mit

Vreeken habe ich einen Schneider am Ort darangesetzt. Ich habe für jeden von euch eine dabei.«

Trane starrte Duncan mit in den Hüften abgestützten Händen und offenem Mund an. In diesem Moment verspürte er einen derartigen Drang, Duncan Kalma zu erschießen, daß es schmerzte.

20

Galaport, Galatea
Mark Skye, Vereinigtes Commonwealth

28. Mai 3057

»Dämon, der *Pirscher* hat Hasson erwischt.« Hawkes Stimme klang bitter, und nicht zu Unrecht.

Das letzte Gefecht war reiner Wahnsinn. Trane war noch immer zu schwach gewesen, um anzutreten, als die Begegnung auf dem 50 Quadratkilometer großen Manövergelände begann. Die gegeneinander antretenden Kompanien hatten das Recht, beliebige noch funktionstüchtige Mechs ins Feld zu schicken, bis zu einer maximalen Kompaniestärke von zwölf Mechs. Die Dämonen hatten drei Maschinen verloren: Tranes *Valkyrie*, Dawns *Dunkelfalken* und Gotos *Kommando*. Fünf weitere, Duncans *Kampftitan*, Hawkes' *Kreuzritter*, Bovos' *Kriegshammer*, Blix' *Schütze* und Villiers' *Steppenwolf* waren in den vorangegangenen Gefechten beschädigt worden. Normalerweise wären sie einfach instandzusetzen gewesen, aber die Preise auf Galatea waren inflationär, und häufig kauften andere Stalle die wenigen verfügbaren Ersatzteile auf, um ihre Gegner zu benachteiligen. Die Dämonen hatten also nur vier unbeschädigte Mechs: Morneaus *Kampfschütze*, Hassons *Greif*, Auramows *Wespe* und Ben-Aris *Hornisse*. Neun Mechs gegen die zehn der Cavaliere. Und jetzt war Hasson tot.

Der Kampf hatte vom ersten Moment getobt. Die Cavaliere waren Dreck, aber sie hatten ein paar gute Mechpiloten in ihren Reihen. Den *Pirscher* steuerte Clinton Carmody, und er wußte, wie er mit seiner gewaltigen Feuerkraft umzugehen hatte. Es wurde Zeit abzuzählen.

»Hawkes, wer bleibt uns? Haben Sie einen Überblick?«

»Bovos ist rechts von mir«, kam die Antwort. »Scheint, daß er den *Donnerkeil* sozusagen geschafft hat. Villiers war vor ein paar Minuten noch hart auf den Fersen eines *Feuerfalken*. Und ich habe endlich diesen *Vulkan* erwischen können, als seinen Sprungdüsen der Treibstoff ausging. Blix, Morneau oder Ben-Ari hab ich in letzter Zeit nicht mehr gesehen, und ich habe sie auch nicht auf der Takanzeige. Wahrscheinlich westlich von unserer Position, hinter dem Horizont.«

»Das läßt uns wieviel? Acht?«

»Solange wir nichts von den anderen hören, sieht es so aus. Die Cavaliere haben mit zehn angefangen. Sie, ich und Bovos haben jeder einen ausgeschaltet, und Villiers hat einen *Whitworth* erwischt, bevor er abgezogen ist. Das bringt sie runter auf sechs. He, Duncan. Carmody geht mit seinem *Pirscher* nach Norden. Ich wette, er will in die Hügel.«

»Wenn er erstmal zwischen den Felsen ist, läßt er sich da kaum noch raustreiben«, erwiderte Duncan. »Ich gehe ihm nach. Bovos, können Sie mich empfangen?«

»Ich höre, Duncan.«

»Wie sieht's bei Ihnen aus?«

»Ich habe ein paar böse Treffer abbekommen. Bevor ich wieder kämpfen kann, muß ich abkühlen.« Duncan rief auf dem Hilfsmonitor die Übersichtskarte auf.

»Zwischen Ihrer Position und der von Villiers und den anderen müßte ein kleiner Bach sein. Kühlen Sie sich im Wasser ab, so gut es geht, und dann kommen Sie ihnen zu Hilfe.«

»Ist gut.«

»Hawkes, haben Sie Lust, sich mit mir an einen *Pirscher* anzupirschen?«

»Yeah, bringen wir's zu Ende«, kam Hawkes' Antwort zurück.

Duncan drehte den *Kampftitanen* nach Norden und setzte ihn in Bewegung. Seine normale Reisegeschwindigkeit hätte bei knapp 44 km/h liegen müssen, aber durch die Beschädigungen der letzten zehn Tage war sie auf unter 40 gesunken. Der *Pirscher* war allerdings mit knapp über 30 noch langsamer, und Carmody trieb ihn nicht gerade an, so daß Duncan den 85-Tonnen-Koloß rechtzeitig vor Erreichen der ersten Berghänge einholen konnte. Jetzt stellte sich die Frage: Was sollte er tun, wenn er ihn erreicht hatte? Der *Pirscher* war darauf ausgelegt, seine Stellung zu halten und seine Gegner mit seiner gewaltigen Bewaffnung auf weite Distanz zu bombardieren. Er besaß jede Menge Langstreckenraketen, während Duncan nur KSR hatte. Er brauchte einen Plan.

Duncan rief den Mechkatalog auf und erfuhr, daß ein *Pirscher* zwei Zehnerlafetten mit jeweils 24 Packs Reservemunition aufzubieten hatte.

»Irgendeine Vorstellung davon, wieviel von seinen LSR er schon verfeuert hat Hawkes?«

»Er muß gleich am Anfang schon eine Lafette leergeschossen haben, um uns auseinanderzutreiben, und noch ein Dutzend, bevor er anfing, Hasson zu treffen. Er ist kein besonders guter Schütze, aber hartnäckig!«

»Ich erinnere mich, daß er ein paarmal auf Morneaus *Kampfschützen* gefeuert hat, und er müßte auch so zweimal auf Villiers *Steppenwolf* geschossen haben. Allmählich müßte ihm die Langstreckenmunition ausgehen.«

»Schön. Wie sieht Ihr Plan aus, Dämon?«

»Ich schlage vor, wir reizen ihn, seine LSR aufzubrauchen. Dann rücke ich vor und ärgere ihn, bis er die schweren Laser abfeuert.«

»Verstanden. Sie lenken ihn ab, ich besorge den Rest.« Hawkes' *Kreuzritter* beschleunigte auf Höchstgeschwindigkeit, noch bevor er ausgesprochen hatte. Duncans Plan war vernünftig, überlegte er, aber er setzte voraus, daß Carmody unvorsichtig wurde. Der *Pirscher* besaß eine ungeheure Feuerkraft. In den Tagen des Sternenbunds hatten Mechs dieses Typs einen leistungsstarken Zielcomputer, der ein Ziel identifizieren, seine Entfernung feststellen und die optimale Angriffsstrategie errechnen konnte. Die dazu erforderliche Technologie war allerdings schon zu Beginn der Nachfolgekriege verlorengegangen, und jetzt mußten *Pirscher*-Piloten sich auf ihr eigenes Urteilsvermögen verlassen. In der Hitze des Gefechts kam es häufig vor, daß sie ihre verschiedenen Waffensysteme zu häufig einsetzten und den Mech trotz seiner zwanzig Wärmetauscher bis zur Stillegung überhitzten. Genau dazu wollte Duncan Carmody treiben.

Zwei LSR-Salven zuckten links und rechts an Duncans *Kampftitan* vorbei. »Ich scheine ihn gefunden zu haben, Hawkes.«

»Ich hab's auf der Taktikanzeige gesehen«, erwiderte dieser. »Das war seine Art, Hallo zu sagen.«

»Da wandere ich doch mal eben rüber und schau, was er auf'm Herzen hat.« Duncan war noch gute 400 Meter von dem *Pirscher* entfernt, aber Carmody schleuderte ihm eine weitere LSR-Salve entgegen. Auch diese Raketen flogen vorbei, kamen ihm bis auf eine nicht einmal nahe. Dann verstummte das Langstreckenfeuer des Cavaliers.

Duncan beschleunigte, bis der *Kampftitan* in gestrecktem Galopp vorpreschte. Er konnte Carmody warten sehen. In 250 Meter Abstand hielt er an und gab ein paar PPK-Schüsse ab, um sicherzustellen, daß Carmodys Aufmerksamkeit ganz auf ihn gerichtet war. Duncan wußte, innerhalb von 300 Metern Umkreis um den *Pirscher* war er in gefährlichem Gebiet. Wie erwartet war sein PPK-Beschuß auf diese Entfernung an der massiven Panzerung des überschweren BattleMechs ohne größere Wirkung verpufft. Es wurde Zeit, ein Risiko einzugehen. Er beschleunigte den *Kampftitan* erneut auf Laufgeschwindigkeit und stürmte in einem unregelmäßigen Zickzackkurs auf den *Pirscher* zu.

Auf 150 Meter Entfernung war das Laserfeuer mörderisch. Panzerung platzte weg und flog von Armen, Rumpf und Beinen seiner Maschine. Duncan fühlte die Temperatur im Innern der Kanzel steigen. In 90 Metern Entfernung setzte er alles auf eine Karte. Er hielt den *Kampftitanen* abrupt an. 30 Meter vor ihm trafen sich zwei dicke Laserbahnen. Carmody war von seinem Stop überrascht worden. Duncan richtete die PPK auf das linke Kniegelenk des *Pirschers* und drückte den Feuerknopf durch, sobald das Fadenkreuz aufleuchtete und eine Zielerfassung bestätigte.

Es war ein Volltreffer. Der *Pirscher* hatte breite, schwergepanzerte Beine, aber ihre Knie bildeten Schwachstellen. Als das Gelenk nachgab, mußte Carmody erkennen, daß es in Gefahr war, und sich vornehmen, den Kampf mit einer Salve zu Ende zu bringen.

Der größte Teil der Breitseite traf Duncans Maschine frontal. Aus den klaffenden Breschen an Rumpf und rechtem Arm des *Kampftitanen* stieg soviel Rauch und Feuer auf, daß ihm die Sicht genommen wurde. Die nächste Salve hätte ihn umgebracht. Aber sie kam nicht.

Als er den *Kampftitanen* weiterbewegte, löste sich der Rauchvorhang etwas auf. Ein Stück voraus kämpfte der *Pirscher* um sein Gleichgewicht. Das konstante Bombardement aus mittelschweren und schweren Lasern hatte Carmodys Mech überhitzt. Wenn der Kommandeur der Cavaliere Gelegenheit bekam, den *Pirscher* abzukühlen, sei es nur weit genug, um einen der schweren Laser abzufeuern, das wußte Duncan, dann war er tot.

Er hörte Hawkes' jubelnden Aufschrei, als er nur 100 Meter hinter Carmody auf einer Hügelkuppe auftauchte. Er nahm das linke Bein des *Pirschers* mit den mittelschweren Lasern im Rumpf des *Kreuzritters* unter Beschuß und ließ nicht locker, bis es auseinanderbrach und der Mech auf die Seite fiel. Carmody war hilflos.

»Was jetzt, Hawkes? Sollen wir gnädig sein?« Hawkes antwortete nicht. Er trat einfach ein paar Meter näher und feuerte eine KSR-Salve nach der anderen auf den *Pirscher* ab, bis nur noch ein dampfender Haufen weißglühenden Metalls von ihm übrig war.

Nachdem Hawkes den *Pirscher* zerstört hatte, war Bovos gefolgt von Blix, Morneau, Auramow und Ben-Ari erschienen, und gemeinsam hatten sie die restlichen Cavaliere besiegt. Die Dämonen mußten bei den Spielen Federn lassen, aber die Cavaliere existierten überhaupt nicht mehr. Duncans Dämonen hatten überlebt, und die Spiele zu überleben bedeutete eine Palette von Angeboten. Duncan konnte kaum sein Hotelzimmer verlassen, ohne von Agenten bedrängt zu werden, die versuchten, die Dämonen anzuwerben. Ein solch drastischer Umschwung ihres Geschäfts war höchst erfreulich.

Trane und seine Ritter waren an Bord des Landungsschiffes, wo sie die Schäden an den Mechs der Kompanie katalogisierten und überlegten, wie sie zu beheben waren, und Duncan kehrte nach einer höchst interessanten kleinen Besorgung wieder ins Hotel zurück. In einer Hand trug er einen Aktenkoffer vollgestopft mit glatten, neuen C-Noten. Er konnte nicht anders, als die Veränderung genießen, die sein Leben in nur sechs Wochen erfahren hatte. Einen Mech zu steuern war so ziemlich das letzte gewesen, woran er gedacht hatte, als er damals auf Herotitus vor der langjährigen Schuldsklaverei stand. Und jetzt war er hier auf Galatea, mit einer halben Million Credits in Preisgeld, plus einer nicht unbeträchtlichen Summe Gewinn aus privaten Wetten. Duncan war nicht umsonst Berufsspieler.

Das Schloß klickte leise, als die Tür zu seinem Zimmer aufsprang, und er hatte beinahe ebenso schnell die Laserpistole gezückt. In der Mitte des Raumes stand ein Mann, dessen schlanker Körperbau, dünner Hals und spitze, schmale Nase ihm das Aussehen eines menschgewordenen Wiesels gaben. Duncans Pistole war auf seinen Kopf gerichtet.

»Das wäre jetzt ein ausgezeichneter Zeitpunkt mir zu erklären, was Sie in meinem Zimmer suchen. Und lassen Sie sich damit nicht zuviel Zeit. Ich habe heute noch niemanden umgebracht, und das finde ich deprimierend.«

Der Mann wirkte absolut unbeeindruckt. »Ich, Sir, bin Comte Sessa Lottimer.« Er setzte ein öliges Lächeln auf. »Ich bitte um Entschuldigung für mein unorthodoxes Eindringen. Aber ich wollte Eindruck machen. Es gibt so viele andere, die um Ihre Aufmerksamkeit buhlen. Ich bin gekommen, um Ihnen einen Auftrag anzubieten.«

»Wie Sie schon selbst gesagt haben, mein lieber Comte, haben wir Dämonen seit unserem Erfolg bei den Spielen schon zahlreiche Angebote erhalten, aber die meisten Agenten treten auf traditionellere Weise auf. Will sagen, sie sind nicht bei mir eingebrochen.«

»Ich bin hier, um Ihnen ein höchst ungewöhnliches Angebot zu machen«, erklärte der Comte langsam und behielt Duncan sorgfältig im Auge. »Ich biete Ihnen einen Kontrakt und die Chance, Teil einer von MechKriegern regierten Welt zu werden. Die Häuser der Inneren Sphäre benutzen Söldner wie Sie und Ihre Leute als bloßes Kanonenfutter, um ihre Reiche auszubauen und ihre Schatzkammern zu füllen. Ich biete Ihnen mehr als einen Kontrakt, um nur die Launen dieser Despoten zu verwirklichen. Ich biete Ihnen nicht nur Reichtum … sondern Macht!«

Duncan spürte, wie sich seine Nackenhaare aufstellten. Das war der Kontakt, auf den sie gewartet hatten. Er war sich sicher. Bis jetzt hatte der Mann nur Belanglosigkeiten von sich gegeben, aber es waren die richtigen Belanglosigkeiten. Nach ihm hatten sie gesucht. »Lassen Sie uns erst einmal zu den grundlegenden Dingen zurückkehren. Über wieviel reden wir hier?«

Comte Lottimer griff, immer noch im Schußfeld von Duncans Pistole, langsam und vorsichtig in seine offene Jacke und zog einen Umschlag heraus, den er Duncan reichte. Nachdem dieser seine Waffe eingesteckt hatte, zog er ein einzelnes Blatt Papier aus dem Couvert. Als er die Summe sah, die darauf stand, war ihm klar, daß Lottimer es ernst meinte. Der Betrag, den er den Dämonen anbot, war enorm.

»Was den Reichtum angeht, bin ich einverstanden«, stellte Duncan fest. »Aber was soll das mit der ›endgültigen Zustimmung‹ hier heißen?«

»Beim Aufbau einer neuen souveränen Nation ist eine gewisse Vorsicht geboten. Sie müssen zunächst mit dem persönlichen Repräsentanten des Mannes zusammentreffen, den wir unseren Lord nennen. Bitte beachten Sie, daß Sie schon für das Treffen mit meinem Herrn gut bezahlt werden.«

»Und wann und wo würde diese Begegnung stattfinden?«

»Auf Kyeinissan in der Liga Freier Welten. Ich werde bei Ihrer Annahme des Angebots eine Begegnung arrangieren.«

»Die haben Sie. Zumindest eine einstweilige Zustimmung. Und sagen Sie Ihrem ›Meister‹, wir sind nicht mit allzuviel Geduld gesegnet. Dieses Treffen findet entweder bald statt oder gar nicht.«

Lottimer verneigte sich leicht und ging. Duncan schloß hinter ihm die Tür.

»Eine von MechKriegern regierte Welt?« meinte er halblaut zu sich selbst. »Dieses kleine Wiesel könnte genau das sein, worauf wir gewartet haben.«

21

Fortuna City, Kyeinnisan
Liga Freier Welten

8. Juni 3057

Ein paar Tage nach der Begegnung mit Comte Lottimer verließen Duncans Dämonen Galatea und flogen nach Kyeinnisan, eine eigenständige Ligawelt zwischen den Teilprovinzen Protektorat und Fürstentum Regulus. Die Hauptstadt dieses als Spielerwelt bekannten Planeten hieß Fortuna City und war Duncan sehr vertraut.

Die in einem Hotel in der Innenstadt für sie gebuchten Zimmer waren sauber und bequem, wenn auch nicht allzu prächtig, aber ihr mysteriöser ›Gastgeber‹ ließ auf sich warten. Duncan stand am Fenster, blickte hinaus auf die Stadt und wunderte sich, daß sie überhaupt existierte.

Wie Herotitus und Galatea bot Kyeinnisan dem Besucher eine ungezügelte Umgebung, in der jede vorstellbare Form des Vergnügens erhältlich war – ungehemmt von Vorschriften oder Moralvorstellungen. Und trotzdem unternahm der ernste, idealistische Thomas Marik nie einen Versuch, hier Ordnung zu schaffen. Vielleicht hatte er erkannt, daß eine solche Welt in seinem Hinterhof eine Gelegenheit bot, bestimmte Arten von Informationen zu erhalten und potentielle Bedrohungen für die Sicherheit der Liga Freier Welten im Auge zu behalten. Auf dieser wohlhabenden Welt tummelten sich Horden von SEKURA-Agenten.

Ironischerweise wurden ausgerechnet auf dem praktisch gesetzlosen Kyeinnisan weniger Gewaltverbrechen verübt als auf irgendeiner anderen Welt der Liga, Atreus eingeschlossen. Die planetare Regierung sorgte – auf ihre Weise – für Ordnung, indem sie eine hocheffiziente und hervorragend ausgebildete Schutztruppe unterhielt. Es hieß, der Tod sei einer Haftstrafe in Kyeinnisans berüchtigter Strafkolonie in jedem Falle vorzuziehen. Die Schutztruppe wurde über eine Steuer auf Casinobetriebe und die übrigen Händler unterhalten, die ihre Geschäfte damit machten, die Glücksspielhäuser und sonstigen Vergnügungen zu beliefern. Die Motivation dieser Geschäftsleute, Steuern zu zahlen, war eher bescheiden, aber der Steuerpflicht nicht nachzukommen, bedeutete einen spürbaren Rückgang in den Einnahmen, wenn die entsprechenden Etablissements nicht länger bewacht und patrouilliert, und innerhalb kurzer Zeit zu gefährlich für den Geschmack der meisten Besucher wurden. Duncan hatte auch gehört, daß Personen mit ausreichend Macht und Geld die Schutztruppe für private Aufgaben anheuern konnten.

Im Gegensatz zu Solaris VII, Galatea oder Hardcore bot Kyeinnisan seinen Besuchern keinen Blutsport. Diese Welt war hauptsächlich ein Mekka für Freunde des Glücksspiels. Duncan, der sich hier gut auskannte, hätte sich in diesem Milieu eigentlich wie zu Hause fühlen müssen. Statt dessen war er beunruhigt. Ihr ›Gastgeber‹ hatte noch nichts von sich hören lassen.

Er war erstaunt von der Sprungschiffstrecke gewesen, die ihr möglicher zukünftiger Auftraggeber für sie aufgebaut hatte. Statt an jedem Sprungpunkt entlang der Route von Galatea nach Kyeinnisan eine Woche oder länger warten zu müssen, während das Sprungschiff seinen K-F-Antrieb auflud, waren sie einfach an jedem Halt zu einem wartenden anderen Sprungschiff übergewechselt, was die Reisezeit drastisch reduzierte. Aber dieses Verfahren hatte natürlich auch bedeutet, daß sie nach dem ersten Sprung zurück in den Marik-Raum ihr Sprungschiff zurücklassen mußten, auch wenn es natürlich eine Botschaft über ihr Flugziel nach Atreus abgesetzt hatte. Ebenso beunruhigend war, daß ihr ›Gastgeber‹ darauf bestand, daß nur die BefehlsLanze ohne ihre Mechs auf die Oberfläche des Planeten gebracht werden durfte. Als Grund war angeführt worden, daß die planetare Regierung die Landung größerer Mecheinheiten nicht gestatte.

Duncan konnte Trane, der noch immer an den Nachwirkungen der Vergiftung litt, dazu überreden an Bord des Landungsschiffes zu bleiben. Widerwillig hatte der Ritter sich einverstanden erklärt, daß Dawn seinen Platz einnahm. Wenn auf Kyeinnisan irgend etwas schief lief, wollte Duncan ihn auf einem Posten haben, von dem aus er die Ritter in Bewegung setzen konnte. Ein Klopfen an der Tür unterbrach seine Grübeleien.

Duncan ging zur Tür und öffnete. Hawkes, Bovos und Dawn traten ins Zimmer. An ihren Mienen konnte er ablesen, daß etwas nicht in Ordnung war.

»Sie haben uns die Waffen abgenommen«, knurrte Bovos.

»Sie? Wer sind ›sie‹?«

»Eine Schutztruppenstreife«, erklärte Hawkes. »Sie behaupteten, gehört zu haben, wir wollten Unruhe stiften, eine Schlägerei anzetteln oder irgendwas, und haben unsere Waffen beschlagnahmt. Sie haben alles außer dem hier einkassiert.« Hawkes griff sich in den Nacken und zog einen langen, dünnen Wurfdolch aus einer Scheide, die er unter dem Hemd zwischen den Schulterblättern trug.

»Aber wir waren die einzigen, die angehalten wurden«, stellte Dawn fest. »Die Straße war voller bewaffneter Personen.«

»Ich nehme nicht an, daß du etwas für schlechte Zeiten in Reserve hast?« fragte Duncan. Als Dawn ihn verwirrt ansah, versuchte er es noch einmal. »Hast du möglicherweise eine Waffe, die sie nicht gefunden haben?«

»Selbstverständlich.« Dawn griff in den roten Gürtel ihrer Dämonen-Uniform, und Duncan sah, daß sie an der Innenseite eine kleine Tasche angenäht hatte. Aus dieser zog sie eine Laserpistole.

»Wie steht es mit dir, Bovos? Irgendwelche kleinen Schätze, die den Schutztruppen entgangen sind?«

Bovos schüttelte trübsinnig den Kopf.

»Na, dann war es wohl ganz gut, daß ich heute nachmittag meinem alten Kumpel Roy einen Besuch abgestattet und ein paar Sächelchen besorgt habe.« Duncan trat an den Schrank und holte einen kleinen Koffer heraus, in dessen Innern vier kleinkalibrige Pistolen sichtbar wurden. »Bedient euch. Sie sind klein, aber die Patronen haben eine Quecksilberspitze, die böse innere Verletzungen erzeugt. Außerdem sind sie leicht zu verstecken.«

»Womit ein Problem wenigstens teilweise gelöst wäre«, meinte Hawkes. »Aber trotzdem, dieses ganze Arrangement macht mich nervös.«

»Da sind Sie nicht der einzige. Wer auch immer hinter diesem Kontraktangebot steckt und neue Bürger für seine tapfere neue Welt anwirbt, ist übervorsichtig. Wir können wohl davon ausgehen, daß wir beobachtet werden – und zwar ganz genau.«

»Was nun?« fragte Dawn.

»Vor einer Weile habe ich eine Nachricht vom Manager eines der Casinos mit einer Einladung erhalten, sein Etablissement heute abend zu beehren. Als Lockmittel bekommen wir sogar etwas Kredit. Also werden wir tun, was Comte Lottimer vorgeschlagen hat – entspannen und uns amüsieren, oder zumindest so tun als ob, bis jemand Kontakt aufnimmt. Vor allem werden wir keine Fragen stellen und keine Aufmerksamkeit erregen. Haltet euch bedeckt und tut, was alle tun.«

Dawn wirkte nicht überzeugt. »Und wenn es doch Schwierigkeiten gibt, was dann?«

»Sind wir auf uns gestellt, aber ich habe eine kleine Versicherung arrangiert.« Duncan griff in die Innentasche seiner Jacke und zog einen kompakten Kommunikator heraus. »Kyeinnisans Sprungpunkt ist nur zwei Tage entfernt. Trane läßt einen unserer Leute konstant den Funkverkehr überwachen. Derselbe Freund, der mir auch diese Pistolen geliefert hat, besitzt einen privaten, ausgesprochen leistungsstarken Richtfunksender. Wenn wir Probleme bekommen, die unsere Kräfte übersteigen, benutze ich das hier, und er schickt Trane auf dem Landungsschiff eine Nachricht.«

»Und ...?« fragte Hawkes.

»Trane und die anderen übernehmen das Sprungschiff und halten sich bereit, um uns wenn nötig, rauszuhauen.«

»Das heißt, wenn es schweren Ärger gibt, müssen wir uns zwei, drei Tage allein durchschlagen, bis Trane hier sein kann.«

»So sieht's aus, Garth. Aber jetzt wollen wir uns erst mal ein paar Stunden ausruhen, bevor wir losziehen und uns die Stadt ansehen.« Duncan öffnete den doppelten Boden des Koffers, in dem die Pistolen gelegen hatten. Im Innern des Verstecks lagen sauber aufgereiht stapelweise C-Noten. »Jeder von euch bekommt zehntausend Credits. Das sollte reichen, um sich wie Champions zu benehmen und ... gleichzeitig etwas Spaß zu haben.«

»Gehen wir einzeln oder als Gruppe?« fragte Bovos, während er die Pistole in der Innentasche der Uniformjacke verstaute.

»Laßt uns zusammen bleiben«, antwortete Duncan.

»Zivilkluft oder Uniform?«

»Uniform. Für den Fall, daß die Einladung ins Casino ein Vorwand ist, um unserem ›Gastgeber‹ das Arrangieren einer Begegnung zu erleichtern, wollen wir leicht zu finden sein.« Duncan sah von einem zum anderen. »Wenn sonst nichts ist ...«

»Doch, da wäre noch was«, erklärte Bovos und warf Hawkes einen schnellen Blick zu. Der nickte, als hätten sie sich abgesprochen.

»Wir müssen miteinanderreden, Duncan«, stellte der Hühne fest. »Dawn auch.«

»Natürlich«, erwiderte Duncan. »Worum geht's?« Dawn blickte fragend von einem zum anderen, dann setzten sie sich auf das Fußende des Betts.

Bovos stand auf und räusperte sich, wohl, um sich zu sammeln. »Hawkes und ich haben uns gefragt, warum Sie auf Galatea so viele Angebote ausgeschlagen haben. Manche davon waren durchaus lukrativ.«

»Lukrativ, ja. Aber ich dachte, wir bekommen noch was besseres.«

»Nun, das ist es nicht allein«, übernahm Hawkes. »Wir haben uns auch Gedanken über Trane gemacht – und warum einige der anderen ihn ›Kapitan‹ nennen, und warum sie sich mehr wie Berufssoldaten benehmen als wie Söldner. Bovos und ich haben beide Erfahrung im regulären Militär. Soldaten bewegen sich anders, reden anders, denken anders als Söldner. Ein Söldner verkauft seine Dienste für Profit und vielleicht etwas Spaß. Er ist nicht für eine besondere Loyalität seiner Einheit gegenüber bekannt. Aber es ist offensichtlich, daß Villiers, Blix und die andern absolut loyal zu Trane stehen. Versuchen Sie es nicht abzustreiten, Duncan. Bovos hat es auch gemerkt.«

Duncan atmete langsam aus. Angesichts der Versprecher von Jon Blix war er überrascht, daß es so lange gedauert hatte. Plötzlich erschien ihm ihre gesamte Mission wie ein Kartenhaus in einem Sturm. Es war keine Zeit, sich mit Trane darüber zu beraten, was er tun sollte. Er hatte mit diesen dreien schon eine Menge durchgemacht, und seine Spielerinstinkte rieten ihm, das Risiko einzugehen.

Duncan blickte von Hawkes zu Bovos, dann zu Dawn. »Wir kennen einander erst eine kurze Zeit«, begann er, »aber wir haben einige harte Kämpfe zusammen ausgetragen und es überlebt. Hawkes ... Bovos, ich weiß, Sie haben schon von den Rittern der Inneren

Sphäre gehört, aber bei Dawn mag das anders sein.« In ein paar Sätzen erklärte er ihr, wie Thomas Marik in den letzten Jahren aus einigen der besten Krieger in der Inneren Sphäre die Ritter geformt hatte. »Nun, da gibt es noch etwas über die Ritter, das Sie wissen sollte.«

Er ließ sich Zeit und erzählte ihnen die ganze Geschichte, während die anderen aufmerksam zuhörten. Als er fertig war, sagte niemand etwas. »Und wenn wir schon bei dem Thema sind, wer sich hier wie ein Söldner benimmt, und wer nicht«, fügte Duncan hinzu, »Ich habe in meiner Zeit auch einige kennengelernt. Und Sie haben auch nicht viel Ähnlichkeit mit denen, Hawkes.«

Hawkes zuckte die Schultern und setzte ein dünnes Lächeln auf. »Hauptmann Gath Hawkes, Kommandeur der 1. Kompanie, 1. Bataillon, 6. Crucis-Lancers. Jedenfalls war ich das, bis die Angreifer auf Valexa meine Einheit zerstört haben. Ich bin immer noch ein Lancer. Mein vorgesetzter Offizier hat mich hierher geschickt, um zu sehen, was ich über diese Angreifer herausfinden kann. Keiner von uns hat den Schwindel mit den falschen Rittern geschluckt, aber unsere Jungs vom Geheimdienst stecken bis über beide Ohren in den Problemen mit der Mark Skye und der Mark Sarna und Gott weiß wo noch, so daß wir sie nicht dafür interessieren konnten. Mich loszuschicken, damit ich etwas herumschnüffle, schien die einzige Methode zu sein, mit der herauszubekommen ist, was vor sich geht. Galatea war der logische Ansatzpunkt für die Suche nach den Hintermännern der Überfälle. Früher oder später würden sie Ersatzleute für die Gefallenen brauchen.« Hawkes machte eine Pause. »Ich bin einigermaßen enttäuscht, daß Sie mich durchschaut haben. Ich dachte, ich würde meine Rolle ganz gut spielen.«

»Und Sie, Bovos, werden mir jetzt wahrscheinlich erzählen, daß Sie bei der Kompanie Oriente-Husaren waren, die auf Shiro III überfallen wurde. Ich habe so etwas schon vom ersten Tag an vermutet, als wir uns begegnet sind.«

Bovos nickte. »Meine Geschichte ist beinahe identisch mit Hawkes', nur habe ich ausgemustert und bin aus eigener Initiative nach Galatea geflogen. Ich kann das, was meinen Leuten geschehen ist, nur ertragen, wenn ich die dafür Verantwortlichen finde und es ihnen heimzahle.«

»Was uns zu einem interessanten Punkt bringt«, stellte Hawkes fest. »Was, wenn sich dieser ›Lord‹ hier auf Kyeinnisan aufhält? Selbst wenn Trane mit seinen Rittern angedonnert kommt, stehen wir mit neun Kriegern und acht Mechs gegen seine kompletten Truppen, die örtlichen Schutztruppen und was sonst noch auf dieser Felskugel zu finden ist.«

»Stimmt, aber Trane wird in diesem Fall eine kodierte Nachricht an die nächste HPG-Station schicken. Von dort aus geht sie dann an die 2. Regulanischen Husaren auf Tiber, nur einen Sprung entfernt. Die Hauptstreitmacht der Ritter steht auf Marik bereit, aber das ist zu weit entfernt für eine schnelle Reaktion. Alle Militäreinheiten der Freien Welten sind angewiesen, dieser Mission ohne irgendwelche Fragen augenblickliche Hilfe zu leisten. Kyeinnisan kann nichts aufbieten, was dem standhalten könnte.«

»Ich kenne die Regulanischen Husaren«, meinte Bovos. »Eines der besten Regimenter in der Liga.«

»Ich glaube allerdings nicht, daß es dazu kommen wird«, sagte Duncan. »Kyeinnisan ist keine Welt, die sich als Heimatstützpunkt der Angreifer eignen würde. Ich vermute eher, das hier ist eine Art Zwischenstation in ihrem Plan, neue Rekruten anzuwerben. Im Augenblick können wir nur mitspielen und abwarten.«

»Wollen wir hoffen, daß es nicht zu lange dauert«, stellte Bovos fest.

Duncan sah hinüber zu Dawn. »Wie steht es mit dir, Dawn? Du hast alles angehört, aber keinen Ton gesagt. Als Trane und ich dich kennenlernten, haben wir uns gefragt, ob du auf Cumbres warst.«

Dawn hob stolz den Kopf. »Ich wurde von meinem Volk und meinem Clan dafür verstoßen, was auf Cumbres geschah. Ich führte den Stahlviper-Überfall auf diesen Planeten an, und nun weiß ich, daß es die Angreifer waren, von denen ihr geredet habt, die uns dort überraschten und meinen Trinärstern aufrieben. Ich überlebte, während nahezu alle anderen fielen. Ich habe als Kommandeurin versagt. Das ist meine Schande. Eine Kriegerin ohne Ehre ist ein Nichts. Auch wenn die Stahlvipern mich verstoßen haben, werde ich nicht ruhen, bevor meine Ehre wiederhergestellt ist. Wie ich das erreichen werde, weiß ich nicht, auch nicht, ob die Krieger meines Clans meinen Anspruch anerkennen würden. Derzeit gehöre ich weder meiner noch eurer Welt an, aber deine Mission ist ehrenwert, Duncan Kalma, und ich werde dir dabei helfen, soweit ich es kann, wenn du mich noch läßt.«

Duncan trat zu ihr hinüber und reichte ihr die Hand. »Du gehörst jetzt zu uns, Dawn.«

Sie neigte den Kopf, dann schüttelte sie ihn leicht. »Neg, Duncan Kalma. Ich kämpfe mit euch, und ich respektiere euch. Aber ich gehöre nicht zu euch. Wir gehen für den Augenblick denselben Weg, mehr nicht.«

Duncan drehte sich zu den anderen um, ohne ihre Hand loszulassen. »Das genügt mir. Wie steht es mit euch zwei Freigeburten?«

»Wir sind ein Team«, stellte Hawkes fest, und legte seine Hand auf die Dawns und Duncans.

Bovos plazierte seine Pranke auf den drei anderen. »Ein Team.«

22

Fortuna City, Kyeinnisan
Liga Freier Welten

8. Juni 3057

»Die Lady gewinnt schon wieder!«

Dawn verstand das Konzept des Glücksspiels, nicht jedoch die Faszination. Verglichen mit dem Rausch des Kampfes erschien es ihr eine recht schwache Form der Unterhaltung. Trotzdem entschied sie sich, das Ritual zu meistern, für den Fall, daß diese Fähigkeit ihr irgendwann in der Zukunft noch von Nutzen sein konnte. Sie hatte einem jungen Mann, der neben dem Tisch stand, ein paar Geldscheine ausgehändigt, und er hatte sie gebeten, zwei Zahlen auszuwählen. Ihre Antwort war festgehalten worden, und nachdem auch andere Spieler ihre Zahlen gewählt hatten, versetzte der Mann ein großes Rad auf einem Ständer neben dem Tisch in Drehung. Das Rad trug die Zahlen von 1 bis 100 und ratterte, während es sich drehte, weil in regelmäßigem Abstand montierte Aufsätze gegen eine Bremse stießen, die seine Drehbewegung allmählich verlangsamte und schließlich vollständig zum Stillstand brachte. Am obersten Punkt des Rades befand sich ein Leuchtpfeil. Soweit Dawn feststellen konnte, gewann die Zahl, auf die der Leuchtpfeil zeigte, wenn das Rad stehenblieb. Wie auch immer dieses Spiel funktionierte, sie hatte gerade zum zweiten Mal gewonnen.

»Ich kann es nicht fassen. Glück und Schönheit in einem bezaubernden kleinen Paket.« Diese Bemerkung hatte ein hinter ihr stehender, dunkelhäutiger Mann fallen lassen. Dawn setzte bereits an, dieser Freigeburt zu sagen, wohin er sich seine zweifelhaften Komplimente stecken konnte, als sie sich an Duncans Ermahnung erinnerte, kein Aufsehen zu erregen. Also warf sie der dreckigen Ratte nur einen vernichtenden Blick zu, drehte auf dem Absatz um und marschierte davon.

Duncan saß derweil an einem Spieltisch und fühlte sich wie zu Hause. Es gab eine Menge Casinos auf Kyeinnisan, aber dieses hier war das populärste und auch sein Favorit ... die Höhle. Soweit er sehen konnte, hatte sich seit seinem letzten Besuch nicht viel verändert. Trotz des Namens war das Etablissement so prunkvoll eingerichtet, wie es die enormen Einnahmen des Hauses gestatteten. Und für die Spieler waren alle Drinks kostenlos. Duncan hob sein leeres Glas in Richtung einer spärlich bekleideten Bedienung.

Bovos stand schweigend hinter dem Samtseil, das von Messingständern gehalten den Tisch umgab, an dem Duncan Karten spielte. Jeder Tisch und jedes wichtige Spielareal waren mit solchen Seilen abgesperrt, um die Zuschauer, »die Galerie«, auf wenigstens einen Meter Abstand zu halten. Duncan Viererdrax spielen zu sehen, eines der beliebtesten Kartenspiele im Marik-Raum, war für Bovos eine traurige Erinnerung an die langen Nächte, in denen er mit seinen Kameraden in der Kaserne Drax gespielt hatte, begleitet von jovialen Prahlereien, Reminiszenzen und gutmütigen Scherzen. Soweit er sehen konnte, gewann Duncan ... eine Menge. Hawkes, der kein großer Spieler war, schlenderte herüber und sah ebenfalls zu.

»Sind Sie bereit für die vierte Karte?« fragte der Dealer nervös. Er war so zittrig und unbegabt, daß Duncan nicht verstand, wie er diesen Job je bekommen hatte – oder es schaffte, nicht entlassen zu werden.

»Gib.« Der Sprecher war ein Textilhändler von Tamarind. Er wirkte nicht gerade sympathisch. Sein mürrisches Gesicht war voller Pockennarben, und einige seiner Zähne glänzten golden. Seine bisherigen Verluste hatten nicht gerade dazu beigetragen, seine Stimmung zu verbessern.

Der Dealer verzog verzweifelt das Gesicht, als er sah, daß er Duncan den Lancer des Hauses Marik gegeben hatte. Für sich genommen, war diese Karte wertlos, aber durch ihren Besitz stieg der Wert jeder anderen Marik-Karte in Duncans Hand um eins. Die beiden bereits aufgedeckten Karten Duncans waren eine Steiner-Neun und eine Marik-Acht, die damit ebenfalls zu einer Neun wurde. Duncan legte den Lancer aufgedeckt zur Seite, entsprechend den Regeln, und erhielt eine weitere Karte. Es war eine weitere Neun, diesmal vom Haus Kurita.

»Ich bin draußen.« Der Spieler, der mit diesen Worten aufgab, hatte eine Vier, Fünf und Sechs aufgedeckt vor sich liegen. Alle drei Karten waren von derselben Farbe. Er hatte offensichtlich versucht, die zweithöchste Kombination des Spiels zu erhalten, einen sogenannten ›Drax‹ – vier numerisch aufsteigende Karten einer Farbe. Welchen Wert seine erste, verdeckt gegebene Karte auch hatte, sie reichte nicht aus, die anderen drei zu einer Siegerkombination zu vervollständigen. Der Mann hatte sich als irgendein niederer Bürokrat von Atreus vorgestellt, der hier auf Urlaub war. Als er das gehört hatte, war Duncan froh gewesen, daß keiner der Ritter dabei war. Was, wenn dieser Mann Trane oder einen seiner Männer erkannt hätte?

»Bleiben nur Sie und ich ... wieder einmal«, erklärte der Tamarindianer. »Ich habe drei Siebenen, Sie drei Neunen. Aber ... haben Sie noch eine Neun? Das ist die Frage.«

»Um das herauszufinden, müssen Sie zahlen«, erwiderte Duncan. Hatte sein Gegenüber eine weitere, verdeckte, Sieben, verfügte er über Vier Gleiche, die höchste mögliche Kombination. Es sei denn, Duncan hatte noch eine Neun, denn in diesem Fall hätten sie beide Vier Gleiche, dank des Lancers, der aus seiner Marik-Acht eine Neun machte. Dann hätte Duncan durch den höheren Zahlenwert seiner Karten gewonnen. Er fand es ironisch, daß ihm von den vier Farben des Drax-Spiels – Marik, Steiner, Kurita und Davion – ausgerechnet Marik den Sieg bringen konnte.

Der Tamarindianer schien dem Druck nicht gewachsen. Während der letzten zwei Stunden hatte er einen beachtlichen Betrag verloren. Auf seiner Stirn stand der Schweiß, und der Einsatz näherte sich 5000 Credits. Nach längerer Überlegung ging er auf Nummer sicher: »Ich bin draußen.«

Duncan zog den Haufen Geldscheine auf seine Seite des Tisches. Heute nacht hatte er ungewöhnlich viel Glück gehabt… möglicherweise zuviel Glück. Er bemerkte, wie der nervöse Dealer sich umsah. *Zeit, sich zu verabschieden.* »Ich bedanke mich herzlich für Ihren Beitrag zu meinem finanziellen Wohlergehen«, sagte er, »aber ich bin erst vor kurzem nach einer langen Reise hier eingetroffen, und es wird Zeit, daß ich mich zurückziehe. Ich wünsche Ihnen allen eine gute Nacht und…«

»Moment«, bellte der Tamarindianer. »Sie haben Ihre letzte Karte nicht aufgedeckt.«

»Und ich bin auch nicht verpflichtet, das zu tun«, erwiderte Duncan höflich. »Sie sind ausgestiegen.« Bevor er reagieren konnte, streckte der Mann die Hand aus und drehte seine Karte um. Es war eine Drei.

»Sie sind ein Betrüger«, schrie der Mann. »In jedem Spiel hatten Sie eine Bildkarte. Sie und der Dealer – er gibt Ihnen, was Sie brauchen, um zu gewinnen. Sie stecken unter einer Decke!« Während er sich weiter lauthals beschwerte und nach dem Manager rief, stotterte der Dealer ein Geständnis. Ja, es sei alles wahr, ja, Duncan hätte ihn bestochen. Zwei Sicherheitsleute in der Galerie stiegen über das Samtseil und stellten sich schützend hinter den Tamarindianer. »Schnappt ihn euch«, forderte der sie auf.

Duncan erkannte, daß der Tamarindianer und der Dealer auf ihn angesetzt worden waren, um einen Zwischenfall zu provozieren. Einer der Wächter zog die Pistole, aber bevor er sie aus dem Holster hatte, steckte bereits ein Wurfmesser bis zum Griff in seiner Brust. Duncan erkannte den Dolch, den Hawkes ihm eine Weile zuvor gezeigt hatte. Der zweite Wächter konnte noch die Waffe ziehen, kam aber ebenfalls nicht dazu, sie abzufeuern. Zuerst ertönte ein scharfes Krachen, dann prangte auf seiner Stirn ein kleines Loch. Er kippte ohne einen Laut nach hinten. Ringsum ertönte ein ängstliches Kreischen. Hawkes und Bovos bahnten sich grob einen Weg durch die panische Menge zu Duncan.

»Wo ist Dawn?« rief Hawkes.

»Keine Zeit«, antwortete Duncan und gestikulierte in Richtung Ausgang. »Sie wird uns schon finden.«

»Bleib ganz ruhig, kleine Lady.« Dawn fühlte die Mündung einer Pistole, die ihr von rechts in die Seite gedrückt wurde. Die Stimme gehörte dem Mann, der sie schon an dem Tisch mit dem Glücksrad angesprochen hatte. »Sie haben mir gesagt, ich soll dich umbringen, aber wenn du dich benimmst ...«

Dawn wirbelte nach links. In der Drehung stieß sie den linken Ellbogen nach hinten und schlug die Waffe beiseite. Dann rammte sie den Handballen gegen die Nasenspitze des Mannes. Sie konnte fühlen, wie das Nasenbein brach und nach hinten in sein Gehirn getrieben wurde. Der Mann stand ein paar Sekunden reglos vor ihr, als sei die Zeit für ihn stehengeblieben, dann fiel er auf die Knie. Dawn fühlte beinahe so etwas wie Mitleid. Diese Freigeburten schienen versessener auf einen Kampf zu sein als arcadianische Ratten, aber sie hatten kaum mehr Talent dazu.

Während die Besucher des Casinos vor ihnen die Flucht ergriffen, rannten Duncan, Hawkes und Bovos in Richtung Haupteingang. Duncan sah sich nach dem Tamarindianer um, in der Hoffnung auf ein überaus kurzes und nicht minder gewaltsames »Gespräch«, aber der Mann war verschwunden. Als sie sich der Tür näherten, sprang sie plötzlich auf und ließ zwei Kyeinnisan-Schutztruppenangehörige mit Gryrokarabinern ein.

»Na toll, ganz toll«, stieß Duncan leise aus. Als die beiden Polizisten ihre Waffen auf Duncan und seine Begleiter richteten, blieb er stehen und hob die Hände.

»Fragen diese Trottel nicht einmal, wer die Bösewichter sind?« fragte Hawkes ärgerlich.

»Ich vermute, damit könnte das Messer in Ihrer Hand zu tun haben«, erwiderte Duncan. Hawkes hatte seinen Dolch aus der Leiche des Wachmanns gezogen, es aber noch nicht abgewischt. Daher tropfte immer noch Blut von der Klinge. Trotzdem bezweifelte Duncan, daß die Polizisten die Waffen in den Händen seiner Begleiter im Tumult der fliehenden Casinogäste überhaupt gesehen hatten oder auch nur wußten, nach wem sie Ausschau halten sollten. Er lächelte, als er Dawn in ihre Richtung drängen sah, die ihre Pistole in der Hand hielt.

»Aus dem Weg, Lady«, knurrte sie einer der Polizisten an.

Dawn feuerte. Es gab einen lauten Knall, der Polizist ließ das Gewehr fallen, preßte die Hände auf den Bauch und ging zu Boden.

Sein Kollege machte den tödlichen Fehler, sich nach seinem Partner umzusehen. Bovos' kleine Pistole knallte nur leise, aber auch dieser Polizist fiel um.

»Bewegung!« brüllte Duncan und sprang hinaus auf die Straße, dicht gefolgt von den anderen. Wild kreischend in alle Richtungen davonstürzende Gäste lieferten ihnen Deckung. Draußen stand der Streifenwagen der Schutztruppe.

»Wie wär's?« Duncan sah Bovos an.

Der riß die Tür auf und zerrte den Fahrer auf die Straße, während die anderen sich in das Fahrzeug drängten. »Wohin, Duncan?«

»Was weiß ich, zum Teufel. Hauptsache weg von hier.« Er griff in die Seitentasche der Uniformjacke und zog den kleinen Kommunikator hervor. Als Bovos etwa ein Dutzend Seitenstraßen passiert hatte, ging er auf Sendung.

»Roy, hörst du mich?« Ein paar Sekunden war außer dem Knistern der Statik nichts zu hören.

»Da bin ich, D. K. Was gibt's?«

»Ruf das Schiff. Trane soll alles vorbereiten.«

»Verstanden, D. K. Ich halte mich auch bereit.« Duncan und sein Freund hatten sich abgesprochen, ihre Kommunikatorkontakte so kurz wie möglich zu halten, für den Fall daß die Schutztruppe oder ein unbekannter Dritter den Funkverkehr abhörte. Kurze, knappe Wortwechsel gaben dem Feind keine Möglichkeit, ihre Position festzustellen, selbst wenn er zufällig die richtige Frequenz überwachte.

»Ich frage noch einmal, wohin, Duncan?« Das war Bovos.

»Nach Westen. Wenn ich mich recht entsinne, liegt in dieser Richtung dichter Wald. Wir müssen diesen Wagen loswerden.«

»Und dann?«

»Ich will verdammt sein, wenn ich es weiß.«

»Irgend jemand hat uns auf dem Kieker, seit wir hier angekommen sind«, stellte Hawkes fest. »Aber warum?«

»Vielleicht ist es eine Art Test. Im Moment wissen wir nur, daß wir Flüchtlinge sind – Söldner ohne Auftraggeber, denen Falschspiel und mehrfacher Mord vorgeworfen wird. Ich würde sagen, von jetzt an wird es heiß.«

»Ich hoffe, bei Rod Trane läuft es besser«, meinte Dawn, als Bovos sich über das Steuerrad beugte und besorgt die Straße absuchte, während er nach Westen aus der Stadt fuhr.

23

Kispioxwald, Kyeinnisan
Liga Freier Welten

8. Juni 3057

Duncan, Hawkes und Bovos saßen auf einem umgestürzten Baumstamm und sahen zu, wie Dawn an ihrem Stiefel arbeitete. Nachdem sie den Wagen am Waldrand stehengelassen hatten, war sie einen Hang hinabgestürzt, wobei sich ihr linkes Bein in einem rostigen Draht verfangen und das Leder an mehreren Stellen Risse bekommen hatte. Jetzt versuchte sie den Schaden ohne viel Erfolg zu beheben.

Während er so dasaß und darüber nachdachte, wie sie in diesen Schlamassel geraten waren, machte Duncan sich Vorwürfe wegen seiner Unaufmerksamkeit im Casino. Sicher, er hatte die Nervosität des jungen Dealers bemerkt, war aber nicht auf den Gedanken gekommen, daß sein außergewöhnliches Spielglück sich daraus erklärte, daß dieser zu seinen Gunsten betrog. Aber jetzt, im Nachhinein, machte alles Sinn. Der Manager hatte sie an der Tür empfangen und Duncan zu diesem Tisch geführt. Der Dealer hatte ihm außergewöhnlich gute Karten gegeben und der Verlierer Stunk gemacht.

Duncan starrte ins Leere und dachte über die ungewöhnlichen Erfahrungen nach, die sie seit ihrer Ankunft auf Kyeinnisan gemacht hatten, als ein dumpfes Lärmen am Waldrand sie plötzlich alle aufschreckte und instinktiv Deckung im Unterholz suchen ließ. Die Sonne war gerade untergegangen, und auf dem Feld vor dem Waldstück war es noch hell genug, um die Silhouette eines gepanzerten Truppentransporters zu identifizieren. Das zehn Tonnen schwere Radfahrzeug suchte den Wald und die angrenzenden Äcker mit leistungsstarken Suchscheinwerfern ab. Sie hatten keinen Zweifel daran, daß in seinem Innern sieben schwerbewaffnete Schutztruppenmitglieder bereit standen, um herauszuspringen und mit automatischen Gewehren das Feuer zu eröffnen. Entlang des gesamten Waldrandes war das Scheppern und Brummen weiterer Truppentransporter zu hören.

»Scheint, daß sie nicht riskieren wollen, zu uns rein zu kommen«, flüsterte Bovos Duncan zu.

Er nickte. »Wer auch immer die Unterhaltungseinlage heute abend geplant hat, hatte nicht damit gerechnet, daß wir bewaffnet sind. Die Idee war wohl, uns festzunehmen und wegen irgendeines hiesigen Vergehens anzuklagen. Vielleicht, unser Landungsschiff und das Preisgeld von Galatea zu konfiszieren. Dann hätte unser ›Gastgeber‹ angeboten, sich für uns einzusetzen, vorausgesetzt wir akzeptieren den Kontrakt... oder etwas in der Art. Aber wir haben uns den Weg freigeschossen. Die Truppen da draußen dürften darauf brennen, das Gelände hier durchzukämmen und es den Typen heimzuzahlen, die ihre Kameraden auf dem Gewissen haben, aber statt dessen legen sie ein ziemlich erbärmliches Schauspiel einer Suchaktion hin.«

»Sie könnten recht haben, aber die beiden in der Stadt hatten Gyrokarabiner. Ich wette mit Ihnen, die da draußen im Truppentransporter haben schwere Gyrojetgewehre.«

»Und Flakwesten, wenn nicht sogar Panzeranzüge«, gab ihm Duncan recht. »Geben Sie durch, daß sich niemand bewegt. Wenn ich richtig liege, haben sie Anweisung, sich nicht allzusehr anzustrengen, uns zu finden. Wir sollten ihnen kein Ziel bieten, das sie zwingt, das Feuer zu eröffnen.«

Bovos wußte, daß Duncan recht hatte. Für die Schutztruppen war das Risiko eines Eindringens in den Wald annehmbar. Die Flakwesten waren in der Lage, einen Beschuß der meisten Handfeuerwaffen und Laser abzuwehren. Und inzwischen mußten sie wissen, daß die Flüchtigen nur kleinkalibrige Pistolen besaßen. Die Gyrojetgewehre waren eher Abschußrohre für fünf kleine Raketen mit hochexplosiven Sprengköpfen als normale Gewehre. Für dieses Gelände waren sie ohne Zweifel mit Splittersprengköpfen geladen, die Schrapnells über einen Winkel von 180° verteilten. Aber trotz dieser deutlichen Überlegenheit strengten sich die kyeinnisanischen Schutztruppen bei der Jagd nach ihnen nicht sonderlich an. Suchscheinwerfer über dichtes Unterholz zu schwenken würde nicht dabei helfen, sie aufzuspüren, es sei denn, Duncan und die anderen wären dumm genug gewesen, aufzuspringen und davonzulaufen. Bovos ermahnte Hawkes und Dawn mit Handzeichen, die Köpfe unten zu lassen.

Die kyeinnisanischen Truppentransporter kreuzten noch eine Stunde durch das Gelände, aber nicht ein einziges Mal stieg jemand aus, um sich nach Fußspuren oder irgendwelchen anderen Anzeichen für die Anwesenheit der Gesuchten umzusehen. Für Duncan hieß das, die Schutztruppen wußten, daß sie noch ganz in der Nähe der Stelle sein mußten, an der sie den Streifenwagen abgestellt hatten. Nein, die Polizisten schienen es zufrieden, eine Menge Krach und Licht zu machen. Schließlich machten sie sich wieder zurück auf den Weg nach Osten, in die Stadt.

»Sie sind der einzige von uns, der diese Welt kennt, Duncan«, stellte Hawkes fest. »Wohin jetzt?«

»Wir bewegen uns weiter nach Westen. Und was meine Ortskenntnisse angeht, ich kenne mich auch nur in der Hauptstadt aus. So ziemlich das einzige, was ich über deren Umgebung weiß, ist, daß es hier draußen ein paar Dörfer gibt – glaube ich zumindest – und eine Reihe Privatgüter. Wenn es hell wird, werden wir versuchen, ein paar Waldwege zu finden, die sich für Truppentransporter nicht eignen. Wir werden halt improvisieren.« Duncan lachte leise. »Als hätten wir bisher etwas anderes getan.«

»Ich hatte gehofft, einer der Männer würde in den Wald kommen, damit ich ihn töten und ihm die Stiefel abnehmen kann«, meinte Dawn. Sie hatte eine dünne, zähe Ranke um den zerfetzten Stiefel gebunden, aber es sah nicht danach aus, als ob diese notdürftige Reparatur ihn lange zusammenhalten würde.

»Schlafen wir erst mal 'ne Runde«, sagte Duncan. »Im Morgengrauen machen wir uns auf den Weg.« Er beobachtete im Licht von Kyeinnisans einzigem Mond, wie seine Kameraden sich jeder eine Art Nest bauten. Das Licht reichte aus, um Dawn zu betrachten. Er war froh, daß er sie dabei hatte; sie konnte einen Mech führen, kämpfen und töten wie ein Mann. Wahrscheinlich besser, korrigierte Duncan sich mit einem Lächeln.

»Sieht friedlich genug aus.«

»Sehen Sie irgendwelche Antennen oder Überlandleitungen, Bovos?«

»Nichts. Es scheinen so etwa zehn Gebäude zu sein. Ich würde sagen, das Ganze ist eine Art Handelszentrum für Leute, die hier draußen in der Wildnis leben. Es läßt sich wirklich nicht sagen, ob sie schon was von uns gehört haben.«

»Wir brauchen Lebensmittel und andere Kleider. Dawn braucht neue Stiefel, und es könnte auch nicht schaden, eine Karte zu haben, auf der wir feststellen können, wo, zum Teufel, wir eigentlich sind«, meinte Duncan. »Sieht aus, als müßten wir es riskieren.«

»Wie wollen Sie's machen?«

»Wir wandern einfach durch die Vordertür rein. Wenn uns jemand fragt, erzählen wir, unser Wagen hätte ein Stück die Straße hinunter eine Panne gehabt. Ich warte hier. Gehen Sie und holen Sie die anderen.«

»Einen schönen guten Tag, Sir.« Der ältere Herr wirkte freundlich und in keinster Weise überrascht, vier Fremde in ziemlich mitgenommenen Uniformen zu sehen.

»Und einen wunderschönen Tag auch Ihnen«, erwiderte Duncan. »Gibt es in diesem Ort ein Geschäft, in dem ein paar müde Reisende etwas zu essen finden und vielleicht noch ein paar andere Sachen einkaufen könnten?«

»Am Ende der Straße. Der Gemischtwarenladen.«

Als Duncan und seine Begleiter in die angegebene Richtung marschierten, passierten sie einige Dorfbewohner, die ihnen kaum einen Blick zuwarfen. »Also, ich muß schon sagen«, meinte Bovos. »Wenn vier Leute in Kriegeruniform und ohne fahrbaren Untersatz in meinen Heimatort gewandert kämen, ich wäre neugierig wie der Teufel.«

»Andererseits habe ich eine Menge Grenzorte kennengelernt, in denen die Menschen sich enorm dabei anstrengen, sich nur um ihren eigenen Dreck zu kümmern«, antwortete Duncan. »Möglicherweise ist das hier einer davon, trotz oder wegen der Nähe zu Fortuna City, aber Sie haben nicht unrecht. Da, das muß der Laden sein. Haltet die Augen offen.«

Das Geschäft hatte einen gewissen ländlichen Charme. Hier waren alle Lebensnotwendigkeiten zu finden, von Nahrung über Kleidung bis hin zu Kochgeschirr – aber Duncan sah weder Waffen noch Landkarten in der Auslage. Das erschien ihm recht seltsam. Er hatte nicht erwartet, Intek Klasse II-Lasergewehre zu finden, aber doch wenigstens Jagdgewehre. Immerhin waren sie nicht mehr in der Stadt – wie weit diese auch immer entfernt sein mochte. Aber hauptsächlich zogen im Augenblick die kleinen Tische im hinteren Teil des Ladens seine Aufmerksamkeit auf sich, in der Nähe einer Kühleinheit, in der Lebensmittel lagerten, die für den sofortigen Verzehr gedacht schienen.

»Womit kann ich dienen, Krieger?« Der beleibte

Mann hinter der Kühltruhe sah aus, als hätte er ihren Inhalt oft und gerne selbst verzehrt. Er trug eine Art Metzgerschürze.

»Ein Teller mit Wurst- und Käseschnitten für meine Begleiter und mich wäre nicht schlecht.«

»Kommt sofort. Setzen Sie sich, ich bringe es rüber. Wir haben auch gutes, kaltes Bier.«

»Das käme uns sehr recht.«

»Verkaufen Sie Stiefel?« fragte Dawn. »In der Art, wie ich sie trage?«

Der Mann zeigte zum vorderen Bereich des Ladens. »Meine Frau hilft Ihnen bei der Suche.«

Während Dawn sich auf die Suche nach neuen Stiefeln machte, setzten Duncan, Hawkes und Bovos sich an einen Tisch, von dem aus sie die Eingangstür des Ladens, den Mann hinter der Lebensmitteltheke und Dawn im Auge behalten konnten. Sie verschlangen hungrig die Wurst- und Käsebrote und spülten sie mit tiefen Zügen Bier hinunter, während Dawn mehrere Paar Stiefel anprobierte.

Anscheinend mit einem davon zufrieden kam sie zu ihnen herüber und hielt in jeder Hand einen hoch, um ihnen ihre Wahl vorzuführen. »Diese sollten ihren Zweck gut erfüllen, frapos?«

»Was immer du ...« Hawkes Mund blieb offen stehen, als er plötzlich die Augen verdrehte und nach vorne auf den Tisch fiel.

Auch vor Duncans Augen begann es sich zu drehen. Er versuchte aufzustehen und sah Bovos umkippen. »Dawn, wir wurden vergiftet... hau ab!« Als seine Beine nachgaben, sah Duncan noch, wie die Frau des Ladenbesitzers mit einer Nakajima-Laserpistole im Anschlag hinter Dawn auftauchte. »Sie führen also doch Waffen«, keuchte er, dann versank seine Umgebung in Dunkelheit.

24

Kispioxwald, Kyeinnisan
Liga Freier Welten

9. Juni 3057

Duncan war überrascht. Als sein Bewußtsein langsam zurückkehrte, erwartete er eigentlich dröhnende Kopfschmerzen. Er war in seiner bunten Karriere schon einige Male unter Drogen gesetzt worden und wußte aus Erfahrung, daß die meisten K.O.-Tropfen gewaltige Kopfschmerzen verursachten. Aber was sie diesmal bekommen hatten, mußte entweder eine örtliche Spezialität oder ein ganz besonderer chemischer Cocktail gewesen sein. Was auch immer, er war dankbar dafür, daß er keine Schmerzen hatte. Als er die Augen öffnete, sah er Hawkes und Bovos in der Nähe auf dem Boden liegen. Sie zeigten ebenfalls erste Regungen.

»Wir befinden uns in einem Lagerraum im hinteren Teil des Gebäudes.«

Die Stimme gehörte Dawn. Duncan setzte sich auf und schob sich rückwärts über den staubigen Boden, bis er eine Wand erreicht hatte. Als er sich im schwachen Licht umsah, stellte er fest, daß der Raum etwa drei Meter lang und zwei Meter breit war. In der gegenüberliegenden Wand befanden sich ein Fenster und eine Tür, die ins Freie zu führen schien. Die übrigen drei Wände waren mit Regalen voller Kartons zugestellt, die wohl für den Verkauf bestimmte Waren enthielten. Auch Hawkes und Bovos richteten sich mühsam zu sitzender Haltung auf. Als seine Sicht sich weiter klärte, entdeckte Duncan Dawn, die unter dem Fenster saß. Ihre Hände und Füße waren mit Tuchfetzen gefesselt. Erstaunlicherweise hatten sie ihr die Hände vor der Brust gefesselt, statt hinter dem Rücken.

»Bist du in Ordnung, Dawn?« fragte er heiser.

»Mir geht es gut. Ich hielt es für unangebracht, mich der Frau zu widersetzen, solange sie einen Breitfeldstrahllaser auf mich richtete. Insbesondere, da sie geneigt schien, eher zu feuern als zu kämpfen.«

»Ich dachte, ihr Clantypen laßt euch keine Gelegenheit zum Kampf entgehen.«

Dawn schüttelte den Kopf. »Du mißverstehst das Wesen der Clans. Unser Volk ist nicht groß geworden, indem wir blindlings in den Tod laufen. Eine Ladenbesitzerin mit einer Pistole anzugreifen, wäre kein ehrenhafter Kampf gewesen. Meine Entscheidung war die einer denkenden Kriegerin.«

»Sehr klug. Nun, wir können wohl davon ausgehen, daß die örtliche Bevölkerung von der Suche der Schutztruppe nach uns informiert war. Aber ich verstehe nicht, warum du immer noch gefesselt bist. Hättest du die Knoten nicht mit den Zähnen öffnen können?«

Dawn lächelte. »Sieh her.« Sie zog die Arme auseinander. Die Fessel gab ohne größeren Widerstand nach. Anscheinend handelte es sich um ein elastisches Material. »Nun fragst du dich, warum ich mich nicht befreit habe, nachdem ich es so leicht hätte tun können, frapos? Aber ihr drei wart noch nicht aus der Betäubung erwacht, ich konnte ohne euch nirgends hin, und hätte ich mich dieser bequemen Fesseln entledigt, wären möglicherweise die Besitzer dieses Hauses zurückgekehrt und hätten mir weniger komfortable Fesseln angelegt. Also entschied ich, zu warten, bis ihr aufwacht. Schade. Meine Abneigung gegen Bier, in dem meiner Vermutung nach das Schlafmittel versteckt war, hat mich um ein erfrischendes Nickerchen gebracht.«

»Ein erfrischendes Nickerchen?«

»Ihr seht ausgeruht aus.«

Duncan grinste. Dawn zeigte tatsächlich Sinn für

Humor. Vielleicht hatte die Offenbarungssitzung am Tag zuvor ihre Zurückhaltung etwas reduziert. »Hat der Ladenbesitzer oder seine Frau inzwischen noch einmal nach uns gesehen?«

»Nicht, seit sie uns in diesen Raum gebracht haben. Seltsam, frapos?«

Duncan stand mit einiger Anstrengung auf. Er fühlte sich noch immer benommen. Er ging hinüber an die Tür. »Bovos, überprüfen Sie die Tür in den Laden. Horchen Sie, ob jemand kommt. Dawn … mach dich los!«

Hawkes untersuchte inzwischen das Fenster. »Es ist nicht mal festgenagelt«, stellte er fest.

Duncan rüttelte an der Türklinke. »Und diese Tür ist so schwach, daß Bovos sie mit einem Tritt öffnen könnte. Ach was, ich könnte sie mit einem Tritt aufbekommen.« Er sah über die Schulter. »Bovos?«

»Ich kann nichts hören. Im Laden ist niemand – oder sie machen absolut kein Geräusch.«

»Wie sieht's draußen aus, Hawkes?«

»Zwanzig Meter freies Gelände, ein paar Lagerschuppen hier und da, dann wieder Wald. Ich kann niemand sehen.«

»Ein teueres Betäubungsmittel, das uns ohne Nachwirkungen außer Gefecht setzt. Dawn wird nur sehr locker gefesselt. Ein Zimmer, das nicht einmal ein Kind gegen seinen Willen halten könnte, keine Wachen und ein freier Fluchtweg. Welchen Schluß legt das für deine detektivischen Fähigkeiten nahe, Dawn?«

»Jemand will, daß wir entkommen, Duncan Kalma.«

»Dann wollen wir diesen Jemand nicht enttäuschen. Wenn Sie so freundlich wären, Bovos?«

»Was?«

»Diese Tür, bitte.«

Bovos kam durch das Zimmer herüber. Ein einziger Schlag seiner zusammengeballten Fäuste genügte, und die Tür sprang auf. Was nicht weiter verwunderte, nachdem das ganze Schloß aus dem Türblatt gerissen worden war.

»Na dann, Leute, gehn wir«, meinte Duncan, aber er hatte nur ein paar Schritte aus der Tür getan, als er abrupt stehenblieb. Er hatte etwas gehört, und das Geräusch war unverwechselbar ... ein BattleMech!

»Ich höre es auch«, sagte Hawkes.

»Dawn, du und Bovos, ihr wartet am Waldrand auf uns. Hawkes und ich sehen uns das mal an.«

Die beiden Männer schlichen an der Rückwand des Ladengebäudes entlang, bis sie eine Seitengasse erreichten, die auf die Hauptstraße mündete. Sie blieben dicht an der Hauswand stehen und schauten sich die Szene ein paar Sekunden an.

Auf der Straße, in der Richtung, aus der sie selbst das Dorf betreten hatten, ragte ein leichter Mech auf – eine *Wespe*. Daneben stand ein Bodenfahrzeug. Beide trugen die Markierungen der kyeinnisanischen Schutztruppe. Die Truppen unterhielten sich freundlich mit ein paar Einheimischen, die ihnen kaltes Bier spendierten.

Duncan zwinkerte Hawkes zu. »Ob da wohl auch K.O.-Tropfen drin sind?«

»Ich hab Hunger«, stellte Bovos fest, aber Duncan wußte, daß er für sie alle sprach.

Zwei Tage waren vergangen, seit er und Hawkes sich noch einmal zurück in den Laden geschlichen und etwas Kleidung, ein paar Laib Brot und Dosen mit Fleisch gestohlen hatten, bevor sie zu Dawn und Bovos in den Wald liefen. Inzwischen war alles längst verzehrt. Seither waren sie unterwegs, nur, um in Bewegung zu bleiben, und hielten sich an schmale Waldpfade, über die ihnen keine Fahrzeuge folgen konnten. Gelegentlich hörten sie hinter sich auf der Hauptstraße einen Mech oder Truppentransporter.

»Das wird immer seltsamer«, meinte Duncan.

»Wenn einer von Ihnen den Befehl über die Schutztruppe hätte, die auf unserer Spur ist, was würden Sie tun?«

»Die Truppen verteilen, um uns in diesem Wald einzuschließen, und dann die Schlinge allmählich zuziehen«, schlug Hawkes vor.

»Ganz genau. Mit all den Leuten und Fahrzeugen, die bei der Schutztruppe im Einsatz sind, hätten sie uns längst einkreisen und stellen können. Aber sie haben weder das noch irgendeine ähnliche Taktik versucht… nicht ein einziges Mal. Sie bleiben südlich von uns, nördlich von uns, hinter uns. Aber der Weg nach Westen bleibt immer offen. Sie hätten uns schon in dem Dorf haben können, während wir noch betäubt waren. Statt dessen vertrödeln sie ihre Zeit mit Biertrinken und Geplauder, so daß wir aufwachen und fliehen können.«

»In diesem Dorf muß es nur darum gegangen sein, herauszufinden, wo wir waren«, überlegte Dawn. »Sie wußten nicht genau, wo wir in den Wald eingedrungen waren, oder in welche Richtung wir uns bewegten. Also haben sie alle kleinen Dörfer alarmiert und aufgefordert, Alarm zu geben, sobald man uns sichtet.«

»Exakt. Die Einheimischen waren übereifrig und haben uns betäubt. Und dann haben die Schutztruppen uns entkommen lassen, weil sie uns nach Westen treiben wollen. Seit zwei Tagen folgen sie uns auf drei Seiten.«

»Sie treiben uns vor sich her wie Vieh«, meinte Bovos. »Aber wohin?«

Bevor Duncan antworten konnte, hörten sie Schritte. Ein paar Sekunden später kam Dawn in Sicht, die vorsichtig den schmalen Weg näherkam. Duncan war so in die Diskussion vertieft gewesen, daß er ihr Verschwinden gar nicht bemerkt hatte. »Dawn, wo, zur Hölle, warst du?«

»Ich habe etwas gefunden«, stellte sie fest. »Ein hoher Drahtzaun in etwa einhundertfünfzig Metern Entfernung.«

»Eine Regierungsinstallation?«

»Ich bezweifle es. Es stehen Schilder in regelmäßigem Abstand. Sie tragen ein Symbol, aber keine Schrift. Ein kurzes Stück hinter dem Zaun ist ein Hain mit Obstbäumen.« Dawn griff in die Tasche ihrer Jacke und zog drei Früchte hervor.

»Na also, Bovos«, meinte Duncan. »Das Frühstück ist angerichtet. Bedanken Sie sich bei Dawn.« Er wandte sich wieder zu ihr um. »Der Zaun kann wohl nicht unter Strom stehen, oder du hättest nicht hinüberklettern können.«

»Neg, der Zaun ist nicht elektrisch geladen, und ich brauchte auch nicht hinüberzuklettern. Jemand hat ein Loch hineingeschnitten, das groß genug ist, um hindurchzugehen, ohne sich zu ducken.«

»Hört sich nach einer Einladung an. Dawn, geh voraus. Wollen wir unseren Morgenspaziergang fortsetzen, meine Herren?« Sie folgten Dawn den Pfad hinauf und hatten den Wald beinahe verlassen, als sie den Zaun bemerkten. Es war ein knapp zwei Meter hoher schwerer Maschendrahtzaun. Wie Dawn bereits festgestellt hatte, klaffte eine meterbreite Öffnung in dem Draht, so daß man ohne Mühe hindurchgehen konnte.

»Da ist das Schild«, meinte Hawkes.

Duncan sah nach rechts zu der Öffnung im Zaun. Das Schild war einen halben Meter breit und einen Meter hoch. Es zeigte einen tiefblauen Hai vor einem blutroten Meer. »Was, zum Teufel, ist das?«

»Fragen Sie mich was Leichteres. Ich hab sowas noch nie gesehen«, erwiderte Hawkes.

»Ich schon«, stellte Dawn in eisigem Tonfall fest.

»Na dann … bitte … was ist es?«

»Es ist seit Jahrhunderten nicht mehr aufgetaucht«, erklärte Dawn. »Seit der Zeit des Sternenbundes nicht.«

»Des *Sternenbundes?«* Hawkes hauchte die Worte geradezu.

Plötzlich deutete Bovos in Richtung der Bäume. »Wir haben Gesellschaft.«

Duncan blickte auf das Gelände jenseits des Zauns und bemerkte ein paar Soldaten oder Wachmänner, die sich zwischen den Obstbäumen zu verstecken versuchten, von denen Dawn die Früchte zu ihrem Frühstück gepflückt hatte. Die blaßgrünen Uniformen der Männer waren ihm unbekannt. Wer immer sie waren, sie gehörten nicht zur Schutztruppe Kyeinnisans.

Dawns Augen waren zu wütenden Schlitzen verengt. Sie starrte von dem Symbol zu den Wachen und wieder zurück. »Wie können sie es wagen«, murmelte sie zornig.

»Was jetzt?« Hawkes fingerte an der kleinen Pistole in seinem Gürtel.

»Gehen wir hin und stellen uns vor«, meinte Duncan und trat durch die Öffnung im Zaun. Dann marschierte er geradewegs auf die halbversteckten Truppen zu. Die anderen folgten ihm.

Duncan ging langsam, aber selbstsicher auf den Obsthain zu. Hawkes kam rechts neben ihn. Dawn und Bovos schlossen links von ihm auf. Sie blieben keine zehn Meter vor den Bäumen stehen und sahen hinüber zu den Soldaten, denen plötzlich klar wurde, daß ihre Anwesenheit kein Geheimnis war. Einer von ihnen kam vor. Im Gegensatz zu den anderen trug er kein Gewehr, nur eine im Holster steckende Pistole. Außerdem hatte er Rangabzeichen an den Schulterklappen seiner Jacke, die ihn wohl als Offizier auswiesen.

»Unser Schiff ist frei von Wachen, Kapitan.«

»Sehr gut, Lieutenant Auramow«, erwiderte Trane, aber er konnte nicht verbergen, daß er sich Sorgen um Duncan und die anderen machte. Er sagte sich immer wieder, es sei nur deswegen, weil der Erfolg der Mission von ihrem Wohlergehen abhing, aber das war es nicht allein. Duncan mochte ein Amateur sein, aber er war ein verdammt begabter Amateur. Er hätte nicht selbst an den Spielen auf Galatea teilzunehmen brauchen, aber er hatte gut und tapfer gekämpft. Ebenso wie Hawkes, Bovos und Dawn.

Aber er hatte jetzt keine Zeit, sich darüber Gedanken zu machen. Er hatte ein Sprungschiff zu kapern. »Wo ist Blix?«

»Bereits auf dem Weg zur Kommzentrale des Sprungschiffs, Kapitan«, antwortete Auramow.

»Dann begeben wir uns zur Brücke.« Trane hangelte sich durch die Luke der Landungsschiffbrücke, gefolgt von Villiers und Auramow. Die beiden Ritter hatten alle Wachen an Bord ihres Schiffes eliminiert. Blix hatte Morneau und Ben-Ari mitgenommen. An der Luftschleuse zwischen Landungs- und Sprungschiff fanden sie die Leiche eines Sprungschiffscrewmitglieds, das Wache gehalten hatte. Seine Kehle war durchschnitten.

»Ben-Aris Werk«, meinte Auramow. »Er kann mit dem Messer umgehen.«

Trane führte die beiden Ritter durch die Schleuse in einen Nebenkorridor des Sprungschiffs. Als sie sich dem Eingang der Raumschiffsbrücke näherten, teilte sich der Gang in zwei breitere Passagen. In der rechten, auf dem Weg zur KommZentrale, schwebte ein bewußtloser weiblicher Steward. Ein Tablett und mehrere leere Nahrungsbehälter kreisten in der Schwerelosigkeit um ihren Körper. Offensichtlich war sie Blix und seinen Begleitern begegnet.

Sie schwebten leise den Gang hinab und stoppten an der Luke zur Sprungschiffbrücke. »Bereit?«

Auramow und Villiers nickten. Trane betätigte die Druckplatte neben der Luke und die Irisblende des Eingangs glitt mit leisem Zischen auf. Der Skipper und seine Brückenmannschaft saßen angeschnallt an ihren Stationen. Auf dem riesigen Hauptsichtschirm war die

Ladestation zu sehen, die bewegungslos im All zu hängen schien. Als Trane und seine Männer mit gezogenen Waffen durch die Luke schwebten, schwenkte der Kapitän seinen Stuhl in ihre Richtung herum.

»Mister Trane, Sie und Ihre Leute haben Anweisung, an Bord Ihres Landungsschiffes zu bleiben. Was wollen Sie hier?« Im gedämpften grünlichen Lichtschein der Brückeninstrumente hatte der Kapitän die drei auf ihn und seine Leute gerichteten Pistolen noch nicht bemerkt.

»Was ich hier will, Kapitän?« erwiderte Trane mit kühler Gelassenheit. »Ihr Schiff – und Ihr Leben, wenn Sie nicht genau das tun, was ich Ihnen sage.«

25

Jaggoda-Landgut, Kyeinnisan
Liga Freier Welten

11. Juni 3057

Der Mann, den Duncan für einen Offizier gehalten hatte, stellte sich als ›Major Javitz‹ von der ›Gutswache‹ vor. Höflich, wenn auch nicht sonderlich gesprächig, bat er Duncan und dessen Begleitern Plätze in einem großen Transporter an und bat sie, ihn und seine Leute zum ›Gutshof‹ zu begleiten. Als der Wagen sich dem großen, luxuriösen Gebäude näherte, konnte Duncan an allen Zufahrtswegen Befestigungen sehen. Angesichts der ebenfalls deutlich erkennbaren Hangars und Mechhallen vermutete er, daß dem Besitzer dieses Gutes wenigstens ein Bataillon zur Verfügung stand.

Die Gebäudegruppe rund um das prächtige Gutshaus, in dem Duncan ihren ›Gastgeber‹ vermutete, umfaßte auf den ersten Blick mehrere Lagerhallen, eine Garage, eine Waffenkammer, einen Munitionsbunker und eine Kaserne. Wer auch immer ihr ›Gastgeber‹ war, er verfügte über beträchtliche Ressourcen. Als der Wagen vor dem Haupthaus zum Stehen gekommen war, stiegen der Fahrer und Major Javitz aus und verschwanden im Innern. Nicht allzu lange danach öffnete sich die Hecktür des Truppentransporters.

»Ah, Kalma, mein lieber Freund«, sagte Comte Sessa Lottimer und kletterte in das Fahrzeug. »Ich habe von Ihren Schwierigkeiten gehört. Es freut mich, daß Sie den Weg zu unserer bescheidenen Hütte gefunden haben.«

»Bovos, wenn Sie so freundlich wären«, meinte Duncan nur.

Der Hühne packte Lottimer am Kragen und warf

den Mann zu Boden. Er landete mit einem dumpfen Knall auf dem Gesicht. Bevor er wieder aufstehen konnte, hatte Hawkes die Jacke schon wieder gepackt und ihn auf die Knie gezogen. Die Schneide seines Messers streichelte die Kehle des Mannes.

»Mein lieber Comte«, erklärte Duncan. »Sie sehen aus wie ein Wiesel, Sie hören sich an wie ein Wiesel, und Sie benehmen sich wie ein Wiesel. Meine Begleiter und ich sind nicht blöd. Unsere ›Schwierigkeiten‹ waren Ihr Werk und das unseres ›Gastgebers‹. Sie werden feststellen, daß mein Freund Hawkes geradezu darauf besteht, daß Sie reden. Sie wissen schon … Kleinigkeiten … wie, wo sind wir, wozu all dieses Theater, um uns wie Verbrecher aussehen zu lassen und so weiter Sollten Sie sich weigern, wird er Ihren Stimmbändern etwas Luftkühlung verpassen, indem er Ihren dürren Hals aufschneidet!«

»Geduld, Gentlemen, Geduld. Bitte. Man wird Ihnen alles erklären. Ihr Gastgeber ist Master Jaggoda. Er erwartet Sie im Haus. Er wird Ihnen alles sagen, was Sie wissen wollen.«

»Sie gehen voran, kleiner Mann.«

Hawkes ließ Lottimer los und stieß ihn in Richtung Hecktür.

Auf dem Weg durch das große Gutshaus stellte Duncan fest, daß es mit Kunstwerken und handwerklichen Schätzen, die der Stolz ganzer Welten sein mußten, prunkvoll und elegant eingerichtet war. Sie durchquerten eine Reihe solcher Salons, bis sie einen besonders großen Raum erreichten, der als eine Art Empfangsraum zu dienen schien. An der hinteren Wand stand eine prächtig gearbeitete hölzerne Bar. Bovos und Hawkes schlenderten hinüber.

»He, das Ding hat einen Eisschrank, Kristallkelche und die volle Auswahl an Trinkbarem – das Beste, was man für Geld kaufen kann«, stellte Bovos anerkennend fest.

»Ich betrachte das als Kompliment.«

Duncan und Dawn drehten sich zu dem Sprecher um. Auch Hawkes und Bovos unterbrachen ihre Suche nach Eß- und Trinkbarem und hoben den Kopf. In der Tür des Zimmers stand ein leicht fülliger Mann von mittlerer Größe. Er hatte die dichten schwarzen Augenbrauen, das volle, schwarze Haar und die dunkle Haut der Bewohner mancher Wüstenplaneten, aber seine Aussprache war frei von jedem Akzent. Ein beeindruckender Schnauzbart kräuselte sich zu beiden Seiten seines Munds. Er trug eine Schmelzweste über einem Overall und einem ärmellosen, wadenlangen Mantel. Alle Kleidungsstücke hatten dieselbe hellgrüne Farbe wie die Uniformen seiner Gutswachen.

»Ihre Gäste haben zahlreiche Fragen, Master Jaggoda«, stellte Lottimer fest. »Und sie sind etwas ungeduldig.« Er rieb sich den Hals.

»Das kann ich mir vorstellen. Verschwenden wir also weder ihre Zeit noch meine.« Jaggoda bedeutete ihnen, Platz zu nehmen. »Bitte, meine Freunde, machen Sie es sich bequem. Sie fragen sich, warum ich Sie hierher habe bringen lassen, aber ich bin sicher, Sie wissen selbst, daß dies mit den bemerkenswerten Fähigkeiten zu tun hat, die Ihnen den Sieg bei den Spielen auf Galatea eingebracht haben. Nun biete ich Ihnen die Chance, in einem anderen Spiel anzutreten. Einem sehr viel bedeutenderen Spiel.«

»Wir hören«, meinte Duncan, der sich nicht gesetzt hatte. Er blieb stehen, die Hände hinter dem Rücken verschränkt.

»Wie Sie wissen, sind die Fürsten der Inneren Sphäre mit ihrer Angst vor den Clans und mit ihren privaten, kleinlichen Streitereien beschäftigt. Ihre militärischen Kräfte sind weit verstreut. Für den, der den Mut besitzt, sie zu ergreifen, bietet unsere Zeit eine gewaltige Chance. Ich repräsentiere eine solche Person, einen Visionär, der im Begriff ist, ein Imperium aufzurichten ... oder vielmehr wiederherzustellen.«

»Ein neues Imperium?« Es hörte sich danach an, als wären sie ihrem Opfer einen gewaltigen Schritt nähergekommen.

»Ja, eine Republik ... regiert von MechKriegern. Wenn Sie Ihrem Ruf gerecht werden, bin ich bereit, Ihnen eine Position in der neuen Republikanischen Garde anzubieten.«

»Wir sind Söldner«, stellte Duncan fest, »keine regulären Truppen.«

»Ah, Kapitan Kalma, genau das ist ja das Besondere an diesem Angebot. Wenn Sie es annehmen, werden Sie gleichberechtigt an der ganzen Macht und den Reichtümern Anteil haben, die wir erkämpfen. Aber all das, meine Freunde, werden Sie früh genug in allen Einzelheiten erklärt bekommen. Jetzt sollten Sie sich entspannen und zu Kräften kommen. Morgen werden wir weiterreden und ... ich hätte einen kleinen Gefallen, um den ich Sie bitten möchte.«

»Wenn er Sie zu einem Kartenspiel einlädt, lehnen Sie ab«, meinte Bovos.

»Nein, nein, ich möchte, daß Sie ein paar neue Mechs begutachten, die ich gerade erstanden habe. Ich weiß, Sie müssen mehrere in der Arena verlorene Maschinen ersetzen. Vielleicht finden Sie einen Teil davon annehmbar. Und während sie das tun, können Sie sich mein kleines Landgut etwas besser ansehen.«

»Wenn wir Ihnen helfen können ...«, antwortete Duncan und neigte leicht den Kopf in Jaggodas Richtung.

»Wundervoll, wundervoll. Bis zum Morgen dann.« Jaggoda erwiderte Duncans Kopfnicken und verließ den Raum.

»Nun denn, Freunde«, murmelte Kalma. »Sieht aus, als wären wir am Ziel.«

Es war spät. Jaggoda tigerte ungeduldig durch sein Arbeitszimmer. Er blieb erst auf ein leises Klopfen an der Tür hin stehen.

»Herein.«

»Sie haben nach mir geschickt, Master Jaggoda?«

»Ja, Kolus. Ich möchte mich mit Ihnen über die Neuankömmlinge unterhalten.«

Kolus kam herein und schloß leise die Tür hinter sich. Er war ein großer, bedrohlich wirkender Mann Anfang fünfzig, dessen Erscheinungsbild durch den strengen Bürstenhaarschnitt seines graumelierten Haars noch strenger erschien. Er trug die Uniform der Gutswache, und es war überdeutlich, daß er trotz seines Alters nichts an Muskelkraft eingebüßt hatte.

»Konnten Sie noch irgendwelche weiteren Hintergrundinformationen über diese sogenannten Dämonen auftreiben?«

»Bis jetzt haben wir nur Informationen über Kalma und die drei, die Ihn hierher begleitet haben. Die kyeinnisanische Schutztruppe hat ihre Angaben bestätigt. Kalma ist ein Söldner und Spieler, der sich auf Herotitus in schwere Schulden gestürzt hat. Anscheinend ist er nach Galatea geflogen, um seine Finanzlage zu verbessern. Die anderen hatten alle Probleme verschiedener Art und trafen Kalma, während er eine Söldnerkompanie aufbaute, um bei den Spielen anzutreten.«

»Und die anderen? Es sind wenigstens noch sechs an Bord des Landungsschiffes. Was ist mit denen?«

»Der Aussprache nach zu schließen, könnte ein Teil aus der Liga Freier Welten stammen, und es heißt, das Mädchen sei ein Clanflüchtling. Ansonsten haben wir nicht allzuviel. Sie sind in Galaport ziemlich unter sich geblieben.«

»Das beunruhigt mich. Irgendwo zwischen seinem Abflug von Herotitus als schwerverschuldeter Spieler und seiner Ankunft auf Galatea hat Kalma zwei komplette Lanzen MechKrieger aufgetan, von denen noch niemand vorher etwas gehört hat. Wir müssen uns vorsehen, aber ...«

»Gibt es ein Problem, Master Jaggoda?«

»In gewissem Sinne schon. Der Sternenfürst drängt auf neue Rekruten. Er sagt, er braucht mindestens ein Regiment. Außerdem muß ich die Kosten bedenken, die damit verbunden sind, diese Leute hier auf dem Gut zu halten. Und früher oder später könnte sich der Rest von Kalmas Kompanie auf ihrem Landungsschiff zu einem Problem entwickeln – oder zumindest zu einem Knackpunkt zwischen uns und den kyeinnisanischen Behörden.«

»Wie sollen wir vorgehen, Master?«

»Wir werden diese ... Dämonen ... für einige Tage beobachten. Das sollte den KST Gelegenheit geben, uns weitere Daten zu beschaffen. Es stört mich noch immer, daß wir keine harten Fakten darüber haben, was Kalma zwischen Herotitus und Galatea gemacht hat. Wenn wir keine anderen Informationen erhalten, werden wir nur diese vier nach New St. Andrews einschiffen. Ich bin sicher, Varas wird ihren Hintergrund verifizieren, bevor er sie in den aktiven Dienst übernimmt.«

»Und was wird aus den sechs anderen und ihrem Landungsschiff?«

»Sie werden den Skipper unseres Sprungschiffs anweisen, Sie abzustoßen, falls sie zu einem Problem werden. Es gibt nur einen Ort, den sie anfliegen können ... Kyeinnisan. Wir können die Schutztruppen warnen, daß sich eine feindliche Mecheinheit nähert, und ihnen die Unterstützung unserer Gutswache bei ihrer Abwehr anbieten. Es wird kein Bedarf an Erklärungen bestehen. Ich bezahle die KST dafür, uns in solchen Angelegenheiten zu assistieren. Diese Schurken sind Teil einer Kompanie, die in einem der Casinos betrogen und bei der Flucht zwei KST-Männer erschossen hat.«

»Der Tod dieser Polizisten könnte ganz nützlich sein«, bestätigte Kolus.

»Bisher haben wir ein derartiges Problem noch nie gehabt, weil wir potentielle Rekruten entwaffnen, bevor wir sie unserem kleinen Test unterziehen, indem wir sie zu flüchtigen Verbrechern machen. Das liefert ihnen einen Anreiz, bei uns zu unterschreiben. Aber diese ›Dämonen‹ hatten Waffen. Eine Weile war ich wirklich besorgt, daß die KST sich rächen und die vier im Wald erschießen würde. Aber es scheint, daß den Truppen Profit wichtiger ist als Kameradschaft.«

»Ich werde den Sprungschiffkapitän von Ihren Wünschen unterrichten, Master Jaggoda«, stellte Kolus fest. »Gibt es noch etwas?«

»Ja, wie sieht es mit unserer nächsten Mechlieferung an den Sternenfürsten aus?«

»Um die Wahrheit zu sagen, unsere Zulieferer scheinen arge Schwierigkeiten zu haben, noch etwas aufzutreiben. Die Modelle werden immer älter, und die meisten sind in jämmerlichem Zustand. Wir haben nicht die Wartungsmöglichkeiten, um viele von den für New St. Andrews bestimmten Maschinen aufzurüsten.«

»Der Sternenfürst verlangt nicht nur neue Rekruten, sondern auch mehr Mechs. Schicken Sie ihm mit der nächsten Sendung, was immer wir haben ... ungeachtet des Zustands.«

»Ich werde mich darum kümmern.«

»Gut, gut, dann wollen wir Schluß machen für heute. Morgen dürfte es höchst interessant werden.«

Der Morgennebel über der sich westlich des Jaggoda-Landguts erstreckenden Ebene lichtete sich. Duncan, Hawkes, Bovos und Dawn bewegten ihre Mechs in Richtung der Vorgebirge eines Höhenzugs, den Jaggoda als die Madeiraberge identifiziert hatte. Sie sollten neue Mechs begutachten, die Jaggoda erworben und umgerüstet hatte. Der ›Master‹, wie Jaggoda genannt wurde, hatte ihnen mitgeteilt, daß diese Mechs Teil einer Lieferung sein sollten, die er an seinen ›Lord‹ vorbereitete. Duncan sollte schriftlich bestätigen, daß die Mechs kampfbereit waren.

Es war eine seltsame Mixtur. Dawn saß in einem *Ostsol*, einem schnellen Mech mit langen, dürren Beinen, bewaffnet mit mittelschweren Lasern. Der Mech hatte seinen Wert bei solchen Missionen wie Hinhalteaktionen, um dabei den Rückzug schwerer Kampfkolosse zu decken, aber diese spezielle Variante war seit Jahren kaum mehr im Gebrauch. Hawkes hatte einen alten, langsamen 65-t-*Katapult* erhalten, einen als Artillerieplattform für die hinteren Reihen konstruierten Mech. Diese Version war inzwischen besonders selten. Bovos andererseits führte mit einem *Donnerkeil* ein vertrautes Schwergewicht der Mechkriegsführung. Duncans alter *Paladin* hatte ebenfalls eine enorme Feuerkraft, und obwohl dieser Mechtyp nicht für seine Teilnahme an besonders spektakulären Siegen berühmt war, erfreute er sich in der Liga Freier Welten großer Beliebtheit.

»Hinter den Hügeln liegt eine Schlucht«, teilte Duncan den anderen mit. »Von dort aus können wir das Gelände besser überblicken.« Es war nicht gerade der brillanteste Vorwand, den er sich je ausgedacht hatte, aber eine annehmbare Entschuldigung, um ihre Mechs anzuhalten, nur für den Fall, daß Jaggodas Kommandostelle ihren Funkverkehr abhörte. Außerhalb der Maschinen würden sie sich frei unterhalten können.

Zehn Minuten später standen sie im Schatten ihrer riesigen Kampfmaschinen zwischen den steilen Felswänden und zerklüfteten Klippen des Canyons.

»Wir sollen bestätigen, daß diese Mechs gefechtsklar sind, wenn wir zurück sind«, meinte Duncan. »Ich vermute mal, Jaggoda legt keinen Wert auf einen negativen Bericht.«

»Und wenn sie nicht gefechtsklar sind?« fragte Hawkes.

»Dann kann Jaggoda seinem Auftraggeber gegenüber die Schuld dafür, daß er wandelnde Schrotthaufen geliefert hat, auf mich abwälzen.«

»Mein BattleMech hat zahlreiche Mängel«, erklärte Dawn. »Es handelt sich um eine große Anzahl von Kleinigkeiten, weniger bedeutende Teilsysteme, die nur eingeschränkt funktionieren.«

Hawkes nickte. »Bei mir genauso, Duncan. Nur Kleinzeug, aber in einem Kampf könnte es sich auswirken. Was ich mich frage: Wie sollen wir die Bewaffnung testen? Keiner dieser Mechs ist bestückt.«

»Pi mal Daumen, würde ich sagen. Aber erst etwas anderes – dieses neue Imperium, von dem Jaggoda geredet hat. Dawn, du hast gesagt, du kennst das Symbol auf den Schildern rund um Jaggodas Gut. Irgendwas mit dem Sternenbund?«

Sie nickte. »Jeder ClanKrieger lernt im Laufe seiner Erziehung die Geschichte jener Zeit. Das ist der Grund für die Rückkehr der Clans in die Innere Sphäre – der Wiederaufbau des Sternenbunds und die Errettung der Menschheit aus einem Zeitalter der Finsternis.«

Duncan hob die Hand, um Bovos und Hawkes zu stoppen, die Anstalten machten, sich gegen diese ungeheure Behauptung zu verwehren. »Weiter.«

»Das Symbol, das wir gesehen haben, ist berüchtigt. Es war das des Stefan Amaris, jenes Monsters, der den Zusammenbruch des ruhmreichsten Kapitels in der Geschichte der Menschheit verursachte.«

Duncan starrte sie ungläubig an. »Könnte es möglich sein, daß dieses Imperium, von dem Jaggoda spricht, der wahnwitzige Plan irgendeines Menschen ist, die Innere Sphäre zu erobern?«

»Die Gelegenheit, Ärger zu säen und sich im entstehenden Tumult ein Stück des Kuchens zu greifen, ist momentan günstig genug«, stellte Bovos fest. »Die Militärstreitkräfte der einzelnen Staaten sind heutzutage so weit verteilt, daß es nicht schwer wäre, sich ein, zwei Systeme am Rand zu krallen, ohne Vergeltung fürchten zu müssen.«

»In jedem Staat außer der Liga Freier Welten«, antwortete Duncan. »Damit dürfte wohl kein Zweifel mehr daran bestehen, daß diese Überfälle unter dem Deckmantel der Ritter dazu gedacht sind, die Aufmerksamkeit des Generalhauptmans von den Grenzen abzulenken, indem sie Vergeltungsschläge von innerhalb wie außerhalb der Liga provozieren.«

»Wir sind auf dem richtigen Weg, Duncan«, meinte Hawkes.

»Stimmt. Schlagen wir hier noch eine Stunde tot, und dann begeben wir uns zurück zum Landgut, um uns mit diesem Jaggoda mal so richtig auszusprechen.«

»Vergessen wir das dumme Gelaber, *Muster* Jaggoda«, knurrte Duncan. Er und die anderen waren gerade auf das Gutsgelände zurückgekehrt und standen in der Nähe der weit offenen Tore des Mechhangars vor ihren Maschinen. »Es wird Zeit, daß Sie uns ein paar Antworten liefern. Erst inszenieren Sie diesen Schwachsinn im Casino. Dann verlangen Sie von uns, daß wir Mechs begutachten, von denen Sie genau wissen, daß sie fehlerhaft sind. Jetzt hören sie mir mal gut zu. Meine Leute und ich, wir kennen uns aus mit Mechs. Während wir in diesen Altertümern da draußen waren, haben wir drei davon so umgebaut, daß sie in ein paar Sekunden in die Luft gehen werden. Die Gewalt der kombinierten Explosion dürfte ausreichen, Sie und so ziemlich alles andere in einem halben Kilometer Umkreis zu pulverisieren.« Duncan bemerkte, daß der Wachoffizier neben Jaggoda bei diesen Worten nervöse Zuckungen entwickelte.

»Colonel Kolus?«

»Es könnte stimmen, Master Jaggoda. Die Laser. Möglicherweise haben sie …«

»Na schön, Kalma«, unterbrach Jaggoda. »Vielleicht ist dies ein guter Zeitpunkt, unser Gespräch fortzusetzen. Es stimmt, ich habe die Unannehmlichkeiten im Casino arrangiert. Trotz Ihrer Erfolge in den Spielen wußten wir kaum etwas über Sie. Betrachten Sie es als einen kruden Test, und vergessen Sie's. Ich habe Sie gebeten, die BattleMechs zu begutachten, um zu sehen, wie gut Sie sich mit ihnen auskennen.«

»Und wohin führen uns all diese Intrigen, Jaggoda?«

»Sie führen Sie zur Aufnahme als neueste Einheit in die neue Republikanische Garde. Nach ein paar weiteren Tagen Entspannung werden Sie Kyeinnisan verlassen, um Ihren Platz an der Seite unseres Lords einzunehmen. Meinen Glückwunsch.« Jaggoda drehte sich um und ging davon. Kolus winkte er mit.

»Ob er uns die Geschichte über die Selbstzerstörung der Mechs wirklich abgekauft hat?« fragte Hawkes.

»Weiß nicht. Vielleicht.« Duncan sah sich auf dem Hof um, in den sie die Testmaschinen gebracht hatten, und sah das Wartungspersonal das Weite suchen. Die Techs gingen das Risiko jedenfalls nicht ein, daß die Dämonen nur geblufft hatten. »Aber Jaggoda braucht MechKrieger für die Armee, die sein sogenannter ›Lord‹ aufbaut, und falls Sie keine andere Söldnertruppe hier gesehen haben, die mir entgangen ist, hat er momentan außer uns nichts anzubieten. Wir sind sicher … für den Augenblick jedenfalls. Aber wir müssen herausfinden, wohin wir fliegen, und es Trane mitteilen, damit er die Ritter auf Marik verständigen kann.«

»Das wird kein Zuckerschlecken, Duncan«, meinte Hawkes.

»Zuckerschlecken oder nicht, wenn es uns nicht gelingt, können wir unser Testament machen!«

26

Jaggoda-Landgut, Kyeinnisan
Liga Freier Welten

11. Juni 3057

»Wir haben Glück«, stellte Duncan fest. »Es ist ein Krüger Modell 1200.«

»Heißt das, Sie kriegen Ihn auf?« Hawkes war nervös. Duncan hatte fast eine halbe Stunde benötigt, um das Alarmsystem von Jaggodas Arbeitszimmer zu neutralisieren. Einmal im Innern hatte er sich umgesehen und den Safe entdeckt. Es schien nur vernünftig, davon auszugehen, daß Jaggoda Unterlagen darüber, was hier vorging, und wohin er sie schicken wollte, dort aufbewahrte. Es war ein großer Tresorraum mit einer Metalltür, die groß genug für einen durchschnittlichen Menschen war. Ein an einer Schiene seitlich verschiebbarer Wandtteppich war der einzige Versuch, den Zugang zu tarnen.

Hawkes ging an die Tür des Zimmers und lauschte, ob sich draußen auf dem Flur etwas rührte. Als er nichts hörte, ging er zum einzigen Fenster und sah vorsichtig hinaus. Von seinem Standort aus konnte er die Gutswachen ihre Runde drehen sehen. Er zupfte die schweren Vorhänge zurecht, um zu verhindern, daß etwas vom Licht ihrer Taschenlampen ins Freie drang. Es hielten sich überraschend wenige Wachen in Jaggodas Haus auf, aber trotzdem bestand die Gefahr, daß einer von ihnen auf den Gedanken kam, das Arbeitszimmer zu inspizieren. Hawkes wollte weg. Er sah hinüber zu Duncan, der mit dem Versuch beschäftigt war, die elektronische Kombination des Schlosses zu knacken.

»Wo haben Sie das alles gelernt?« fragte er.

»Am Allison-MechKriegerinstitut, ob Sie's glauben

oder nicht.« Duncan lachte leise. »Aber das ist eine andere Geschichte.« Er warf einen Blick über die Schulter. »Während Sie warten, könnten Sie sich mal umsehen, ob Sie irgendwas Interessantes entdecken.«

Für Hawkes war im Moment vor allem der Gedanke an sein Bett und ans Schlafen interessant. Sie waren am Morgen schon früh aus den Federn gestiegen, um die Mechs zu begutachten. Danach hatten sie einen angespannten Nachmittag damit verbracht, die elektronischen Bauteile zusammenzustehlen, die Duncan benötigt hatte, um Jaggodas Alarmsystem auszutricksen. Der Gedanke hatte nahegelegen, daß Jaggoda Informationen über die Basis für diese ›neue Republik‹ in seinem Büro aufbewahrte. Aber jetzt war es zwei Uhr morgens, und Hawkes' Kräfte ließen nach. Sein Blick schweifte träge über Jaggodas Schreibtisch, ohne etwas Ungewöhnliches zu entdecken. An einer Seite standen eine kleine Kommkonsole und zwei Ablagekörbe, einer über dem anderen. In dem Korb mit der Aufschrift ›Ausgang‹ lagen verschiedene Sichtblocks.

»Selbst die Schurken führen Papierkrieg«, murmelte Hawkes.

»Was?« Duncan hörte nicht richtig zu.

»Nichts, Duncan. Ich rede mit mir selbst.« Hawkes nahm einen der Sichtblocks und schaltete ihn ein. Er sah eine Liste von Einladungen zu Zeremonien und Feierlichkeiten auf Kyeinnisan und benachbarten Welten. Er nahm einen anderen, warf den Schalter um und beobachtete, wie der Bildschirm flackernd aufleuchtete. Er drückte den Anzeigeknopf, und Buchstaben erschienen. »So einfach kann es doch nicht sein«, stieß er laut aus.

»Was jetzt?«

»Vergessen Sie den Safe, Duncan. Jaggoda hat heute nachmittag einen Transportbefehl für den Skipper des Sprungschiffs diktiert. Er soll morgen abgeschickt werden. Das ist der Befehl, vier Passagiere und eine Kompanie Mechs zur Basiswelt der neuen Republik der Randwelten zu befördern.«

Duncan riß es herum. Beinahe hätte er sein Werkzeug fallen lassen. Ob Jaggoda einfach unvorsichtig gewesen war oder so arrogant, daß er es für undenkbar hielt, jemand könnte sein Büro durchsuchen, auf jeden Fall hatte Hawkes gefunden, wonach sie suchten. »Steht da auch ein exaktes Flugziel, Hawkes?«

»Momentchen, es sind eine Reihe von Sprungpunkten ... da wären wir ... ja. Er schickt uns nach New St. Andrews – in der Peripherie.«

»Ich durfte Trane eine Nachricht schicken«, berichtete Duncan. »Aber nicht mehr, als daß wir morgen abfliegen. Jaggoda hat mir nicht erlaubt zu erwähnen, wohin, nur, daß Trane in Kürze weitere Anweisungen erhalten würde. Um genau zu sein, hat Jaggoda nicht einmal *mir* gesagt, wohin es geht. Das einzige Ziel, das er genannt hat, war die ›Neue Republik der Randwelten‹.«

»Welchen Grund hat er für die Tatsache angegeben, daß er uns nicht alle zusammen dorthin bringen läßt?«

»Seine Erklärung war, die BefehlsLanze würde vorausfliegen, um unseren neuen ›Lord‹ zu treffen und offiziell in die neue Republikanische Garde aufgenommen zu werden. Danach sollen wir dann die Ankunft Tranes und der anderen vorbereiten.«

»Glauben Sie ihm das?« Bovos' Stimme war rauh und verriet sein Unbehagen.

»Ob ich ihm glaube oder nicht, ist völlig ohne Bedeutung. Ich versuchte darauf zu bestehen, daß wir als Einheit verschifft werden, aber Jaggoda war nicht umzustimmen. Ich würde sagen, er spielt auf Zeit. Dieser Lord will neue Soldaten. Also schickt Jaggoda uns. Unser Hintergrund hat wohl bisher der Überprüfung standgehalten. Aber er macht sich Sorgen, weil er keine Informationen über Trane und die Ritter hat.

Also zögert er deren Abflug hinaus, um sich mehr Zeit für eine Überprüfung zu verschaffen.«

»Glauben sie, er könnte die Wahrheit herausfinden?«

»Die SEKURA hat einen Hintergrund für sie fabriziert, aber ein Risiko besteht immer.«

»Also müssen wir Trane immer noch eine Nachricht zukommen lassen?«

»So würde ich es sehen. Und Hawkes, mein Junge, das ist ein Auftrag für Sie. Außerdem müssen wir eine Sprengladung plazieren, die Jaggodas Sender aus dem Verkehr zieht, nachdem wir gestartet sind.«

»Und wie lautet die Nachricht, nur für den Fall, daß ich diese Aufgabe schaffe?«

»Folgen. New St. Andrews. Peripherie.«

Keri Yansosha war eine der schönsten Frauen, die Hawkes je gesehen hatte. Sie war eurasischer Abstammung, mit dem glatten, dunklen Haar und den Mandelaugen des Orients, aber der hellen Haut europäischer Terraner.

Er hatte den größten Teil des Tages damit zugebracht, soviel wie möglich über Jaggodas Kommunikationszentrale in Erfahrung zu bringen, einschließlich der Tatsache, daß Yansosha deren ChefTech war. Dann hatte er mehrere ›zufällige‹ Begegnungen arrangiert, während sie die Runden machte und Nachrichten an die verschiedenen Büros des Landguts verteilte. Mit seiner wohlerzogenen Höflichkeit war es ihm gelungen, sich zu einem Drink mit ihr nach dem Ende ihrer Schicht zu verabreden. Sie hatte ihr eigenes Quartier in einem der Hilfspersonalkasernen, die das Haupthaus umgaben. Jetzt saßen sie dicht beieinander auf ihrem kurzen Sofa.

»Noch etwas Wein, bitte, Garth.«

»Bist du sicher? Mußt du keine Runden mehr machen?«

»Nein. Die Zentrale ist nachts geschlossen. Alle eintreffenden Nachrichten werden zur Kommandostelle der Gutswache umgeleitet. Ich habe Zeit, mich zu vergnügen ... mit dir.«

Hawkes schenkte nach. Dafür, daß er aus Reis gebrannt war, schien der Wein ihm stark genug, den Zahnschmelz zu verflüssigen. Keri andererseits hatte schon den größten Teil einer Flasche intus, ohne daß ihr irgendeine Wirkung anzumerken war.

Als sie aufstand, um sich im Nebenzimmer umzuziehen, ergriff Hawkes augenblicklich seine Chance. Sie war schon auf dem Weg hinaus und, damit beschäftigt, den Gürtel abzunehmen, als er aufsprang und seine Hände auf ihre legte. Das lieferte ihm eine Gelegenheit, den Gürtel zu nehmen und über eine Stuhllehne zu werfen. »Beeil dich«, hauchte er, hob ihre Hände an den Mund und küßte sie.

Sie lachte und lief, wie er es gehofft hatte, aus dem Zimmer, ohne dem Gürtel noch einen Blick zu schenken. Hawkes wußte, daß er sich beeilen mußte, aber er hatte Glück. An dem Gürtel fand er eine Codekarte, die ihm hoffentlich Zugang zur Kommzentrale und dem Sender verschaffen würde. Nun brauchte er sie nur noch so betrunken zu machen, daß sie das Bewußtsein verlor, bevor er es tat.

Als sie in einem Kimono aus echter Seide zurückkam, der wohl aus dem Draconis-Kombinat stammte, war er bereits wieder damit beschäftigt, zwei weitere Gläser Reiswein einzuschenken. Er reichte ihr eines und hob das andere. »Auf uns«, meinte er und sah zu, wie sie den Kopf in den Nacken legte und das Glas in einem Zug leerte. Keri Yansosha lächelte ihn vielversprechend an und streckte die Hand mit dem Glas zum Nachschenken aus, als sie plötzlich wegsackte und mit dem Kopf in seinem Schoß liegenblieb.

»Kapitan Trane, eine Nachricht von Duncan Kalma.«

»Lesen Sie vor, Lieutenant Blix.«

»Folgen. New St. Andrews. Peripherie. Abflug in zwölf Stunden. Keine Antwort.«

Rod Trane fühlte, wie ihn eine unerwartete Gelassenheit überkam. Etwas sagte ihm, daß es soweit war – sie hatten die Angreifer gefunden, und möglicherweise mit New St. Andrews sogar ihre Heimatbasis. Es war ein Augenblick intensiver Zufriedenheit. Der Skipper des Sprungschiffs, seine Brückencrew und die Besatzung stellten kein Problem dar. Sie waren eingesperrt, bis sie gebraucht wurden. André Morneau saß an der Ortungsstation, Jon Blix kümmerte sich um die Kommunikation, Ben-Ari hatte den Pilotensitz übernommen, Villiers und Auramow kümmerten sich um die Maschinen.

»Kapitan.«

»Ich habe Sie gehört. Setzen Sie sich mit der HPG-Station auf Kyeinnisan in Verbindung. Benutzen Sie den Code, den uns Präzentor Blane gegeben hat, und lassen Sie eine identische Nachricht an den Generalhauptmann schicken, mit Ausnahme des letzten Teils. Und geben Sie eine Nachricht an den Garnisonskommandeur auf Tiber auf. Er soll eine Sprungschiffstrecke nach New St. Andrews aufbauen, die bei unserer Ankunft einsatzbereit ist.«

»Aye, Sir.«

Trane fühlte sich mit jeder Minute besser. Seit Thomas Marik den ComStar-Dissidenten, die sich als Blakes Wort zusammengeschlossen hatten, Obdach gewährte, konnten sie praktisch alle interstellaren Kommunikationsanlagen in der Liga Freier Welten übernehmen. Ihre Loyalität Marik gegenüber grenzte an Fanatismus. Er war sicher, daß die Meldung den Generalhauptmann auf kürzestem Weg erreichen würde. Marik würde eine Ritterarmee nach New St. Andrews in Marsch setzen, und sie würden dort zu ihnen stoßen. Gemeinsam könnten sie diese Verbrecher zermalmen, die es gewagt hatten, sich als Ritter der Inneren Sphäre auszugeben.

»Lieutenant Villiers.«

»Ja, Kapitan.«

»Kalma und seine Leute werden zwei Tage brauchen, um einen der Standardsprungpunkte des Systems zu erreichen. Ich möchte vierundzwanzig Stunden nach ihrem Abflug nach Tiber aufbrechen. Wird dieses Schiff bis dahin sprungbereit sein?«

»Es ist ein altes Schiff, Kapitan, aber ich glaube schon.« Von allen Sprungschiffen, die sie in der Kommandostrecke nach Kyeinnisan befördert hatten, befand sich dieses wohl im schlechtesten Zustand. Allesamt waren es unabhängige Freihändler mit einem Vertrag zum Transport von Fracht für ›Jaggoda Enterprises‹ nach Kyeinnisan gewesen, aber Trane hatte vom Skipper erfahren, daß nur dieses eine Schiff unter Exklusivvertrag für diese Firma unterwegs war. Aus den Computerdateien des Kapitäns war auch hervorgegegangen, daß diese Jaggoda Enterprises als Teil des Vertrages Geld für Wartungsarbeiten zur Verfügung stellten. Nach dem Zustand des Schiffes zu schließen, hatte der Kapitän allerdings einige dieser Mittel in die eigene Tasche fließen lassen. Die normale Aufladezeit eines Sprungschiffs an einer Ladestation betrug achtzehn Stunden, aber dieses hier benötigte dringend eine Generalüberholung, um überhaupt aufgeladen werden zu können. Der Skipper hatte schon vor der Übernahme durch Trane und die Ritter drei Aufladeversuche erfolglos abbrechen müssen, weil der Antriebskern sich geweigert hatte, die transferierte Energie zu speichern. Aber Villiers schwor, er würde den alten Pott rechtzeitig absprungbereit bekommen.

»Morneau, irgendein Zeichen von einem anderen Sprungschiff in unserer Nähe?«

»Aye, Kapitan. Gerade ist eines angekommen.«

»Haben wir Funkkontakt?«

»Aye, Kapitan. Aber nur Datenverkehr. Ich habe ihnen erzählt, unsere Audiostation sei ausgefallen.«

»Haben sie Ihnen geglaubt?«

»Ich denke schon. Sie stehen unter Vertrag bei diesen Jaggoda Enterprises, von denen uns der Skipper erzählt hat, und befördern Fracht für sie. Sie werfen uns vor, daß wir an der Wartung sparen.«

»Haben sie erwähnt, was Sie hier wollen?«

»Aye, Sir. Sie liefern Fracht ab und nehmen Passagiere auf. Sie wollen in etwa vierundzwanzig Stunden wieder aufbrechen.«

»Ben-Ari, öffnen Sie den Sichtschirm.« Auf dem Panoramaschirm erschien die Schwärze des Weltraums. In der Ferne konnte er gerade noch die Umrisse des anderen Schiffes ausmachen. Das mußte das Schiff sein, das Duncan und die anderen auf der ersten Etappe ihres Fluges nach New St. Andrews transportieren sollte. Damit trat seine Mission in eine entscheidende Phase. Wenn es ihm nicht gelang, die Ritter rechtzeitig nach New St. Andrews zu bringen, würden Duncan und die anderen diese Welt möglicherweise nicht mehr lebend verlassen ...

27

Palast des Marik, Atreus
Marik-Commonwealth, Liga Freier Welten

12. Juni 3057

General Harrison Kalma näherte sich dem Büro Thomas Mariks tief in Gedanken. Seit Wochen, seit der Erkrankung Sophina Mariks, lag über dem gesamten Palast eine Stimmung tiefer Bedrücktheit. Kalma bewunderte die Fähigkeit des Generalhauptmanns, die Zügel des Staates sicher in der Hand zu behalten, obwohl er viel Zeit an ihrer Seite verbrachte.

Er selbst war sich nicht sicher, ob er an Thomas' Stelle dieselbe Kraft aufgebracht hätte, aber niemand, der dem Marik nahestand, konnte an seiner Liebe zu seiner Gattin oder seiner Sorge um sein Volk zweifeln.

In den Wochen seit Sophinas schwerer Erkrankung waren nach der Botschaft vom Kapitän des Sprungschiffes, das Duncan und Trane nach dem Verlassen Galateas hatten aufgeben müssen, keine weiteren Nachrichten mehr von ihnen eingetroffen. Diese Mitteilung hatte lediglich enthalten, daß sie einen Vertrag als Söldner für einen Auftraggeber auf Kyeinnisan annahmen und sich mit einem von dessen Schiffen auf dem Weg dorthin befanden. Aber das war nicht der Grund für General Kalmas heutigen Besuch bei Thomas Marik. Er war gerufen worden, weil Magestrix Emma Centrella einen persönlichen Gesandten nach Atreus geschickt hatte.

Kalma wartete am Eingang zu Thomas' Arbeitszimmer, damit ein Posten in der Uniform der Ritter ihn ankündigen konnte. Einen Augenblick später wurde er hereingebeten.

Der Generalhauptmann studierte den Monitor auf

seinem Schreibtisch. Er hatte den Kopf in seiner Konzentration leicht zur Seite geneigt.

»Verzeihung, Thomas, du scheinst beschäftigt. Störe ich?«

»Aber nein, Harrison, keineswegs. Ich habe mich gerade gefragt, warum Emma Centrella es für nötig hält, uns einen Gesandten zu schicken.«

»Ich frage mich dasselbe, Sire.«

»Eine interessante Frau, nicht wahr? Seit sie den Posten ihrer Mutter übernommen hat, hat sie bei den Canopiern nichts an Popularität verloren.«

»Im Gegenteil, ihre lebhaften Anstrengungen, ausländische Investoren anzulocken, haben ihrem Volk zahlreiche Konsumgüter beschert und ihre Beliebtheit noch gesteigert.«

Marik schien zu einem Kommentar anzusetzen, wurde aber von einem Klopfen am Eingang des Arbeitszimmers unterbrochen. »Herein.«

Zwei Ritter der Inneren Sphäre öffneten langsam die Türen. »Generalhauptmann: Oberst Norbert Klingelt aus dem Magistrat Canopus.«

»Führen Sie ihn herein, Kapitan Reiter.« Der Ritter salutierte und drehte sich mit einem Schritt zurück zur Seite. Oberst Klingelt betrat das Zimmer und blieb einen Augenblick stehen, um seine Umgebung zu begutachten. Er war mittleren Alters und schien in ausgezeichneter körperlicher Verfassung. Seine Uniform war makellos, was eine deutliche Verbesserung gegenüber der letzten Gelegenheit darstellte, bei der Harrison Kalma canopische Truppen gesehen hatte. Klingelt ging geradewegs auf Thomas Marik zu und salutierte.

»Generalhauptmann, ich bin Norbert Klingelt, ranghöchster Adjutant der Magestrix von Canopus.«

»Oberst Klingelt, es ist mir ein Vergnügen. Gestatten Sie mir, Ihnen Harrison Kalma vorzustellen, einen alten Freund und vertrauten Ratgeber.« Marik winkte in Richtung eines Sessels. »Erzählen Sie, Oberst, was bringt Sie zum Atreus?«

»Offiziell bin ich als Mitglied einer Handelsdelegation hier, die einer Reihe von Ligawelten einen Besuch abstattet. Inoffiziell wurde ich mit der gewichtigen Aufgabe betraut, den Frieden zwischen unseren Staaten zu bewahren.«

»Hochinteressant«, stellte der Marik fest. »Sie haben meine ungeteilte und neugierige Aufmerksamkeit, Oberst. Bitte fahren Sie fort.«

»Generalhauptmann, gegen Ende letzten Jahres und bis in den Januar dieses Jahres hinein hat unser militärischer Stabschef die Magestrix über Gerüchte informiert, denen zufolge einige unserer Söldnerkompanien sich mit dem Gedanken trugen, ihre Verträge mit uns zu brechen. Es lagen kaum Einzelheiten vor. Wir wußten weder, um welche Einheiten es sich handelte, noch wo sie stationiert waren. In einem Versuch, ein mögliches Problem unter Kontrolle zu halten, verlegte die Magestrix reguläre canopische Truppen in verschiedene Systeme des Magistrats.«

»Sozusagen eine Zurschaustellung militärischer Stärke«, merkte Marik an.

»Ganz genau. Wir stellten fest, daß Euer Militär reagierte, indem es seinerseits Einheiten verschob, um unsere Truppenbewegungen für den Fall auszugleichen, daß wir feindselige Absichten hegten. Im Verlauf der folgenden Monate trugen uns die Besatzungen unserer Handelsschiffe immer neue Berichte über Einheiten von Kompaniegröße oder kleinere zu, die Kleinstaaten wie der Lothischen Liga, Astrokazy und der Circinusföderation den Rücken gekehrt hatten.«

»Das ist ja höchst interessant, Oberst.« Thomas Marik sah zu Kalma, und sein Blick war kalt. Weder die SEKURA noch das Militärische Informationsdirektorat der Ligazentrale für Kommando und Koordination hatten ihn von einer solchen Aktivität in Kenntnis gesetzt. Harrison Kalma war klar, daß General Tscherenkoff bei der SEKURA und Matt Sederholm im LZKK in Kürze nichts zu lachen haben würden.

»Generalhauptmann, die Magestrix hat mir ein Holoband anvertraut, das Euch helfen wird, unsere Situation zu begreifen«, stellte Klingelt fest. Er reichte das Band Thomas Marik, der es an Harrison Kalma weitergab, damit dieser es in den Holobetrachter legte. Kalma spielte an den Kontrollen, und ein Hologramm Emma Centrellas nahm flackernd Gestalt an. Sie war nicht so groß, wie gelegentlich berichtet wurde, und ihr langes Haar schmiegte sich in dichter Lockenpracht um ihr schokoladenbraunes Gesicht. Nach ein paar Sekunden erklang ihre von einem ungewohnten Akzent geprägte Stimme.

»Generalhauptmann, hier in der Peripherie erreichen uns Nachrichten langsamer, als Sie möglicherweise glauben. Ich wußte bis nach dem Angriff auf Herotitus nichts von den Überfällen auf Shiro III, Valexa und Cumbres. Ich bin sicher, Sie können sich meine Besorgnis vorstellen, als ich hören mußte, daß es Ihre Ritter der Inneren Sphäre waren, die Herotitus überfallen haben, und insbesondere, als wir kurz darauf erfuhren, daß ihnen Angriffe auf drei weitere Welten zur Last gelegt werden. Es dauerte einen weiteren Monat, bevor wir erfuhren, daß es in Wirklichkeit eine Kompanie unseres Canopischen Highlanders-Regiments namens Longs Leichte Lancers waren, die tatsächlich für den Angriff auf Herotitus verantwortlich waren und sich als Mitglieder Ihrer Ritter ausgaben.«

Marik stand abrupt auf und hielt die Aufzeichnung mit einem Knopfdruck am Holobetrachter an. »Oberst Klingelt, der Überfall auf Herotitus hat Anfang Mai stattgefunden. Sie haben wenig später erfahren, daß es eine Ihrer Söldnerkompanien war, die diese Welt in der Verkleidung meiner Ritter angegriffen hat. Inzwischen haben wir Juni. Wie erklären Sie diese Verzögerung?«

»Ich verstehe Eure Verärgerung, Generalhauptmann. Aber die Magestrix geht auf eben diese Frage ein, wenn Ihr euch die Botschaft weiter anseht.« Marik ließ das Holoband weiterlaufen, aber er war sichtbar verstört, ja, sogar wütend.

»Sie werden sich jetzt fragen, warum ich mich nicht schon früher mit Ihnen in Verbindung gesetzt habe, Generalhauptmann. Die Antwort darauf besteht aus zwei Teilen: wirtschaftlichen Gründen und geheimdienstlichen Erwägungen. Die Beziehungen zwischen unseren Staaten haben auf unserer Seite ein Handelsdefizit entstehen lassen. Canopische Industrien fühlen sich von den reicheren Firmen in der Liga Freier Welten in ihrer Existenz bedroht. Um den Frieden zwischen uns zu erhalten, muß ich zuerst den Frieden hier bei uns wahren. Ich kann mir nicht erlauben, den Eindruck zu erwecken, ich käme wie ein Lakai bei der Liga angelaufen, sobald die geringsten Schwierigkeiten auftauchen. Außerdem besitze ich kein so weitverzweigtes Geheimdienstnetz, wie Sie es tun. Ich erhalte immer noch Berichte über eine unbekannte Gruppe, die Rekruten sucht, um im Geheimen eine Armee aufzustellen. Ich besitze jedoch nicht die Möglichkeiten, diesen Berichten nachzugehen. Ich war auf keinen Fall in der Lage, genug Fakten zusammenzutragen, um mich auf einen offenen Krieg mit irgendwelchen Wahnsinnigen wie den Blutroten Schnittern auf Astrokazy einzulassen. Die Situation stellt sich also wie folgt dar ... Ich weiß, in der Peripherie geht etwas vor, und ich bezweifle, daß es für irgendeinen von uns gut ist, aber ich weiß nicht, worum es sich handelt. Ich schicke ihnen, wenn auch zugegebenermaßen verspätet, über Oberst Klingelt alle mir vorliegenden Informationen. Er wird Ihrem Militär in dieser Hinsicht die vollste Kooperation zukommen lassen.«

Das Hologramm Emma Centrellas flackerte und verschwand. Thomas Marik schwieg mehrere Minuten, bevor er sich schließlich zu Klingelt umdrehte. »Nun, Oberst, wenn es jemanden gibt, der die Zwänge der Politik nachvollziehen kann, dann ist es der Generalhauptmann der Liga Freier Welten. Gibt es noch etwas?«

»Nein, Generalhauptmann. Wie es die Magestrix wünscht, stehe ich Ihnen zur vollsten Verfügung.«

Die Bürotür sprang ohne Vorwarnung auf, und ein Ritter in voller Gefechtsrüstung marschierte herein. Kalma erkannte ihn als einen der Männer aus der Operationszentrale des Ritter-Hauptquartiers.

»Generalhauptmann, verzeiht die Unterbrechung. Eine dringende Botschaft.«

»Oberst Klingelt, bitte verzeihen Sie mir, wenn ich unsere Unterredung so abrupt beenden muß. Ich werde Sie auf jeden Fall noch einmal sehen, bevor Sie Atreus verlassen.« Der Generalhauptmann wartete, bis der Canopier den Raum verlassen hatte, bevor er sich dem Ritter zuwandte. »Die Botschaft?«

»Sie kommt von Kapitan Trane, mein Lehnsherr. Sie wurde während der Übertragung jedoch gestört. Die Mitglieder von Blakes Wort erklären es durch eine mögliche Sabotage von Seiten ComStars. Sie konnten nur die Wörter Andrews, Peripherie, Trane empfangen.«

»Nur diese drei Wörter?«

»Ja, mein Lehnsherr.«

»Danke, Kapitan. Sie dürfen wieder gehen.« Der Ritter drehte mit zackigem Hackenschlag um und verließ das Büro. Marik sah zu seinem alten Freund. »Tja, Harrison, was sollen wir nun damit anfangen?«

Harrison Kalma stand auf und wanderte im Zimmer auf und ab. Plötzlich blieb er stehen, kehrte zum Holobetrachter zurück und durchsuchte die in der Datenbank gespeicherten Programme. Als er gefunden hatte, was er suchte, rief er die holographische Karte der Inneren Sphäre und der Peripherie auf. »Andrews, Thomas... das muß New St. Andrews in der Peripherie sein. Ich denke, unsere Jungs wollen uns mitteilen, daß die Verbrecher, auf deren Spur sie sind, dort ihre Heimatbasis haben.«

Marik trat zu ihm an das Hologramm und betrachtete die vor ihm in der Luft schwebenden farbigen Leuchtkugeln. »Wie kannst du dir da sicher sein, Harrison? Möglicherweise teilen Sie uns nur den nächsten Halt auf ihrer Suche nach diesen Schurken mit.«

»Das ist eine reale Möglichkeit, aber bedenken wir doch einmal die Information, die wir eben von Emma Centrella erhalten haben. Von Dainmar Majoris im Magistrat Canopus bis Andiron in der Circinusföderation hört sie anhaltende Gerüchte über Personen oder vielleicht eine Welt, die versuchen, eine Armee aufzustellen. Ich versuche jetzt nicht, unsere Geheimdienste in Schutz zu nehmen, Thomas, aber es dauert seine Zeit, bis Agenten solche Informationen zusammentragen, sie an uns weiterleiten und unsere Analytiker sie korreliert haben. Wahrscheinlich besitzen unsere Leute diese Informationen ebenfalls, haben sie aber noch nicht zu dem Bild einer größeren Operation zusammengesetzt. Wenn in dieser Region der Peripherie oder wo auch immer Mechkompanien angeworben werden, brauchen sie einen Aufmarschraum. New St. Andrews ist nahe genug, um Überfälle in die Innere Sphäre zu starten und in der Peripherie nach Neuzugängen für eine derartige Sache zu suchen.«

»Harrison, ich schätze deinen Rat seit langem. Was genau schlägst du vor?«

»Schick die Ritter los, Thomas. Schick sie in voller Stärke los, alle.«

»Und was, wenn wir uns irren? Was, wenn New St. Andrews nicht die Heimatbasis dieser Angreifer ist? Unsere Ankunft in diesem Sektor wird nicht unbemerkt bleiben. Statt zu helfen, könnten wir mit unserem Erscheinen alles zunichte machen, was Trane und

Duncan in den letzten Monaten erreicht haben. Nicht nur das, durch das In-Marsch-Setzen einer so großen Streitmacht würde ich die Fehleinschätzung noch unterstützen, daß die Ritter eine Privatarmee zur Eroberung benachbarter Staaten sind.«

»Ich widerspreche dir nicht, Thomas. Wenn wir uns irren, kann all das geschehen.«

Thomas Marik starrte auf die Hologrammkarte, dann drehte er sich langsam um und sah seinem alten Freund in die Augen. »Ich bin ein Politiker, und … ja … manchmal, wenn es sein muß, ein Soldat. Ich gebe nicht vor, ein Militärstratege zu sein, wie du einer bist, Harrison. Gleichgültig, welche Entscheidung ich treffe, ich werde einige gute Ritter verlieren. Ich könnte zudem riskieren, einen noch größeren interstellaren Krieg auszulösen. Im Gegenzug könntest du deinen Sohn verlieren. Ich frage dich noch einmal, alter Freund, was rätst du mir?«

Zum erstenmal in seinem Leben zögerte Harrison Kalma. Und zum erstenmal fragte er sich, ob er möglicherweise zu alt für dieses Geschäft war. Und ja, zum erstenmal seit sehr langer Zeit wollte er seinen Sohn wiedersehen.

»Schick die Ritter los, Thomas.«

28

Schädelhöhle, New St. Andrews
Peripherie, randwärts der Circinusföderation

8. Juli 3057

»Nachdem Sie nun offiziell Mitglieder der Republikanischen Garde sind, haben Sie noch irgendwelche Fragen?« fragte Varas. Er konnte den Schock in den Augen Duncan Kalmas und seiner Dämonen sehen, aber das war die typische Reaktion auf die Eröffnung, daß sie rekrutiert worden waren, um für ein neues Imperium unter der Herrschaft eines Mannes zu kämpfen, der die Innere Sphäre auf Grund direkter Abstammung vom Usurpator Stefan Amaris übernehmen und beherrschen wollte. Nicht einmal Varas selbst hatte sich je ganz vom Schock der Mitteilung erholt, daß Stefan Amaris I., möglicherweise die meistgehaßte Gestalt in der Geschichte der Menschheit, einen Erben hinterlassen hatte. Die Geschichte lehrte, daß General Aleksandr Kerensky nach der Befreiung Terras Amaris und sämtliche Mitglieder seiner Familie hingerichtet hatte. Wer hätte geahnt, daß ein Bastard dem Schicksal der anderen entgangen war?

Aber Stefan Amaris VII. war ein äußerst überzeugender Redner. Seine Ansprachen über die Errichtung einer MechKriegerrepublik und ein Ende der Streitereien, die der Inneren Sphäre Jahrhunderte des Kriegs und der Vernichtung beschert hatten, und seine Behauptung, das Ansehen seines Vorfahrens sei durch Lügengeschichten in den Schmutz gezogen worden, brachen schnell jeden Widerstand bei seinen Zuhörern. Schließlich waren Krieger der Art, die sie für ihre neue Armee rekrutierten, ohnehin mehr an Plündergut und Macht interessiert als an Geschichte oder Ehre.

Aber diese vier waren anders, das spürte Varas, auch

wenn er es nicht näher definieren konnte. Er nahm sich vor, sie im Auge zu behalten.

»Nur eine«, meinte Kalma. »Wann trifft der Rest meiner Kompanie ein?«

»Bald. In der Zwischenzeit können Sie im Ihnen zugewiesenen Bereich die Quartiere für die gesamte Einheit vorbereiten. Außerdem haben Sie, soweit ich es mitbekommen habe, bei den Spielen auf Galatea wohl drei BattleMechs verloren, Sie können sich aus den Maschinen, die Jaggoda uns geschickt hat, Ersatz aussuchen.«

»Ähem, um genau zu sein, könnte man sagen, wir haben auf Galatea vier Mechs verloren. Wir mußten einen auseinandernehmen, um die fünf reparieren zu können, die bei den Kämpfen schwer beschädigt wurden. Wenn Sie bei Eintreffen unserer beiden anderen Lanzen auf volle Kampfstärke Wert legen, brauchen wir noch einen vierten Mech.«

»Na schön, nehmen Sie ihn sich. Mein Lord, habt Ihr noch etwas für unsere neuen Rekruten?«

»Ja, Varas. Ich will ihnen versichern, daß wir aktiv am weiteren Aufbau unserer Armee arbeiten. Ich hoffe, Captain Kalma läßt sich nicht von der scheinbar geringen Stärke unserer Truppen täuschen. Es befinden sich bereits sechs Kompanien hier, zwei weitere werden bald eintreffen. Wenn der Rest von Kalmas Kompanie ankommt, verfügen wir über ein komplettes Regiment plus ein ansehnliches Kontingent Bodentruppen. Wir werden in weniger als einem Monat bereit sein.«

»In dem Falle haben wir viel zu tun«, stellte Duncan fest.

»So ist es«, stimmte Varas zu. »Falls der Sternenfürst nichts mehr hat, können Sie wegtreten. Einer meiner Adjutanten wird Ihnen Ihr Quartier zuweisen.«

Varas drückte auf einen Knopf auf der Kommkonsole des Schreibtischs. Ein junger Offizier kam herein und winkte Duncan und die anderen mit. Er führte sie über den Laufsteg vom Büro des Sternenfürsten zu dem Tunnel in die Schädelhöhle und von dort an die Oberfläche.

Außerhalb der Höhle wartete ein kleiner Transporter, der sie zu ihrem Lager brachte. Als sie die Lagerplätze der übrigen Söldnerkompanien passierten, bemerke Duncan, daß die Mechs einiger Einheiten noch immer die Insignien ihrer früheren Auftraggeber trugen. Er stieß Hawkes an.

»Sehen Sie den Eisbären auf Skiern? Das müßte die Lothische Liga sein. Haben Sie schon mal was von ihr gehört?«

»Nur den Namen, sonst nichts«, erwiderte Hawkes. »Was ist das da drüben? Ein Schiff?«

»Die Illyrische Pfalz. Sie lockt Söldner aus der ganzen Peripherie und der Inneren Sphäre an, indem sie Mechspiele wie auf Galatea organisiert, aber in kleinerem Rahmen. Das sind keine Elitetruppen hier. Ich war auf den Welten, von denen sie kommen. Ich kenne mich aus. Aber trotzdem glaube ich, dieser sogenannte Sternenfürst hat recht. Er wird nicht lange brauchen, um aus all den über die Peripherie und Umgebung verstreuten Einheiten vier oder fünf Regimenter aufzubauen.«

»Das wird reichen, um die ersten Systeme zu erobern.«

»So sehe ich es auch. Die Bewohner der Inneren Sphäre werden zu sehr damit beschäftigt sein, gegeneinander zu kämpfen und die Clangrenze zu sichern, um Truppen für die Rückeroberung einiger weniger unbedeutender Welten am äußersten Rand ihrer Reiche abzustellen. Das Schlimmste dabei ist, dieser Plan könnte tatsächlich funktionieren.«

»Glaubst du das wirklich, Duncan Kalma?« fragte Dawn. Duncan wußte, daß es sie jedes Quentchen ihrer enormen Disziplin gekostet hatte, nicht aufzuspringen und den Mann umzubringen, der mit seiner Abstammung von Stefan Amaris prahlte und sich Sternenfürst nannte.

»Es ist ein wahnwitziger Plan, aber in der Geschichte ist schon Verrückteres geschehen. Er ist ein Amaris. Er bezeichnet sich als Sternenfürst. Wenn es ihm tatsächlich gelingt, alle Hausfürsten umzubringen, könnten die Menschen sich in ihrer Konfusion tatsächlich um ihn und seinen wahnsinnigen Traum eines Sternenbundes unter dem Ersten Lord Amaris scharen!«

»Savashri!« Dawn spie das Wort förmlich aus, und ihre Miene war eine eisige Fratze.

»Ich weiß zwar nicht, was das heißt, aber es hat meine vollste Zustimmung«, bekräftigte Hawkes.

»Duncan, dieser *Kampfschütze* ist Müll. Die untere Hälfte stammt von einem *Kriegshammer*. Er funktioniert… aber nur gerade so eben.« Hawkes kochte. »Das sind nicht die Mechs, die wir auf Kyeinnisan getestet haben.«

»Bei mir ist es dasselbe«, antwortete Duncan. »Ich hab mir gerade einen *Ostroc* angesehen, ein altes Marik-Experimentalmodell mit Sprungdüsen. Natürlich funktionieren sie nicht. Es gibt kaum ein System an diesem Schrotthaufen, das funktioniert. Nicht, daß die auf Kyeinnisan, die wir ›begutachten‹ sollten, viel besser gewesen wären.« Die Dämonen hatten den Rest ihres ersten Tage auf New St. Andrews damit zugebracht, die Mechs abzuchecken, die Jaggoda auf demselben Landungsschiff hierher verschifft hatte. Duncan hatte zwei überprüft und Hawkes zwei andere, und bis jetzt waren sie auf keinen annehmbaren Kandidaten gestoßen. Als Dawn und Bovos herüberkamen, konnten sie ihnen am Gesicht ablesen, daß sie nicht viel mehr Glück gehabt hatten.

»Wir haben keinen einzigen Mech in gutem Zustand gefunden«, bestätigte Bovos. »Ich habe mir einen alten

Brandstifter angesehen. Nur zwei seiner Flammer und ein Laser funktionieren.«

»Der Typ, den ich überprüft habe, ist als *Stadtkoloß* aufgeführt«, meinte Dawn. »Weder seine Wärmetauscher noch seine Autokanone scheinen zuverlässig genug zu sein, um sich in einem Kampf auf sie verlassen zu können.«

Duncan schüttelte verärgert den Kopf. »Allmählich schält sich da ein Muster heraus. Jaggoda wir dafür bezahlt, daß er Rekruten für den Sternenfürst auftreibt. Und er bekommt reichlich Geldmittel, um der neuen Republik der Randwelten Mechs für die Krieger, die keinen eigenen mitbringen, sowie Mechs als Ersatz für Gefechtsverluste.«

»Und was er dafür liefert, sind Antiquitäten, die ihm sonst kein Mensch abnehmen würde. Sie werden soweit hergerichtet, daß sie von außen annehmbar aussehen, aber alles andere, vom Reaktor bis zu Bewaffnung, ist schrottreif«, vervollständigte Hawkes.

»So was dürfte unter betrügerische Handelspraktiken fallen«, bestätigte Duncan. »Die Frage ist jetzt… wie können wir diese Information zu unserem Vorteil verwenden?«

»Wir könnten zum Beispiel unseren Kameraden von der Republikanischen Garde unsere Hilfe andienen«, schlug Hawkes vor.

»Unsere Hilfe?« fragte Bovos. »Wobei?«

»Na, als erstes sehen wir mal zu, daß wir vier diesen Schrotthaufen soweit wieder herrichten, daß wir eine volle Kompanie haben, wenn Trane ankommt. Dann besuchen wir die anderen Söldnereinheiten und erzählen ihnen von den Mechs, die Jaggoda geschickt hat.«

»Ich verstehe«, unterbrach Duncan. »Wir sehen uns die Maschinen zur Vorsicht nochmal etwas genauer an… und wenn wir zufällig einen schlechten Tag haben sollten und versehentlich hier oder da ein Kabel lösen …«

»Acht dieser Klapperkisten werden an verschiedene Kompanien rausgehen«, erklärte Hawkes. »Danach besuchen wir die übrigen Söldnertruppen und erzählen ihnen, was wir über die Jaggoda-Mechs herausgefunden haben. Das können nicht die ersten sein, die er hierher geschickt hat. Ich würde sagen, wir können zwei Dinge erreichen. Erstens werden sie diese Mechs erst einmal aus dem Verkehr ziehen, um sie zu überprüfen. Zweitens bieten wir an, ihre Mechs zu überprüfen, um zu sehen, ob sie möglicherweise dieselben Fehler aufweisen, die wir bei dieser letzten Lieferung gefunden haben. Wir richten bei allen Mechs, in die wir reingelassen werden, so viel Schaden wie möglich an, damit sie entweder außer Dienst gestellt werden müssen oder im Gefecht ausfallen.«

»Hawkes, das ist ein absolut ehrloser, heimtückischer Plan. Wenn Trane hier wäre, würde er ihn hassen«, stellte Duncan fest. »Aber ich liebe ihn.«

»Was ist mit Rod Trane?« fragte Dawn.

»Ich kann nur raten, Dawn. Trane dürfte mindestens vierundzwanzig Stunden gewartet haben, bevor er das System Kyeinnisans verlassen hat. Hawkes hat den Zeitzünder der Sprengladung in Jaggodas Kommzentrale auf ungefähr diese Zeit eingestellt. Von Kyeinnisan dürfte Trane nach Tiber gesprungen sein, wo die Regulanischen Husaren eine Kommandostrecke an unser Ziel aufgebaut haben müßten. Ich bin sicher, er hat unsere Nachricht außerdem an den Generalhauptmann weitergeleitet.«

»Dann dürfte er ein, zwei Tage hinter uns sein.«

»Wenn alles glattgegangen ist. Darauf verlasse ich mich dabei, Dawn. Es dauert eine Woche, bis ein Landungsschiff vom Sprungpunkt aus hier eintrifft. Wenn ich recht habe, müßten Trane und seine Ritter bereits im Anflug sein.«

»Ich habe eine Idee, was wir in der Zwischenzeit tun könnten«, meldete sich Bovos.

»Lassen Sie hören.«

»Dieser Sternenfürst hat auch Infanterie. Es sind nicht viele, und wahrscheinlich sind sie auch nicht allzugut, aber wir dürfen sie trotzdem nicht vergessen. Ich habe Gerüchte aufgeschnappt, daß ein paar der Schluchtbewohner sich gegen den Sternenfürst gestellt haben und er Leute in Bewegung gesetzt hat, um sie auszulöschen.«

»Mit Erfolg?«

»Nein. Die Schluchtfürsten haben ihre Leute ins Hochgebirge geführt, wo die Mechs im Nachteil sind. Wenn wir sie dazu bringen könnten, Amaris' Bodentruppen im richtigen Augenblick anzugreifen ...«

»Warum sollten sie bereit sein, uns zu helfen, Bovos?«

»Das sind einfache Leute, denen es nur darum geht, ihre Familien aufzuziehen, ihre Schafe zu hüten und ihre Pferde zu züchten. Meine eigene Familie ist genauso. Möglicherweise könnte ich mit ihnen auf eine Weise reden, die sie verstehen.«

»In Ordnung. Wir werden einen der Mechs für Sie herrichten, bevor wir uns an Hawkes' Plan machen.«

»Ich vermute mal, daß nicht alle Schluchtbewohner dieser Welt revoltieren«, warf Hawkes ein. »Ein Teil könnte sich sogar entschließen, für den Sternenfürsten zu kämpfen. Wie sollen wir die ›guten‹ Einheimischen von den ›bösen‹ unterscheiden?«

Duncan überlegte eine Minute, dann grinste er. »Sagen Sie denen, die bereit sind, uns zu helfen, sie sollen einen Dämonenkopf aufsetzen ...«

29

Schädelhöhle, New St. Andrews
Peripherie, randwärts der Circinusföderation

11. Juli 3057

Kemper Varas betrachtete sich als den Besitzer zahlreicher militärischer Tugenden. Eine davon war, daß er sich nicht gestattete, übermütig zu werden. Obwohl alles ausgezeichnet zu laufen schien, hatte er nur für den Fall, daß sich die Situation plötzlich dramatisch veränderte, ein Sprungschiff bereitgestellt.

»Varas«, erklärte Amaris, »manchmal verstehe ich dich nicht. Innerhalb weniger Tage haben wir unsere Streitmacht auf ein Regiment Mechs oder mehr aufgestockt, innerhalb weniger Wochen werden wir mit der Unterwerfung der Inneren Sphäre beginnen. Und doch spüre ich bei dir Zweifel.«

Varas betrachtete den Mann, der sich selbst Sternenfürst nannte, wie er hinter seinem Schreibtisch saß und ohne Ende die Karte der Inneren Sphäre studierte. Er genoß die Vorstellung, diesen Dummkopf eines Tages nicht mehr zu brauchen. »Es ist nicht der Plan, der mir Sorgen macht, mein Lord. Es ist die Qualität unserer Rekruten. Die besten, die uns zur Verfügung stehen, sind die Black Warriors aus der Circinusföderation. Andere, wie die Blutroten Schnitter von Astrokazy, sind vielversprechend, wenn es uns gelingt, ihnen Disziplin beizubringen. Aber viele der anderen sind von fragwürdiger Qualität.«

»Fragwürdig – wer?«

»Zum Beispiel die sogenannte Prätorianergarde aus der Marianischen Hegemonie. Eine chaotische Mixtur aus entehrten Adligen, verarmten Händlern und Bauern, allesamt wertlos. Wir können wirklich froh sein, wenn sie das Schlachtfeld finden, vorausgesetzt, jemand gibt ihnen einen Stoß in die richtige Richtung.«

»Wir werden sie ersetzen, sobald unsere Agenten fähigere Krieger gefunden haben.«

»Genau das ist der Punkt, mein Lord. Auf Jaggoda können wir nicht mehr zählen. Er ist unser Hauptlieferant für Rekruten und Mechs, aber der Mann betrügt uns. Die Maschinen der letzten drei Lieferungen waren veraltet und unzulänglich aufgerüstet. Viele waren nicht annähernd kampfbereit. Ein derartiger Verrat darf nicht ungesühnt bleiben.«

»Dann kümmere dich um ihn«, erwiderte Amaris unwirsch. »Ich habe Probleme weit bedeutenderen Ausmaßes zu wälzen. Zum einen haben unsere Überfälle auf die Innere Sphäre bei den Fürsten der Großen Häuser einen überraschenden Mangel an Reaktion gezeitigt. Ein Großteil meiner Hoffnungen stützt sich auf die ernsthafte Diskreditierung Thomas Mariks innerhalb wie außerhalb seines Hauses. Marik hätte inzwischen auf jeden Fall etwas unternehmen müssen … oder hat er das schon?«

»Eine ausgezeichnete Frage, mein Lord. Diese neuen Rekruten, die uns Jaggoda geschickt hat, die Dämonen: Mit ihnen ist irgend etwas – etwas Seltsames, Verdächtiges … Es ist mir immer noch nicht gelungen zu verifizieren, was Jaggoda uns über den Rest ihrer Kompanie gemeldet hat. Ich traue ihnen nicht.«

»Vertrauen ist unverzichtbar, Varas. Das weißt du. Es gibt noch jede Menge andere, dort, wo wir sie gefunden haben. Sieh zu, daß du sie los wirst.«

»Ja, mein Lord.«

»Das ist schon unser dritter Tag hier, Duncan. Wo, zur Hölle, bleibt Trane?« Hawkes sah zur tief am Himmel hängenden Nachmittagssonne empor. Es konnte nicht mehr lange dauern, bis sie unterging.

»Ich weiß es nicht, Hawkes. Aber wenn er kommt,

können wir ihn in den Mechs oder auf unseren tragbaren Kommunikatoren empfangen. Ich habe die Leitungen auf die Frequenz des Landungsschiffs eingestellt.«

»Irgendeine Ahnung, wo er runterkommt?«

»Ich würde vermuten, daß er in der Nähe der Berge aufsetzt und sich dort mit uns trifft.« Duncan sah hinaus über die Brannigan Plains zu den im Westen aufragenden Gebirgszügen, dann wandte er seine Aufmerksamkeit wieder den vier Mechs zu, in deren Reparatur sie eine Menge Arbeit gesteckt hatten. Er hatte sich einen der beeindruckendsten Kampfkolosse gewählt, die je gebaut worden worden – einen *Atlas*. Es war eine häßliche, brutale Kampfmaschine und berühmt als der Mech General DeChaviliers, in dem dieser den Sturm der letzten Festung des ersten Stefan Amaris angeführt hatte. Er betrachtete es als poetische Gerechtigkeit, daß nun ein Mech dieses Typs auch gegen Amaris' Nachfahren zum Einsatz kommen würde.

Dawn stieg aus ihrem *Orion*. Auch dies war ein altes Modell, aber wie die Wahl seines Mechs, die Duncan getroffen hatte, war auch ihre symbolisch. Nachdem DeChaviliers *Atlas* die Mauern eingerissen hatte, die Amaris' kanadischen Palast umgaben, führte General Aleksandr Kerensky in einem *Orion* die triumphale Befreiung Terras zu Ende indem er die Palasttore auftrat und den Usurpator gefangennahm. Sie kletterte herab und trat an Boros' schweren *JägerMech*. Knapp daneben ragte der leichtere *Tomahawk* auf, für den sich Hawkes entschieden hatte.

»Ich habe getan, was ich konnte, Duncan Kalma.«

»Ich weiß, Dawn.«

Die Clannerin hatte sich nicht an den Anstrengungen ihrer Kameraden beteiligt, so viele Söldnermechs wie möglich zu sabotieren. Ihre Clan-Erziehung machte ihr dies unmöglich. Soweit er es aus ihren Erklärungen verstanden hatte, glaubten Clan-Krieger, daß Täuschungsmanöver nicht erlaubt waren, um einen Gegner zu überwinden. Statt dessen hatte sie den gesamten vorigen Tag und den größten Teil der letzten Nacht damit zugebracht, an den Mechs der Dämonen zu arbeiten. Nachdem von Trane immer noch nichts zu hören war, hatten Dunan und Hawkes sie am Vormittag verlassen, um bei anderen Einheiten der Republikanischen Garde möglichst viel Schaden anzurichten.

»Ich weiß von drei Kompanien, die neue Mechs brauchten. Ich würde mal schätzen, daß sie die restlichen acht Maschinen, die uns Jaggoda geschickt hat, zwischen sich aufgeteilt haben«, stellte Duncan fest.

»Plus weitere vier Mechs, in die ich reingekommen bin, um für Ärger zu sorgen. Damit haben wir Amaris eine Mechkompanie geklaut – von der Anzahl her«, füge Hawkes hinzu. »Nicht viel, aber besser als gar nichts ... Aber hallo, seht mal, wer wieder da ist.«

Bovos wanderte ins Lager. Er wirkte müde. »Ich bin zurück«, stellte er lapidar fest.

»Glück gehabt?«

»Ich denke schon, Duncan. Die Schluchtbewohner, die sich gegen den Sternenfürsten stellen, haben einen gemeinsamen Anführer gewählt. Ich konnte mit ihm reden und ihm erklären, daß wir gekommen sind, um Amaris aufzuhalten. Er meinte, er berate sich mit den anderen. Sicher kann ich es nicht sagen, aber ich erwarte, daß sie uns helfen.«

»Achtung, Duncan, auf der Straße!«

Duncan drehte sich auf Hawkes' Zuruf hin um und bemerkte einen sich nähernden *Schützen*. Er trug die nachtschwarze Vollbemalung der Black Warriors aus der Circinusföderation. »Dawn, fahr deinen Mech hoch. Ich will kein Risiko eingehen.« Die Clannerin war bereits auf dem Weg zurück ins Cockpit des *Orion*, bevor er ausgesprochen hatte.

»Ein kleiner Streifenwagen fährt voraus«, stellte Duncan fest. Noch während er das sagte, hielt der

Wagen an, und Fahrer und Beifahrer stiegen aus. Sie waren bewaffnet. »Haltet eure Waffen bereit.«

Der *Schütze* blieb stehen und nahm den Arm zur Seite. Dann sprangen die riesigen Schutzklappen über den Raketenlafetten auf. Die schwarzlackierten Sprengköpfe der vierzig Langstreckenraketen in ihren Abschußrohren glänzten bedrohlich wie zum Stich erhobene Skorpionstachel. Duncan, Hawkes und Bovos hechteten in Deckung, als Dawn den *Orion* mit einer fließenden Bewegung in Position brachte, die den stählernen Kampfkoloß lebendig scheinen ließ.

Einen Herzschlag bevor die Raketen des gegnerischen Mechs aus den Rohren schießen konnten, eröffnete Dawn mit den mittelschweren Lasern in den massigen, zylindrigen Armen des *Orion* das Feuer. Die Strahlbahnen zerschnitten die offenen Lafettenkammern und den Rumpf des *Schützen* mit dem Können eines Chirurgen. Eine Handvoll Sprengköpfe detonierten bereits, als der schwere BattleMech sie abzufeuern versuchte. Die internen Explosionen lösten eine Kettenreaktion weiterer Detonationen aus, die den Mech von innen heraus zerfraßen.

Gewaltige Flammenzungen brachen aus dem Rumpf und zuckten zum Himmel, als die Raketenmunition in die Luft ging. Der *Schütze* war vernichtet, Reaktor und Gyroskop durch interne Explosionen zerfetzt. Duncan sah, wie die Pilotin verzweifelt versuchte, mit dem Schleudersitz auszusteigen und dabei von den düsenstrahlengleichen Flammen im Innern des sterbenden BattleMechs verzehrt wurde.

Von ihrem Tod unbewegt feuerte Dawn auf den Streifenwagen. Die Laserschüsse sprengten einen Kotflügel ab und ließen die beiden Passagiere panisch davonstürzen. Bovos stand auf, zielte und erschoß sie, bevor sie ihn auch nur bemerkt hatten.

»Machen wir, daß wir hier wegkommen!« Duncan rannte bereits zu seinem *Atlas*.

Als er die Kanzelluke aufriß und ins Cockpit stieg, fragte er sich, was Amaris veranlaßt haben konnte, seine persönliche Leibwache loszuschicken, damit sie seine neuesten Rekruten ermordete. Aber andererseits war das auch nicht verrückter als irgend etwas anderes von dem, was er gesehen und gehört hatte, seit er auf diesem vergessenen Planeten gelandet war. Hätte ihn fünf Minuten vorher jemand gefragt, ob er sich wirklich darauf freute, Trane und die Ritter wiederzusehen, hätte Duncan es verneint gehabt. Aber jetzt gab es *nichts*, was er sich mehr wünschte, als Ritter … jede Menge Ritter …

»Wie lange wird es wohl dauern, bis sie jemand hinter uns her schicken?« fragte Hawkes aus seinem *Tomahawk*.

»Bestimmt nicht lange. Ich hoffe, sie senden zuerst ein paar Einheiten rüber zu unserem Lagerplatz. Ihre besten Einheiten sind näher an der Schädelhöhle untergebracht, das dürfte das Kräfteverhältnis eine Weile günstiger halten.«

»Wohin gehen wir?«

»Nach Westen, in die Berge. Wenn sie uns vor Sonnenuntergang einholen, haben sie die Sonne in den Augen. Ich hatte nicht den Eindruck, daß Amaris allzuviele Einheiten hat, die auf eine Verfolgungsjagd vorbereitet sind. Wenn wir ein paar Felsen oder einen Wald finden, wo wir uns bis zum Morgen verkriechen können, haben wir eine Chance, uns auszuruhen und zu überlegen, wie es weitergehen soll.«

»Ich erkenne drei sehr schnell näherkommende Mechs«, stellte Dawn in ihrem *Orion* fest.

Duncan blickte auf die Taktikanzeige. Alle drei Mechs bewegten sich mit über 100 km/h. »Das sind Scouts. Leichte Mechs, die nach uns suchen sollen. Ich werde zurückfallen und ihnen Gelegenheit geben, mich zu stellen. Hawkes, Sie und Bovos können mir helfen.«

Während sie aufholten, identifizierte Duncan die Verfolgermechs als *Heuschrecks*. Sie waren nur leicht bewaffnet, aber schnell und selbst mit einer guten Zielerfassung schwer zu treffen. Einzeln stellen sie für die meisten Mechs keine Gegner dar. Jeder Treffer konnte einen *Heuschreck* außer Gefecht setzen oder sogar vernichten, aber in Dreierformation mochten sie selbst den schwersten Mech aufhalten, bis Verstärkung eintraf.

Die heranrasenden *Heuschrecks* verloren keine Zeit. Nach mehreren Minuten langsameren Heranpirschens nahmen sie wieder Fahrt auf und umkreisten Duncans *Atlas*. Der überschwere Mech stand im Ruf, gewaltigen Schaden einstecken zu können, und als der erste *Heuschreck* heransprintete, um seinen mittelschweren Laser einzusetzen, hoffte Duncan, daß dieser Ruf gerechtfertigt war.

Um die wertvolle Munition seiner Autokanone/20 und der Raketenlafetten zu schonen, versuchte Duncan, einen *Heuschreck* mit den Lasern zu erfassen, aber das Feuerleitsystem war einfach zu alt und zu langsam. Es war, als würde er versuchen, mit bloßer Hand einen Mückenschwarm zu dezimieren. Er brauchte Hilfe.

»Hawkes, Bovos, ich bitte zum Tanz«, rief er ins Helmmikro.

Die *Heuschreck*-Piloten waren so auf Duncan konzentriert, daß sie den *Tomahawk* und den *JägerMech* erst bemerkten, als es zu spät war. Hawkes brachte seinen Mech bis auf Armeslänge an einen der leichten Mechs heran. Der Pilot mußte kurz vor seinem Tod noch das Gefühl panischer Angst kennengelernt haben, als er das riesige Beil auf sein Kanzeldach fallen sah. Aus Duncans Blickwinkel wirkte es, als würde ein Metallmann einen zu groß geratenen Käfer zerquetschen.

»Das war Nummer Eins, Dämon.«

Die beiden verbliebenen *Heuschrecks* stoppten ihre

Attacken und drehten ab. Einer der beiden lief dabei geradewegs in den Weg von Bovos' *JägerMech*. Bovos schoß ihn mit einer Salve der mittelschweren Laser im Rumpf der Kampfmaschine ab.

»Und das war Nummer Zwei«, lachte er.

Der letzte *Heuschreck* erreichte die Kuppe eines hundert Meter entfernten Hügels. Hawkes feuerte auf ihn, schoß aber daneben.

»Hab ihn«, meinte Duncan, der den auf dem Rückzug befindlichen Mech endlich doch noch erfaßt hatte, und feuerte eine KSR-Salve ab. Zwei der Raketen verloren ihr Ziel wieder, aber die übrigen vier schlugen voll in den ungeschützten Rücken des *Heuschreck* ein. Als der Lichtblitz der Detonationen verklungen war, ragten nur noch die Beine der Maschine einsam in die Höhe. Dann kippten sie weg.

»Es sind noch mehr unterwegs«, stellte Hawkes über die Funkverbindung fest. Auf Duncans Sichtschirm erschien mindestens eine Kompanie BattleMechs in den Farben der Lothischen Liga.

»Dawn, dir entgeht ein Wahnsinnskampf!« Duncan brannte der Schweiß in den Augen. *Vielleicht hätte ich im Gefängnis bleiben sollen.*

»Drei zu eins. Das Verhältnis dürfte in etwa stimmen.« Hawkes schien es durch zusammengebissene Zähne zu pressen.

»Paladin an Kanonier«, erklang eine unverwechselbare Stimme in der Leitung. »Ich schlage vor, Sie berechnen das Verhältnis neu.«

Duncan sah auf die Taktikanzeige. Der Monitor zeigte nicht nur Dawns *Orion* hinter ihnen, sondern sechs weitere Mechs. *Trane und die anderen. Endlich.*

»Mein Lord, wir haben Probleme.«

»Was denn jetzt, Varas? Siehst du nicht, daß ich gerade essen wollte?«

»Es geht um die neuen Rekruten, Duncans Dämonen. Ich habe ein paar Black Warriors losgeschickt, die sich um sie kümmern sollten.«

»Und?«

»Ich habe noch nicht alle Einzelheiten, aber die Dämonen haben sie umgebracht. Danach sind sie nach Westen in die Berge geflohen.«

»Warum belästigst du mich damit, Varas? Schick ihnen eine andere Einheit hinterher, die den Auftrag anständig erledigt.«

»Das ist nicht alles, mein Lord. Mir wurde ein Landungsschiff gemeldet, das bei den Dämonen zu Boden gegangen ist. Möglicherweise werden wir angegriffen.«

Amaris sprang auf. »Gib Alarm für die gesamte Republikanische Garde. Formiere eine Angriffsstreitmacht und schlage augenblicklich zu. Aber ... mindestens ein Bataillon bleibt als meine Leibwache hier.«

»Eure Sicherheit bleibt wie immer von allerhöchster Bedeutung, mein Lord.« Varas verbeugte sich und ging, um seine Befehle auszuführen. Er war sich sicher: Das war der Anfang vom Ende.

30

Brannigan Plains, New St. Andrews
Peripherie, randwärts der Circinusföderation

13. Juli 3057

»Wie geht es Duncan?« fragte Trane.

»Er hat schwere Schmerzen«, erwiderte Hawkes. »Aber man könnte durchaus sagen, daß er Glück hatte. Der Splitter hat seine linke Seite glatt durchschlagen. Wäre das verdammte Ding nicht weißglühend gewesen, so daß es die meisten Blutgefäße, die es durchtrennt hat, gleichzeitig verschlossen hat, wäre er wohl verblutet.«

»Ist er bei Bewußtsein?«

»Halb und halb. Er hat sich geweigert, ein Beruhigungsmittel zu akzeptieren. Er verlangt, ich soll ihm einen Mech suchen, damit er weiterkämpfen kann.«

»Das kann ja wohl nicht sein Ernst sein. Aber er hat schon recht, daß wir seinen Mech möglicherweise noch brauchen. Warum nehmen Sie Dawn und Bovos nicht mit ins Landungsschiff, Hawkes. Auf dem Rückweg können Sie Duncans *Kampftitanen* und Ihren *Kreuzritter* mitbringen, und was wir sonst noch gebrauchen können.«

Hawkes nickte, machte aber keine Anstalten, sich in Bewegung zu setzen. »Trane …« Er stockte. Es wurde Zeit, mit offenen Karten zu spielen. »Trane, wir kennen die ganze Geschichte. Bevor wir Kyeinnisan verlassen haben, hat Duncan uns erzählt, daß Sie und Ihre Männer Ritter der Inneren Sphäre sind. Es war keine allzu große Überraschung für uns. Bovos und ich hatten schon so unseren Verdacht.«

Trane seufzte. »Ehrlich gesagt bin ich überrascht, daß wir so lange damit durchgekommen sind.«

»Ich habe auch ein kleines Geständnis zu machen.«

Hawkes berichtete Trane im Telegrammstil, wie er, Bovos und Dawn an diese Mission geraten waren, die Verbrecher zu finden, die dem Ruf der Ritter geschadet hatten.

»So etwas würde einem niemand abkaufen«, meinte Trane und schüttelte den Kopf.

Hawkes lachte, während er sich zum Gehen wandte. »Wem sagen Sie das.«

Trane sah Hawkes nach, als dieser zu dem kleinen radgetriebenen Scoutfahrzeug davonging, das sie am Tag zuvor erbeuten konnten. Die Überreste der Prätorianergarde aus der Marianischen Hegemonie hatten es zurückgelassen und waren zu Fuß geflohen, nachdem die Dämonen ihre Kompanie nahezu vollständig aufgerieben hatten. Hawkes winkte Bovos und Dawn heran, dann fuhren die drei davon.

»Kapitan Trane.« Trane drehte sich um. Jon Blix näherte sich.

»Ja, Lieutenant Blix, was gibt's?«

»Wir haben nur noch acht Mechs. Ben-Ari kommt durch, aber seine *Hornisse* können wir abschreiben. Außerdem gehen uns die AK-Granaten und Raketen aus. In Kürze bleiben uns nur noch die Energiewaffen.«

»In Ordnung, Lieutenant. Sagen Sie den Männern, Sie sollen sich ausruhen, so gut es geht. Ich bin bei Duncan.«

Blix kehrte zu den anderen Rittern zurück, die damit beschäftigt waren, ihre Mechs instandzusetzen, so gut es ging. Vor zwei Tagen hatten die Dämonen eine Kompanie aus der Lothischen Liga zerlegt. Danach hatte Ben-Ari in seiner *Hornisse* das umliegende Gelände erkundet und diese kleine Lichtung in einem dichten Wald entdeckt, der sich über die ersten Ausläufer eines Gebirgszuges erstreckte. Mit Einbruch der Nacht waren die verschiedenen Söldnerkompanien der neuen ›Republikanischen Garde‹ in ihre Lager an der Schädelhöhle zurückgekehrt.

Am nächsten Morgen hatten die Dämonen den Wald verlassen, die Stelle aber als mögliches Nebenlager notiert, falls sie die Kämpfe überlebten. Sie waren grimmig entschlossen, aber keineswegs pessimistisch. Und die Begegnung mit der Prätorianergarde hatte ihre Stimmung noch gehoben.

Die Garde reichte in Sachen Ausrüstung und Organisation kaum an ihr historisches Vorbild heran. Soweit festzustellen, waren sie entweder mit einem defekten Kommsystem geschlagen oder zu unerfahren gewesen, es zu benutzen. Statt als Einheit zu kämpfen, hatte jeder der Gardisten einzeln gekämpft, so daß die Dämonen sie nacheinander ausschalten konnten. Irgendwie hatte Trane gehofft, sie würden nach den ersten Verlusten das Weite suchen, aber in ihrer Unerfahrenheit hatten sie so weitergekämpft. Sie hatten so etwas wie Custers letztes Gefecht geliefert, mit demselben Ergebnis.

Gerade als die letzten Gardisten eliminiert wurden, war schließlich deren Verstärkung eingetroffen. An ihren Abzeichen hatte Duncan erkannt, daß die Eineit früher einmal in den Diensten der Oberon Konföderation gestanden hatte, also aus einem Teil der Peripherie stammte, die vor Jahrhunderten zur Republik der Randwelten des Usurpators Stefan Amaris gehört hatte. Natürlich hatte die Konföderation das Auftauchen der Clans nicht überlebt, die das winzige Piratenkönigreich verschlungen hatten, ohne anzuhalten. Diese Kompanie älterer Mechs war auf einer Überfallsmission gewesen, als die Clans ihre Heimatwelten besetzt hatten. Es hatte Gerüchte über ihr Überleben gegeben, aber Duncan hatte sie nie geglaubt. Die Oberonier hatten nichts zu verlieren, indem sie sich mit Amaris verbündeten. Sie hatten bereits ihre Heimat, ihre Familien und ihre Zukunft verloren, und nun schienen sie zu kämpfen, als hinge ihr Schicksal von diesem Gefecht ab.

Die Oberonier hatten versucht, die Dämonen zum Nahkampf zu zwingen, doch darauf wollte Duncan sich nicht einlassen. Durch eine Serie von Scheinangriffen und Finten hatte er es geschafft, auf Distanz zu bleiben, während die Langstreckenwaffen seiner Dämonen beim Gegner furchtbare Schäden anrichteten. Die Schlacht hatte fast den ganzen Tag gedauert, aber schließlich durch die taktische Überlegenheit den Dämonen den Sieg gebracht. Die oberonischen Truppen waren besiegt worden, aber die Dämonen hatten den ganzen Tag herbe Schläge einstecken müssen, um das zu erreichen.

André Morneau war gegen Mittag gefallen, als ein *Donnerkeil* ihn mit einer LSR-Salve erwischt hatte. Am Nachmittag hatte ein *Greif* mit einem PPK-Treffer Ben-Aris leichten Mech ausgeschaltet. Alle Dämonen-Maschinen mußten Schäden einstecken, bevor die wenigen verbliebenen Mechs der Oberonier den Rückzug angetreten hatten. Dann fand Hawkes Duncans *Atlas*, der reglos mitten auf der Ebene stand, ein klaffendes Loch in seinem an einen Totenschädel erinnernden Kopf. Aber der *Atlas* war ein verdammt zäher Mech. Trotz der internen Schäden im Cockpit hatten sie ihn zurück in ihr Waldlager schaffen können.

Trane überquerte die Lichtung und ging zu der Stelle, an der Duncan unter dem Felssims einer Bergwand lag. Er war auf einer Decke aus dem erbeuteten Prätorianerfahrzeug ausgestreckt.

Duncan hielt die Augen geschlossen, aber er mußte Tranes Anwesenheit gespürt haben. »Ist es schon Morgen?« fragte er schwach.

»Fast. Ich wollte mal nach Ihnen sehen.«

»Danke. Ich fing schon an, mich ein wenig ausgeschlossen zu fühlen… wenn Sie verstehen, was ich meine. Wo sind die anderen?«

»Hawkes, Bovos und Dawn sind unterwegs zum Landungsschiff. Wenn es noch nicht an den Feind gefallen ist, werden Sie Ihren *Kampftitanen,* Hawkes' *Kreuzritter* und soviel an Nachschub holen, wie sie transportieren können. Das Schiff liegt ein gutes Stück südlich und ist gut getarnt, es besteht also eine Chance, daß man es noch nicht entdeckt hat. Wir halten die Augen nach der Republikanischen Garde offen, die im Norden steht.«

»Wie ist es gestern gelaufen?«

»Wir haben Morneau verloren. Alle anderen haben etwas abbekommen, aber Sie hat es am schwersten erwischt.«

»Bleiben noch neun von uns. Zwei Lanzen gegen zwei Bataillone, wenn die beiden Kompanien, die der Sternenfürst erwartet hat, noch nicht eingetroffen sind. Wie schätzen Sie das Kräfteverhältnis jetzt ein, Rod?«

»Machen Sie Witze? Sie haben keine Chance. Sie kämpfen gegen Duncans Dämonen!«

Duncan versuchte zu lachen, schaffte aber nur ein schmerzverzerrtes Husten. »Rod… da ist etwas, das ich Ihnen über Hawkes und die anderen sagen muß. Bei all den Kämpfen war dafür keine Zeit.«

»Sparen Sie sich den Atem. Hawkes hat es mir erzählt.«

»Es sind gute Leute, Rod. Passen Sie auf sie auf… wenn das in dieser Situation geht. Ach ja, ich übergebe Ihnen mit Freuden den Befehl über die Dämonen.«

»Ich übernehme. Und ich übernehme den Befehl gerne. Machen Sie sich keine Sorgen, ich werde mein Bestes tun, um unsere Leute durchzubringen… alle unsere Leute. Hören Sie, dies ist wahrscheinlich nicht der beste Zeitpunkt, aber ich werde trotzdem sagen, was mir auf der Seele liegt.«

»Timing war noch nie Ihre Stärke, Rod. Raus damit.«

»Wir haben uns auf dieser Mission alle verändert. Sie, ich, die Ritter, wir alle. Es fällt mir nicht leicht, das zu sagen, aber ich muß zugeben, daß ich stolz wäre, noch einmal an Ihrer Seite kämpfen zu dürfen … wann immer … wo immer.«

Duncan schlug die Augen auf und hob ein wenig den Kopf. Er lächelte. »Mein Gott, Trane. Das hätte ich von ihnen niemals erwartet. Demut!«

»Varas, ich gehe davon aus, daß du unser kleines Problem aus der Welt geschafft hast?«

»Kaum, mein Lord. Das Landungsschiff hat den Rest der Dämonen-Kompanie nach New St. Andrews gebracht. In weniger als zwei Tagen haben sie drei Kompanien zerschlagen.«

»Drei Kompanien? Welche?«

»Die aus der Lothischen Liga, der Marianischen Hegemonie und der Oberon-Konföderation. Die Dämonen konnten sie einzeln stellen und besiegen. Den Gefechtsberichten nach, die ich gesehen habe, sind die Lothier und die Prätorianergarde wie Zinnsoldaten umgefallen. Die Oberon-Piraten waren da aus anderem Holz. Aber die Dämonen haben auch sie schwer angeschlagen.«

»Und? Warum belästigst du mich mit so etwas? Erledige sie.«

»Genau das habe ich vor, mein Lord. Ich werde bis auf die Black Warriors alle Einheiten aussenden, die wir haben. Das Problem liegt darin, sie zu finden. Diese Berge erstrecken sich über einige tausend Kilometer, ein riesiges Gebiet, in dem sich die Dämonen verstecken können, um sich zum Kampf zu stellen, wann es ihnen genehm ist. Wir haben keine Luft/Raumjäger, um nach ihnen zu suchen, aber alles andere habe ich losgeschickt, um sie zu finden.«

»Und dann?«

»Werden wir sie mit allen Einheiten gleichzeitig angreifen und zermalmen. Ansonsten würden sie uns weiter lanzen- oder kompanieweise aufreiben.«

»Hast du in Erwägung gezogen, sie zur Kapitulation aufzufordern?«

»Nein, mein Lord.«

»Warum nicht?«

»Ich kann es nicht beweisen, aber ich bin sicher, daß sie keine Söldner sind. Die Anwesenheit einer Clannerin hat mich zunächst getäuscht, aber das ist wahrscheinlich alles Teil eines Plans.«

»Keine Söldner? Plan? Was redest du?«

»Ich halte die Dämonen für Agenten eines der Nachfolgerstaaten – ich würde auf Haus Marik tippen, weil wir den Ruf der Ritter besudelt haben. Diese Dämonen sind keine gewöhnlichen Söldner. Das sind Elitekrieger. Sie ...« Varas stockte, als ihm der Gedanke kam. »Sie könnten sogar Ritter der Inneren Sphäre sein!«

»Was? Das ist Wahnsinn, Varas!«

»Es muß so sein. Die einzige Möglichkeit für sie, von Kyeinnisan so schnell hierher zu kommen, war über eine Sprungschiffstrecke. Einfache Söldner können so etwas nicht. Es muß Marik sein ... er hat alles arrangiert. Er wußte, wer immer hinter den Überfällen steckte, würde Ersatz für die Gefechtsverluste brauchen. Also hat er seine kostbaren Ritter als diese Söldner verkleidet und losgeschickt.«

»Wenn das stimmt, Varas, müssen sie gestoppt werden, bevor sie weitergeben können, was sie über uns erfahren haben.«

»Wenn das noch möglich ist, mein Lord. Wenn das noch möglich ist. Ich werde eines unserer Landungsschiffe anweisen, sich für den Fall bereit zu halten, daß wir überstürzt aufbrechen müssen. Wir sollten alle Dokumente und Aufzeichnungen mit Bezug auf diese Operation für die Vernichtung oder den Abtransport vorbereiten.«

»Soweit wird es nicht kommen, Varas. Meine Republikanische Garde wird zu ihrem Sternenfürst stehen. Du wirst es sehen.«

»Selbstverständlich, mein Lord. Wie ich bereits früher festgestellt habe, ist die Brillanz Eurer Führung eine Inspiration für uns alle ...«

31

Brannigan Plains, New St. Andrews
Peripherie, randwärts der Circinusföderation

13. Juli 3057

Duncan fühlte sich besser, als er es angesichts seiner Verletzung erwartet hätte. Er war noch etwas unsicher, aber er schaffte es, aufzustehen und die Lichtung zu überqueren.

»Duncan?«

»Morgen zusammen. Kriegt man hier irgendwo was zu beißen?«

»Gefechtsrationen, mehr nicht«, antwortete Hawkes. »Wie geht es Ihnen?«

»Beschissen, danke der Nachfrage. Wie sieht's aus?« Duncan nahm das Päckchen, das Hawkes ihm reichte, und packte die Rationen aus.

»In ein paar Minuten wissen wir mehr. Trane hat Blix im Scoutwagen an den Waldrand geschickt. Früher oder später wird einer ihrer Kundschafter unsere Fährte entdecken und uns hierher folgen.«

»Vor ein paar Minuten dachte ich, ich hätte einen Gewehrschuß gehört«, meinte Bovos.

Duncan ging langsam zu einem Baumstumpf und setzte sich, um zu essen. Hawkes und Dawn hatten es sich auf einem umgestürzten Baumstamm bequem gemacht und kauten ebenfalls an ihren Nährstoffriegeln. »Wie sieht die Aufstellung aus?«

»Dawn bleibt im *Orion*, und Bovos behält den *Jäger-Mech*. Wir haben heute morgen Ihren *Kampftitanen* und meinen *Kreuzritter* aus dem Landungsschiff geholt. Trane führt den *Kriegshammer*, den Bovos auf Galatea benutzt hat. Villiers' *Steppenwolf* ist in gutem Zustand, Auramow hat ein paar Löcher an seiner *Wespe* geflickt, Ben-Ari übernimmt den *Schützen* und Blix schwört, daß er den *Atlas* noch eine Weile in Gang halten kann.«

»Also, wenn einer von Ihnen versuchen will, mich zu überreden, heute noch im Lager zu bleiben, braucht er keine Angst zu haben, daß ich es ihm übelnehme«, meinte Duncan.

Seine drei Gefährten sahen sich an und grinsten. Dann konzentrierten sie sich wortlos wieder auf ihre Rationen. Das Scheppern des zurückkehrenden Scoutwagens ließ sie die Köpfe heben. Einige Minuten später kam Trane herüber, gefolgt von Blix.

»Und? Was geht da draußen so ab?« fragte Hawkes.

»Sie haben überall Scouts. Bodentruppen und Mechs. Einer ihrer Wagen hat die Straße in den Wald gefunden«, stellte Trane fest.

»Ich habe ein Gewehr gehört«, sagte Bovos.

»Blix hat einen von ihnen erwischt.«

»Gut.«

»Nicht gut«, widersprach Blix. »Es waren zwei.«

»Jetzt ist die Kacke am Dampfen.«

»In die Mechs, dann«, meinte Duncan, bevor er leicht verschämt hinzufügte: »Wenn mir jemand dabei helfen könnte?«

Als sie hinaus auf die Ebene traten, nahmen Auramow, Ben-Ari, Villiers und Blix mit je hundert Metern Abstand Positionen links und rechts von Trane ein. Eine düstere Linie von Mechs, mit Trane an der Spitze, stampfte unter den Bäumen vor ins Freie.

»Meine Mechs sind in der besseren Verfassung«, stellte Trane zu Duncan fest. »Wie wäre es, wenn wir etwa fünfhundert Meter vorrücken? Dort ist ein Abhang. Wir marschieren etwa bis auf halbe Höhe hinunter und errichten eine Gefechtslinie. Die anderen bleiben auf der Kuppe und übernehmen den Artilleriepart.«

»Hört sich gut an.« Duncan wußte, die geballte Feuerkraft des *Kampftitanen*, *Orion*, *JägerMech* und *Kreuzrit-*

ter war enorm. Das Todesblüte-Lafettensystem des *Orion* konnte 15 Langstreckenraketen in dichtem Schwarm abfeuern, der *JägerMech* hatte seine riesigen Autokanonen. Der *Kreuzritter* besaß die Möglichkeit zu Breitseiten aus 42 Raketen auf einen Schlag, und der *Kampftitan* seine schwere PPK. Sie konnten eine furchtbare Schlagkraft einsetzen – solange die Munition reichte. Trane hatte recht. Sie würden eine erstklassige Artillerielinie abgeben.

»Auramow, warum laufen Sie nicht mal eben über den Hügel und sehen nach, was kommt?«

»Schon unterwegs, Kapitan … äh … nicht nötig. Ich sehe Infanterie im Anmarsch.«

Noch bevor Auramow ausgesprochen hatte, bemerkte auch Trane die vorrückenden Bodentruppen. Sie umfaßten auch Sturmtruppen mit tragbaren KSR-Werfern – gefährlichen Mechabwehrwaffen. »Position halten«, befahl er. »Warten, bis sie voll in Waffenreichweite sind. Villiers und ich werden als erste mit den Maschinengewehren angreifen. Duncan und Dawn unterstützen uns mit ihren Energiewaffen, falls es nötig wird. Keine Autokanonen oder Raketen.«

Es war ein Selbstmordkommando. Kein Kommandeur, der noch alle sieben Sinne beisammen hatte, warf seine Fußtruppen in der ersten Angriffswelle gegen neun BattleMechs. Die einzige mögliche Erklärung war, daß der feindliche Kommandeur hoffte, die Dämonen zum Verbrauch ihrer restlichen Explosivmunition zu verleiten. Die Infanteristen rannten in wildem Sturmlauf auf die Dämonen zu. Die KSR-Trupps waren langsamer. Sie konnten erst das Feuer eröffnen, wenn sie bis auf 300 Meter heran waren.

»Trane, ich komme nach vorne. Der *Kampftitan* hat zwei Maschinengewehre, die werden Sie brauchen. Das sieht nach einem ganzen Bataillon aus da draußen.«

»Gute Idee. Konzentrieren wir uns auf die KSR-

Trupps, um sie auszuschalten, bevor sie auf Schußweite heran sind. Feuer ... FREI!«

Selbst im hellen Tageslicht waren die Flammen der Mündungsfeuer zu sehen, die einen vollen Meter aus den MG-Läufen schlugen. Jedes zehnte Geschoß war eine Leuchtkugel, die auf dem Weg ins Ziel eine gespenstische Lichtspur zeichnete und es den Dämonen erleichterte, das Feuer zu dirigieren. Duncan sah, wie drei Infanteristen davongeschleudert wurden, als seine Schüsse die Munitionskiste des Trupps trafen. Es dauerte keine zwei Minuten, bis der gnadenlose Kugelhagel die angreifenden Bodentruppen zum Rückzug zwang.

»Meinen Sie, das reicht ihnen, Trane?«

»Nein. Sie werden immer weiter angreifen, bis keiner von ihnen mehr übrig ist oder wir keine Munition mehr haben. Sehen Sie?«

Duncan blickte zur Kuppe eines nahen Hügels. Dort feuerten Infanterieoffiziere auf die eigenen Truppen, um sie zurück in den Kampf zu treiben. Seine Finger schlossen sich um die Feuerknöpfe.

»He, wer feuert da mit Sprengmunition?« Trane war verärgert.

Duncan sah nach Süden, wo kleine Explosionen die Ebene spickten. »Das sind nicht wir. Das sind Granaten.«

»Es sind die Schluchtbewohner. Sie schließen sich uns an.« Bovos Stimme war begeistert, als er die Banner der Schluchten von New St. Andrews über den Köpfen der heranstürmenden Einheimischen sah. Sie waren nicht allzugut bewaffnet, aber das machten sie durch die ungestüme Wildheit wett, mit der sie sich auf die Republikanische Garde stürzten. Für jeden Schluchtbewohner, der tot zu Boden ging, schienen zehn neue nachzuwachsen. Durch ihre schiere zahlenmäßige Überlegenheit trieben sie die Gardisten zurück, an der Kampfreihe der Dämonen vorbei.

»Sehen Sie's, Trane?«

»Ja, ich sehe es.« Trane grinste. Es waren nur grobe Zeichnungen auf einem weißen Tuchfetzen, der um die Brust der Einheimischen gebunden war, aber der Dämonenkopf war deutlich zu erkennen.

»Kapitan, Sie glauben es nicht.« Das war Jon Blix von seiner Position südlich der übrigen Ritter her.

Trane fiel bei dem Anblick die Kinnlade herab. Mindestens zweihundert Reiter galoppierten hinter den zurückweichenden Gardisten her nach Norden. Die meisten hatten Gewehre und Pistolen verschiedenster Bauart, aber Trane sah auch einige, die nicht mehr als Schwerter und Speere trugen. Die Schluchtbewohner, traditionelle Pferdezüchter, hatten eine Reitereinheit aufgestellt.

»Ich würde sagen: Hier kommt die Kavallerie«, bemerkte Duncan.

»Und sie ist nicht allein«, rief Hawkes.

Duncan sah nach Osten. Auf diese Entfernung waren sie nicht mehr als dunkle Strichfiguren am Horizont. Aber es waren eine Menge dieser schlanken, dunklen Gestalten. Sie waren noch nicht nahe genug heran, um eine komplette Analyse auf der Taktikanzeige zu ermöglichen, aber es mußte sich um mindestens ein Bataillon handeln. Duncan lief es eiskalt den Rücken hinab. Das konnte eine Nachwirkung seiner Verletzung sein, aber wahrscheinlicher war, daß es vom Anblick des langsam anrückenden Todes kam. Er und der Rest der Dämonen warteten reglos und schweigend eine scheinbar endlose Zeit, bis sie ihre neuen Gegner auf Sicht identifizieren konnten.

»Diese Bastarde!« Tranes Aufschrei war pure Wut. Die vorrückende Schlachtlinie der feindlichen Mechs hielt in 300 Metern Abstand an. Die Blutroten Schnitter von Astrokazy bildeten die Mitte der Formation, unmittelbar gegenüber den Dämonen. Über einem ihrer Mechs flatterten die zerfransten Überreste einer Kampfstandarte mit dem Schild der Ritter der Inneren

Sphäre. Eine rüde Prahlerei mit der Tatsache, daß sie eine der Einheiten gewesen waren, die sich als Ritter ausgegeben hatten, und nun protzten sie damit vor den echten Rittern.

»Angriff!« brüllte Trane.

Der Boden erzitterte, als beide Seiten das Feuer eröffneten. Die leichten und mittleren Mechs in den vorderen Reihen der Schnitter wurden vom Bombardement aus den Geschützen Dawns, Bovos' und Duncans zerrieben. Aber zu beiden Seiten der Schnitter rückten Mechs aus anderen Kompanien der Republikanischen Garde nach.

»Dawn, links. Ein *Kampfschütze* versucht in deinen Rücken zu kommen«, warnte Hawkes.

Dawn sah den Mech hundert Meter südlich ihrer Position vorpreschen. Der Pilot versuchte, sich Deckungsfeuer zu verschaffen, indem er den Mechrumpf drehte und seine Geschütze auf sie gerichtet hielt. Er feuerte zwei Schüsse ab, bevor sein Mech plötzlich wie wild zu rotieren begann.

»Ha! Das ist der mit der unteren *Kriegshammer*-Hälfte«, höhnte Hawkes. »Hab ich das Baby erledigt oder was? Auf den brauchst du keine Munition zu verschwenden, Dawn. Der wird noch eine ganze Weile zu beduselt sein, um geradeaus schießen zu können.«

»Die Schnitter bringen ihre schweren Geschütze nach vorne«, rief Duncan. Vor ihm traten schwere und überschwere BattleMechs an die Stelle ihrer zerstörten leichteren Kameraden in den vorderen Reihen. Ein 80-t-*Zeus* beharkte Auramows *Wespe* mit schweren Laserschüssen. Der leichte Mech verschwand in einer Feuersäule und explodierte.

Trane hatte kaum Zeit, den Verlust des jungen Ritters zu registrieren.

»Ben-Ari an Trane. Ich bin getroffen. Ich bin getroffen.« Trane hatte mitansehen müssen, wie der *Marodeur* seine beiden Hellstar-PPKs einsetzte, erst links, dann rechts. Die künstlichen Blitzschläge bohrten sich durch die Panzerung von Ben-Aris *Schützen*, und er konnte so gut wie nichts dagegen unternehmen. Seine beiden Doombud-Raketenlafetten waren leer. Trane setzte einen PPK-Treffer auf einen Arm des *Marodeur*, aber es reichte nicht. Die beiden nächsten Schüsse des Amaris-Mechs zertrümmerten den unteren Teil des *Schützen*, und Ben-Ari und sein Kampfkoloß vergingen in einer Fusionsexplosion.

Wieder hatte Trane nur Zeit für ein kurzes, wortloses Lebewohl.

»Ich habe keine Munition mehr«, stellte Duncan über Funk fest.

»Dito«, erklärte Bovos.

»Es ist vorbei. Sturmangriff. Sehen wir zu, daß wir ihnen mit den Lasern soviel an Schaden zufügen, wie wir können«, meinte Hawkes.

»Kapitan Trane, sehen Sie!« In Jon Blix' Stimme lag Ehrfurcht.

Trane sah nach Norden. Es kam ein einzelner Mech. Seine Silhouette war unverkennbar. Es gab nur einen Mech, dessen runde Cockpitabdeckung ihm das Aussehen eines einäugigen Metallmenschen verlieh – den *Zyklopen!* Ein 90 Tonnen schwerer Metallriese, dessen hochmoderne Kommunikations- und Sensornetzwerke ihn zu einer idealen Befehlszentrale auf dem Schlachtfeld machte. *Aber für wen?*

Der *Zyklop* rührte sich nicht. Langsam kamen, einer nach dem anderen, weitere Mechs in Sicht. Das Bombardement der Schnitter versiegte, als sie die Neuankömmlinge bemerkten. Trane erkannte die Silhouetten der Mechs – ein *Amboß*, ein *Sturm*, ein *Cerberus*, ein *Großtitan* – nur schwere und überschwere Mechs, und es wurden immer mehr.

»Ich kann mich nicht entsinnen, daß die Republikanische Garde soviel schwerste Hardware hat. Wie steht es mit Ihnen, Hawkes?«

»Nein – es sei denn, die gehören zu den letzten Kompanien, die Amaris noch erwartet hat.«

Ein weiterer riesiger BattleMech marschierte vor die Reihen der sich nördlich der Dämonen und Blutroten Schnitter sammelnden Armee. In 200 Metern Entfernung funkelte die Sonne auf der rotsilbern lackierten Panzerung. Der gewaltige Stahlkoloß kam mit steter Geschwindigkeit näher. In einhundert Metern Entfernung war das Symbol auf der Torsopanzerung zu identifizieren.

»Es sind die Ritter, die Ritter der Inneren Sphäre!« brüllte Trane begeistert über die Verbindung. Dieses 95 Tonnen schwere Monster war nicht zu verwechseln. Es war ein *Albatros*, eines von mehreren neuen Mechmodellen, die ausschließlich den Rittern zur Verfügung standen.

Die nächsten zwei Stunden lehnten sie sich zurück und sahen zu, wie die Wut der Ritter nicht nur die Blutroten Schnitter, sondern die gesamte Republikanische Garde vom Feld fegte, den ganzen Weg zurück bis zu ihrem Lager an der Schädelhöhle. Es war eine Schlacht, wie sie die Peripherie seit Jahrhunderten nicht mehr erlebt hatte. Duncan hörte mit, wie Trane Kontakt mit dem Kommandeur der Ritter im *Zyklopen* aufnahm. Dessen Befehle lauteten, die Verbrecher, die sich als Ritter der Inneren Sphäre ausgegeben hatten, bis auf den letzten Mann niederzumachen.

Bei jeder Begegnung Duncans mit Thomas Marik bis zu diesem Zeitpunkt hatte der Generalhauptmann einen gutmütigen, nachdenklichen, möglicherweise sogar väterlichen Eindruck auf ihn gemacht. Und er hatte oft genug gehört, wie sein Vater Thomas als Staatsmann oder Philosoph beschrieben hatte. Jetzt erfuhr Duncan etwas anderes über den Generalhauptmann der Liga Freier Welten. Ohne Zweifel wurde er von seinen Feinden unterschätzt. Wer hätte geahnt, wie skrupellos Thomas Marik ihre Vernichtung anordnen konnte?

Trane beobachtete, wie Garth Hawkes Duncan die letzten Sprossen des Mechs hinab auf den Boden half. In den Ebenen waren die Ritter mit letzten Säuberungsaktionen beschäftigt, und die gedämpften Explosionen in der Ferne zeigten, daß auch die Kämpfe im Lager der Republikanischen Garde an der Schädelhöhle sich dem Ende zuneigten.

»Kapitan Trane?«

Trane drehte sich um und sah einen Ritter herantreten. »Ich bin Trane.«

»Eine Nachricht vom Generalhauptmann, Sir.«

»Ja?«

»Ich zitiere, Sir: ›Gut gemacht. Gut gemacht.‹«

Als er sich wieder den anderen zuwandte, bemerkte Trane plötzlich, daß jemand fehlte. »Wo ist Dawn?«

»Ich habe ihren Mech nicht fallen sehen«, meinte Hawkes. »Ich erinnere mich nur noch, daß sie irgendwas davon gesagt hat, die Amarisbrut auszulöschen. In dem Moment habe ich nicht gewußt, wovon sie redet, aber jetzt möchte ich wetten, sie ist zur Höhle.«

»Bewegung. Bis diese Sache vorbei ist, bleibt sie eine Dämonin«, erklärte Duncan. Als er sich umdrehte, um wieder in die Kanzel seines Mechs zu klettern, sah er, daß Trane bereits auf dem Weg zum Cockpit seines *Kriegshammers* war.

32

Schädelhöhle, New St. Andrews
Peripherie, randwärts der Circinusföderation

13. Juli 3057

Trane beschleunigte den *Kriegshammer* auf Höchstgeschwindigkeit. Der alte Mech hatte bei den Spielen auf Galatea schwere Schäden erlitten, aber sein Reaktor lieferte noch gute Leistung. Der Kampfkoloß bewegte sich mit beinahe sechzig Stundenkilometern. Dawns *Orion* stammte aus Jaggodas Lieferung und kam wahrscheinlich nicht einmal annähernd an diese Geschwindigkeit heran. Immerhin hatten Trane und seine Ritter die Mechs an Bord des Landungsschiffes gründlich reparieren und nachrüsten können, während sie und die anderen Dämonen auf Kyeinnisan gewesen waren. Andererseits wußte Trane nicht, wieviel Vorsprung Dawn in diesem Rennen zu Amaris' Hauptquartier in der Schädelhöhle hatte. Plötzlich zuckte ein Energieblitz aus einem schweren Impulslaser vor dem Mech vorbei. Er kam von einem *Amboß*, einem der neuen schweren Mechs, die erst kurz vor Beginn der Mission an die Ritter ausgeliefert worden waren. Er brauchte ein paar Sekunden, um auf den Namen des Piloten zu kommen.

»Lieutenant Zinsky, hier ist Kapitan Trane. Warum, zum Teufel, schießen Sie auf mich?« Trane konnte hier und da auf der Ebene noch andere Mechs sehen. Wahrscheinlich suchte Zinsky nach Überlebenden der Schlacht.

»Entschuldigung, Kapitan. Ich habe vergessen, Ihre Kennung zu überprüfen. Muß wohl der Schreck gewesen sein. Eben ist ein alter *Orion* hier langgeprescht und hat mich völlig ignoriert. Ich habe einfach angenommen, daß Sie zusammengehören.«

»So ist es. Geben Sie durch, daß unsere Kampfgruppe in Bewegung ist. Drei weitere müssen in Kürze auftauchen. Passen Sie mir bloß auf, auf wen Sie feuern, Lieutenant! Wie lange ist es her, daß der *Orion* hier lang gekommen ist?«

»Das können nicht mehr als zehn Minuten gewesen sein, Kapitan. Er war langsam, aber meine Laser sind von der ganzen Panzerung regelrecht abgeprallt.«

»Wohin war er unterwegs? Ich kann ihn auf meinem Schirm nicht sehen.«

»Gerade voraus ist ein Pfad in die Berge. Soweit ich gehört habe, führt er in eine Höhle.«

»Bleiben Sie hier, Zinsky, und lassen Sie den Rest meiner Gruppe wissen, wo ich bin, wenn sie kommen.«

»Aye, Kapitan, das mache ich. Und, Kapitan, sehen Sie sich vor. Einer unserer ScoutMechs hat gemeldet, daß das ein übler Platz für einen Kampf ist.«

»Verstanden.« Vor Trane tauchte jetzt der Weg ins Gebirge auf, aber von Dawns Mech war nichts zu sehen. Die hohen Felsen und der Metallgehalt des Steins verursachte wahrscheinlich einen Funk- und Sensorblackout. Dieser sogenannte Sternenfürst hatte die Position seiner Zentrale gut gewählt. Ohne eine extrem genaue Geländekarte dieses Gebiets wäre es Selbstmord für jeden Angreifer gewesen, hier Sprungdüsen einzusetzen. Es war unmöglich vorherzusagen, wo der Mech herunterkommen würde. Aber weder er noch Dawn saßen in einem sprungfähigen Mech, also war das ohnehin keine Option. Falls der Sternenfürst sein Hauptquartier tief genug im Innern des Bergs aufgeschlagen hatte, würde ihn selbst ein Luft/Raumbombardement kaum aufscheuchen können. Und entlang dieses Wegs hinauf zum Höhleneingang konnten alle möglichen Verteidigungsvorkehrungen getroffen worden sein, Mechs inbegriffen.

Der Weg war so schmal, daß die Schultern des *Kriegshammers* gelegentlich beinahe die steilen Felswände schrammten. Trane stürmte den Hang hinauf, um die Distanz zwischen sich und Dawn soweit zu verringern, daß ein Funkkontakt möglich wurde.

Dann sah er kurz voraus den *Orion*. »Dawn, hier ist Trane. Hörst du mich?«

»Ich hoffe, du bist nicht gekommen, um mich aufzuhalten, Rod Trane.« Ein paar Worte wurden durch gelegentliches Krachen und Rauschen gestört, aber die Verbindung wurde allmählich klarer.

»Wahrscheinlich sollte ich das, aber ich glaube, ich weiß, was du vorhast. Bleib stehen und warte auf mich. Dieser Weg könnte unser Grab werden, wenn wir uns nicht vorsehen.«

Er brauchte noch etwa eine Minute, um sie einzuholen. Der Pfad wurde etwas breiter, und er konnte ein kurzes ebenes Stück voraus erkennen. Aber auch dort wurde der Weg von zahlreichen riesigen Felsvorsprüngen eingerahmt, und hinter jedem von ihnen konnte ein Mech versteckt sein.

»Ich erkenne Mechs voraus«, sagte Dawn, und die Erregung in ihrer Stimme war selbst über die Funkverbindung nicht zu überhören.

»Dieser Weg wimmelt wahrscheinlich von ihnen, Dawn. Machen wir, daß wir hier wegkommen!« Einen Mech rückwärts einen schmalen Gebirgspfad hinab zu manövrieren, war selbst unter optimalen Bedingungen alles andere als leicht. Und dies waren alles andere als optimale Bedingungen. Zu seiner Rechten sah Trane eine *Wespe* und eine *Speerschleuder*, beides leichte Mechs, mit Hilfe ihrer Sprungdüsen auf die Klippen springen, hinter denen sie im Hinterhalt gelegen hatten.

»Black Warriors!« brüllte Dawn.

Die *Speerschleuder* feuerte auf ihn. Der Pilot löste eine KSR-Salve aus einer seiner Sechserlafetten aus. Zwei Raketen zuckten vorbei und verfehlten Trane völlig. *Praktisch ein Wunder, unter diesen Umständen.* Eine dritte krachte in den linken Arm des *Kriegshammers*, und augenblicklich meldete ihm die Schadensanzeige, daß dieser ausgefallen war. Trane versuchte, die *Speerschleuder* mit seiner PPK zu erwischen, schoß jedoch vorbei.

Während der mittelschwere Laser der *Wespe* Breschen in den linken Arm des *Orion* schnitt, richtete Dawn den Laser im rechten Arm auf ihren Gegner und erzielte mehrere Treffer im verwundbaren Rumpfbereich des leichten Mechs. Er flog auseinander und verstreute seine Einzelteile wie Konfetti über den Gebirgspfad. Die *Speerschleuder* war inzwischen auf dem Weg gelandet und rückte gegen Dawn vor. Ihr gedrungener Mech stellte ein schönes, kompaktes Ziel dar.

Plötzlich brach Dawn aus. »Ich beanspruche das Recht, Amaris zu töten. Er ist mein.«

»Dawn, halt! Sie haben diesen Weg von allen Seiten gedeckt. Bleib stehen!«

»Neg. Der Zeitpunkt ist gekommen.« Als Dawns *Orion* losstürmte, rannte er in eine Feuerwand. Dutzende Raketenexplosionen, grellblaue PPK-Blitze, grüne und rote Laserstrahlbahnen senkten sich von allen Seiten auf ihren Kampfkoloß. Mit Schrecken sah Trane sie im Laufen herumwirbeln und feuern. Sie erwischte die *Speerschleuder* der Republikanischen Garde am Bein und trennte es beinahe in Hüfthöhe ab, während ihr eigener Mech durch den Autokanonenbeschuß eines *Kampfschützen* auf dem gegenüberliegenden Bergkamm in einen Hagel von Explosionen gebadet wurde. Trane tastete ihren *Orion* ab, aber durch die scheinbar lückenlose Mauer aus Tod und Vernichtung war der Sensorkontakt kaum aufrechtzuerhalten.

Leise verfluchte er diese Bastarde. Wäre sie nur nicht einfach losgestürmt.

In den wirbelnden Staubwolken konnte er das verkohlte Wrack des *Orion* sehen. Nur die Beine und ein Torso, der beinahe waagerecht zur Seite hing, waren von dem Kampfkoloß übrig geblieben. Die Farbe auf den Beinen war fort, abgebrannt. Der Boden ringsum bildete eine einzige, rauchende Kraterlandschaft. Er sah keinen Hinweis darauf, daß es ihr gelungen war auszusteigen, bevor der Mech sein Ende fand.

Diesen Regen von Tod und Vernichtung kann Dawn nicht überlebt haben. Niemand hätte ihn überleben können.

»Trane, langsam«, mahnte Bovos. »Diese Schluchtbewohner schießen auf alles, was sich bewegt.« Duncan, Bovos und Hawkes hatten Trane eingeholt, als er gerade den Höhleneingang erreicht hatte. Dort waren die vier aus ihren Mechs gestiegen und hineingegangen. Blut und Tod hatten sich vor ihnen ausgebreitet. Die Einheimischen waren in die Höhle eingedrungen und hatten ihrem Haß auf alles freie Bahn gelassen, was sie an den Sternenfürst erinnerte, und das war alles. Die Leichen der Black-Warriors-Infanterie bedeckten den Boden vor und in der Schädelhöhle.

»Trane, links!«

Einer der schwarzuniformierten Körper hatte sich aufgerichtet und zielte mit einer Maschinenpistole auf sie, aber der verwundete Soldat war zu langsam. Trane wirbelte herum und feuerte seine Nadlerpistole ab. Der Black Warrior griff sich an die Brust, und die Maschinenpistole knatterte, als er in den Todeszuckungen den Abzug durchzog.

»Bovos, warten Sie.« Trane sah den Hühnen zu einem Tunneleingang auf der anderen Seite der Kaverne eilen. Er rannte hinterher, Hawkes und Duncan dicht hinter sich. Die Notbeleuchtung des Tunnels lieferte eine schwache Beleuchtung, in deren Schein sie zum Kommandozentrum hasteten. Am Ende des Ganges sahen sie Rauch aufsteigen.

Als sie den Laufsteg über der Zentrale erreichten, begrüßte sie eine Szenerie absoluter Verwüstung. Jeder Zentimeter des Komplexes war zertrümmert worden.

»Sehen Sie sich an, wie die Techs daliegen«, erklärte Hawkes. »Sie waren dabei, ihre Unterlagen zu vernichten. Dann haben sie entweder die Einheimischen oder ihre eigenen Leute umgebracht. Schwer zu sagen, wer es getan hat.«

»Ich habe Amaris' Büro untersucht«, meinte Duncan. »Es ist leer. Wenn die Ritter ihn nicht an der Oberfläche erwischen, könnte der Sternenfürst uns durch die Lappen gegangen sein.«

»Wir sollten sehen, daß wir hier wegkommen«, stellte Trane fest. »Diese ganze Anlage kann jeden Moment in die Luft fliegen.«

Im Laufschritt zogen sie sich durch den Tunnel zum Eingang der Höhle zurück. Sie hatten nicht nur Dawn verloren, es schien ganz so, als wären auch alle Beweise für Amaris' wahnwitziges Vorhaben vernichtet.

»Kapitan Trane?« Ein Ritter in Gefechtsrüstung wartete auf sie.

»Ich bin Trane.«

»Sir, ich sollte Sie suchen und Ihnen mitteilen, daß ein Schluchtbewohner vor wenigen Minuten den Start eines kleinen Landungsschiffes beobachtet hat.«

Trane drehte sich zu den Dämonen um. »Nun, damit dürfte klar sein, wo unser Sternenfürst steckt.«

33

**Landungsschiff *Good Richard*,
an einem Piratensprungpunkt im
New St. Andrews-System
Peripherie, randwärts der Circinusföderation**

14. Juli 3057

»Captain Varas.«

Kemper Varas stand an einem Fenster des Observationsdecks und blickte in die ungefähre Richtung von New St. Andrews. Der Planet war in der Sternennacht kaum noch zu erkennen. Das Landungsschiff hatte soeben an dem Raumschiff angedockt, das sie Lichtjahre weit fort und in Sicherheit bringen würde. Er drehte sich um und sah einen älteren Mann mit gepflegtem, graumeliertem Haar. Er trug eine Uniform von exquisitem Schnitt. »Ja?«

»Ich bin Kapitän Kulhane, der Skipper dieses Sprungschiffs.«

»Was kann ich für Sie tun, Kapitän?«

»Erwarten Sie eine Verfolgung?«

»Kaum, Kapitän. Ich bin der einzige, der davon unterrichtet war, daß Ihr Schiff uns an diesem Piratenpunkt erwartet. Als ich aufgebrochen bin, trafen gerade die ersten Meldungen darüber ein, daß unsere Schiffe an den Primärsprungpunkten von Luft/Raumjägern der Ritter angegriffen wurden. Zu diesem Zeitpunkt war erst ein Schiff eingetroffen. Ich weiß nicht, wie viele unserer Sprungschiffe den Angriff überleben werden. Die Ritter werden sich den Weg auf die Planetenoberfläche durch sie hindurch schlagen. Das wird sie einige Zeit beschäftigen.«

»Ich glaube kaum, daß jemand den Angriff der Ritter überleben wird, weder im Raum noch am Boden.«

»Und ich vermute, daß Sie damit durchaus richtig liegen, Kapitän.«

»Was ist schiefgegangen? Was ich von dem Plan kannte, schien strategisch einwandfrei zu sein.«

»Das war er auch … bis zu einem gewissen Punkt. Die Zeit arbeitete gegen uns. Wir hätten schon vor Monaten zuschlagen müssen. Die Verzögerung gestattete den Rittern oder ihren Agenten, unsere eigene Taktik gegen uns einzusetzen.«

»Wie meinen Sie das?«

»Wir haben Einheiten als Ritter auftreten lassen, sie haben eine Einheit als Söldner ausgegeben. Aber das war ein seltsamer Haufen. Sie haben sich nicht wie Ritter benommen, aber irgendwie auch überhaupt nicht wie knallharte Söldner.«

»Wer waren sie?«

»Ich weiß es nicht. Möglicherweise werden wir es nie erfahren.«

»Nun, wann immer Sie das Zeichen geben, können wir aufbrechen«, erklärte Kulhane.

»Noch ein paar Minuten, Kapitän. Bevor wir dieses System hinter uns lassen, muß ich mich noch um eine letzte Sache kümmern …«

»Varas, wo hast du gesteckt? Ich brauche dich.«

»Hier bin ich, mein Lord«, antwortete Varas und hob die Pistole. »Seid versichert, daß Ihr meine vollste Aufmerksamkeit genießt.« Er richtete die Waffe auf Amaris' Kopf. »Ihr Tod wird meine Rettung.«

In Amaris' Gesicht war ein Anflug von Angst zu lesen, eine Mischung aus Furcht und Schock, aber seine Stimme verriet davon nichts. »Du bist verrückt, wenn du glaubst, durch meinen Tod etwas zu gewinnen.«

Varas lachte leise. »Aus Ihrem Mund ist das beinahe ein Kompliment. Wie wir nur zu deutlich gesehen haben, hat Thomas Marik *Ihren* Plan zunichte gemacht.

Er wird Sie jagen wie einen tollwütigen Hund. Ich bin sicher, indem ich Sie töte, erkaufe ich mir eine Amnestie.«

Amaris lachte, ein seltsames Geräusch, das man ebensogut als Schluchzen hätte auslegen können. »Der Plan war nicht ausschließlich meiner, Varas. Deine Spuren sind nicht zu verwischen. Bring mich um, und sie werden dich an meiner Stelle hinrichten.«

Varas war unbeeindruckt. »Eine schöne Rede, aber ich fürchte, du mußt trotzdem sterben, Stefan Amaris. Du bist genauso wahnsinnig wie dein Namensvetter. Man könnte es poetische Gerechtigkeit nennen, daß du dein Ende ebenso erleidest wie Amaris I., von der Hand eines überlegenen Gegners.« Varas zielte exakt zwischen Amaris' Augen.

Ein Laserstrahl zuckte auf, ein Krachen ertönte. Amaris zuckte kurz. Dann war alles vorbei.

Kemper Varas war tot.

Kein Blut tropfte aus dem Laserdurchschuß in seinem Schädel. Die enorme Hitze hatte alle Blutgefäße versiegelt.

Eine Gestalt sprang aus dem Lüftungsschacht und federte ab unmittelbar, bevor die Abdeckung zu Boden krachte. Sie stand einen Moment nur da, steckte die Pistole ein und starrte auf die Leiche ihres Opfers.

Dawns Glieder schmerzten. Sie hatte es geschafft, sich im letzten Augenblick vor der Explosion mit dem Schleudersitz aus ihrem Mech zu retten und war glücklicherweise unverletzt gelandet. Beinahe von einem Instinkt getrieben war sie zum Landefeld vor der Höhle gerannt und hatte das Landungsschiff der *Leopard*-Klasse bei den Startvorbereitungen gesehen. Sie hatte sich an Bord geschlichen und auf den richtigen Augenblick gewartet. Varas hatte ihr die Entscheidung abgenommen.

Stefan Amaris blickte von Dawn zum Leichnam seines Vertrauten und grinste breit. »Du hast dich als würdiges Mitglied meiner Republikanischen Garde bewiesen. Du hast mein Leben gerettet.«

»In meinen Augen war er ein Bandit, eines Kampfes im Kreis der Gleichen unwürdig. Eine Pistole auf einen Unbewaffneten zu richten, ist eine Aktion, die eines Kriegers unwürdig ist. Sein Tod bringt mir keine Ehre.«

»Stimmt, aber du hast ihn gestoppt, hast seinen Verrat verhindert. Das werde ich so bald nicht vergessen. Wie heißt du?« fragte Amaris.

»Ich bin Dawn«, erwiderte sie und sah ihm ruhig in die Augen.

»Kein Familienname?«

»Neg. Das ist nicht Sitte bei meinem Volk. Ich war einst Teil der Clans, eine Stahlviper.«

»So, eine Clannerin? Es überrascht mich, daß du nicht versucht hast, mich umzubringen, statt mich zu retten.«

Dawns Augen sprühten eiskalte Wut. »Keine Sorge, Stefan Amaris. Du wirst von meiner Hand sterben. Ohne deinen Angriff auf Cumbres hätte man mich nicht aus meinem Clan verstoßen. Nun wirst du bezahlen.«

»Du kannst mich nicht töten, Dawn. Verstehst du nicht? Glaub doch nicht, was korrupte Historiker über meinen Vorfahren in die Welt gesetzt haben. Sieh mich als das, was ich wirklich bin – die Chance, den Traum deines Volkes zu verwirklichen.«

»Erkläre.«

»Schau in dein Herz, du wirst sehen, daß ich recht habe. Die Clans sind durch ihre Streitereien und den Waffenstillstand von Tukayyid gelähmt. Die Innere Sphäre ist noch immer gefangen in ihren kleinlichen inneren Feindseligkeiten. Ich alleine besitze die Vision, den Sternenbund wiedererstehen zu lassen. Die Zeichen stehen auf Veränderung. Und du hast mich gerettet.«

Dawn hätte lauthals auflachen können, aber sie tat es nicht. Sie hatte ihn gerettet, aber nicht aus dem Grund, den er sich einbildete.

Amaris plapperte weiter, versuchte sie in einem Netz aus Worten einzuspinnen, wie er es so oft mit der Republikanischen Garde getan hatte. »Ich werde aus dir eine Königin machen, nein, den ilKhan. So sagt man doch bei deinem Volk, nicht wahr? Ja, du wirst an meiner Seite sitzen. Gemeinsam werden wir den neuen Sternenbund regieren. Gemeinsam werden wir Geschichte machen. Stell es dir vor, Dawn, als Oberkommandierende meiner Armee wirst du mein Aleksandr Kerensky werden. Du wirst weit über das hinaus steigen, was sich je ein Clanner erträumt hat. Macht, Reichtum, Ansehen, alles kann dir gehören. Du wirst über Welten regieren. Selbst die Macht der Clans wird sich vor mir und meinen Armeen unter deinem Befehl beugen. Nein, du wirst mich nicht töten, du kannst es nicht tun. Du stehst an der Schwelle zum Ruhm. Wovon die Hausfürsten und die Khane nur träumen, werden du und ich erreichen. Ich bin der Sternenfürst, und du wirst meine neue Kerensky werden – Dawn von den Clans. In Jahrhunderten noch wird man Lieder zum Ruhme des Imperiums singen, das wir aufbauen werden – gemeinsam.«

Mit jedem Wort aus seinem Mund nahm Dawns Zorn noch zu. »Du bist wahnsinnig«, erklärte sie, »und du wirst von meiner Hand sterben. Ich beanspruche das Recht, dir im Zweikampf gegenüberzutreten. Ich strebe ein anderes Schicksal bei den Clans an, und nur dein Tod kann es ermöglichen.«

Amaris' Blicke zuckten von Dawns Gesicht zu der Waffe in ihrem Holster, und weiter zu Varas Pistole, die neben dessen Leiche auf dem Boden lag. »Na schön, Dawn. Fangen wir an.«

Er hechtete zu Boden und packte die Waffe mit beiden Händen. Zur Seite rollend riß er sie hoch, zielte, und Dawns Pistole blitzte auf, noch bevor er sie im Visier hatte.

Sie stand über seinem Leichnam, die Waffe noch immer in der ausgestreckten Hand. Es war ein fairer Zweikampf gewesen, mit dem einzigen Unterschied, daß Amaris kein wahrer Krieger gewesen war. Gegen ihre Schnelligkeit und antrainierten Reflexe hatte er keine Chance gehabt. Aber das änderte nichts daran, daß sie ihn in einem fairen Kampf erschossen hatte. *Es ist vorbei. Die Feinde der Menschheit sind vernichtet, beide von meiner Hand gestorben. Es bleiben nur die Wellen an der Wasseroberfläche, um von ihrem Untergang zu künden.*

Eine Stunde später beobachtete sie von Bord des Rettungsbootes den Lichtblitz, mit dem das Landungsschiff aufhörte zu existieren. Ihr letzter Gedanke, bevor sie sich dem Schlaf hingab, galt der Nachricht, die sie an Duncan Kalma und die anderen abgeschickt hatte. Sie wollte, daß sie vom Schicksal des Bastardnachkommen der Amaris-Linie und seines Helfershelfers erfuhren. Andere mochten noch Jahre über sein wahres Schicksal debattieren, aber was Dawn in dem kleinen Rucksack trug, den sie aus dem zum Untergang verdammten Schiff mitgenommen hatte, konnte das Geheimnis ein für allemal aufklären.

34

Palast des Marik, Atreus
Marik-Commonwealth, Liga Freier Welten

16. August 3057

General Harrison Kalma stand in Thomas Mariks Büro und dachte über die Ereignisse der letzten Monate nach, während er die Hologrammkarte der Inneren Sphäre betrachtete. Zuerst die Angriffe der falschen Ritter, dann Sophinas Tod, gefolgt von der Entdeckung, daß Victor Steiner-Davion ein Double eingesetzt hatte, um zu verhindern, daß der Generalhauptmann vom Tod seines jungen Sohnes in der Davion-Hauptstadt erfuhr. Erst an diesem Morgen hatte Thomas eine Holovidbotschaft an Katrina Steiner aufgenommen, in der er ihr mitteilte, daß er plante, ihren Bruder Victor mit der Wahrheit zu konfrontieren und Reparationen zu fordern. Das Gespenst des Krieges dräute; Kalma sah keinen Weg, ihn zu vermeiden. Duncan, Trane und die anderen hatten Großes dabei geleistet, eine weitere Bedrohung von der Liga abzuwenden. Ein Teil von ihm hoffte, daß Duncans verstorbene Mutter irgendwie wußte, was ihr Sohn erreicht hatte. Er fühlte eine ungewohnte Feuchtigkeit in den Augen.

»Vater.«

Kalma drehte sich um und sah Duncan in der von einem der Ritter, die das Büro bewachten, aufgehaltenen Tür stehen. »Komm herein, Sohn.«

»Der Generalhauptmann hat nach mir geschickt.«

Der General nickte. »Wo sind deine Freunde?«

»Sie warten draußen. Marik hat Trane und seinen Männern einen Monat Urlaub gegeben. Wir hoffen, einen Teil davon zusammen verbringen zu können.«

»Ich habe gehört, daß Bovos einen Platz bei den Rittern akzeptiert hat.« Harrison Kalma verzichtete darauf, seine Enttäuschung darüber auszudrücken, daß Duncan ein entsprechendes Angebot abgelehnt hatte.

»Du kannst stolz auf diesen jungen Mann sein, Harrison.«

General Kalma und sein Sohn drehten sich um. Generalhauptmann Thomas Marik hatte den Raum durch seinen Privateingang betreten. Er war in den letzten Monaten sichtlich gealtert, aber trotz der Last seines Kummers hielt er sich aufrecht und gerade wie immer. Und nichts in seiner Stimme verriet die bedeutenden Umwälzungen, die er soeben eingeleitet hatte.

»Ich bin sehr stolz auf ihn, Thomas.« Harrison legte eine Hand auf Duncans Schulter.

»Für dich habe ich auch eine Art Überraschung, Harrison. Duncan hat eine Position als Ritter der Reserve akzeptiert – übrigens die erste Position dieser Art, die ich je geschaffen habe.«

Harrison Kalma hatte das Gefühl, vor Stolz zehn Zentimeter zu wachsen. »Gut gemacht, Sohn«, sagte er. »Gut gemacht.«

Duncan verneigte sich tief vor Thomas. »Generalhauptmann, Vater, wenn meine Anwesenheit nicht mehr benötigt wird ...«

Thomas Marik lächelte und erwiderte Duncans Verneigung mit einem gnädigen Nicken. »Natürlich, Duncan. Ich weiß, deine Kameraden warten.«

Dann umarmten sich Vater und Sohn Kalma. »Beeil dich, Sohn«, murmelte der General. Und wie jedesmal, wenn sie sich verabschiedeten, fragte er sich traurig, wie lange es wohl diesmal dauern würde, bis er seinen Sohn wiedersah.

Trane blickte in Richtung des Marik-Palastes und sah Duncan, Hawkes und Bovos kommen. Karl Villiers und Jon Blix folgten ihnen. Die fröhliche Gruppe schloß ihn und Dawn auf dem Parkplatz der offiziellen

Residenz des Generalhauptmanns mehr oder weniger ein.

Dawn war einige Tage nach ihrem Verschwinden wieder zu dem Team gestoßen, und die Geschichte, die sie ihnen zu erzählen hatte, war genau der richtige Abschluß für das Abenteuer gewesen, das sie zusammen durchlebt hatten. Der grausige Beweis in ihrem Tornister hatte jeden Zweifel daran ausgeräumt, daß die Gefahr, die beinahe die gesamte Innere Sphäre verschlungen hätte, ausgeräumt war – endgültig ausgeräumt. Auch sie hatte das Angebot erhalten, Teil der Ritter zu werden, aber keinen von ihnen hatte es überrascht, als sie ablehnte.

»Na, bereit für Sonne und High Life, Rod?« fragte Duncan. »Oh, Verzeihung, ich wollte sagen Komtur Trane. Herzlichen Glückwunsch zur Beförderung.«

»Danke. Und meinerseits meinen Glückwunsch zur ersten Reserveposition der Ritter.« Trane unterdrückte ein Grinsen. Duncan war ungefähr so versessen auf eine Stellung als Ritter in Reserve gewesen wie auf eine unheilbare Krankheit, aber niemand lehnte ein derartiges Angebot des Generalhauptmanns ab. »Ich kann Ihnen gar nicht sagen, wie sehr es mich freut, Ihr vorgesetzter Offizier zu sein.«

»Das kann ich mir denken. Hören Sie, Hawkes hat noch was Zeit, bevor er zu den Lancers zurück muß. Bovos hat dreißig Tage Urlaub wie Sie, Villiers und Blix, also warum verziehen wir uns nicht alle zusammen irgendwohin, wo wir feiern können.«

»Hört sich nicht schlecht an, Duncan. Aber wir sind, glaube ich, momentan alle etwas schwach ausgestattet, was Credits oder auch Reals angeht.«

»Seid nicht betrübt, meine Mit-Dämonen. Ihr erinnert euch vielleicht noch daran, daß wir bei den Spielen auf Galatea einen gewissen Erfolg hatten. Ich freue mich, nun mitteilen zu können, daß ich mit unserem Gewinn ein paar kurzfristige Investitionen getätigt habe, die uns eine ansehnliche Dividende lieferten. Mit anderen Worten, wir stinken vor Geld!«

Trane drehte sich zu Dawn um. »Was meinst du, Dawn? Kommst du mit?«

Dawn schüttelte den Kopf, aber sie konnte ein Lächeln über diese Freigeborenen, die ihre Kameraden geworden waren, nicht unterdrücken. Sie würde sie vermissen. »Neg. Ich kehre nach Jabuka zurück. Ich glaube einen Weg gefunden zu haben, meine Ehre als Kriegerin wiederherzustellen.«

Duncan warf die Arme um sie und drückte sie an sich. »Heißt das, wenn wir uns das nächstemal begegnen, stehen wir auf verschiedenen Seiten der Waffenstillstandslinie?«

»Wer weiß?« antwortete sie. »Vielleicht komme ich zurück.«

EPILOG

**Konklavehalle der Stahlvipern-Garnison, Jabuka
Stahlvipern-Besatzungszone**

30. August 3057

Hocherhobenen Kopfes marschierte Dawn den langen Korridor zur Konklavekammer hinab, in der die Blutnamensträger des Clans Stahlviper sich versammelt hatten. In einer Hand hielt sie den Rucksack, den sie den ganzen Weg vom Planeten Marik bis hierher nicht aus den Augen gelassen hatte. Er war überraschend schwer. In der anderen trug sie eine Pistole.

Dawn wußte inzwischen, daß das Große Konklave den Khane Ulric Kerensky vor kurzem als ilKhan abgesetzt hatte, unter der Anklage des Völkermords gegen *sämtliche* Clans. Sie ging davon aus, daß die Stahlvipern sich jetzt versammelt hatten, um darüber abzustimmen, welche Rolle, falls überhaupt, sie bei dem von Ulric verlangten Widerspruchstest spielen sollten.

Alles schön und gut, dachte Dawn, aber sie hatte dem Konklave der Krieger ihre eigene Angelegenheit vorzutragen. Vor ihr ragten die riesigen Tore der Kammer auf. Sie würde sie mutig und frei durchschreiten, nicht wie irgendeine Banditin durch einen Seiteneingang hereinschleichen, wie man es am schändlichen Tag ihres Urteils von ihr verlangt hatte. Niemand versuchte, sie am Eintreten zu hindern. Zunächst schien sie überhaupt niemand wahrzunehmen.

Dawn sah sich schnell um, als sie in der Kammer war. Im Gegensatz zur letzten Gelegenheit, bei der sie hier erschienen war, hatten die Blutnamensträger keine förmlichen Roben angelegt. In den hoch über ihr aufragenden Sitzreihen waren sie in Gefechtsmontur versammelt, der bevorzugten Kleidung eines ClanKriegers. Khan Perigard Zalman stand auf dem sich drehenden Podest und schien zur Versammlung zu sprechen. Arthur Stoklas, Lehrmeister der Stahlvipern, saß ebenfalls auf dem Podest.

»Dann sind wir uns einig. Möge das Wesen des Clans sich durchsetzen und uns alle leiten«, sagte der Khan.

»Seyla«, antworteten die Blutnamensträger wie mit einer Stimme. Das Wort schien wie ein Seufzer tief aus dem Herzen der Stahlvipern zu kommen. Mit diesem einen Wort wurden sie eins mit allen, die ihnen vorausgegangen waren, und mit allen, die ihnen noch folgen würden.

Dawn zögerte. In ihr klang derselbe tiefe Akkord nach, obwohl sie keine Ahnung hatte, wie die Frage gelautet hatte, oder wie sie beantwortet worden war. Sie schüttelte sich, um ihren eigenen Willen wieder wach zu rütteln und tun zu können, weswegen sie gekommen war. Ein paar schnelle Schritte, dann sprang sie auf das rotierende Podest. Der Schock auf dem Gesicht des Khans machte ihr Mut. »Krieger des Stahlvipern-Clans!« rief sie, und warf die Pistole beiseite. »Hört mich an!«

Perigard Zalman herrschte sie an. »Dies ist ein Konklave der Blutnamensträger des Clans Stahlviper! Du warst niemals Teil dieser Versammlung. Und jetzt hast du nicht einmal mehr das Recht, dich eine ClanKriegerin zu nennen. In unseren Augen bist du schlimmer als tot, weniger als eine Banditin. Du bist nichts. Du existiert nicht mehr in den Augen der Stahlvipern. Hast du nicht einmal soviel Stolz, einem Ort fernzubleiben, an dem du nicht erwünscht bist? Kommst du angekrochen wie eine Welpin, geprügelt und doch bettelnd darum, akzeptiert zu werden?«

Während er sprach, erhoben sich viele der Blutnamensträger unter lautstarkem Protest von ihren Plätzen und kehrten ihr den Rücken zu, wie sie es an jenem Tag vier Monate zuvor schon einmal getan hatten. Dawn hörte Flüche wie ›Freigeburt‹, ›Feigling‹ und ›Banditin‹, aber sie fühlte keine Scham. Sie fühlte Wut, das Adrenalin strömte durch ihre Adern wie unmittelbar vor einem Kampf auf Leben und Tod.

Als sie zum letzten Mal hier vor ihnen stand, hatten sie ihr Ehre, Rang und Position aberkannt und sie auf eine Weise ausgestoßen, die bei den Clans, denen jede Verschwendung ein Greuel war, äußerst selten war.

Lehrmeister Arthur Stoklas ergriff das Wort, bevor Dawn antworten konnte. »Wie kannst du es wagen, uns zu verspotten, indem du gegen den Willen des Clans zurückkehrst?«

»Ich spotte des Wesens der Stahlvipern nicht, Arthur Stoklas. Ich bin gekommen, um euch zu sagen, daß dieses Konklave mich fälschlich verurteilt hat.« Sie setzte den Sack ab, wandte sich an die Tribüne und breitete die Arme aus. »Blutnamensträger und Blutnamensträgerinnen der Stahlvipern, ich fordere euch auf, eure Blicke hierher zu richten. Ich bin Dawn, die Kriegerin, die ihr ausgestoßen und verbannt habt. Ich bin kreuz und quer durch die Innere Sphäre gereist und habe Dinge gesehen, von denen Ihr nicht einmal träumen könnt, aber nun bin ich zurückgekehrt, um meinen rechtmäßigen Platz unter euch wiedereinzunehmen.«

Der Khan stieß einen anklagenden Finger in ihre Richtung. »Genug geredet. Du wirst uns jetzt verlassen und zu der Banditenexistenz zurückkehren, die du seit deinem Urteil geführt haben magst.«

Dawn schüttelte den Kopf. »Neg, mein Khan. Auf meinen Reisen habe ich einen großen Feind gestellt. Ich habe ihn im fairen Zweikampf getötet, habe ihm das Recht eines Duells im Kreis der Gleichen gewährt, obwohl er es nicht verdient hatte.«

Jetzt war auch Lehrmeister Arthur Stoklas aufgesprungen. »Du bist wahnsinnig, Dawn. Du bringst irgendeinen Banditen der Inneren Sphäre um und wagst es, hier zu behaupten, *das* würde deine Ehre wiederherstellen?«

»Ihr habt mich als minderwertig verurteilt, mich ausgestoßen, mich verbannt, mich von euch gestoßen, damit ich wie ein Stück Abfall unter den bemitleidenswerten Freigeburten der Inneren Sphäre vegetieren muß. Aber ich bin mit dem Beweis meines Wertes zurückgekehrt.«

Dawn beugte sich hinab und öffnete den Rucksack, dem der unverwechselbare Dunst von Kohlendioxyd entstieg. Sie griff hinein und zog einen abgeschlagenen männlichen Kopf heraus. Er war fast kahl, aber die wenigen verbliebenen langen schwarzen Haare reichten ihr aus, ihn zu halten, Der Kopf war präpariert und zeigte noch immer den Ausdruck des Todesschreis. Er war von fahler, blaugrauer Farbe, ein greulicher Anblick. Sie hielt ihn empor wie eine Trophäe. »Seht her! Das ist der Mann, den ich getötet habe, die Brut des schlimmsten Verbrechers, den die Menschheit je gesehen hat.«

Selbst der Khan wich bei diesem Anblick zurück, aber niemand sagte einen Ton.

Wieder zog Dawn Kraft aus dem Schock, den sie ausgelöst hatte. Sie erhob die Stimme, und sie hallte klar und deutlich durch die Weite der Konklavekammer. »Jeder weiß, daß der Große Kerensky Stefan Amaris den Ersten und seine gesamte Familie tötete und glaubte, damit die Saat dieser Linie des Bösen ausgelöscht zu habe. Aber ich, Dawn von den Stahlvipern, habe das Werk vollendet, das er vor dreihundert Jahren begann. Ich bringe euch den Beweis des endgültigen Endes der Amaris. Ich bringe euch den Beweis, daß das Werk vollendet ist. Der Usurpator und seine Brut sind endlich vernichtet. Ich bringe euch den Kopf des letzten Amaris!«

ANHANG

Glossar

BattleMech-Typen

GLOSSAR

Armbrust: Ein schwerer Clan-OmniMech der Stahlvipern von 65 Tonnen Gewicht, 86 km/h Höchstgeschwindigkeit und 16 Tonnen Platz für modulare Waffensysteme.

Autokanone: Eine automatische Schnellfeuerkanone. Leichte Fahrzeugkanonen haben Kaliber zwischen 30 und 90 mm, während eine schwere Mechautokanone ein Kaliber von 80 bis 120 mm oder mehr besitzen kann. Die Waffe feuert in schneller Folge panzerbrechende Hochexplosivgranaten ab.

Bataillon: Ein Bataillon ist eine militärische Organisationseinheit der Inneren Sphäre, die in der Regel aus drei Kompanien besteht.

Batchall: Batchall ist der Name für das Clanritual der Herausforderung zum Kampf. Der Verteidiger kann verlangen, daß der Angreifer etwas aufs Spiel setzt, dessen Wert vergleichbar mit dem ist, was der Verteidiger zu verlieren riskiert.

BattleMech: BattleMechs sind die gewaltigsten Kriegsmaschinen, die je von Menschen erbaut wurden. Diese riesigen humanoiden Panzerfahrzeuge wurden ursprünglich vor über 500 Jahren von terranischen Wissenschaftlern und Technikern entwickelt. Sie sind schneller und manövrierfähiger in jedem Gelände, besser gepanzert und schwerer bewaffnet als jeder Panzer des 20. Jahrhunderts. Sie ragen zehn bis zwölf Meter hoch auf und sind bestückt mit Partikelprojektorkanonen, Lasergeschützen, Schnellfeuer-Autokanonen und Raketenlafetten. Ihre Feuerkraft reicht aus, jeden Gegner mit Ausnahme eines anderen BattleMechs niederzumachen. Ein kleiner Fusionsreaktor liefert ihnen nahezu unbegrenzt Energie. BattleMechs können auf Umweltbedingungen so verschieden wie glühende Wüstenei und arktische Eiswüsten eingestellt werden.

Blutname: Als Blutname wird einer der ursprünglich achthundert Familiennamen jener Krieger bezeichnet, die während des Exodus-Bürgerkrieges auf Seiten von Nicholas Kerensky standen. (Derzeit existieren nur noch 760 dieser Namen. Vierzig Namen wurden nach dem Hochverrat eines der ursprünglich zwanzig Clans getilgt.) Diese achthundert waren die Basis des ausgedehnten Zuchtprogramms der Clans.

Das Recht, einen dieser Nachnamen zu tragen, ist seit Einführung dieses Systems der Wunschtraum jedes ClanKriegers. Nur jeweils fünfundzwanzig Krieger dürfen gleichzeitig einen bestimmten Blutnamen tragen. Stirbt einer von ihnen, wird ein Wettbewerb abgehalten, um einen neuen Träger zu bestimmen. Ein Anwärter muß zunächst anhand seiner Abstammung sein Anrecht auf den Blutnamen nachweisen und anschließend eine Abfolge von Duellen gegen seine Mitbewerber gewinnen. Nur Blutnamensträger haben das Recht, an einem Clankonklave teilzunehmen und zum Khan oder ilKhan gewählt zu werden. Die meisten Blutnamen waren im Laufe der Zeit einer oder zwei Kriegerklassen vorbehalten. Es gibt jedoch einzelne, besonders angesehene Blutnamen, zum Beispiel Kerensky, die dadurch ihren genetischen Wert bewiesen haben, daß sie von herausragenden Kriegern aller drei Klassen (MechKrieger, Jagdpiloten und Elementare) getragen wurden.

Blutnamen werden matrilinear vererbt. Da ein Krieger nur über seine Mutter erben kann, besteht nie ein Anrecht auf mehr als einen Blutnamen.

Clans: Beim Zerfall des Sternenbundes führte General Aleksandr Kerensky, der Oberkommandierende der Regulären Armee des Sternenbundes, seine Truppen beim sogenannten Exodus aus der Inneren Sphäre in die Tiefen des Alls. Weit jenseits der Peripherie, mehr als 1300 Lichtjahre von Terra entfernt, ließen Kerensky und seine Leute sich auf fünf wenig lebensfreundlichen Welten nahe eines Kugelsternhaufens nieder, der sie vor einer Entdeckung durch die Innere Sphäre schützte. Innerhalb von fünfzehn Jahren brach unter ihnen jedoch ein Bürgerkrieg aus, der drohte, alles zu vernichten, für dessen Aufbau sie so hart gearbeitet hatten.

In einem zweiten Exodus führte Nicholas Kerensky, der Sohn Aleksandrs, seine Gefolgsleute auf eine der Welten im Innern des Kugelsternhaufens, um dem Krieg zu entfliehen. Dort, auf Strana Metschty, entwarf und organisierte Nicholas Kerensky die faschistoide Kastengesellschaft der Clans.

ComStar: Das interstellare Kommunikationsnetz ComStar wurde von Jerome Blake entwickelt, der in den letzten Jahren des Sternenbunds das Amt des Kommunikationsministers innehatte. Nach dem Zusammenbruch des Bundes eroberte Blake Terra und organisierte die Überreste des Sternenbund-Kommunikationsnetzes in eine Privatorganisation um, die ihre Dienste mit Profit an die fünf Häuser weiterverkaufte. Seitdem hat sich ComStar zu einem mächtigen Geheimbund entwickelt, der sich jahrhundertelang in Mystizismus und Rituale hüllte, bis es nach der Entscheidungsschlacht gegen die Clans auf Tukayyid unter Prima Sharilar Mori und Präzentor Martialum Anastasius Focht zur Reformation des Ordens und Abspaltung der erzkonservativen Organisation Blakes Wort kam.

Die Erinnerung: *Die Erinnerung* ist ein noch nicht abgeschlossenes Heldenepos, das die Geschichte der Clans von der Zeit des Exodus bis zur Gegenwart beschreibt. *Die Erinnerung* wird ständig erweitert, um neuere Ereignisse einzubeziehen. Jeder Clan verfügt über eine eigene Version dieses Epos, in der seine speziellen Meinungen und Erfahrungen verarbeitet sind. Alle ClanKrieger können ganze Passagen dieses riesigen Gedichtes aus dem Gedächtnis zitieren, und es ist durchaus nicht ungewöhnlich, darin auch Verse auf OmniMechs, Luft/Raumjäger und sogar Rüstungen zu finden.

Freigeboren: Ein Mensch, der auf natürlichem Wege gezeugt und geboren wurde, ist freigeboren. Da die Clans so großen Wert auf ihr Zuchtprogramm legen, gelten Freigeborene bei ihnen von vornherein als minderwertig.

Freigeburt: Eine abwertende Bezeichnung für Freigeborene, die von Wahrgeborenen häufig verwendet wird.

Bezeichnet ein Wahrgeborener einen anderen Wahrgeborenen als Freigeburt, ist das eine tödliche Beleidigung.

Gaussgeschütz: Ein Gaussgeschütz benutzt eine Reihe von Elektromagneten, um ein Projektil durch den Geschützlauf in Richtung des Ziels zu beschleunigen. Obwohl sein Einsatz mit enormem Energieaufwand verbunden ist, erzeugt das Gaussgeschütz nur sehr wenig Abwärme, und die erreichbare Mündungsgeschwindigkeit liegt doppelt so hoch wie bei einer konventionellen Kanone.

Kampfhund: Ein schwerer BattleMech von 75 Tonnen Gewicht und einer Höchstgeschwindigkeit von knapp 65 km/h. Er ist mit einem schweren, zwei mittelschweren und einem leichten Impulslaser, einem Gaussgeschütz, zwei Wegwerf-KSR 2er-Lafetten und einem Raketenabwehrsystem ausgerüstet.

Kaste: Die Clangesellschaft ist streng in fünf Kasten unterteilt: Krieger, Wissenschaftler, Händler, Techniker und Arbeiter. Jede dieser Kasten umfaßt zahlreiche Unterkasten, die auf Spezialisierungen innerhalb eines Berufsfeldes basieren. Die Kriegerkaste pflanzt sich unter strenger Kontrolle des genetischen Erbes durch ein systematisches Eugenikprogramm fort, bei dem Genmaterial angesehener und erfolgreicher lebender und toter Krieger verwendet wird. Andere Kasten sorgen durch strategische Heiraten innerhalb der Kaste für einen hochwertigen Genfundus.

Khan: Jeder Clan wählt zwei Khane. Einer der beiden fungiert als höchster militärischer Kommandeur und Verwaltungschef der Clans. Die Position des zweiten Khans ist weniger klar umrissen. Er ist der Stellvertreter des ersten Khans und führt dessen Aufträge aus. In Zeiten großer innerer oder äußerer Bedrohung, oder wenn eine gemeinsame Anstrengung aller Clans notwendig ist, wird ein ilKhan als oberster Herrscher aller Clans gewählt.

Kodax: Der Kodax eines Kriegers ist seine persönliche Identifikation. Er enthält die Namen der Blutnamensträger, von denen ein Krieger abstammt, sowie seine Generationsnummer, seine Blutlinie und seinen ID-Kodax, eine alphanumerische Codesequenz, die einzigartige Aspekte seiner DNS (Desoxyribonukleinsäure, der Träger der menschlichen Erbinformationen) festhält.

Kompanie: Eine Kompanie ist eine militärische Organisationseinheit der Inneren Sphäre, die aus drei BattleMech-Lanzen oder bei Infanteriekompanien aus drei Zügen mit insgesamt 50 bis 100 Mann besteht.

KSR: Abkürzung für ›Kurzstreckenrakete‹. Es handelt sich um ungelenkte Raketen mit hochexplosiven oder panzerbrechenden Sprengköpfen.

Landungsschiffe: Da Sprungschiffe die inneren Bereiche eines Sonnensystems generell meiden müssen und sich dadurch in erheblicher Entfernung von den bewohnten Planeten einer Sonne aufhalten, werden für interplanetarische Flüge Landungsschiffe eingesetzt. Diese werden während des Sprungs an die Antriebsspindel des Sprungschiffes angekoppelt. Landungsschiffe besitzen selbst keinen Überlichtantrieb, sind jedoch sehr beweglich, gut bewaffnet und aerodynamisch genug, um auf Planeten mit einer Atmosphäre aufsetzen bzw. von dort aus starten zu können. Die Reise vom Sprungpunkt zu den bewohnten Planeten eines Systems erfordert je nach Spektralklasse der Sonne eine Reise von mehreren Tagen oder Wochen.

Lanze: Eine Lanze ist eine militärische Organisationseinheit der Inneren Sphäre, die in der Regel aus vier BattleMechs besteht.

Laser: Ein Akronym für ›Light Amplification through Stimulated Emission of Radiation‹ oder Lichtverstärkung durch stimulierte Strahlungsemission. Als Waffe funktioniert ein Laser, indem er extreme Hitze auf einen minimalen Bereich konzentriert. BattleMechlaser gibt es in drei Größenklassen: leicht, mittelschwer und schwer. Laser sind auch als tragbare Infanteriewaffen verfügbar, die über einen als Tornister getragenen Energiespeicher betrieben werden. Manche Entfernungsmeßgeräte und Zielerfassungssensoren bedienen sich ebenfalls schwacher Laserstrahlen.

LSR: Abkürzung für ›Langstreckenrakete‹, zum indirekten Beschuß entwickelte Raketen mit hochexplosiven Gefechtsköpfen.

Nachfolgerfürsten: Die fünf Nachfolgerstaaten werden von Familien regiert, die ihre Herkunft von einem der ursprünglichen Lordräte des Sternenbunds ableiten. Alle fünf Hausfürsten erheben Anspruch auf den Titel des Ersten Lords. Sie kämpfen seit Ausbruch der Nachfolgekriege im Jahre 2786 gegeneinander. Ihr Schlachtfeld ist die riesige Innere Sphäre, bestehend aus sämtlichen einstmals von den Mitgliedsstaaten des Sternenbunds besetzten Sonnensystemen.

Nachfolgerstaaten: Nach dem Zerfall des Sternenbunds wurden die Reiche der Mitglieder des Hohen Rats, die sämtlich Anspruch auf die Nachfolge des Ersten Lords erhoben, unter dem Namen Nachfolgerstaaten bekannt. Die Nachfolgerstaaten bestehen aus ursprünglich fünf und derzeit noch vier Herrscherhäusern: Haus Kurita (Draconis-Kombinat), Haus Liao (Konföderation Capella), Haus Steiner-Davion (Vereinigtes Commonwealth) und Haus Marik (Liga Freier Welten). Die Clan-Invasion unterbrach die Jahrhunderte des Krieges seit 2786 – die Nachfolgekriege – einstweilen. Die Nachfolgerfürsten setzten ihre Streitigkeiten aus, um der Bedrohung durch den gemeinsamen Feind, die Clans, zu begegnen. Die trügerische Ruhe seit Abschluß des Waffenstillstands von Tukayyid hat diese Solidarität jedoch inzwischen sehr brüchig werden lassen, und im Jahre 3057 brechen die Kämpfe innerhalb der freien Inneren Sphäre wieder aus.

Peripherie: Jenseits der Grenzen der Inneren Sphäre liegt die Peripherie, das weite Reich bekannter und unbekannter Systeme, das sich bis in die interstellare Nacht erstreckt. Die einstigen terranischen Kolonien in der Peripherie wurden durch den Zerfall des Sternenbundes technologisch, wirtschaftlich und politisch verwüstet. Derzeit ist die Peripherie größtenteils Zufluchtsort für Banditenkönige, Raumpiraten und Ausgestoßene.

PPK: Abkürzung für ›Partikelprojektorkanone‹, einen magnetischen Teilchenbeschleuniger in Waffenform, der hochenergiegeladene Protonen- oder Ionenblitze verschießt, die durch Aufschlagskraft und hohe Temperatur Schaden anrichten. PPKs gehören zu den effektivsten Waffen eines BattleMechs.

Regiment: Ein Regiment ist eine militärische Organisationseinheit der Inneren Sphäre und besteht aus zwei bis vier Bataillonen von jeweils drei oder vier Kompanien.

Savashri: Ein Clan-Fluch.

Seyla: Dieses Wort ist ungefähr gleichbedeutend mit ›Einheit‹. Es handelt sich um eine rituelle Antwort, die bei bestimmten Clan-Zeremonien gefordert wird. Ursprung und exakte Bedeutung des Wortes sind unbekannt, aber es wird nur mit äußerstem Respekt und Ehrfurcht verwendet.

Sprungschiffe: Interstellare Reisen erfolgen mittels sogenannter Sprungschiffe, deren Antrieb im 22. Jahrhundert entwickelt wurde. Der Name dieser Schiffe rührt von ihrer Fähigkeit her, ohne Zeitverlust in ein weit entferntes Sonnensystem zu ›springen‹. Es handelt sich um ziemlich unbewegliche Raumfahrzeuge aus einer langen, schlanken Antriebsspindel und einem enormen Solarsegel, das an einen gigantischen Sonnenschirm erinnert. Das gewaltige Segel besteht aus einem Spezialmaterial, das gewaltige Mengen elektromagnetischer Energie aus dem Sonnenwind des jeweiligen Zentralgestirns zieht und langsam an den Antriebskern abgibt, der daraus ein Kraftfeld aufbaut, durch das ein Riß im Raum-Zeit-Gefüge entsteht. Nach einem Sprung kann das Schiff erst weiterreisen, wenn es durch Aufnahme von Sonnenenergie seinen Antrieb wieder aufgeladen hat.

Sprungschiffe reisen mit Hilfe ihres Kearny-Fuchida-Antriebs in Nullzeit über riesige interstellare Entfernungen. Das K-F-Triebwerk baut ein Raum-Zeit-Feld um das Sprungschiff auf und öffnet ein Loch in den Hyperraum. Einen Sekundenbruchteil später materialisiert das Schiff am Zielsprungpunkt, der bis zu 30 Lichtjahre weit entfernt sein kann.

Sprungschiffe landen niemals auf einem Planeten und

reisen nur sehr selten in die inneren Bereiche eines Systems. Interplanetarische Flüge werden von Landungsschiffen ausgeführt, Raumschiffen, die bis zum Erreichen des Zielpunktes an das Sprungschiff gekoppelt bleiben.

Sternenbund: Im Jahre 2571 wurde der Sternenbund gegründet, um die wichtigsten nach dem Aufbruch ins All von Menschen besiedelten Systeme zu vereinen. Der Sternenbund existierte annähernd 200 Jahre, bis 2751 durch den Verrat und Staatsstreich des Herrschers der Republik der Randwelten, Stefan Amaris, ein Bürgerkrieg ausbrach. Als das Regierungsgremium des Sternenbunds, der Hohe Rat, sich nach dem Sieg über Amaris in einem Machtkampf auflöste, bedeutete dies das Ende des Bundes. Jeder der Hausfürsten rief sich zum neuen Ersten Lord des Sternenbunds aus, und innerhalb weniger Monate war die gesamte Innere Sphäre im Kriegszustand. Dieser Konflikt hält bis zum heutigen Tage, knapp drei Jahrhunderte später, an. Die Jahrhunderte nahtlos ineinander übergehender Kriege werden in toto als die ›Nachfolgekriege‹ bezeichnet.

Trinärstern: Eine aus 3 Sternen (12 Mechs) bestehende Einheit der Clans.

Waffenstillstand von Tukayyid: Der Waffenstillstand von Tukayyid hat eine fünfzehnjährige Waffenruhe zwischen den Clans und der Inneren Sphäre begründet. Khan Ulric Kerensky, ilKhan der Clans, vereinbarte mit dem Präzentor Martialium ComStars, Anastasius Focht, auf dem Planeten Tukayyid eine Entscheidungsschlacht. Bei einem Sieg der Clans verpflichtete sich ComStar, ihnen Terra auszuhändigen, bei einem Sieg ComStars verpflichteten sich die Clans zu einem fünfzehnjährigen Waffenstillstand. Der nach einem überwältigenden Sieg der ComGuards auf Tukayyid unterzeichnete Vertrag etablierte eine Grenzlinie, die durch den Planeten Tukayyid verläuft. Die Clans dürfen diese Grenzlinie bis zum Ablauf des Waffenstillstands nicht überschreiten.

Wahrgeboren/Wahrgeburt: Ein wahrgeborener Krieger ist aus dem Zuchtprogramm der Clan-Kriegerkaste hervorgegangen.

Widerspruchstest: Die Konklaven der einzelnen Clans und der versammelten Clans stimmen über Fragen und Gesetze ab, die die Gemeinschaft betreffen. Im Gegensatz zur Gesetzgebung in der Inneren Sphäre kann jedoch jede dieser Entscheidungen angefochten und durch einen Widerspruchstest in ihr Gegenteil verkehrt werden. Dieser Test gestattet der Verliererseite den Versuch, ihre Position auf dem Schlachtfeld durchzusetzen.
Die bei einem Widerspruchstest eingesetzten Kräfte stehen im Verhältnis zur angefochtenen Entscheidung. Wurde diese also beispielsweise mit einem Stimmenverhältnis von Drei zu Eins angenommen, kann die diese Entscheidung verteidigende Seite eine dreimal stärkere Einheit in den Kampf schicken als der Herausforderer. Durch das Bieten wird dieses Übergewicht jedoch häufig reduziert.

Zug: Ein Zug ist eine militärische Organisationseinheit der Inneren Sphäre, die typischerweise aus etwa achtundzwanzig Mann besteht. Ein Zug kann in zwei Abteilungen aufgeteilt werden.

Skarabäus

Valkyrie

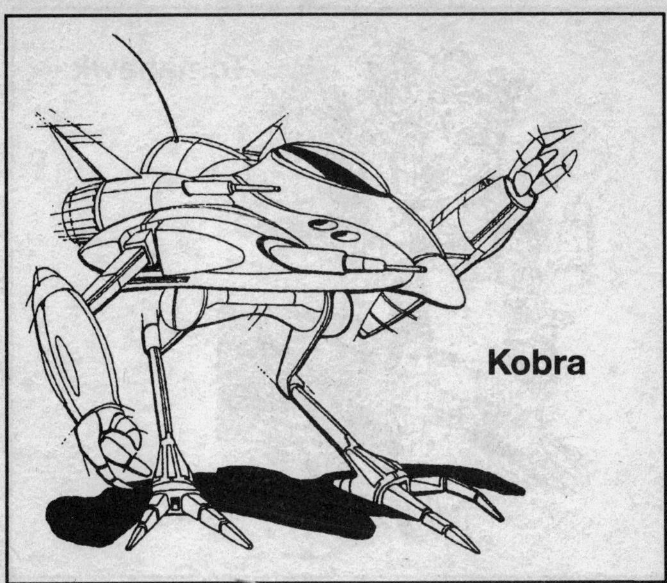

Kobra

Whitworth

Tomahawk

Hermes II

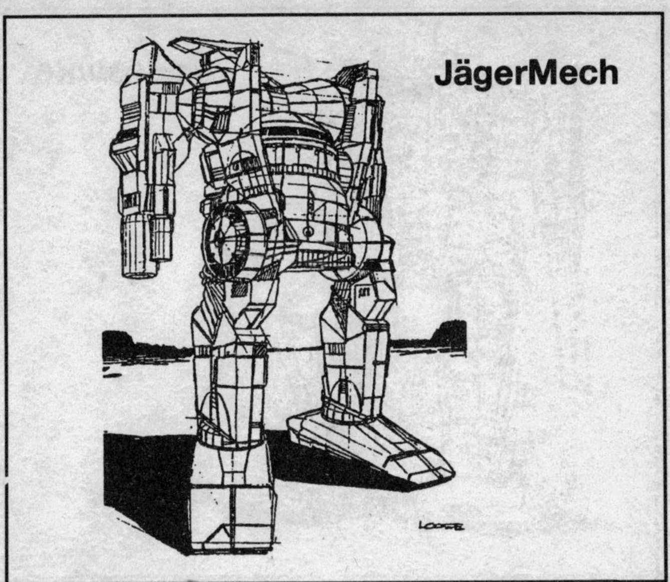

JägerMech

Orion

Todesbote

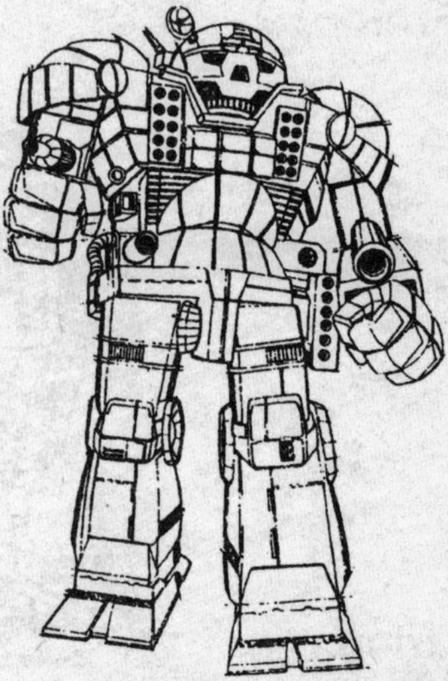

Atlas

Caesar

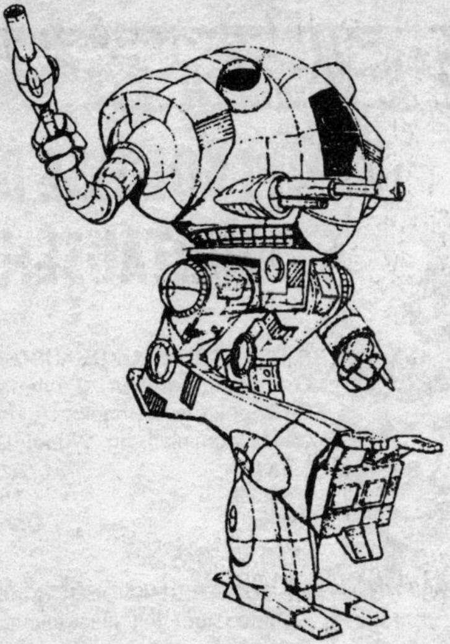

Armbrust